韦力 ◎ 著

觅畫記

韦力·传统文化遗迹寻踪系列之七

卷一

上海文艺出版社

序 言

中华文明乃是世界几大文明体系之一，而绘画艺术是各文明体系最重要的表现形式之一。中国的绘画艺术又与其他几个体系有着明显的区别，潘天寿在其专著《中国绘画史》中称："言西方绘画者，以意大利为产母，言东方绘画者，以中国为祖地。"由是区分出东方画系与西洋画系。关于这两个画系的传播体系，郑午昌在《中国画学全史》自序中说：

> 世界之画系二：曰东方画系，曰西洋画系。西系萌蘖滋长于意大利半岛，分枝散叶，荫蔽全欧；近且移植于美洲，播种于亚洲。东系溯源流沛于中国本部，渐纳西亚印度之灌溉，浪涌波翻，沿朝鲜而泛滥于日本。故言西画史者，推意大利为母邦；言东画史者，以中国为祖地，此我国图画在世界美术史上之地位也。

日本学者中村不折、小鹿青云对于东方文明的起源有着另外的看法，他们合著的《中国绘画史》谈到中华文明乃是与埃及、加尔代雅、司齐安那等文明同时代，但是，这几个文明体系都已消失了："独中国阅四千年的长岁月，大成其美术、伦理，且形成特种的文字，有着到今日的光荣。"但他们在谈到中华艺术起源时，却认为："中国从早就采取美索不达米亚的文明,更与印度文明相接着,而启发唐、宋时代的文运,以波及于东方诸国之间,成为东洋文化的别个系统的泉源。"

文明体系之间相互借鉴,想来这是必然之事,但在若干文明消失的情况下,中华文明体系却能够延绵不绝,其如此强大的生命力,跟它的艺术体系之间是否有必然的联系呢?对于这一点,后世学者多将汉字的独特魅力视为中华文明体系延绵不绝的最主要原因,而在中国学者观念中,一向有着书画同源的说法,书法艺术与绘画艺术密不可分。因此,陈衡恪在其著《中国绘画史》中起首即言:"伏羲画卦,仓颉造字,是为书画之先河,即为书画同源之实证。"潘天寿也认为:"吾国书学大发达,绘画上亦开始受书法运笔之影响。"

尽管书画同源,但毕竟这两种艺术各有其特色在,对于书与画的分途,俞剑华在其专著《中国绘画史》中认为:"及至黄帝,文化渐启,人事渐繁,其臣仓颉造字,史皇作图,图画与文字,虽似分途,而六书中之象形,固犹是图画之雏形也。"

显然,拉丁语系的文字跟绘画没有这样密切的联系,这也就使得东方绘画体系和西方绘画体系走入两种不同之路,西方美术除了绘画之外,雕塑等艺术形式也很发达,中国美术在绘画之外,则主要表现在书法上。

中国关于绘画的文字记录,在汉代以前极其稀少,潘天寿认为:"相传有巢氏,绘轮圜螺旋,或系一种绳墨?然推其形象,已略存绘画之意味。又先贤每谓通天事者莫如河。河有图,而龙马出之,因谓吾国绘画以此为最先。"显然这里指的是原始绘画艺术。郑午昌将中国绘画分为实用时期、礼教时期、宗教化时期和文学化时期,有巢氏之绘轮圜和伏羲氏之画八卦等,都属于实用时期,而礼教时期则指的是唐虞三代直到秦汉之世,宗教化时期则指六朝及唐宋,文学化时期则是指王维开创了文人画体系。

就此而言，魏晋时代方为中国绘画的初始成熟期，其标志性事件乃是出现了中国早期的画论之一——顾恺之的《画云台山记》，因此顾恺之乃是中国绘画史上有文字记载的首位绘画理论家，他提出的"传神论"对中国绘画体系的成熟影响深远。与顾恺之相近的南朝宋画家宗炳所撰《画山水序》，则是中国最早的山水画论。

隋唐时期乃是中国画大发展的阶段，进入宋代，出现了院画以及宫廷职业画家，之后又出现了文人画和艺匠画的概念。文人画的提法肇始于北宋苏轼，完成于明代董其昌，由此而使得文人画成为了中国画的最高典范。

在中国绘画史上曾经出现了一系列重要的画家，比如隋代的展子虔，唐代的李思训、吴道子，五代荆浩、李成、范宽，宋代的郭熙、李绂，元四家，明四家等等。由于绘画风格的多样性以及师承关系等因素，中国又出现了许多的画派，而画派尤其在明清两代最为盛行，比如浙派、吴门画派、松江画派、娄东画派等，这些画派的产生使得中国绘画变得更为丰富多彩。

然而，在历史变迁中，很多大画家的遗迹渐渐消失，而我通过对历代画家的遗迹寻访，试图从这个角度来梳理中国绘画史，故而本书乃是以画家为线索，以画家遗迹为着笔点，以时间为序，尝试阐述每一位画家的独到性，以及后世对他们的评价。而对于画家遗踪的寻访，上自魏晋，下迄 2000 年去世的画家，但也会根据具体情况有所放宽。

故而这种写法也有所限制，有些画家在中国绘画史上十分重要，然而我却找不到与之有关的遗迹，例如南宋院体山水画的创始人李唐，南宋画风的重要代表人物马远、夏圭等，正因为他们遗迹的缺失，本书中少了他们的踪影，使得本书在叙述上缺乏了完整性。而对于一些画派中的重要人物，我也尽量寻找他们的遗迹，以便展示该画派的整体风貌，但在寻访过程中同样有遗憾在，比如北方山水三大家，我寻得了李成和范宽，独缺关仝。类似的遗憾还有不少，只能期待着今后有更多的发现，以便弥补上这些缺憾。

就绘画种类而言，中国绘画可分为水墨画、壁画和版画三大门类，其中水墨画最能体现中国绘画的特征，壁画因为建筑载体难以持久，故壁画画迹流传后世者绝少。版画艺术在隋唐时期即已成熟，然绘画作者大多姓名阙如，直到明代这个画种才得以发扬光大，故我在遗迹寻踪中，特意找到了李渔的遗迹。同时，绘画史是靠画迹的流传得以支撑，而藏画家为此做出了重要贡献，同时这些藏画家大多也兼有绘画创作，为此我以庞莱臣作为这个群体的代表，也在书中有所交代。

卷一目录

i 序 言

001 顾恺之
运思精微，襟灵莫测，山水画祖

022 宗炳
人物画论至长康而成立，山水画论至长康而萌始

039 展子虔
意度具足，可为唐画之祖

060 董伯仁
楼台人物，旷绝今古

072 阎立本
朝廷号为丹青神化

092 李思训
迄今绘事者推李将军山水

115 吴道子
吴生之作为万世法，号曰画圣

127 　郑虔

　　　前代高人，未可以纸墨束羁也

145 　王维

　　　文人之画，自王右丞始

167 　韩滉

　　　人物牛马极工，尤好图田家风俗

188 　荆浩

　　　作《山水诀》，为范宽辈之祖

199 　李成

　　　平远寒林，前所未有

221 　董源、巨然

　　　画之有董巨，犹吾儒之有孔颜也

245 　范宽

　　　为山水者，惟中正与成称绝

268 　苏轼

　　　笔力跌宕于风烟无人之境

286 　李公麟

　　　宋画人物第一

311 　张择端

　　　本工其界画，尤嗜于舟车、市桥、郭径

336 　赵孟坚

　　　皆入妙品，水仙为尤高

355 钱选
精巧工致，妙于形似

377 高克恭
尚书笔力惊千古

397 赵孟頫、管道升
国朝名画谁第一，只数吴兴赵翰林

418 黄公望
元四大家，首推重焉

436 曹知白
笔意古淡，有摩诘之遗韵

455 吴镇
北宋高人三昧，惟梅道人得之

471 倪瓒
富于疏淡简劲之趣，最难学

492 王蒙
王侯笔力能扛鼎，五百年来无此君

517 王冕
善写梅，自成一家

544 王绂
孟端竹为国朝第一手

顾恺之（348年—409年）

运思精微，襟灵莫测，山水画祖

按照历史资料记载，中国古代在顾恺之之前还出过多位大画家，但是有作品留传至今者，以顾恺之为最早。虽然这些传世之作被研究家鉴定为后世摹本，但即便是摹本，也可由此间接看到顾恺之创作的总体构思以及技法。更为重要者，他还有三篇绘画理论传世，故陈传席在《中国山水画史》中夸赞他说："顾恺之主要成就在绘画理论，是我国画史上第一位伟大的理论家，同时他也是一位画家，以人物肖像画最为擅长，亦作山水。"

因此说，顾恺之虽然不是中国历史上第一位大画家，却是中国画史上第一位理论家，这就足以看出他在中国绘画史上的重要地位。王恪松在《顾恺之与中国山水画的萌芽》中说："学术界对山水画起源的具体确认迄今存在着东晋说、南北朝说、隋唐说等诸种不同的观点。然而，线性发展上点的不同取舍本身足以说明，山水画的形成并非一蹴而就。但从魏晋到隋唐，中国山水画确实走过了从形成到独立的过程。而顾恺之则是一位里程碑式的人物。"

顾恺之虽然不是中国历史上的第一位大画家，却被誉为中国山水画的鼻祖。郑昶在《中国画学全史》中讲述了当时特殊的社会环境方创造出顾恺之这样的画家：

盖晋室既东,江北之地,尽为诸胡所割据,北方汉族,不能安其故居,才智之士,相率而南。此辈既从难地来客斯邦,又受南方所盛行之老庄思想之浸淫,群趋于爱自由爱自然之风尚,而江南人物俊秀,山水清幽,自然美又足以激动其雅兴。于是对景生情,多有能罗丘壑于胸中,生烟云于足底者。明帝之《轻舟迅迈图》,卫协之《宴瑶池图》,戴逵之《吴中溪山邑居图》,顾恺之之《雪霁望五老峰图》,皆系山水名作。惟当时所谓山水画者,多为人物画之背景,独恺之所作,乃能从人物画之背景,更进一步,故有我国山水画祖之称焉。

由此看来,在顾恺之之前已经有山水画存在,然而这些画作都是以人物为中心,画中的山水仅是人物背景,只有到了顾恺之的笔下,这种局面才得以改观。虽然他的画面中也有人物,但其所绘人物已经是风景画的从属,这也就是他被称为中国山水画鼻祖的主要原因。

但是,从人物画到山水画不可能一蹴而就,中间需要有一个过渡。顾恺之的画作留传至今者有四幅,其中《洛神赋图》被视为中国现存最早的山水画。但王恪松认为:"尽管有些论者将《洛神赋图》视作最早的一幅山水画,但严格来说,它还不能算作完全独立的山水画。首先,《洛神赋图》的主体是人,表现梦幻感通的人神相恋的故事;以洛水为中心的山水自然从本质上说依然属于主体的背景。"同时,"山水的画法还明显带有人物画的技巧,这亦说明山水画的技法还需要从人物画的影响下进一步脱离走向成熟和独立"。

顾恺之被誉为山水画鼻祖的另一个原因,缘于他有一篇《画云台山记》,此文被后世视为中国最早的山水画理论,然王恪松却认为论者忽略了两个问题,其一为:"全文虽以大量篇幅叙述山水布局与画法,但其中心乃在汉代张道陵七试弟子的故事。所以在全文的第二部分,用大段文字详细描绘'天师坐其上',及诸弟子分布的音容笑貌、姿态神情、服饰设色等。可见山水尚未最终摆脱人物的影响而形成完全独立的审美对象。"这也正说明了此时期乃是中国画由人物画向风景画过渡,但这样的过渡已经对山水画有了偏重:"但在量和质两个方面,自然山水已经占了绝对优势,而在作者审美的注意力上,山水与人物至少已平分秋色,这正标志着两者分离的形成。"

虽然有着这样的不纯粹,但潘天寿在《中国画家丛书:顾恺之》中仍然称誉顾恺之:"顾恺之是中国绘画史上最早的理论家和留有画迹的大画家。他约生于东晋穆帝司马聃初年,距现在已是一千六百多年了。在绘画史上他是六朝时代的杰出者,直如永夜中一颗晶莹发亮的明星,到现在还可见其灿烂光彩,辉映着我们祖国的画坛。"对于顾恺之在理论上的贡献,潘天寿则称:"我国绘画,由于周秦汉魏技法经验的进展,审美程度的提高,画论亦随之而兴起。然均系极短的篇段,如刘安的'画者谨毛而失貌',张衡的'画工恶图犬马而好作鬼魅,诚以实事难形,而虚伪无穷也'等等。到了晋代,始有长篇的画论出现。或论学理,或究技法,或谈鉴赏,以慎重的态度,下精审的批评。顾恺之实为晋代画论家中的代表者。也就是我国最早在一千五百年前而有科学头脑的大绘画批评家。"

纵观中国绘画史,评论界并非对顾恺之一面倒地夸赞,流传至今最早的对他画艺的评价,乃是南齐谢赫的《古画品录》:"顾恺之:格体精微,笔无妄下。但迹不逮意,声过其实。"谢赫把历代画家分为六品,将顾恺之列在第三品,这与传统的评价相去甚远,比如《晋书·顾恺之列传》中称:"尤善丹青,图写特妙,谢安深重之,以为自苍生以来未之有也。"

谢安十分看重顾恺之,认为他绘画的成就超迈古人,可谓天下第一。但谢赫却说他"迹不逮意,声过其实",认为人们对顾恺之的夸

《洛神赋图》局部　故宫博物院藏

赞太过了，其实他没有那么高的才气。谢赫对顾恺之的评价在后世被多位画论家予以了强烈的反击，比如南陈姚最在《续画品录》中称顾恺之：

> 至如长康之美，擅高往策，矫然独步，终始无双。有若神明，非庸识之所能效；如负日月，岂末学之所能窥？荀、卫、曹、张，方之蔑矣，分庭抗礼，未见其人。谢、陆"声过于实"，良可于邑；列于下品，尤所未安，斯乃情有抑扬，画无善恶。始信曲高和寡，非直名讴，泣血谬题，宁止良璞。将恐畴访理绝，永成沦丧，聊举一隅，庶同三益。

长康乃顾恺之的字，在姚最眼中，顾恺之的绘画水准天下无双，然而他的绝妙之处俗眼人看不出，而后姚最直接点出谢赫之名，认为谢赫把顾恺之列在下品实在有失公道。姚最认为谢赫的这种评价乃是感情用事。那么谢赫为什么要感情用事呢？姚最未做解释。王峰、孙国良在《黜顾与崇顾：顾恺之画史地位的论辩之争》一文中对此做了全面分析，该文谈及在顾恺之身后，画论界很长一段时间都在贬黜顾恺之的历史地位，文中举出了北魏孙畅之在《述画记》中的评语："画冕冠而亡面貌，胜于戴逵。"然后就提到了南齐谢赫的那段评语，看来在谢赫之前已经有人认为顾恺之的绘画水准不高。但随后就出现了多位反击这种观点的人，除了姚最，初唐李嗣真在《后画品录》中也说：

> 顾生天才杰出，独立亡偶。何区区荀、卫而可滥居篇首，不兴又处顾上。谢评甚不当也。顾生思侔造化，得妙物于神会，足使陆生失步，荀侯绝倒，以顾之才流，岂合甄于品汇？列于下品，尤所未安，今顾、陆请同居上品。

李嗣真明确指出，谢赫的点评很不恰当，认为顾恺之必须放在上品。但李嗣真又同时点出，上品人物是顾、陆并称，这里陆乃是指陆探微。能够与二人并称者还有张僧繇，他们三位被后世并称为六朝三大家。如果将这三家放在一起比较，如何排出甲乙呢？唐代张怀瓘在《画断》中有如下排比：

> 顾公运思精微，襟灵莫测。虽寄迹翰墨，其神气飘然在烟霄之上，不可以图画间求。象人之美，张得其肉，陆得其骨，顾得其神。神妙无方，以顾为最。喻之书，则顾、陆比之钟、张，僧繇比之逸少，俱为古今之独绝，岂可以品第拘。谢氏黜顾，未为定鉴。

张怀瓘的这段评语可谓绝妙，他所说的"张得其肉，陆得其骨，顾得其神"被后世广泛引用，这句话有可能参照了达摩考察弟子所得时给出的评语。张怀瓘明确表示，三位大画家相比，以顾恺之成就最高，而谢赫如此贬低顾恺之显然不是公论。

既然顾恺之有着如此高的绘画水准，那谢赫等人为什么要贬低他呢？王峰、孙国良在文中分析，认为这跟顾恺之的生平经历有很大关系。因为顾恺之生活在政治斗争异常惨烈的年代，他要想安心从事艺术创作必须依附一位强势人物，但城头变换大王旗，顾恺之无法从一而终。他初期依附权臣桓温，两人关系处得极为融洽。《晋书》本传中称："桓温引为大司马参军，甚见亲昵。温薨后，恺之拜温墓，赋诗云：'山崩溟海竭，鱼鸟将何依！'或问之曰：'卿凭重桓公乃尔，哭状其可见乎？'答曰：'声如震雷破山，泪如倾河注海。'"

桓温去世后，顾恺之去其坟前祭奠并赋诗，在诗中毫无顾忌地讲出桓温之死令自己"绕树三匝何枝可依"，并且形容自己的伤心，眼泪就像河水注入大海。其实从这段记载可以看出，顾恺之是位真性情的人，他与权贵成为朋友并不完全是阿谀奉承，他是在真心地对待对方。但朋友去世后，他还要活下去，所以顾恺之又依靠了殷仲堪。《晋书》本传中有这样一段话：

> 恺之好谐谑，人多爱狎之。后为殷仲堪参军，亦深被眷接。仲堪在荆州，恺之尝因假还，仲堪特以布帆借之，至破冢，遭风大败。恺之与仲堪笺曰："地名破冢，真破冢而出。行人安稳，布帆无恙。"还至荆州，人问以会稽山川之状。恺之云："千岩竞秀，万壑争流。草木蒙笼，若云兴霞蔚。"桓玄时与恺之同在仲堪坐，共作了语。恺之先曰："火烧平原无遗燎。"玄曰："白布缠根树旒旐。"仲堪曰："投鱼深泉放飞鸟。"复作危语。玄曰："矛头淅米剑头炊。"仲堪曰："百岁老翁攀枯枝。"有一参军云："盲人骑瞎马临深池。"仲堪眇目，惊曰："此太逼人！"因罢。恺之每食甘蔗，恒自尾至本。人或怪之，云："渐入佳境。"

顾恺之为人很诙谐，跟殷仲堪关系处得也很好。殷曾借帆船给顾使用，后来因为风大船翻了，顾恺之还以地名有问题来替自己解释。他经常跟殷仲堪等人在一起对句，而且总能说出奇特的句子来。更有意思的是，顾恺之在吃甘蔗的时候，总是从最不甜的末尾吃起，慢慢吃到根部，别人问他为什么会这样，他以"渐入佳境"来形容，因为会越吃越甜。

殷仲堪垮台后，顾恺之又转投桓温之子桓玄，而他跟桓玄的关系处得也很好，《晋书》本传中讲过这样一个故事："尤信小术，以为求之必得。桓玄尝以一柳叶绐之曰：'此蝉所翳叶也，取以自蔽，人不见己。'恺之喜，引叶自蔽，玄就溺焉，恺之信其不见己也，甚以珍之。"

顾恺之为人很痴，有一次桓玄拿一片柳叶来戏弄他，说有的蝉就是拿这个柳叶来隐蔽自己，说明此叶很奇特，如果你拿这个柳叶来遮蔽自己，别人也看不见你。顾恺之闻之大喜，真的拿这片柳叶来遮蔽自己，而桓玄趁机躲了起来，顾恺之看不到桓玄，以为对方也看不见自己，于是相信这片柳叶确实神奇，将它郑重地收藏了起来。《晋书》在最后评价说："初，恺之在桓温府，常云：'恺之体中，痴黠各半，合而论之，正得平耳。'故俗传恺之有三绝：才绝，画绝，痴绝。年六十二，卒于官，所著文集及《启蒙记》行于世。"

这段话正是后世夸赞顾恺之有三绝的出处。后来桓玄兵败被杀，顾恺之依然能留在朝廷为官，按本传所言，他死在了任上。这足可见，顾恺之为人的明哲保身。而王峰、孙国良认为，正是因为顾恺之这样数易其主的经历，后世有人对他评价不高，但这件事应该设身处地地想想他的处境。在那个残酷的年代，顾恺之以装傻充愣来自保，也就是后世所说的痴绝，这么做有什么不对吗？他并未害人，只是希望保全性命于乱世，以便能够有一个安稳的环境从事自己钟爱的创作。故我觉得，后世的指责属于罔顾事实。而王峰和孙国良在文中则从另一个角度解释了谢赫对顾恺之评价不高的问题："谢赫是一个'宫体'画家，其在《古画品录》中提出'气韵生动'的美学标准，而不再强调顾恺之的'以形写神'。谢赫所处齐梁时代的画风不再满足于顾恺之以线造像、以线传情的艺术表现手法，而是为了表达'宫体'艺术风格强调重视设色赋彩，明暗晕染。而谢赫正是这一画风的擅长者，所谓'赋彩制作，皆创新意'。谢赫的这一点姚最也是不否认的：'别体精微，多自赫始。'在这种时代背景下，谢赫贬斥顾恺之自然是在情理之中的。"

绘画技巧的变化，使得审美主体也有了新的评价标准，也许这正说明了谢赫对顾恺之的贬斥不仅是因为人品问题，同时也是绘画理念的不同所致。因为两者相差了一百年，绘画观念也有所转变，因此王伯敏在《中国绘画史》中称："从顾恺之到谢赫的一百年间，画风随着时代的变迁从内容到形式都起了变化，所以，谢赫之所谓'迹不逮意'，看来是从南朝新变的画风出发，不满足于顾恺之所代表的东晋名士的'雅正'画风。在精神内容上，要求以更世俗化的、更现实些的、外在的东西，代替那更重视主观精神的、内在的东西；在形式上，则要求符合这种内容需要的巧变，用一种更写实的、表现力更丰富的、细致的形式，代替那较简淡的、高雅的、单纯的形式。"

关于顾恺之的绘画技法，元汤垕在《画鉴》中称："顾恺之画如春蚕吐丝，初见甚平易，且形似时或有失。细视之，六法兼备，有不可以语言文字形容者。"故后世多把顾恺之的绘画技法形容为春蚕吐丝。后世又有"高古游丝描"之说，如明代邹德中在《绘事指蒙》中称："高古游丝描，用十分尖毫，如曹衣纹。"清代迮朗则在《绘事雕虫》称："游丝描者，笔尖遒劲，宛逸曹衣，最高古也。"这两处所说的"曹衣"乃是指曹仲达的线描风格，而唐兰在《试论顾恺之的绘画》经过论证后明确称："所谓'春蚕吐丝'，就是后世画家所称的'游丝描'。"

顾恺之传世的作品还有一幅《女史箴图》，虽然此图也被专家鉴定为唐宋时代的摹本，但毕竟摹自顾恺之画作。此图原藏清宫，英法联军火烧圆明园时，被一位英国官员得到，后来他将此卖给了英国的大英博物馆，由此而成为全球存世的最珍贵艺术品之一。关于这幅画作的绘画技巧，陈传席在《海外珍藏中国名画——晋唐风韵》中写道："从用笔上看，这幅画最大特点是线条圆而转，后人称之为'春蚕吐丝'。线条细而匀，无方折，圆而转，像春蚕吐出的丝一样。六朝既无刚硬线条，线条本身也无粗细变化，这也受当时篆书的影响，篆书线条也无粗细变化。绘画后来线条的变化也是受书法的影响，隶书就开始讲究线条的粗细变化,当然六朝时隶书已经出现了,但绘画线条主要还是受篆书的影响。人们认为这种线条很高古,又称之为'高古游丝描',画这种线条特别讲究,画时心要很静,屏住呼吸,手要稳。"在这里,陈传席明确地说,顾恺之就是用高古游丝描的技法绘出了《女史箴图》。

关于顾恺之的绘画理论,流传后世者有《论画》《魏晋胜流画赞》和《画云台山记》,由于历代的辗转传抄,相比于原文现存文字已经有了一些错讹,唐张彦远的《历代名画记》中收录了这三篇画论,但张在附注中称:"已上并长康所著,因载于篇。自古相传脱错,未得妙本勘校。"可见顾恺之的这三篇画论,到唐代时就已经有了不少的缺字错字,难以完整解读全篇的思想,然而后世研究者依然能从这些字句中基本了解顾恺之的绘画概念。比如《论画》中有一段极为重要的话,后世对其如何断句有着不同的看法,我转录俞剑华在《注解历代名画记》中的点校方式如下:

美丽之形,尺寸之制,阴阳之数,纤妙之迹,世所并贵。神仪在心,而手称其目者,玄赏则不待喻。不然,直绝夫人心之达,不可或以众论。执偏见以拟通者,亦必贵观于明识。

顾恺之认为准确的比例方能显现形态的美丽,而明暗面及细节的准确,也是好画的基本特征。但是真正好的画作的关键,不只是外观的准确,如果能把绘画主体的思想情感也表达出来,那才是真正的好画。他的这段话对后世影响极大,后世将此观念总结为"传神论",蒋兆和在《对顾恺之"传神论"的点滴体会》一文中总结道:"顾恺之的'传神论'就是论述怎样把对象的生命感情在画面上表现出来,他把表现对象的生命感情(他所谓'神'或'生气')当作绘画艺术的最高

人咸知脩其容莫知飾其性性之不飾或愆禮正斧之藻之克念作聖

出其言善千里應之苟違斯義同衾以疑

《女史箴图》(唐摹本) 局部　大英博物馆藏

道罔隆而不殺物無盛而不衰日中則昃月滿則微崇猶塵積替若駭機

班婕有辭割歡同輦夫豈不懷防微慮遠

准则。在这里他提出了'以形写神'的主张,正确地说明了'神'与'形'的辩证关系,因为'神'不能不借适当准确的'形'来表视。一定的'形'必然寄寓着一定的'神',但'神'和'形'不是等同的东西,'神'不同于一般的'形',而'形'又微妙地影响着'神',外形的变化与神气的变化是互相联系着的,同时,内心的思想活动与外表的神气又是一致的。"

关于顾恺之的绘画故事,唐许嵩等编的《建康实录》中有如下形象描绘:"按《京师寺记》:兴宁中,瓦官寺初置,僧众设会,请朝贤鸣刹注疏。其时士大夫莫有过十万者。既至长康,直打刹注百万。长康素贫,时以为大言。僧后寺成,请勾疏。长康曰:'宜备一壁。'遂闭户往来一百余日,所画维摩一躯。工毕,将欲点眸子,谓寺僧曰:'第一日开见者,责施十万。第二日开,可五万。第三日,可任例责施。'及开户,光明照寺,施者填咽。俄而果得百万钱也。"

东晋兴宁间,南京建造了一座瓦官寺,此寺采取了鸣刹注疏的募捐方式,不少士大夫纷纷登记捐款,但捐款额没有超过十万元的,没想到顾恺之却直接在登记簿上写明认捐一百万元。然而大家都知道顾不是个有钱人,平时生活看上去颇为贫穷,如今他突然认捐一百万,人们都认为他是在说大话。寺庙盖成后,僧人请他交纳认捐的款项,而他让僧人为自己准备一堵白墙,闭关一百多天后,在墙上画了一幅维摩诘像,却没有点上眼睛。待到将要点睛时,他跟僧人说,第一天来看我画眼睛的人要捐款十万,第二天来看的要捐款五万,第三天就随意捐。用这种方法,他很快就筹到了百万元。

这个故事说明:尽管顾恺之被誉为山水画的鼻祖,但他的人物画同样也很精彩,尤其他画眼睛可谓奇绝。前面曾谈及他有一度跟殷仲堪关系密切,但殷有一只眼睛失明,顾恺之提出为他画像,《晋书》中称:"欲图殷仲堪,仲堪有目病,固辞。恺之曰:'明府正为眼耳,若明点瞳子，飞白拂上，使如轻云之蔽月，岂不美乎！'仲堪乃从之。"因为瞎了一只眼睛，殷仲堪觉得自己的形象不好看，于是拒绝顾恺之画像的要求，然顾却说他自有妙招，肯定能画出神采，而殷果然相信了他。

顾恺之所绘的《维摩诘像》一直到唐代依然在瓦官寺中，唐睿宗时，黄元之在《润州江宁县瓦棺寺维摩诘画像碑》中称："在江宁县瓦棺寺变相者，晋虎头将军顾恺之所画也。……目若将视，眉如忽颦，口无言而似言，鬘不动而疑动，岂丹青之所叹咏，相好之有灵哉！"

此处所称的瓦棺寺就是瓦官寺，由这段记载可知，这幅作品到唐代时依然完好，后来杜甫曾到瓦官寺游览，看到了墙壁上的《维摩诘像》，而后写诗赞叹说，"虎头金粟影，神妙独难忘"。关于这幅《维摩诘像》究竟有何独特之处，张彦远在《历代名画记》中称："顾生首创维摩诘像，有清羸示病之容，隐几忘言之状，陆与张效之，终不及矣。"

到如今，千年古刹瓦官寺在南京原址得以复建，我曾两度来到该寺，寻找顾恺之的名作遗迹。

2015年8月14日，我再次来到南京寻访，此程是打车前往瓦官寺。该寺位于南京市秦淮区集庆路南侧。走入这片老街区，在一条窄窄的坡道上看到了"古瓦官寺"的指示牌，由此前行两百米左右，在左手边可以看到新修复的该寺。两年前，我第一次来此寺时，这里还在维修之中，如今工程已结束。瓦官寺至今已经有一千七百多年的历史，按照资料记载，此寺原本占地面积庞大，后来大部分寺产被居民占用，如今只能置换到这样一个小小的角落，但好在，这个角落仍在瓦官寺旧址之上。

走入寺院之内，能感觉到今日瓦官寺之小。一一探访过去，这里的房屋均为新盖，顾恺之的《维摩诘像》当然早就没有了痕迹。我来此探访是认定顾恺之的这幅名画与该寺大有关系，想来该寺会请高手

瓦官寺指示牌

瓦官寺山门

香炉上也有瓦官寺字样

复制一幅于寺中，故我将该寺的每个角落一一看过，结果未能看到此画的身影，心中多少有些失落。

顾恺之是无锡人，1995年12月6日的《江南晚报》上刊登有寅之所写《顾恺之和无锡》，该文中称："近查《无锡金匮县志》，在元朝时的地方志中曾有顾恺之墓的记录，地点在'将军堰桥西北岸'（即今薛福成故居附近）。将军堰桥即今学前街与健康路的交接处，学前街孔庙前至西水关当时是条河，河上有桥。"

看来顾恺之墓位于薛福成故居附近，虽然寅之在文中也谈到按照明代志书上的记载，此墓的主人不是顾恺之而是萧源之，而清代《无锡金匮县志》又称该墓既不是萧源之也不是顾恺之，而是另外一个将军的墓。究竟是谁的墓，后世未有定论。

2004年第5期的《无锡文史》有夏刚草《锡城何处藏"虎头"——东晋顾恺之墓考辨》一文，夏刚草在文中做了一番考证，而后结论是："那么位于无锡城中'将军堰桥西北岸'的这座将军墓，究竟是何人所葬呢？笔者认为，非顾恺之莫属！"

接下来，夏刚草在文中给出了四个理由，其中第一条为："元代以前，无锡一直有口碑相传，其地为顾恺之将军墓。"这里的口碑相传，应该是指元代王仁辅在其所撰《无锡志》中所言："今州巷直南至将军堰桥西北岸，旧有巫枢密故居，相传其地为顾恺之将军之墓。"

看来早在元代，就有人认为无锡城内的这座古墓是顾恺之的墓，而夏刚草说的第四个理由为："上个世纪八十年代，有些年过八旬的无锡老画家曾回忆说，原在学前街孔庙后面，有一'虎头将军墓'，并立有石碑一块，但抗战前即已毁坟建屋，墓、碑遗迹早已荡然无存（见《顾恺之研究资料汇编》上王梅青先生之文）。"

既然孔庙后面的古墓在抗战前已毁，那么要找顾恺之墓只能前往薛福成故居前，于是在2015年8月16日这天，我再次来到了无锡，特意到薛福成故居门前左右寻找顾恺之墓。如今那一带已经变成了车水马龙的交通要道，我在故居的周围转了很大一圈，完全看不到任何古墓。沿途我向一些商店打问此事，问过多人，没人能说出所以然来。

后来我查得无锡太湖边的灵山景区祥符寺内建有顾恺之纪念馆，于是这里又成了我的寻访目标。2018年7月27日，无锡的爱书人梧桐和陶潜以及陶潜的朋友张导演一同带我前往灵山景区去探访。此处距市区有几十公里的路途，其中有一段是沿着太湖开行，风景可谓绝佳，而请这么多朋友一同陪我寻访,乃是梧桐的美意。她此前几次告诉我,灵山景区面积巨大,并且禁止汽车入内,若从景区门口走到祥符禅寺,往返有五六公里的路途。而近期当地天气大热,走这么远的路恐怕晒晕在景区内,于是她通过陶潜请来了张导演,而张导演与祥符禅寺的方丈是相熟的朋友,在方丈的安排下,我们的车顺利开进了景区内。

虽然天气炎热,但却挡不住游客的热情,沿途所见大批游客排着队向内进发。景区内的寺庙分为多组,每组看上去都金碧辉煌,尤其那巨大的佛像,前往朝拜的人群络绎不绝。虽然梧桐曾来此处找到过顾恺之纪念馆,但她却记不准此馆的具体方位,于是边开车边留意着两侧的建筑,兜了很大一圈依然找不着目的地所在。后来我把车开到了寺庙侧旁的一条林荫路下,梧桐猛想起纪念馆可能在旁边高墙的院中,于是停车在那里,步行前往探寻。

走到此寺的山门前,方看到匾额上写着"祥符禅寺",原来这里才是要找的目的地,那么刚才在景区内看到的其他几组佛寺建筑该叫什么寺?这一点未能搞明白。我们跟着梧桐穿过山门进入院中后左转,眼前所见是一排僧房,一般这样的房间乃是僧人办公场所,而如今正门上挂着的匾额却是"顾恺之纪念馆"。

终于找到了目的地,我们大为高兴,然而这个高兴没过一分钟,就发现纪念馆大门紧锁。沿着这排房屋一一探看,所有的窗户都从里面插着,想推窗拍照的企图也破灭了。我只好回到正门前,请陶潜用力地把门推开一条缝,而后借着缝隙向里面拍照。由此而看到其正前方挂着"三绝堂"的匾额,匾额下方有顾恺之半身塑像,余外看到里面有一些展柜。

顾恺之纪念馆为什么建在佛寺内?王梅青在《知山深而偏行,苦力促而益进——记无锡市顾恺之研究会十一年经历》一文中称:"2003年12月30日,无锡市顾恺之纪念馆在祥符禅寺的大力支持下,

在附近寻找顾恺之墓

匾额

尤其在该寺方丈无相大和尚的亲自筹划下,终于在灵山景区建成开馆。无锡市顾恺之研究会,经过十一年的风风雨雨,历经了千辛万苦,遭遇了千折百曲,想尽了千方百计,克服重重困难,总算在顾恺之的发迹地——佛门寺院安下了'家'。"而后王梅青在文中解释了该会成立后的曲折过程。

看来,顾恺之纪念馆能够开办在祥符禅寺内,也是很不容易的一件事,但我从千里之外特意来朝拜这位大画家,却到其门而不能入,故无法知道纪念馆内究竟有何作品。王梅青主编的《顾恺之研究文集》附录有"无锡市顾恺之纪念馆简介",该简介中介绍了纪念馆的陈列展品,其中关于顾恺之画作的复制品有:

一、以传为顾恺之所作的《洛神赋图》和《列女仁智图》为蓝本,放大镌刻的石刻画卷(各长十二米)。

二、由故宫博物院提供的顾恺之《洛神赋图卷》和《列女仁智图》的黑白照片。

三、由辽宁省博物馆提供的顾恺之《洛神赋图卷》(另一摹本)的彩色照片。

四、根据大英博物馆藏印刷品临摹的顾恺之《女史箴图》。

五、根据故宫博物院印刷品临摹的《斫琴图》。

六、根据敦煌壁画印刷品临摹的《维摩诘像》。

原来这里面有复制的《维摩诘像》,虽然此像不是瓦官寺的摹本,但也应当可以看到顾恺之画作的神采。可惜今日缘分未足,看来今后还要到这里来再次探访。

《列女仁智图》（南宋摹本）局部 故宫博物院藏

宗炳（375年—443年）

人物画论至长康而成立，山水画论至长康而萌始

宗炳是南北朝时期的著名画家。对于这个时期的绘画总体风貌，郑昶在《中国画学全史》中做了如下总结："南北两朝，划然分立，南朝以长江流域为地盘，北朝以黄河流域为地盘。黄河流域地势荒寒，长江流域山水秀媚，地理上之占有既殊；而南朝人民，以汉族为主，北朝人民，以鲜卑族为主，汉族人之文艺思想，自较鲜卑族为优秀，则以民族上之支配而论，南北朝亦大异趣。故当时绘画，因地理民族之不同，亦隐然各驰其道。或谓我国图画，厥后卒有南北之分者，是殆其远因也。"

郑昶认为北朝主要是少数民族，而南朝主要是汉族，相比较而言，南朝在艺术创作方面基础条件更好。对于南朝的著名画家，郑昶在专著中又写道："自道释画外，写生人物画，亦有成名家者。然如群星之近月，依稀其光而已。至若新由人物画背景脱胎之山水画，至是则大进步。唯多属于南朝，盖即前所云非独民族之特优，亦江南山水之雅秀，有以涵养使然者。当时山水画家，如宗炳、王微之流，要皆晦迹韬声于烟云泉石间，喜以笔墨点染，写其逸情，实北宋人所谓文人画之滥觞。"

在这里郑昶仅举出了南朝两位著名画家——宗炳和王微，认为他们两人的绘画理念对后世有较大影响，可以称之为北宋文人画的先声。

之所以能够给予这么高的评价，主要缘于这二人在绘画理论上的创建，因为宗炳有过一篇《画山水序》，而王微则有《叙画》一文。对于这两篇文章的价值所在，俞剑华在《中国绘画史》中称："刘宋时代，画人物及佛像者既盛极一时，然对于人物佛像之画理画法竟无论及之者。宗炳、王微虽亦工人物，但以潇洒飘逸，性情所近，乃在山水，故其所作《画序》，全论山水，而无一语及于人物佛像。道释画盛行于中国之画坛者几千年，其间大家辈出，名手迭兴，卒无一种专门著作以论道释画法者。山水画论自宗、王而后，接踵而起，后世论画之书，十九皆为山水。宗、王之论，虽系开始，但山水画中之基本方法与夫最高原理，俱有阐发，其功固甚伟也。"

这是很有意思的一个现象。南朝在刘宋时代绘画界盛行人物和佛像画，但并没有出现相关的理论性著作，虽然宗炳和王微同样擅长人物画，然而这两人所写的画论，尤其是宗炳的《画山水序》，内容所谈全部是山水画的理论总结，其中一个字也未提到人物、佛像。而中国画的主体自此之后，渐渐以山水画为大宗，这种局面的产生虽然原因很多，但跟宗炳、王微的绘画理论有着重要关系。

关于宗炳《画山水序》的重要价值，陈传席在《中国山水画史》中有专章论述，该书认为"宗炳的《画山水序》在绘画史上实际影响最大，乃是中国最早一篇山水画论"。然如前文所言，有些画史专家把顾恺之的《画云台山记》视作中国最早的山水画论，而顾恺之的时代要比宗炳略早。那如何来评判两者之间孰先孰后呢？陈传席认为："顾恺之的《画云台山记》只是一幅山水画构图的设计稿，还不能算是正式的山水画论。"对于这一点，陈传席在《中国山水画史》中进一步强调："宗炳和顾恺之同世，顾的《画云台山记》只是一个构图设想的文字记录，还不能算是正式的山水画论。宗炳这一篇《画山水序》方是中国最早，当然也是全世界最早的山水画论。从文中'不知老之将至'

可知,这篇画论产生于公元440年之前的南朝刘宋之初,这比西方国家产生西式的风景画要早十几个世纪。"

对于顾恺之《画云台山记》在山水画史中的价值,王世襄在《中国画论研究》中称:"吾人试为长康估计其对于画论之贡献:论人物于理论上提出'迁想妙得'四字……模写及赋彩方面亦有可贵之言论……关于山水画论,贡献较少,但在晋代山水尚不重要之时,而有《画云台山记》之叙述文字,亦属难能可贵。吾人于画论史方面观之,不妨谓人物画论至长康而成立,山水画论至长康而萌始。"

王世襄认为《画云台山记》乃是人物画论渐趋成熟,山水画论则只是理论建设上的萌芽期。对于这样的论述,花仕旺在《宗炳画论:山水画美学的先驱与典范》一文中评价说:"如果说《画云台山记》还只是山水画论之萌始,那么比顾恺之稍晚的刘宋时期的宗炳《画山水序》已具备了独立的审美价值,则宣告了山水画论的正式出现。"对于宗炳《画山水序》的重要意义,该文继续论述道:"宗炳是中国早期山水画家之杰出代表,更是中国山水画美学之先驱,最早将'受佛家思想浸泡的老庄道家思想'贯彻到其山水画创作和山水画论中去,他的《画山水序》不仅是中国最早的山水画论,更是中国山水画美学的典范之作,对中国山水画的创作和美学特征的形成都产生了深远的影响。"

宗炳的《画山水序》对中国山水画有着开创性的意义,雍文昂在《试论宗炳〈画山水序〉与"法身说"的关联》一文中认为:"宗炳被认为是六朝画论思想领域由晋入宋时期一位重要的理论家,他《画山水序》一文中提出的'澄怀味象''畅神'等命题,是继顾恺之'传神论'之后的又一理论高峰。"

从以上的这些评论都可看出宗炳的《画山水序》有着极其重要的学术价值,后世对宗炳的研究大多是阐述他的这篇著作,故在此将《画山水序》全文抄录如下:

圣人含道暎物，贤者澄怀味象，至于山水，质有而趣灵。是以轩辕、尧、孔、广成、大隗、许由、孤竹之流，必有崆峒、具茨、藐姑、箕、首、大蒙之游焉。又称仁智之乐焉。夫圣人以神法道，而贤者通；山水以形媚道，而仁者乐，不亦几乎？

余眷恋庐、衡，契阔荆、巫，不知老之将至。愧不能凝气怡身，伤砧石门之流，于是画象布色，构兹云岭。夫理绝于中古之上者，可意求于千载之下；旨微于言象之外者，可心取于书策之内。况乎身所盘桓，目所绸缪，以形写形，以色貌色也。且夫昆仑山之大，瞳子之小，迫目以寸，则其形莫睹；迥以数里，则可围于寸眸。诚由去之稍阔，则其见弥小。今张绡素以远映，则昆、阆之形可围于方寸之内。竖划三寸，当千仞之高；横墨数尺，体百里之迥。是以观画图者，徒患类之不巧，不以制小而累其似，此自然之势。如是则嵩、华之秀，玄牝之灵，皆可得之于一图矣。

夫以应目会心为理者，类之成巧，则目亦同应，心亦俱会，应会感神，神超理得，虽复虚求幽岩，何以加焉。又神本亡端，栖形感类，理入影迹，诚能妙写，亦诚尽矣。于是闲居理气，拂觞鸣琴，披图幽对，坐究四荒，不违天励之丛，独应无人之野。峰岫峣嶷，云林森渺，圣贤映于绝代，万趣融其神思。余复何为哉？畅神而已。神之所畅，孰有先焉？

如此不长的一篇文章，却是中国绘画史上早期画论的重要著作，对于这篇文章的价值，俞剑华在《中国绘画史》中总结为五点："观宗炳所论，特点甚多：（一）提高山水画之价值与地位；（二）发明写景之方法，将伟大之自然景物写于尺幅之内，而不失其大小之比例；（三）以形写形，以色貌色，可谓写实主义；（四）画家须注意修养；（五）画家之作画，在于自畅其神，怡性养情，已开后世文人画'写胸中逸气'之端。"

对于宗炳的这篇著作,后世有着广泛的解读,时胜勋在《关于宗炳〈画山水序〉学术地位的十一个问题》一文中予以了全面的分析。此文首先称:"宗炳(375—443)《画山水序》是中国山水画论的第一篇系统论文,具有重要的地位。"而后提及对于宗炳此文的研究当代学者观点并不一致,甚至有着完全相反的解读,这正是他系统阐述此文的动机所在。该文谈论的第一个问题就是关于《画山水序》的思想归属,其实乃是论述宗炳的宗教观,因为宗炳曾几次上庐山拜著名高僧慧远为师。《宋书·隐逸传》中称:

(宗炳)妙善琴书,精于言理,每游山水,往辄忘归。征西长史王敬弘每从之,未尝不弥日也。乃下入庐山,就释慧远考寻文义。兄臧为南平太守,逼与俱还,乃于江陵三湖立宅,闲居无事。高祖召为太尉参军,不就。二兄蚤卒,孤累甚多,家贫无以相赡,颇营稼穑。高祖数致饩赉,其后子弟从禄,乃悉不复受。

宗炳在艺术方面有多种才能,并且善于理论探讨,同时也喜欢游山玩水,曾入庐山跟慧远学习佛理,后来被兄长逼迫返回家乡。因为宗炳有着很好的名声,朝廷多次召他入朝为官,但每次宗炳都借故推辞。其兄长去世后,家中人口都由宗炳来照顾,故宗炳将很大的精力用在了养家糊口上,好在皇帝还对他颇为照顾,时不时地给予资助。

《宋书·隐逸传》中的这段记载简单勾勒出了宗炳的生平,而他与慧远的关系,《高僧传·释慧远传》中载:"(慧)远内通佛理,外善群书,夫预学徒,莫不依拟。时远讲《丧服经》,雷次宗、宗炳等,并执卷承旨。"以此可证,宗炳确实跟随慧远学习过。此传中还载有慧远圆寂后宗炳为其立碑之事:"(释慧远)以晋义熙十二年八月初动散,至六日困笃。大德耆年皆稽颡请饮豉酒,不许。又请饮米汁,不许。又请以蜜和水为浆,乃命律师令披卷寻文,得饮与不,卷未半而终,春秋八十三矣……浔阳太守阮保于山西岭凿圹开隧,谢灵运为造碑文,铭其遗德,南阳宗炳又立碑寺门。"

关于宗炳拜慧远为师学习佛理的时间,其在所撰《明佛论》中称:"昔远和尚澄业庐山,余往憩五旬,高洁贞厉,理学精妙,固远流也。其师安法师,灵德自奇。微遇比丘,并含清真。皆其相与素洽乎道,而后孤立于山。是以神明之化,邃于岩林。骤与余言于崖树涧壑之间,暧然乎有自言表而肃人者。"

宗炳自称陪伴慧远身边达五旬之久,但何为"五旬",后世有不同看法。按照一般的解释,一旬乃是十天,但也有人将旬解释为月甚至年,因此又有了宗炳在慧远身边时间长达五个月甚至五年之久的说法。雍文昴在《志托丘园:宗炳的隐居之地及其美学观念的融会》一文对此进行了分析,此文首先引用了《孟子》中所言:"齐人伐燕,胜之。宣王问曰:'或谓寡人勿取,或谓寡人取之。以万乘之国伐万乘之国,五旬而举之,人力不至于此。不取,必有天殃。取之,何如?'"而后又引用了《吕氏春秋》高诱注中所言,其结论为:"基本可以认定为五十日。"

显然,五十天的时间并不算长久。宗炳究竟去过几次庐山,后世学者也有不同的说法。《南齐书·宗测传》中称:"(宗测)欲游名山,乃写祖炳所画《尚子平图》于壁上……赍《老子》《庄子》二书自随。子孙拜辞悲泣,测长啸不视,遂往庐山,止祖炳旧宅。"宗炳的孙子宗测也是一位画家,后来隐居到了庐山,所居之处就是祖父当年的旧宅。既然有旧宅在,似乎说明宗炳在庐山住的时间不短,故雍文昴在《融会》一文中推测说:"可知宗测在庐山的隐居之地,是祖父宗炳的旧宅,但如若宗炳在庐山总共只逗留了五十日的时间,则其似乎不必,也不够时间在庐山立宅,因而,宗测'止祖炳旧宅'一事,也可从侧面佐证宗炳前往庐山,应不止一次。"

能够停留那么长时间,可见慧远的思想对宗炳有着很强吸引力,时胜勋认为:"支遁以及以慧远为代表的庐山佛教僧团普遍表现出喜好山水的倾向,对宗炳影响深刻。"也许这是宗炳撰写《画山水序》的根源所在。宗炳还撰写过一篇专门谈佛教问题的书《明佛论》。对于宗炳这部书的观念,倪志云在《宗炳〈画山水序〉"大蒙"之解辨证——兼论宗炳的思想特点》一文中认为:"宗炳作《明佛论》,洋洋万言,与质疑和排摈佛教者论辩,其主旨固然是尊崇佛教,维护精神不灭论,但其中也时时引据儒家与道家的事迹和思想观念,屡屡称述尧、舜、汤、武、周、孔、老、庄等等,且以为儒、道与佛殊路而同致。可以看出他的信仰固然明确为佛教,而他的学识储存更多的还是中国古典的儒家、道家之学和魏晋玄学等。"

宗炳在《明佛论》中虽然替佛教辩护,却又引用了儒家和道家的理论,这种观念的杂糅同样是受慧远的影响。汤用彤在《汉魏两晋南北朝佛教史》中称:"然慧远固亦不脱两晋佛学家之风习,于三玄更称擅长。《僧传》称其少时博综六经,尤善《庄》《老》。又谓其释实相引《庄子》为连类,听者晓然。《世说》载其与殷仲堪谈《易》,谓《易》以感为体。其行文亦杂引《庄》《老》,读其现存之篇什,触章可见,不待烦举。故远公虽于佛教独立之精神多所扶持,而其谈理之依傍玄言,犹袭当时之好尚也。"

慧远虽然是名僧,却博览儒家经典六经,同时熟悉老庄哲学,这些观念都传导到了宗炳那里,因此宗炳在撰《画山水序》时也会将这些观念融入文中。故而雍文昂在《关联》一文中称:"宗炳提出的'澄怀味象'('澄怀观道')的命题,是对老子美学的重大发展。他把老子美学中'象''味''道''涤除玄鉴'等范畴和命题融化为一个新的美学命题，对审美关系做了高度的概括。这在美学史上是一个飞跃。"对于这一点，文中进一步总结道："宗炳将老子、庄子'涤除玄鉴''心斋''坐忘'的命题融入山水之中，提出了'澄怀味象（澄怀观道）'，正所谓'以玄对山水'，而在此基础以上，他将对山水的审美心理活动，进一步地转移入山水画，则可以说是在艺术领域的一项开创。"

对《画山水序》所包含的老庄思想，人们也有着不同的解读，比如李泽厚、刘纲纪主编的《中国美学史》中明确称："有人认为《画山水序》的思想全属庄学的表现，这是不符合实际的。"此书认为对于该文的解读更要着眼于宗炳崇奉佛教的背景，而宗炳在作《画山水序》一文时，也受到了慧远《万佛影铭》等文章的影响，所以该书认为《画山水序》的思想是建立在慧远的佛学基础之上。

单纯从画理而言，《画山水序》中最受后世美学家所关注者，是如下一段话：

> 且夫昆仑山之大，瞳子之小，迫目以寸，则其形莫睹；迥以数里，则可围于寸眸。诚由去之稍阔，则其见弥小。今张绡素以远映，则昆、阆之形可围于方寸之内。竖划三寸，当千仞之高；横墨数尺，体百里之迥。是以观画图者，徒患类之不巧，不以制小而累其似，此自然之势。如是则嵩华之秀，玄牝之灵，皆可得之于一图矣。

这段话谈论了自然景物之大跟眼睛之小的关系，由此而被解读为近似于西方绘画的透视学。然时胜勋认为："透视法在今天一般称之为中心透视或者焦点透视，其重要内容就是空间的纵深感，由近景、中景、远景构成，是以画家视角不动的方式进行绘画，在画面上表现为光线的明暗变化与所有的形状线条以等比例缩小并消失于'没影点'（灭点），这是严格的透视法。近大远小是透视法的要素之一，但不是唯一要素。中国的更多的是等角透视、散点透视，即平行、移动透视，几乎没有明显的明暗变化，也没有所谓的没影点，只有中景、远景，无近景，缺乏空间的纵深感，多呈现平面性、平行性，堆积感强。正是由于中心透视是以视角不动为特征，主要画种是静物画（光线）、风景画，而不是山水画，而这正是等角透视的强项。至今在西方绘画领域，全景式的山水画都不占主流。因此，西方的风景画与中国山水画不具有可比性，在价值上没有高下之分。"

以上的所谈均为宗炳绘画理论上的贡献，对于其绘画成就，谢赫在《古画品录》中仅将宗炳作品列为最低层次的第六品："炳于六法，亡所遗善，然含毫命素，必有损益，迹非准的，意足师效。"张彦远则认为谢赫对宗炳的评价前后矛盾，他在《历代名画记》中称："既云必有损益，又云非准的。既云六法亡所遗善，又云可师效。谢赫之评固不足采也。且宗公高士也，飘然物外情，不可以俗画传其意旨。"但是，张彦远也只把宗炳列在了"中品中"，其《历代名画记》将画家列为九品，"中品中"为九品中的第五品，虽然这个位次比谢赫所评有所提高，但仍然不是高品位的评价。

宗炳在绘画理论上有如此高的开创性，然而其绘画作品却未能得到同等地位的评价。对于这种反差的原因，时胜勋在其文中总结为四点：

> 一是宗炳的人物画的确没有达到很高的层次；二是相比人物画，当时山水画还远未成为绘画的核心画种，即便在唐代，这也造成对宗炳山水画评论不足；三是宗炳的山水画保存不易，后人不得见；四是宗炳的山水画的确处于初创之期，技法的确并没有达到更高的水平。

虽然如此，宗炳在绘画史上的地位依然十分重要，故花仕旺认为："宗炳《画山水序》中提出的'圣人含道暎物''圣人以神法道''山水以形媚道''澄怀味象''以形写形、以色貌色''应目会心'等美学命题涵盖了儒道佛三家的哲学思想，对我国山水画的创作和美学特征的形成都产生了深远的影响。"

关于宗炳的遗迹，雍文昂在《融会》一文中讲道："由于宗炳的祖父宗承、父亲宗繇之以及兄长宗臧都曾任荆州辖属的郡邑长官，因此宗氏家族自宗炳的祖父宗承开始就应已在江陵地区居住，并于其后世居于此。从宗炳的传记来看，其一生大部分的隐逸生活，也都是在江陵度过。"对于宗炳后来的经历以及现存的遗迹，文中又称："在隆安初（397）至隆安三年（399）期间殷仲堪、桓玄曾并辟宗炳为主簿，其时殷仲堪为荆州刺史，而桓玄虽督交广二州，任广州刺史，但受命不行，故二人应均在江陵。而义熙八年（412）十一月至义熙九年（413）二月间，高祖刘裕亦曾辟宗炳为主簿，其时高祖诛刘毅、领荆州，也同样在江陵暂居。因而，宗炳在这两个时段期间也应居于江陵。再次，宗炳传中还曾记云：'（宗炳）乃下入庐山，就释慧远考寻文义。兄臧为南平太守，逼与俱还，乃于江陵三湖立宅，闲居无事。'可知宗炳在去庐山求学释慧远之后，即回到江陵居住，而从其三湖立宅的举动来看，也可知宗炳意欲在江陵久居。其后，从本传记载来看，宗炳还曾游历荆、巫、衡、岳等地，后因'有疾还江陵'，并在江陵度过了晚年。据考证，宗炳在江陵所立之宅，在沙市区域内省管三湖农场的宗家台，现仅存宅基与古槐一棵。"

根据这个线索，我在网上查得文中所提到的古槐仍然在，如今的地址为湖北省江陵县三湖农场的清水口大队。于是在荆州包下一辆出租车前往此地，司机虽然此前没有来过三湖农场，但是在手机导航上输入目的地后，很快就来到了清水口大队的村部。十几年的寻访历程让我深切地感受到了高科技的发展给人们带来的便利。

可能是正巧赶上午休，村部内显得静悄悄，两三个前来办事的人站在树荫下等候着工作人员上班。我的急性子支撑不到下午两点的上班时间，于是向树荫下的村民打问宗炳遗迹所在，以及村里那棵跟宗炳有关的大槐树。几位村民闻言立即给我指明前行的方位，看来宗炳遗迹在当地颇具名气。按照他们所指的路径，司机驶过一小段村路，将车开到一排民居前面。

这排民居的结构颇为统一，门口铺装着水泥地面，其中一户门前的水泥地面上晒着新收的谷物。我向坐在门口的几位妇女打问宗炳遗迹，她们一起指着这排民居的顶头位置说，水泥地尽头有条小路，顺着小路走就能看到那棵大槐树，于是司机和我一起走到了水泥地的尽头。

眼前出现一片菜地，菜地的前面是一片小树林，进入小树林不远，眼前就幽暗起来，树林中有间用红砖砌起来的小屋，几棵略为粗壮的

沿小径前行

树围绕在小屋周围,并没有看见想象中高耸的大槐树。然而再细看,这些树中确实有棵颇为高大的槐树,只是这棵槐树并没有高耸入云的主杆,而是在树基的位置似乎是因为雷击而分成了两半,树基部分又因植被苍郁,无法靠近细观,只好在其周围逡巡着,寻找合适的角度拍摄。

关于宗炳故里,我在网上查找资料时,见到多处称这里有一个大土台,台上有棵大槐树,相传为宗炳手植,然而宗炳是距今一千六百多年前的人物,如果是经他手植,这棵槐树也该有相当的年龄,可是现场所见,说是大土堆,却已经看不出高度,只是地势略为高一点而已。树身上悬挂着一块铭牌,上面写着"国槐,树龄一百年,保护等级:三级"。一百年的树龄显然距宗炳生活的时代甚远,即使按照简单的推论,这棵树应当有一千六百岁才可能跟宗炳扯上关系。然细想之下,槐树不属于长寿树种,但其寿终正寝时老根之下也会发出新芽,这正如愚公所言:"虽我之死,有子存焉;子又生孙,孙又生子;子又有子,子又有孙;子子孙孙无穷匮也。"说不定这棵一百年的古槐正是宗炳手植槐树的后代,但如何印证这个判断,显然不是一件容易的事。然而我还是希望这棵国槐能跟宗炳扯上关系,展眼四望,未曾看到村民,于是我走到那间红砖砌起的小屋,去看个究竟。

原来这是一间简易的小庙,供奉着几尊不知名的神像。正在我对着神像探头探脑间,一位大约六七十岁的村民沿着我刚才走过的小路走了过来,我向他请教这里是否就是宗炳遗迹所在,他肯定地指着大槐树说,宗炳故居应该就在这棵树周围的这一片树林里,但具体是这片树林里的哪一个具体地点,现在谁也不知道。他所言马上令我肃然起敬,因为我知道遇到了一位说话谨严的老者,于是接着向他请教,在这里还有什么与宗炳有关的遗迹。老者说当年这里有一个大庙和一个小庙,宗炳经常在这两座庙之间来来往往。我马上追问这两座庙是

一百年树龄的国槐

否还有遗迹在,他指了指树林里的那间不足十平米的小红砖房,说那里就是当年的小庙,而大庙就在村里的另一端。我感觉这位老者很是热心肠,觍着脸问他是否可以带我们去看一下那座大庙,老者马上掉头就往树林外面走去,嘴里说着:"跟我来,跟我来。"

走出树林,我请老者一同上车,老者却翻身骑上了一辆农用小三轮,身姿潇洒且神气十足地说:"不用!我骑这个快得很!"

跟着老者驶出不远,就在村里的一条村道旁边,看见坡下一间大瓦房的背影,说是大瓦房,其实是相对于刚才那间不足十平米的小红砖房而言,这让我略有些失望。瓦房的大小形态和普通民房没有什么区别,只是屋顶的侧檐上立着一些小兽,又在屋顶与侧墙的交界处钉了一条蓝色的木板以做装饰。老者叫我不要忙着下坡,指了路边的一块石碑说:"这就是寺名,这里叫清佛寺。"果然我看见一块简易的石碑上刻着"清佛寺"三字,立在几块红砖上。老者带我下了坡,指

简易的小庙

着刚才让我失望的大瓦房说,这是最后一间,前面的几间房屋都是清佛寺。

原来,老者是带我从后方进入清佛寺的范围,然而说是寺,却又感觉极为怪异,细看过去,原来是几间民房与小庙的结合式建筑,按中轴线的形式前后排列着,周围并没有围墙,最前面的一间是大雄宝殿,门口的立柱上盘着金龙,两边各立一只颇具喜感的狮子。老者见我对狮子颇感兴趣,告诉我为了雕造这只狮子他花了三百元钱,里面的佛像则是每尊几百到一千元不等,并且强调建这座清佛寺是得到批示的,所有的手续齐备,是经得起检查的,而他就是筹建人。

大雄宝殿的前面除了香炉,还有一个台阶式的水泥平台,我好奇为什么这里会出现一个平台,因为按照规制,这里不应该有这么个奇怪的台阶。老者认真地告诉我,这里是升国旗的地方。话音刚落,同来的司机笑了起来,老者对他的笑声不以为意,只是强调,领导来的

寺名

时候,这里的确是要升国旗的。司机大概希望快些跑完我的行程,他好返回荆州,开始怀疑这座寺庙与宗炳的关系,再三问老者这里和宗炳有什么关系。老者不疾不徐地说:"当然有关系,宗炳就在这两间寺庙之间走来走去,走来走去,走来走去,走来走去。"老人边说边用奇怪的步伐来回走动着,看着他那颇为投入的形态,我和司机忍不住同时乐起来。

　　眼前的清佛寺共有四排房屋,大雄宝殿之后分别是弥陀殿、三义殿和观音殿,我好奇那三义是哪三义,探头一看,居然是刘关张,这时不待老者解释,司机就做出大悟状,主动告诉我:"原来是刘关张,整个荆州这一带都是三国文化。"看完清佛寺,司机按照导航所指,直奔宗炳广场而去。广场修得颇为壮观,可见在当地,的确是十分重视宗炳文化。而广场的一端立着巨大的石影壁,上面刻着的,正是宗炳的《画山水序》。

正面看过去

升国旗用的平台

弥陀殿

宗炳广场

刘关张

上面刻着《画山水序》

展子虔（约550年—约618年）

意度具足，可为唐画之祖

展子虔是隋及隋之前的人物，经历北齐、北周而后入隋，后为隋文帝所召，任命为朝散大夫、帐内都督，故而后世均视其为隋代人物。

关于隋代在艺术史上的状况，潘天寿在《中国绘画史》中有如下表述："惟文帝初，以两朝文物之浮靡，亟思有以改革之，因绝清谈，兴经学，结果以北朝之风尚，抑止南朝之习俗。开皇二十年，并敕令夏侯朗作《三礼图》十卷，其题材全系礼教化之历史故事。此虽抄袭礼教时期专制君主傀儡绘画之陈法，然却大束缚南北朝以来如万花怒放之绘画思想。"正是出于这种原因，使得隋之前五彩缤纷的绘画环境变得拘谨了起来。潘天寿接着写道："故终隋之世，凡应用于政教上之绘画，上趋下好，每不易越出礼教之范围，故一般平凡作家，因此宥于思想之见地，对于取材命意等，大足妨碍艺术各方之进展。因之文士大夫之习绘画者，固较南北朝为少；如雨后春笋之南北朝画论，亦顿然终止，自非无因也。"

即便在这种状态下，也同样有脱颖而出的大画家，潘天寿专著中举出多位这样的画家，而其谈到的第一位就是展子虔："然少数特出之作家，则仍不然。如以人物论，则有展子虔之细描色晕，意度俱足，世称唐画之祖。"展子虔"唐画之祖"这种说法，乃是出自元代汤垕在《画鉴》中所言："展子虔画山水，大抵唐李将军父子宗之，人物描法甚细,随以色晕开……人物面部,神采如生,意度具足,可为唐画之祖。"汤垕认为展子虔的山水画对唐代画家李思训、李昭道父子有着重要的启迪作用,而实际上,受展子虔启迪者还有此后的青绿山水一派诸多画家。

关于展子虔在隋代绘画史上的地位,王伯敏在专著《中国绘画通史》中,于"隋代的绘画"一节举出当时的著名画家:"这个时期的画家,较为重要的有展子虔、董伯仁和郑法士。在中国绘画史上,所谓'顾陆张展',展子虔就被称为唐以前杰出的大家之一。"而对于展子虔在山水画方面的贡献,王伯敏专著则称:"山水画的发展,自南朝梁的萧贲,被姚最评为'咫尺之内,而瞻万里之遥'后,至隋代的展子虔,是得到同样评论的第二人,说明处理画面的空间,展子虔能尽量要求达到以有限来表现无限的艺术效果。"

然而唐张彦远在《历代名画记》中谈到展子虔时,引用了多位前人的评价,其中却并未提到他在山水画方面的特长:"展子虔(中品下)。历北齐、周、隋,在隋为朝散大夫、帐内都督。僧悰云:'触物留情,备皆妙绝,尤善台阁、人马、山川,咫尺千里。'李云:'董、展同品,董有展之车马,展亡董之台阁。'"张彦远又在该文后列举了他所了解到或者看到的展子虔作品:"《法华变》(白麻纸)、《长安车马人物图》、《弋猎图》、《杂宫苑》、《南郊》白画、《王世充像》、《北齐后主幸晋阳宫图》、《朱买臣覆水图》,并传于代。"

从这些描述及其唐代时流传的画作情况看,展子虔似乎更擅长人物、车、马,宋董迪在《广川画跋》中亦说展子虔:"作立马,有走势;卧马,则腹有腾骧起跃势,若不可掩覆也。"然从张彦远引用的僧彦悰评语来看,展子虔也擅长"山川",并且在这方面的成就可以达到"咫尺千里"。

张彦远的《历代名画记》卷一中,有篇《叙画之兴废》,该文从秦汉一直讲到了唐代，在谈到这么长的时段内所产生的画论时，说了这样一段话："后汉孙畅之有《述画记》。梁武帝、陈姚最、谢赫，隋沙门彦悰，唐御史大夫李嗣真、秘书正字刘整、著作郎顾况并兼有画评。中书舍人裴孝源有《画录》，窦蒙有《画拾遗录》，率皆浅薄漏略，不越数纸。僧悰之评，最为谬误，传写又复脱错，殊不足看也。"张彦远列举了多位撰写画论者，并且评价彦悰的画评"最为谬误"，既然如此，那么为什么张彦远还要引用他的画评呢？

有许多文献记载展子虔擅长绘画创作，裴孝源在唐贞观年间创作的《贞观公私画史》中，载有他所看到和了解到的名家壁画，其中有多幅为展子虔所创作："隋灵宝寺：展子虔、郑法士画，在长安。隋光明寺：田僧亮、展子虔、郑法士、杨契丹画，在长安。隋天女寺：展子虔画，在洛阳。隋云花寺：展子虔画，在洛阳。"北宋郭若虚的《图画见闻志》也谈到展子虔画过不少的壁画："唐李德裕镇浙西日，于润州建功德佛宇，曰甘露寺，当会昌废毁之际，奏请独存。因尽取管内废寺中名贤画壁，置之甘露，乃晋顾恺之、戴安道，宋谢灵运、陆探微，梁张僧繇，隋展子虔，唐韩幹、吴道子画……又于福圣寺得展子虔天乐部二十五身，悉陷于屋壁，号宝墨亭。"

展子虔所绘壁画中是否有山水画的内容，未见资料记载，想来那些画作大多是以人物为主题。樊波在其专著《中国人物画史》中也有这样的表述："从对后世绘画的影响来看，展子虔的主要贡献在于山水画，传为他所作的《游春图》就是一幅杰出的山水画作品。但是，其实展子虔也是一位成就突出的人物画家，只是由于没有作品流于后世作为见证，所以这方面的成就被他的山水画声名所掩抑。但是如将隋唐人物画发展作为一个连续整体来考察，作为'唐画之祖'的展子虔对人物画的贡献是不应被忽略的。"

展子虔所绘壁画之传神，可由宋梅尧臣的诗作《和江邻几学士画鬼拔河篇》中窥得一斑：

> 蒲中古寺壁画古，画者隋代展子虔。
> 分明八鬼拔河戏，中建二旗观却前。
> 东厢四鬼苦用力，索尾拽断一鬼颠。
> 西厢四鬼来背挽，双手碰下抵以肩。
> 龙头鱼身霹雳使，持钺植立旗左偏。
> 拔山夜叉右握斧，各司胜负如争先。
> 两旁挝鼓鼓四面，声势助勇努眼圆。
> 臂枭张拳击捧首，似与暴谑意态全。
> 当正大鬼按膝坐，三鬼带鞴一执旃。
> 操刀擐囊力指督，怒发上直筋旧缠。
> 虎尾人身又踣顾，蒺藜短挺金锤坚。
> 高下尊卑二十四，二十四鬼无黄泉。
> 角锥竞强欲何睹，曷不各各还荒埏。

对于该诗描写的内容，樊波有如下评论："从诗文的描写可知，这幅壁画的人物造型极为生动绝妙，场面氛围的描绘也是有声有色，十分壮观，具有惊心动魄的感染力。这些材料表明，展子虔的人物画不仅数量多，而且在艺术成就上应该不亚于山水画，只是从开创新格局的意义上看，他的人物画影响不如山水画。"

遗憾的是，展子虔创作的壁画和人物画到如今都失传了，他的画作今日可得见者仅有一幅山水画《游春图》，并且此图究竟是展子虔亲笔所作还是后世摹本，直到今时依然有着争论。

关于《游春图》的价值，翟明帅在《展子虔〈游春图〉对中国青绿山水画的范式化意义》一文中称："展子虔的《游春图》在中国山水

《游春图》 故宫博物院藏

画的形成过程中具有开创性的意义。它的成就标志着中国山水画成为一门独立的画科。"

为何这幅画有如此重要的开创性？翟明帅在文中解释道："在展子虔的《游春图》中，画面表现的视角发生很大变化，画中营造的'氛围'变得更加宏大旷远，人物在画面上变得很小，成为点缀和映衬，不再是画面的主体；而树石、云水等成为画面表现的主体，占据画面的主要空间。至此，'山水画'才真正从人物画中发展出来并走向成熟。"该文又进一步认为："青绿山水画是在二维的空间上表现出三维空间感的艺术。这种'在平面上再造出立体'的艺术形式要打破绘画材料在维度上的限制。因此，《游春图》对空间的建构是颇为讲究的，空间的布陈更为合理，比例的把握渐趋协调。尤其是对山川的表现给人以高旷、平蜒、纵深之感，为'高远''深远''平远'的雏形，开'三远法'之先河。"

《游春图》局部　故宫博物院藏

刘思智在《展子虔生卒及艺术成就考》一文中，对《游春图》的特殊价值做出了类似阐述："魏晋南北朝时期的山水画，是作为人物画的陪衬出现在画面上的，画家都把人物屋宇画得很大，把山水树石点缀得很小，山水与人物之间没有自然的客观比例关系，即所谓'人大于山，水不容泛'。人物被画得极其精妙，山水则往往粗成而已。《游春图》一反先前山水画的形式，以山水为主体、人物为点景，配以楼阁舟桥，并开始注意客观物体之间远近、高低、大小的一般关系及深度、层次等透视关系的处理，把山水画发展成为较为合乎比例关系的新形式。这与隋以前的山水画相比较，是一个相当大的进步。《游春图》在形式上的突破，对我国山水画趋向独立画科的发展进程，无疑起到了重要的推动作用。它的出现，标志着前代山水画的稚拙阶段已经结束，'青绿重彩、工细巧整'的较为完整的山水画创作逐渐开始。"

关于《游春图》的用笔技法，戴清泉在《青绿山水画探源》一文中描绘道："《游春图》中的山峦树石皆用细笔勾勒轮廓，而不加皴斫，线条无甚大的粗细提按变化，然却显得朴拙劲朗；所绘人物全以细劲的线条勾描，纤如毫发，人物形态虽无太大的变化，然却神采奕奕；其画山水，更是一丝不苟，画面显得柔美流畅；而所绘树叶，纵有勾笔、散点画法，却类似'个''介'字点法，似不成形，然显得朴拙古拙。那山顶坡脚的点苔，劲健爽朗，显得浑朴谨拙；树虽绘有多种，树干形态却千篇一律，无甚穿插多姿的变化，似游离于山石坡顶似的，然由于运笔较为成熟，笔法墨法有轻重变化，虽未用皴法，却仍能看出山石树木的质感。这种画山石不作皴斫，画松干不用松鳞，画松枝不作细针，即山不似山、树不似树的笔法特征，正好展现出山水画从雏形阶段发展到初创时期的风格特征。"

如何来解释这种不成熟呢？明詹景凤在《詹东图玄览编》中说过这样一段话：

《游春图》局部　故宫博物院藏

唐初展子虔青绿山水二小横幅，致拙而趣高。其山石先用墨轻笔草草皴，皴上用石绿浓重笼过，少不用青相间。其下脚用重赭石，赭石上又以用赭石干笔抹刷为皴文。勾勒树以浓绿重涂后，于绿上以苦绿勾勒树身，两边直用笔界画，而中不为症结绉文，其画松身亦然，中亦不为鳞皮。其松针亦但用苦绿点成，不疏汕，针有用石绿者则不先用墨，轻笔疏疏为松针而以石绿盖之。若山树，有苦绿作杉林者，有先以赭石为树身，复以靛饱笔横点为叶者，大抵简古不在形象，盖创为山水之初，法之未备然耳。

詹景凤仔细分析了展子虔山水画的用笔方式，认为这种绘画技巧拙而有趣。为什么会如此呢？詹景凤在这段话的最后做出了总结，认为这是缘于山水画创作之初相关的技法不成熟。由此可见，《游春图》在中国山水画发展史上的重要性。而莫云峰在《从〈游春图〉看展子虔对中国山水画的传承与创新》一文中总结道："展子虔是中国山水画独立成科以来以写实创新而成就卓著的山水画家，他的《游春图》不仅在题材上改变了自顾恺之以来早期山水画以佛道传奇及玄学内容为主要表现对象的基本状况，更在绘画技法和构图技巧上实现了'山高人远'的山水画理论要求，创造了'咫尺千里'的山水画新境。他传承了早期山水画勾勒填色的传统技法，同时又以界画为基础，以深厚的写实功底和强大的透视能力创造了全新的山水画构图模式，使自顾恺之以来延续了三百多年的山水画焕然一新。"

为什么给出这么高的评价呢？莫云峰在文中将《游春图》与顾恺之的《洛神赋图》进行了比较："单就展子虔《游春图》而言，以现在的目光审视，无疑仍是'稚拙'的：山是勾填，树木是勾填，人物还是勾填；而且，近景和中景的树、树形不大完美，远近似乎同大，造型几近雷同；远山之树，如镶嵌的色块；山的造型，一律拱状叠排，

《游春图》局部 故宫博物院藏

如洋葱之切面,等等。然而,如与顾恺之《洛神赋图》相比,却是大有改观,几近颠覆。"

如何来理解《游春图》的特殊价值,莫云峰认为有两点:"一是山水已由抽象变为具象而成画之主体",而《洛神赋图》没能做到这一点;"二是人物由具象变为抽象而成画之点缀",而《洛神赋图》里面的人物鞍马绘制得精准动人。因此,薄松年在其专著《中国绘画史》中认为:"隋代绘画的重要成就之一是出现了被视为唐画之祖的展子虔的山水画。"

然而如此重要的《游春图》,却在近世引起了真伪之争,这个故事要从大收藏家张伯驹买得这幅名作,后来又捐给故宫谈起。《游春图》原藏宫中,后来被溥仪带出紫禁城,而后溥仪将一些宫中所藏珍宝转运到了长春伪满宫,1945年这些珍宝流散了出来。对于得到《游春图》的经过,张伯驹写过《隋展子虔〈游春图〉》一文,该文首先称:"故宫散失于东北之书画,民国三十五年(1946年)初有发现。吾人即建议故宫博物院两项办法:一、所有赏溥杰单内者,不论真赝统由故宫博物院价购收回;二、选精品经过审查价购收回。经余考定此一千一百九十八件中,除赝迹及不甚重要者外,有关历史艺术价值之品约有四五百件。按当时价格,不需要过巨经费可大部收回。但南京政府对此漠不关心,而故宫博物院院长马叔平亦只委蛇进退而已,遂使此名迹大多落于厂商之手。"

张伯驹建议故宫将这些珍宝一一收回,但出于各种原因,他的建议未被采纳,而这些珍宝就在长春散失开来。张伯驹文中所说的"厂商"乃是指北京琉璃厂的古玩商人,其中有一位名叫马霁川者颇具名气:"琉璃厂玉池山房马霁川去东北最早,其次则论文斋靳伯声继之。两人皆精干有魄力,而马尤狡猾。其后复有八公司之组织。马霁川第一次携回卷册二十余件,送故宫博物院。院柬约余及张大千、邓述存、于思泊、徐悲鸿、启元伯审定。"

马霁川首先买到了二十多件,而后想将此转卖给故宫。张伯驹在文中一一列举出这二十多件绘画和碑帖的作者名称及真伪,之后写出如下结论:"以上审定者多伪迹及平常之品。另有唐陈闳《八功图》卷,绢本;元钱选《观鹅图》卷,纸本;元钱选《杨妃上马图》卷,绢本,则送沪出售。《八功图》与《杨妃上马图》并已流出国外。盖马霁川之意,以伪迹及平常之品售于故宫博物院,得回本金而有余;真精之迹则售于上海,以取重利,甚至勾结沪商辗转出国,手段殊为狡狯。"

看来马霁川是有意先出手较平常的画作,而将精品留到最后。当时《游春图》就在他手中,但他却紧握名画待价而沽:"后隋展子虔《游春图》卷,竟又为马霁川所收。是卷自《宣和画谱》备见著录,为存世最古之画迹。余闻之,亟走询马霁川,索价八百两黄金。乃与思泊走告马叔平,谓此卷必应收归故宫博物院,但须院方致函古玩商会不准出境,始易议价。至院方经费如有不足,余愿代周转。而叔平不应。余遂自告厂商,谓此卷有关历史,不能出境,以致流出国外。八公司其他人尚有顾虑及此者,由墨宝斋马宝山出面洽商,以黄金二百二十两定价。时余屡收宋元巨迹,手头拮据,因售出所居房产付款,将卷收归。月余后,南京政府张群来京,即询此卷,四五百两黄金不计也。而卷已归余有。马霁川亦颇悔恚。然不如此,则此鲁殿仅存之国珍,已不在国内矣。"

刚开始马霁川狮子大张口,开价八百两黄金,而那时的张伯驹因为收购了不少名画,已经拿不出这么多钱,后通过朋友做协调,最终以二百二十两黄金买下此画,而这笔钱乃是他出售房产筹集而来。五十年代初期,张伯驹将《游春图》以及其他一些珍宝一并捐给了故宫,此番义举被后世广泛赞叹。

张伯驹在得到《游春图》后,曾以此画举办过展览,有些专家看过画作后提出了质疑。沈从文写过一篇《展子虔游春图》,他谈到这幅画原本想卖给北大,因为北大当时想建一个博物馆,为此沈从文仔细看了该画六次,后来觉得此画在年代上有问题,又加上对方开价过高,故未成交。沈从文写道:"我的印象是这画虽不失为一件佳作,可是男子的衣着,女人的坐式,都可说有问题,未必出于展子虔手笔。"一年之后,《游春图》被张伯驹买下,而后举办了两次展览,沈从文又细看了两次该画,为此提出了一些疑问:比如该画最早的著录"不在中古,却在近古",而该画的装裱"却似元明裱,非宋裱"。

现代专家对于展子虔的研究,以傅熹年先生所写《关于展子虔〈游春图〉年代的探讨》一文最见学术功力。在历史著录方面,傅先生认为该画称得上是流传有绪:"故宫博物院藏展子虔《游春图》是数百年来颇负盛名的一幅古代绘画,著录于元周密《云烟过眼录》、明文嘉《严氏书画记》、詹景凤《玄览编》、张丑《清河书画舫》、清代吴升《大观录》、安岐《墨缘汇观》和《石渠宝笈续编》等重要书画著录书籍中。在画前隔水上有宋徽宗赵佶题'展子虔游春图'六字。八百多年来这幅画历经宋赵佶、贾似道,元代仁宗鲁国大长公主祥哥剌吉,明代严嵩、严世蕃父子,韩世能、韩朝延父子,清安岐、弘历(乾隆帝)等人递藏。用书画鉴定常用的术语来说,堪称是'屡见著录、流传有绪'的名画。"

从以上列举来看,《游春图》最早的著录也仅是元初周密的《云烟过眼录》,对此,傅先生在文中引用了周密的评语:"元周密在《云烟过眼录》中两次提到这幅画。第一次只是说,'展子虔《春游图》,徽宗题,一片上凡十余人。亦归之张子有'。"而后傅先生称自明代之后,人们对《游春图》基本都是正面的评语,张丑在《清河书画舫》中甚至给《游春图》总结出了十美:"足称十美具焉!隋贤,一也;画山水,二也;小人物,三也;大刷色,四也;内府法绢,五也;名士题咏,六也;宋装褫如新,七也;宣和秘府收,八也;胜国皇姊图书,九也;我太祖命文臣题记,十也。"安岐在《墨缘汇观》中则称:"甚为奇古,真六朝人笔,始开唐李将军一派。"

然而傅熹年先生绕开这些,从《游春图》上所绘的人物、鞍马和建筑物细节入手,以此来给《游春图》做了断代:"如果从画中所表现出的人物服饰和建筑物的特点来分析,则较易达到目的。"

傅先生的这篇文章先从人物的幞头做分析:"《游春图》中所画人物戴幞头。其特点是:巾子直立,不分瓣,脑后二脚纤长,微弯,斜翘向外。"而后傅先生详细疏理了幞头演变的过程,他以唐墓壁画和唐俑中的幞头与此进行比较,而后的结论是:"隋代幞头的形象,目前还没有看到,但从上述唐代幞头发展情况看,它应当近似于'平头小样',甚至于只是一幅罗帕,下无巾子,比'平头小样'还要更矮、更简单。所以,仅就《游春图》中所画幞头为高而直立,不分瓣的巾子而言,已可确定其不合隋及初唐形制。"

接下来,傅先生又对斗栱的演变历史做了仔细分析,而后总结说:"就斗栱特点来说,《游春图》的时代不能早于晚唐,与隋制相差甚远。"而后傅先生又研究了《游春图》上的鸱尾,经过一系列排比后做出如下结论:"《游春图》中的鸱尾与北魏至唐中期的鸱尾特点不合,却和《瑞鹤图》中的鸱尾很近似,也与《宋会要辑稿》和《营造法式》中所载情况一致,具有典型的北宋鸱尾特点。就此而论,《游春图》的上限恐难超过北宋。"

接下来傅先生又将《游春图》与《江帆楼阁图》进行对比,而后称:"既然《江帆楼阁图》可能是晚唐的作品,而它又与《游春图》出于一个共同底本,可证这个底本在晚唐时就已存在了。这也就证明了《游春图》中虽然反映出一些北宋的特点,却不是北宋时凭空捏造的伪本,它是从唐代已存在的一个旧本传摹复制的。而在传摹中掺入了后代的某些服饰、建筑等形象特点,这种例子也并不少见。"最后,傅先生得出如下结论:"综括上述,根据《游春图》的底本在唐时即已存在的事实,根据画中出现的晚唐至北宋的服饰和建筑特点,考虑到唐宋时代大规模传摹复制古画的情况和北宋时人对复制品的习惯看法,我认为《游春图》是北宋的复制品,也可能就是徽宗画院的复制品。"但即便如此,傅先生依然认为该画有很大的价值:"古书画由于自然损坏,传世品历时千年以上者实在寥寥无几,绝大多数要靠不断传摹,才能流传下来。在原作不存的情况下,这些有一定来历的古代复制品是极为宝贵的。"

傅熹年先生的文章发表后,张伯驹先生写了篇《关于展子虔〈游春图〉年代的一点浅见》,他首先称:"顷读《文物》1978年第11期傅熹年同志《关于展子虔〈游春图〉年代的探讨》一文,广列佐证,洋洋大观。然我仍有不同意见不能已于言者。"而后张伯驹针对傅熹年提出的几点问题做出了七点回应,比如对于幞头的制式问题,张伯驹说:"在一时代之中,冠中有多种样式,视其人之身份而异,例如后汉郭林宗折角巾,人多效之,此当为文人巾之一种,当然还有其他样式之巾。墓俑多为武士仆隶,即为官吏,属大型塑像,亦等于人物画,冠服衣带俱备。《游春图》之人物,则属于山水画之人物,只是点写,著录中亦云人马如豆,不能专画冠服,以幞头断为非隋画,我还存疑(壁画有墙壁、绢素,与工匠画、文人画之不同,姑不具论)。"

对于其他几点质疑,张伯驹也讲述了自己看法,此文最终的结语则称:"不敢断定图非隋画,或必为隋画,只对傅同志之文,表示存疑而已。"

2008年2月第1期的《艺术探索》中刊发了赵建中、刘国芳合写的《关于展子虔〈游春图〉年代的再探讨》一文,此文指出了傅先生文中之误:"傅文对周密观点的分析解释实际上是片面的、几近错误的。《云烟过眼录》中对《游春图》的第一次记载前有小标题：'胡存斋泳所藏'。第二次记载前亦有小标题：'马子卿绍号性斋所藏'。从这两个不同的小标题所表达的语意可知，前后两次记载的《游春图》并非同一幅画，应该是两幅分藏于'胡存斋泳'和'马子卿绍号性斋'两处的题为展子虔的《游春图》。"而对于周密的两次评价《游春图》，该文认为："第一次记载对胡存斋泳所藏未加评论，只简述了画面特征。第二次记载的马子卿绍号性斋所藏《游春图》：'今归曹和尚。或以为不真。'说明当时此藏本已归属'曹和尚'此人，但在当时有人怀疑它不是展子虔真迹。况且第一次记载与第二次记载在《云烟过眼录》一书中并非排在一起相续记载，而是之间相隔较远，以此可推断他对'胡存斋泳'所藏应是持肯定态度的，至少是未有怀疑。以故宫藏本的画面特征与胡存斋泳所藏本的记载相对照，应是同一幅画。由此可以说，在傅先生之前，中国历史上未有任何人对故宫藏本是展子虔真迹产生过怀疑。"

对于幞头的制式，此文也有自己的看法："事实并非如此，《隋书》幞头条记载：'案宋、齐之间，天子宴私，著白高帽，士庶以乌，其制不定。或有卷荷，或有下裙，或有纱高屋，或有乌纱长耳……'《宋史》幞头条：'幞头，一名折上巾，起自后周，然止以软帛垂脚，隋始以桐木为之，唐始以罗代缯……'正史记载应比《封氏闻见记》《唐会要》《云麓漫钞》等傅文引用的书籍更为可信。由此可证，早在南北朝时期，幞头的形制已是多种多样，并不只是傅文认为的'平头小样'，更非到唐末才发展为定型的帽子。所以，《游春图》的幞头形象与《隋书》记载是基本相符的，应可确定为完全符合隋制的。"

除此之外，该文也提到了斗栱和鸱尾问题，最终其结论为："综上所述，展子虔《游春图》无论是人物幞头和建筑物的斗栱、鸱尾的形制，还是其画面表现出的特征，都可以说完全符合隋代的特点，应当是展子虔的真迹原作无疑了。"

其实无论该画是否为展子虔亲笔，正如傅熹年先生所言，并不影响该画的重要价值。郑为在其专著《中国绘画史》中也持这样的观念："而来自江南的展子虔，所留下的即使是似是而非的摹本《游春图》，至少也能使我们想象他'人马、山川，咫尺千里'的意趣。虽然很难确认为这幅画是展的真迹，但是必有所本。它的重要性，在于它反映在隋代这种群山峻岭、有众多台阁人物的'咫尺千里'山水画的布局型式的存在。它是下启李思训、李昭道的金碧山水一脉的。就这点来说，它有着划时代的意义。"

关于展子虔的故乡，郑为在专著中说了一句："董伯仁和展子虔往往并称，实际'一自河北，一自江南'，路远迢迢。主要是因为所画品类造诣相同，都擅长台阁、鞍马画，因而同入王室服务。"对于引文，郑为在小注中解释说："画史对展子虔的籍贯说法不一。有的说是渤海人（山东阳信）（见《中国美术家名人辞典》），而《历代名画记》则曰'一自江南'。唐释彦悰《后画录》有'宋展子虔'一条。亦以为江南人。"

看来郑为认为把展子虔视为江南人的说法较为正确。早在唐初，李嗣真的《续画品录》中也持这种说法："初，董与展同召入隋室，一自河北，一自江南，初见则轻，后乃颇采其意。"

李嗣真说董伯仁和展子虔一个来自河北，一个来自江南，两地风俗差异大，故在绘画风格上也有很大差别。初次相见时他们彼此看不上对方的画风，经过一段时间的相处后，彼此看到了对方的妙处所在，于是就能接受对方的意见。然而日本学者冈村繁在《历代名画记译注》的注释中却说"一自河南"，也就是冈村繁认为《历代名画记》中的江南可能是河南之讹。为什么要有这样的猜测呢？冈村繁解释说："原文为'江南'。江南的话就与事实不相吻合了。"

展子虔的故里究竟是哪里，历史文献未见记载。但我看到刘思智在《展子虔故里考证》一文中写道："'展子虔，渤海人'，最早出现在1935年潘天寿先生所著的《中国绘画史》中：'展子虔，渤海人，历北齐北周，入隋为朝散大夫，帐内都督。'"

另外，我还看到1984年山东省惠民地区史志办所编《惠民地区概况》，其中称："展子虔（？—？），今惠民县何坊乡展家村人，隋朝著名画家。一生经历北齐、北周和隋三个朝代，后人称他是一位'上继六朝传统，下开唐代画风'的画家。善画人物、台阁、山水画。今存《游春图》为我国传世最古的山水画。"而1987年出版的《惠民县志》中记载："展子虔（约公元550年—618年），隋渤海郡（今惠民县何坊乡展家村）人。"

以上两书都明确地点出展子虔故里为惠民县何坊乡展家村，然而1993年出版的《山东省惠民县地名志》在介绍展家村时却称："展家：位于乡驻地何坊村北2公里。99户，407人，汉族，耕地780亩。以农为主，主产小麦、玉米、棉花。传说，明永乐年间（公元1403年—1424年）展姓始祖（名失传），由河北枣强县迁此，建村展家。而据地方志书记载，隋朝著名画家展子虔的故里就是该村。据此，该村当系土著，其建村时间不晚于隋末。"

这里称展姓始祖是在明永乐年间才迁居到何坊乡，然而展子虔却是隋朝的人，这之间有着几代的空白。而刘思智在《考证》一文中写道："惠民县在明代初期曾为武定州，清雍正十二年升为武定府。然而，明代万历年间、嘉靖年间两次编修《武定州志》，清代乾隆、光绪年间也有两次编修《武定府志》，在这些州、府志中都有历史人物记载，却无展子虔的任何信息。"

关于展姓的来由，刘思智在《展子虔略考》一文中简述道："中国大陆的展姓来源有三个支脉：一是帝喾时有展上公，得道，为展姓之始;二是鲁孝公之子公子展之后,公子展的孙子无骇以祖名展为姓,称为展氏。无骇子名获,字禽,因食采柳下,谥号'惠',故称柳下惠,即'和圣'展获。山东、河南一带的展姓多为展获之后裔;三是南北朝时北魏鲜卑族有辗迟氏,入中原后从汉姓,简化为展氏。"

既然展姓来源有三个支脉,那么展子虔属于哪一支脉呢?刘思智在此文中未能给出答案:"现肥城市史志办展广植先生保存有较完整的《展氏家谱》,其为历史名人'和圣'展获及其后人的家族谱亲,上起始祖展获,下到当今87世众孙。据展广植先生介绍,该家谱自明初分为许多分支记载,但自始祖至62世的内容是一致的。另据惠民县展家村的老人们介绍,他们的始祖也是柳下惠,与肥城展氏属于一个谱系,但该谱系中未见展子虔的任何新信息。其他展姓支脉未见有完整的族谱传世,也就无法考察有无展子虔的相关信息。看来展子虔的始祖为展姓哪一支脉,也无从考证。"

刘思智在两文中均提及2013年展家村搞农村水利建设时,在该村展氏墓茔挖出两块墓志,其在《考证》中写道:"该墓碑正面的字迹虽受损模糊,但墓碑上'始祖由明初迁入此地'的记载却清晰可见:'明初,始祖椿与弟柏迁移山东武定府阳信县城南之政德乡……(该段字迹不清)祖居后庄,亦生子四人,朴实贻谋,代出素封……'(注:今惠民县何坊乡一带,明清时期属阳信县政德乡)。这就证明了《惠民县地名志》中的记载,其'明永乐年间,展姓始祖由河北枣强县迁此,建村展家'的传说是真实的。"

既然如此,展子虔的故里究竟在哪里呢?看来这件事只能等待更多的出土发现,既然近代文献上写明展家村与展子虔有一定的关系,而我又查不到其他地有与展子虔相关的纪念之物,故只能将展家村视为寻访目标。

2019年4月24日,乘齐鲁书社小徐之车,在该社副总编刘玉林先生的带领下,我们来到了展家村。在该村村口的位置,我看到了一块新的刻石,于是立即请小徐停车,走过去仔细端详。原来这是一块功德榜,上面写明:"展家村在街道办、展家办事处的指导下及全体村民的共同资助下,2015年成立集贸市场。为感谢全体村民集资和捐款人员,做出贡献的。特立此碑,永纪念。"底下详列出村民捐款人名单,一眼望过去,几十位捐款人竟然一律姓展。

见此让我颇为兴奋,而后转到此刻石的另一面,上面刻着"展家——展子虔故里"几个大字。接下来则是展子虔的介绍,而后提到了此县的沿革史,右下角则以线描的形式刻着一位古人,想来这应该是展家村人认定的展子虔形象。画像的左侧则列明了2008年展家村修公路捐款人及捐款额,这些人名中除两位外,其他也均姓展。

我想在该村找到更多与展子虔有关的物证,而村内静悄悄的看不

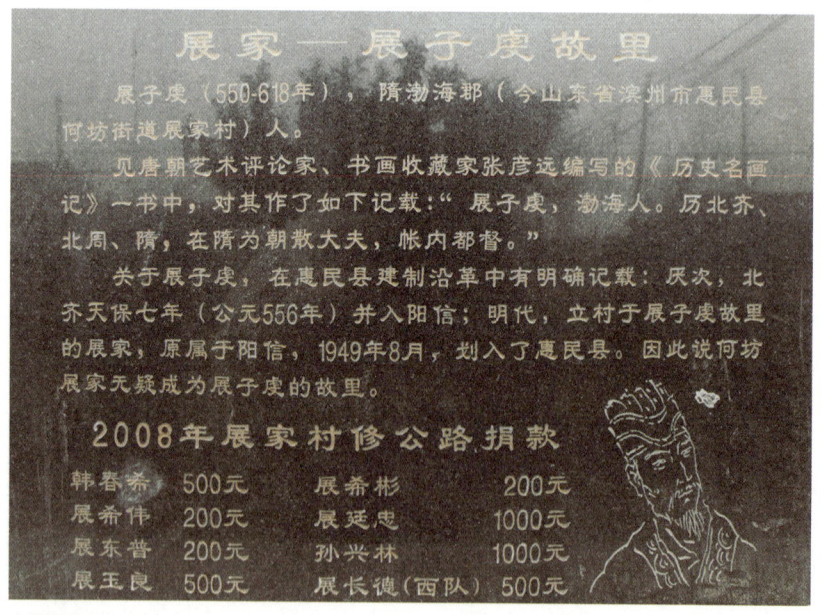

功德榜正面

"展子虔路"路牌

到人影,偶然听到旁边的院落中有响动,走过去敲门,院内走出一位大妈,刘玉林问她此村是否还有与展子虔有关的遗迹,大妈说村中没有,但另一个村的路口上却有。她的口音我听不太懂,似乎听到另一个村有一个标牌,小徐则仔细问大妈如何能开到另一个村。大妈让我们沿着村中的这条路一直向前开。

出村回驶,走在路上看到一个院落,门柱上写着"何坊乡展家小学"。小学的大门上着锁,向里面喊了几句"有人吗?"未能听到应答,只好继续向前开行。路的顶头是一丁字路口,正前方看到的是"棒棒堂幼教",站在这里探望一番,看不到大妈所说的标牌,而刘玉林一回身立即说道:"在这里。"转身视之,原来是路边立着"展子虔路"的路牌。刚才我们走的那条路正是该路,虽然在此看不到与展子虔有关的其他遗迹,但在路牌上看到了这位大画家的名字,还是觉得颇为兴奋。

董伯仁（生卒年不详）

楼台人物，旷绝今古

　　董伯仁是隋代著名画家。隋的国祚很短，仅有三十八年，然它却结束了之前几百年的分裂局面。因为其短寿及历史作用，很多人将之比喻为嬴秦，然就社会风气而言，秦却完全比不了隋朝。对于隋朝的绘画史，郑昶在《中国画学全史》中予以了这样的概括论述："绘画之进步，要在民众文艺思想之自由。自由思想，往往在列国纷争之世而益发达。故我国绘画，春秋战国较为发达，至秦汉帝制统一，即被拘束，先例章然。自魏晋而南北朝分疆力争以来，凡三百余年，画非一门，各有专家，其发达之度，可谓空前。及隋统一南北，绘画思想，即稍稍被束缚。开皇二年，曾敕夏侯朗作三礼图，系一种历史的故实画，寓儒教之旨于美术。此种被专制君主所利用之绘画，即足束缚南北朝以来之新绘画思想。"

　　看来，专制社会所产生的专制思想，极大地影响了艺术家的才能发挥。但在某个特殊的历史阶段，这样的规律也能显现出别样的异彩。故郑昶在其专著中接着写道："终隋之世，凡用于政教上之绘画，上好下趋，其取材范围，大率不能越此。炀帝大业元年，营显仁宫于洛阳；自长安至江都，置离宫四十余所；四年，又造汾阳宫；土木频兴，其间绘画之饰施，穷极奢侈。加以当时京洛一带寺院道观等之建筑杂起，靡不以绘画为饰，我国壁画之风，盖至是号称极盛。故工匠派之绘画，极巧至精；而非工匠派之绘画，亦因炀帝之好，不堕先绪。"

"楚王好细腰，宫中多饿死"，上行下效，隋炀帝的骄奢淫逸，使得中国壁画行业达到了顶峰。出现这种状况还有一个重要因素：正是由于中国南北的统一，使得绘画风格得以交融，由此产生出了绘画风格上的转变。中村不折、小鹿青云所著《中国绘画史》也持这样的观点：

> 东晋元帝以来，经二百七十年，至隋文帝灭北周及陈，遂合并久相对峙的南北两朝，颇似秦始皇灭六国而统一海内的形势。其结果，北朝的风气抑压了南朝的气习，清谈绝迹，经学亦兴，南北相对抗的思想界的墙壁，自然地被打破，而促进其融合。于是，绘画方面，融和南北画风之特色的机会也多起来了。展子虔、董伯仁被召入朝廷，起先他们的画法各自不同，后来便互采其意以相益，观此，亦足窥其一般了。

可能是物极必反，隋文帝生活节俭，当然，他也有收藏古代名画的爱好，然而隋炀帝继位后，却一反其父的生活理念，开始大造宫殿。中村的《中国绘画史》有如下描绘："文帝倾心政治，尚节俭，但亦于东京观文殿中起二台，东曰妙楷台，专藏古来的法书；西曰宝迹台，专收古来的名画。又开皇二十年，命侍官夏侯朗作《三礼图》。而诸皇子多耽奢侈，如炀帝，当大业元年即位时，建显仁宫于洛阳，又从长安至江都，设离宫四十余所，以及四年造汾阳宫等，其建筑、土木，几乎凌驾汉帝，豪奢压百代。加以当时寺观、邸宅等的建筑续起，无论哪一种，于装饰上皆不能不需要绘画，炀帝亦自撰《古今艺术》五十卷，故此间曾出了若干的名工。这时，展子虔由河北，董伯仁由河南共上长安，事朝廷。"

正是因为隋炀帝无节制地建造宫殿，而这些宫殿都需要壁画进行装饰,故而他在全国范围内征集绘画高手。河北的展子虔与河南的董伯仁因此走到了一起,共同为皇帝的宫殿贡献自己的美学情趣。郑昶在其专著中称:"乃知南北朝以来南北异趋之画风,至是因政治区域之统一,君主专制之撮合,遂相调和。阎毗、杨契丹、郑法士兄弟等,亦应时出世,与展、董等共从事于土木之饰。"

正是皇帝的专制,才把天下有名的画工聚集在一起,进行集体创作,而这个创作过程恰好是绘画思想碰撞与融合的过程。这样的悖论史上少有。这样的绘画需求乃是出于实用,恰好展子虔、董伯仁擅长这一类题材的绘画,所以他们成了那个时代艺术家中出类拔萃的人物。郑昶在其专著中写道:"其为隋画之特色者,则更有人物与山水两者间之台阁画。盖隋代名家,如展子虔、董伯仁、郑法士辈,无不擅长台阁。其作人物也,多精意于台阁;作山水也,多精意于台阁;至若贵游宴乐等人物山水画,更无不精意于台阁;而董、郑所作,尤为巧赡。董亡所祖述,台阁之工,论者谓展不及之。"中村不折等亦称:"如楼台的界画,展子虔、董伯仁等也善此道。界画到隋代非常发达。"

关于董伯仁的绘画成就,唐张彦远在其所撰《历代名画记》中将董的绘画水准评级为"中品上",对于董伯仁的才气,以及前人所给出的评价,张彦远在文中有如下记录:

> 多才艺,乡里号为"智海"。官至光禄大夫、殿中将军。僧悰云:"综步多端,尤精位置。屏障一种,亡愧前贤。在陈善见下。"窦蒙云:"楼台人物,旷绝今古。杂画巧赡,高视孙、田,乃变化万殊,何止屏风一种?"李云:"董与展皆天生纵任,亡所祖述。动笔形似,画外有情,足使先辈名流,动容变色。但地处平原,阙江山之助;迹参戎马,少簪裾之仪。此是所未习,非其所不至。若较其优劣,则欣戚笑言,皆穷生动之意;驰骋弋猎,各有奔飞之

状。必也三休轮奂,董氏造其微;六辔沃若,展生居其骏。董有展之车马,展无董之台阁。"汝南今多画迹,是其绝思。石泉公王方庆观之而叹曰:"向使展、董二人与江东诸子易地而处,张侯已降,咸应病之。"鉴者以为知言。初,董与展同召入隋室,一自河北,一自江南,初则见轻,后乃颇采其意。古来词人,亦有此累。

看来董伯仁不仅在绘画方面出类拔萃,还有着多方面才能,以至于被乡人称为"智海"。他当年在朝中的地位不低,在壁画中绘出的楼台亭阁乃是那个时代的最高水准,但他的精妙之处不止于楼台亭阁,其他的题材也多有涉猎。人们也喜欢拿他跟同时代的展子虔相比较,因两人都很有名气,而两人刚开始时互相瞧不起,随着工作上的交流,却又互相吸收了对方的优点。

如此说来,董伯仁是隋朝最有名的画家之一,周积寅、王凤珠编著的《中国历代画目大典》隋朝部分列出的第一位画家就是董伯仁,该书给董伯仁所写的小传:"董伯仁,北周末隋初画家。汝南(今属河南)人。生于西魏,历经北周、陈,隋初尚在。官至光禄大夫殿内将军。工画佛像、人物、楼台、车马,虽无祖述,不愧前贤,动笔肖似,笔外有情。与北齐展子虔同时入隋室,并称'董展'。先后在汝州白雀寺、固州海觉寺、江陵终圣寺、洛阳光严寺等处作壁画。"

董伯仁跟展子虔并称"董展",而董排在前面,按中国人的习惯理解方式,他的名望应当在展子虔之上。但历史记录中,却出现过将"董展"误会为一个人的情况。《中国历代画目大典》中点出了这个历史误记:"《宣和画谱》误以董伯仁、展子虔二人合为一人,遂名董展,字伯仁,《图绘宝鉴》沿袭之。实误。"而在所收画目中,列出了《石渠宝笈》初编中著录的董伯仁所绘《三顾草庐图》,对于此画,书中又写出了如下按语:

此幅无款。

诗塘有萨都剌至正甲午题,又乾隆丙子御题。

鉴藏玺印有:五玺全、"御书房鉴藏宝"、"石渠继鉴"、"嘉庆御览之宝"、"宣统御览之宝"、"宣统鉴赏"、"无逸斋精鉴玺"。

画面上方割去,非董伯仁作。杨臣彬认为明代画。

如此说来,这幅署名为董伯仁的画作有可能是明代的仿作。对于董伯仁所绘的壁画,俞剑华在《中国绘画史》中列出他画过的寺院,有上都的崇圣寺和海觉寺、汝州的白雀寺、江陵的终圣寺和洛阳的光严寺,而对于董伯仁的生平及其绘画水准,俞剑华在其专著中给出的评语,基本是来自张彦远的《历代名画记》。而郑昶在其专著中亦称:"隋代画家,无不善作壁画。壁画之盛,据记籍所载,实过卷轴,可知我国壁画之风,至隋代而极盛。"

在这段评语之下,郑昶列出了隋朝著名画家在哪些寺绘制壁画的记录,而对于展子虔,郑昶写道:"崇圣寺(上都寺西殿内)。海觉寺(上都小殿前面)。白雀寺(汝州)。终圣寺(江陵)。光严寺(洛阳)。等,皆有董伯仁画。"

根据以上两家列出的寺院名称,董伯仁所画过的寺院中,我仅查得白雀寺仍然可以找到遗迹,因此为了探访董伯仁的画迹,只能前往此寺一探究竟。

关于白雀寺的历史,明万历二十五年(1597),白鋐在所撰《白雀寺重修伽蓝殿记》中称:"白雀寺之建也,其来久矣!代废代兴,巅末无据。邑志谓宋熙宁五年尼真秀建,洪武十五年妙然重修,然而亦未有考也。今佛殿前后所存者,止大齐天保四年及十年两碣耳。夫天保纪元,乃北齐文宣帝高洋之年号也。历隋、唐、五代、宋、元,迄我皇明,今已一千七十一年矣。"

到万历年间，仍可看到白雀寺的大殿前有着碑记，至少说明，白雀寺在此之前即已建成。潘民中在《白雀寺》一文中说道："白雀寺始建于后秦姚苌白雀年间（公元384—385年）。古人以白雀为瑞应的象征，白雀集而吉祥至。相传白雀年间白雀群集于父城故址——古槐之上，人们以为祥瑞而建起寺庙称白雀寺。白雀寺所在的父城故址在春秋时代称城父。城父是楚平王的儿子太子建的封邑。太子建是楚庄王的曾孙。太子建守城父期间曾设庄王祠，四时祭祀，所以后人就将城父楚庄王祠视作楚庄王故宅。"

看来，白雀寺乃是在楚庄王故宅的基础上建造而成。这种说法的依据乃是明《正德汝州志》上的记载："白雀寺在父城保，世传楚庄王故宅，有白雀之瑞，异槐一株。"

然而《宝丰年鉴》则称："位于宝丰县李庄乡古城村的西父城遗址是春秋时楚庄王三女儿妙善公主（人称'三皇姑'）出家修行之地，后到香山寺修成正果，人称'大慈大悲千手千眼观音菩萨'。"

按照这些记载，白雀寺遗址可以追溯到春秋时期，但那个时代佛教还未传入中国，这位妙善公主何以能修成"大慈大悲千手千眼观音菩萨"？可惜《宝丰年鉴》中未曾给出这种说法的原始出处。然而，该文中却提到："白雀寺自十六国时期建成之后发展很快，成为汝州著名寺院。隋朝年间，著名大画家展子虔、董伯仁都曾在白雀寺作佛教壁画。"文中还引用了《贞观公私画史》中的记载："汝州白雀寺、江陵终圣寺、洛阳光严寺皆有董伯仁画。"

看来，董伯仁到这里绘制壁画之事，应该是确定无疑者。然张显明在《香山寺与白雀寺考证》一文中却称："唐代裴孝源《画史》称'展画汝州白雀寺'。查展董姓，隋代汝南人，字伯仁，以才艺称，尤长于画。"看来张显明也是将展董和董展误为一人。

关于白雀寺此名的来由，明代白鋐在其所撰《白雀寺重修伽蓝殿记》中猜测道:"后秦姚苌,以白雀纪元,其子姚兴奉事番僧鸠摩罗什最至,又安知不以白雀寺名乎?乃今父老相传寺之先有异槐,白雀巢于其上,遂因以名。"对于这样的说法,白鉽认为不能肯定:"此果得之碑记耶,抑得之耳谭耶?呜呼!文献不足,杞宋无征,今之视昔,已不可考矣。"看来白鉽是位谨严的学者,他感叹历史资料的缺乏,无法印证人们的传说。然而张显明在《香山寺与白雀寺考证》一文中又称:"隋唐称作白雀寺,至北宋初年改称院,仁宗皇祐三年(1051)赐额为'慈寿院'。到徽宗政和五年(1115)复又称香山白雀寺,后简称白雀寺沿用至今。"

既然在隋代,这里已经叫白雀寺,这就可以说明,历史文献中多处说到董伯仁曾到白雀寺画壁画,那些记载中的白雀寺确实就是今日平顶山的这座寺庙,只是后来此寺在隋唐之后多次被毁又多次重建。张显明在其文中写道:"隋唐以后,经五代战乱,寺多毁废。白雀寺的扩建,有据可查的是明嘉靖三十八年(1559)时,僧性海又创建水陆、天王二殿。隆庆二年(1568)八月省祭官翟洪策捐金督造陆祖殿。隆庆二年冬,社首马驰与住持僧性海增建地藏王、监斋二殿各三楹。崇祯三年(1630)中秋,王永载倡建千佛阁,这样白雀寺的建筑规模,又逐渐达到可观的程度,成为寺史上的兴盛时期。"

因此说,今日的白雀寺的确是董伯仁绘壁画之处,但他的作品早已随着寺庙的重建被毁掉了。可是该寺在屡毁屡建之中,会不会又将董伯仁的壁画重新临摹上去呢?对于这一点,我查不到相应的记载,而恰好是这一点,使我有了前往该寺一看的愿望。

白雀寺位于河南省平顶山市宝丰县李庄乡翟集村西父城遗址之上。2013年4月20日的上午,我在鲁山县拍摄唐代大诗人元结的墓碑,因为此碑在某个学校之内,收发室的保安头领坚决不让我入内,其态度之恶劣,惹得我生了一肚子气,于是让出租司机把我送到宝丰县,我要去寻找白雀寺。

一路上司机给他的几个朋友打电话，都说不知道白雀寺所在，我掏出导航仪插在他的车上。到下高速口时他坚持称导航仪所指的路线不对，我耐着性子告诉他，自己是外地人，不认路很正常，但你是本地司机也不认路，那只有听导航仪的，你却又说导航仪指的路径也不对，那你觉得应该怎么走？此人不再说话。我不明白他的心理，这样在高速路上僵持下去也不是办法，于是让他把我送回平顶山市长途汽车站，我决定到那里后再换乘当地人的车，前去寻找白雀寺。

到达车站后，跟旁边的一辆出租司机谈妥，请他先带我到白雀寺拍照，然后把我送到许昌市。他开价300元，我说太贵，他把价格降到了280元，我还是没说话。他看出了我的表情，马上说："那就260元。"于是我同意了他的价格，重新驶上S88高速路。二十余公里后到达李庄乡，司机来过此寺，很容易地找到了这座寺庙。我之前查得的资料称白雀寺在胡城村，然到此村时看到的村牌却是翟集村。在村内的路上遇到了一辆大卡车，其车体之宽将路完全堵死，恰巧这辆车又坏在了路当中，我让司机在原地等候，自己徒步走向白雀寺。

白雀寺的山门很小，院门敞开着，无人管理。进去后才发现自己是从后门进入院中。整个寺庙占地不大，仅两进院落，在两座大殿中间位置有一个飞檐小亭，里面有一尊汉白玉雕像，雕造的人物很是丰腴，五官向中心聚拢，显得脸庞别样圆润，亭子上的名称写明，里面供奉的是观音。然而这个观音的形象跟寻常所见很是不同，不知道其造型是否有所本，也有可能是因为雕造手法的拙劣，才使得观音形象失真。当地很多传说称，白雀寺是观世音出家之地，来此之前我想象该寺应当供奉着许多精致的观音雕像，没承想看到的却是这种形象。然转念细想，白雀寺在历史上经历了太多的灾难，今日能够得以复建，已然是不容易的事情，我也就别站着说话不腰疼了，多多体会做事之难吧。

观音亭前面的一座大殿即是观音殿,我先走到正前方的院门口,出去拍了门上的匾额,这时才注意到匾额上的字竟然出自赵朴初先生之手,门楣上面的匾额写着四个大字"观音故里"。

进入观音殿,在门口遇到一位出家人,我向他请问董伯仁的遗迹,在此寺中哪里能够看到,尤其董伯仁所绘的壁画是否有复制。他和蔼地告诉我自己不知道董伯仁是谁,又说观音殿内有壁画。我问他里面的壁画是不是古代的,他说是,我又问他大概是什么年代所绘,他说此寺是在二十多年前恢复重建的,观音殿内的壁画也是二十多年前画的。

进入观音殿内,里面有一位长髯老者,他坐在一个桌子后面,高声地朗诵着诗句,见我进来,眯着眼微笑着看着我没有说话。我看他一身的装束,应当是道士,不知为何坐在佛寺里面。但我觉得这么径直地问有失礼貌,想了想就问他:"这里面可以拍照吗?"他仍然微笑着点了点头,于是我大着胆子在里面四处拍照起来。在侧墙上果真看

白雀寺大门外侧

到了那位出家人说的老壁画,从绘画的手法上讲,那肯定不是董伯仁所绘,连董的摹本都算不上。当然了,我并不知道当年董伯仁在此寺所绘的壁画是什么形象,然而各种资料都说他是画壁画的一流高手,显然我眼前所见的壁画丝毫不能与"高手"二字搭上关系。

既然进入了大殿,那就欣赏一下这观音故里吧。大殿内正中供着观音,两侧一字排开各站一排女仙,每个雕像后面的墙上都写着女仙的名字。我看了一下,没有一个是自己所知道的,而每尊雕像的背面都绘有壁画,这些壁画当然也跟董伯仁扯不上任何的关系,这个结果令我很感叹。

从整体来看,大殿的复建者的确很想忠实于历史原貌,在大殿内的所有墙壁上都绘上了壁画,只是限于条件,这些壁画不能展现出董伯仁高超的技艺。我真希望白雀寺复建完毕后,能够请到相应的壁画专家来做指导,同时请画壁画的高手来具体操作,能够尽量复原隋代

二十多年前的壁画

壁画的特点，以此让世人了解到，当年的白雀寺壁画是何等壮丽辉煌。

白雀寺的右侧还有一个独立的小院落，走进院中，左边露天供奉着观世音和弥勒佛，右边有一个仿古小亭，亭的正中是一口井，匾额写着"莲花井"。井旁的护栏上一位老年妇女正在和一位比丘尼晾晒着什么。我上前打招呼问她们晾晒的物品是什么东西，老比丘尼和蔼地告诉我是白菜叶，晾晒之后就可以放到冬天再吃。我仔细看了看旁边的那口井，竟然是青石所制，看上去年代不会很久远。比丘尼告诉我这口井是真正的古井，已经有两千多年的历史，当年观世音就是在这个院子内挑水浇花，所以说这是观音使用过的一口井。

经她这么一说，我又对这口井仔细观察了一番，细看之下也没能看出什么特别之处，于是向老比丘尼请教董伯仁壁画的情况，她抱歉地说自己对此不了解。我注意到院子空地上还堆着几十块石碑，她告诉我此寺在进行改造工程，临时把这些碑堆放在了这里。

大殿门口上方的壁画

莲花井及晾晒的蔬菜

等待安放的佛像

阎立本（601年—673年）
朝廷号为丹青神化

阎立本与其兄阎立德均为唐初著名画家，阎家乃是世代望族，如果根据阎立德的父亲、祖父、曾祖父、高祖父这条线索，一直往上追溯，可以知道，自后汉的阎章于汉明帝间担任尚书开始，中间经历三国、两晋、南北朝，一直到隋代的阎毗，五百多年间一共传了十五代，几乎每一代不是将军，便是太守。而阎章不仅是当朝大员，还是皇亲国戚，其二妹是汉明帝刘庄的贵人，其孙女阎姬是汉安帝刘祜的皇后。到了阎立德与阎立本的父亲阎毗这一代，阎毗的妻子又是北周武帝宇文邕的女儿清都公主。因此，阎立本是妥妥的贵族出身。

阎毗有三个儿子：立德、立行、立本，其中老大和老三在后世名气更为响亮，兄弟二人不但在绘画上有才能，在建筑方面同样成就显赫。唐武德九年（626），高祖李渊驾崩，李渊的皇陵就是由阎立德负责营建，而后因为营建山陵有功，阎立德升为将作大匠。唐贞观十年（636），唐太宗的文德皇后长孙氏去世，营建陵墓之人仍然是阎立德。而阎立本在建筑上的成就则是建造了极具名气的大明宫。

公元618年，李渊称帝建立唐朝，定都长安，从公元634年开始营建皇宫，此宫最初定名为永安宫，后更名为大明宫。大明宫的建筑开工一年后李渊去世，工程一度停止，由阎立德负责李渊安葬事，为此晋爵为大安县公，去世后陪葬昭陵。

当年唐高宗与武则天住在太极宫时，因为宫殿地势低洼，致使高宗患上风湿，而大明宫选址处为西安北郊龙首塬，此处地势较高，于是高宗下令继续修建大明宫，授命宰相阎立本主持这项庞大的工程。阎立本经过精心策划，耗时三年时间完成了大明宫的建筑工程。而工程还未完工之时，唐高宗和武皇后就从太极殿迁到了大明宫。自此之后，大明宫成为了唐朝皇权中心。这也足见阎立本在建筑方面的成就不输于其兄阎立德。但可惜的是，到了唐末，也就是唐昭宗二年，李茂率叛军攻入长安，唐昭宗逃亡，大明宫被一把火烧成了废墟。

两兄弟相比较，以阎立本的官位更高，因为他最终成为了宰相，但阎立本的成就主要集中在建筑和绘画两方面，其他政绩未见记载。正因为如此，在其当世就有人讽刺他的升迁，后世也对这件事争论不休。因为争论得较为激烈，故当代学者将此命名为"阎立本事件"，而事件的起因正是阎立本的一次写实绘画。

这件事在正史以及各种绘画史中均有记载，《旧唐书》中称：

> 太宗尝与侍臣学士泛舟于春苑，池中有异鸟，随波容与。太宗击赏数四，诏座者为咏，召立本令写焉。时阁外传呼云："画师阎立本。"时已为主爵郎中，奔走流汗，俯伏池侧，手挥丹粉，瞻望座宾，不胜愧赧。退诫其子曰："吾少好读书，幸免面墙，缘情染翰，颇及侪流。唯以丹青见知，躬厮役之务，辱莫大焉！汝宜深诫。勿习此末伎。"

《新唐书》中的记载与此大同小异，谓："归戒其子曰：'吾少读书，文辞不减侪辈，今独以画见名，与厮役等，若曹慎毋习！'"此外，《大唐新语》和《历代名画记》中的记载基本与《旧唐书》一致，《宣和画谱》中的所载与《新唐书》一致，只有朱景玄《唐朝名画录》

中的所载与《新唐书》《旧唐书》略有不同:"又太宗幸玄武池,见鸂鶒戏,召立本图之,左右误呼云:'宣画师。'立本大耻之,遂绝笔,诫诸子弟,不令学画。"

从故事情节来看,这件事其实并不复杂。某天唐太宗跟一些文士在池边游玩,池中有奇异之鸟在戏水,这种状况令唐太宗龙颜大悦,于是命一些文人写诗来歌咏此事,同时又命人诏阎立本前来作画。那时的阎立本还没有当上宰相,但已经是主爵郎中,然而传唤者却直接喊出了"宣画师"这种话。阎立本赶到后现场作画,其他的众臣则在那里陪着皇帝说笑,这种场面令阎立本大感受辱,回来后跟儿子说:我从小刻苦读书,写诗作赋的本领不输于陪在皇帝身边的众臣,但别人却只把我当画师看,所以你们今后绝不要从事绘画这个行业。

为什么这件并不大的事情要被记载入正史之中呢?刘庆涛在《"阎立本事件"的溯源与史传分野》一文中说道:"与国史最为切近的是《旧唐书》,在《旧唐书》中,'阎立本事件'占据了《阎立本传》将近一半的文字,描述非常详尽,从中可见对这件事的重视。虽然国史中并没有明确的文字对'阎立本事件'做出评论,但它对阎立本后来仅以绘画上的才能而位居右相表达了不满的看法,认为'立本唯善于图画,非宰辅之器'。从这里也可以看出,国史认为阎立本在事件中受辱是理所当然的事情。"

刘庆涛在文中首先分析了正史中对于阎立本事件的记载出处:"'阎立本事件'出现在《旧唐书》的阎立本传中,在《旧唐书》的列传部分,其史料来源一般讲有四个:一是列朝实录中附有的重要人物的小传;二是国史中旧有的列传;三是征集到的私家传状、谱牒;四是由州县收集呈送史馆的文武显贵以外的列传。"虽然列出了四条,但刘庆涛认为:"综上所述,可知《旧唐书》《历代名画记》《大唐新语》中的'阎立本事件'的史料都是来源于国史中的阎立本旧传。"

由此可知，阎立本事件并非是野史传说，而是历史上确有其事。那么为什么正史中要用这么大的篇幅来记载一件小事呢？有些学者认为这说明了阎立本以绘画才能升为宰相之职令很多人不满，正如杜佑《通典·职官四》中所言：

> 总章中，诏诸司令史考满合选者，限试一经，时人嗟异，著于谣颂。时阎立本为右相，姜恪为左相。立本无他才识，时以善画称之。恪尝累为将军，立功塞外。是岁京师饥旱，弘文、崇贤、司成三馆学生并放归本贯。当时为之语曰："左相宣威沙漠，右相驰誉丹青。三馆学生放散，五台令史明经。"

当时的左丞相姜恪乃是三国时期智勇双全的名将姜维之后，是由战功升任为左丞相，而阎立本却是因绘画任右丞相，由此而在社会上引起了非议。这样的非议被后世解读为画家的地位问题，也就是说，有艺术才能的人是否适合做宰相。朱景玄在《唐朝名画录》中称，唐太宗的手下宣阎立本前来绘画时，乃是误呼。朱景玄为什么要这样说呢？刘庆涛的解释是："'阎立本事件'在朱景玄的笔下，不仅描述文字大大减少，而且他把事件的起因归罪于侍从在传诏时的用语失误，其言下之意便是，如果左右侍从在传诏时是'宣主爵郎中阎立本'，而非'宣画帅'，可能在阎立本的心中，就不会有受辱的感受。文字上的小小变动，可以看出朱景玄对阎立本的回护。"

而到了张彦远，他在《历代名画记》中则是直接否认这件事情的存在："彦远论曰：前史称魏明帝起凌云阁，敕韦诞题榜。工人误先钉榜，以笼盛诞钓上，去地二十五丈。及下，须发尽白，才余气息，遂戒子孙，绝此楷法。谢安尝论其事，子敬正色答曰：'仲将，魏之大臣，岂有此事！若如所说，知魏德之不长。'彦远尝以子敬为有识之言。阎令虽艺兼绘事，时已位列星郎，况太宗皇帝，洽近侍有拔貂之恩，接下臣亡撞郎之急，岂得直呼画师、不道官籍？至于驰名丹青，才非辅佐，以阎之才识，亦谓厚诬。浅薄之俗，轻艺嫉能，一至于此，良可于悒也。"

张彦远举出了历史上的例子，而后说当时的阎立本职位已不低，而唐太宗颇为呵护近臣，所以他的手下绝不敢呼阎立本为画师。既然如此，为什么会有这样的记载呢？按照张彦远的说法，就是因为阎立本的才气太大了，有人嫉妒他所以才编造出这样的故事。

《历代名画记》中的记载更能看出张彦远对阎立本的回护，然宋代的《宣和画谱》中对这件事却有如下评论："且立本以阁外传呼画师，至戒其子弟毋习，而张彦远正以魏明帝起凌云台，敕韦诞题榜，窃比其事，是岂知言也哉！且戴安道碎琴，不为王门之伶人，而阮千里终日应客不倦，议者以安道不如千里之达也。然渔阳掺挝，果可以辱祢衡耶？"

《宣和画谱》的撰写者认为张彦远的回护没道理，此文转述了议者所言，认为阎立本这等大才之人怎么可能因为画画事件而觉得受辱。既然有这样的说法，为什么《宣和画谱》的撰写者不直接点出是何人所言呢？刘庆涛在文中分析道："文中的议者乃是苏轼，因其当时为'元祐罪臣'，《宣和画谱》的撰述者往往阴奉苏轼的观点，又为避嫌故把苏轼的名字以'议者'代替。"

看来那时的苏轼名列元祐党籍碑，还未平反，故《宣和画谱》的撰写者只好以含糊之词来代称。苏轼的原话出自他为朱象先画作所写的一段题记："昔阎立本始以文学进身，卒蒙画师之耻。或者以是为君病，余以谓不然。谢安石欲使王子敬书太极殿榜，以韦仲将事讽之。子敬曰：'仲将，魏之大臣，理必不尔。若然者，有以知魏德之不长也。'使立本如子敬之高，其谁敢以画师使之。阮千里善弹琴，无贵贱长幼皆为弹,神气冲和,不知向人所在。内兄潘岳使弹,终日达夜无忤色,识者知其不可荣辱也。使立本如千里之达,其谁以画师辱之?"刘庆涛在文中又引用了吴曾在《能改斋漫录》中记录的李公麟所言:"以至丹青之誉,非辅相之才。丹青固不足以辅相,而所以为辅相,乃不在丹青。浅薄之俗,举一废百。而轻艺嫉能,一至于此,良可于邑。由是言之,穷神之艺,自不妨阁令之贤。斯人果贤,适增画重。"

由以上的这些引文可以看出,且不论后世如何替阎立本辩解,但在阎立本那里,他还是认为画家远不如文士有地位,后世的记录也大多本持这样的观点。刘庆涛在其硕士论文《唐代画家的社会身份与绘画职业的地位——"阎立本事件"的解读》中对此事做了更为详尽的分析。他确认《大唐新语》中的"阎立本事件"的史料也是来源于国史,该书作者刘肃效仿刘义庆《世说新语》的体例,将一些篇章命名为"匡赞""规谏""刚正""清廉""忠烈""惩戒"等。而刘肃把阎立本的这件事分在了"惩戒"中,足以说明《大唐新语》一书作者的态度。

阎立本是否除了绘画就没有文学才能呢?何乐之在《阎立德与阎立本》一文中否认了这一点:"阎氏兄弟不但以工艺、绘画见长,据《全唐文》及《全唐诗》的记录,阎立本还有诗、文各一篇保存下来。文的题目是《僧道拜君亲议》,是用骈俪体写的,这是当时的风气如此;诗则是用乐府体裁来作,题目是《巫山高》。诗中有'君不见,巫山高高半天起,绝壁千寻画相似。君不见,巫山磕匝翠屏开,湘江碧水绕山来。绿树春娇明月峡,红花朝覆白云台,台上朝云无定所,此中窈窕神仙女'等句子,很是清新绮丽。同时,这亦为宋王谠在《唐语林》一书上的说他'有文学,善写真'做了见证。"

阎立本所作的《僧道拜君亲议》并不长,全文如下:

窃以寂灭垂范，犹宏孝敬之义；无为阐化，终叶虔恭之礼。虽道超可道，尚系于三尊；法空诸法，犹包于四大。况皇猷远畅，衍地义以宣风；圣泽遐霑，浃天经而洒润。至德所被，理不隔于幽明；大道旁通，故无分于真俗，而违方之士，空迷相物之心；沦俗之徒，尚婴自我之累。莫识九重之贵，不知得一之尊。绝忠孝于君亲，弃亲爱于母后，求诸至理，窃谓不通。俱拜君亲，未乖旧典。谨议。

刘庆涛在其硕士论文中回应了何乐之的观点："阎立本身为中书省长官，对佛、道教徒有损于国家礼仪之事，提出自己的建议，正是其职责所在。但若把这则议状作为论证阎立本的文学才能的证据，实则欠妥。何乐之先生在其书中没有俱载这篇议状，可能正是觉得此'文'远非文学之'文'所能属，不足以证明阎立本的文学才能，故缺而不录。"之后刘庆涛又在文中引用了阎立本的诗篇《巫山高》，而后称这类作品并无特别之处。

既然如此，那何乐之为什么有此一说呢？而这样的说法应当是本自宋王谠在《唐语林》中所言："阎立本，总章元年，以司平大常伯拜右相。有文学，善写真。"

这样一路推论下去，刘庆涛认为称阎立本"有文学"的始作俑者是元代的夏文彦，他的结论是："元代的夏文彦何以不顾事实而强加给阎立本以文学桂冠呢？这样做的目的不过是想通过力证阎立本的文学才能，来拔高前代参与绘画者的身份和绘画职业的地位，从而造成一个古已有之的文人画传统，使得后来文人在参与绘画时不再有身份的压力，更能名正言顺地进入画坛，目的止此而已，伎俩也止此而已。"

阎立本是否适合做宰相，这是见仁见智的事情，但他的绘画才能从未有人质疑，后世关于他的质疑，主要是围绕他留传后世画作的真

《历代帝王图》 美国波士顿艺术博物馆藏

伪问题。比如藏于美国波士顿美术馆的《历代帝王图》，直到今日仍然在争论是否为阎立本所绘。

阎立本的《历代帝王图》最早著录于米芾的《画史》中：

> 王球，字夔玉，有两汉而下至隋古帝王像，云形状有怪甚者，恨未见之，此可访为秘阁物也。
>
> 王球夔玉家古帝王像，后一年，余于毕相孙仲荀处见白麻纸不装像，云杨褒尝摹去，乃夔玉所购，上有"之美"印记。
>
> 嘉祐中，三人收画，杨褒、邵必、石扬休皆酷好，竭力收。后余阅三家画，石氏差优；杨以四世五公字印号之，无一轴佳者；邵印多巧，篆字其旁。大略标位高，略似江南画，即题曰徐熙；蜀画星神，便题曰阎立本、王维、韩滉，皆可绝倒。

以上三段文字分别写在了《历代帝王图》的拖尾上。而在南宋绍兴七年（1137），李光又写了段跋语："右阎立本《列帝图》，王贽家物，后归吴珏仪仲。予守永嘉日，其子祖忠出以相示。偶建安僧灵机善画人物，尤工传神，因使摹得之。后有富公序跋，距今才七八十年，而缣素断烂，乃甚于前画。或疑其非真，然富公亲笔眷眷如此，斯人岂欺世者哉？绍兴丁巳前十月，会稽李某谨题。"

看来，到李光时，阎立本所绘《历代帝王图》就已破烂不堪。可能正因为如此，周必大得到此图后花巨资将其装裱一新："右阎立本画《列帝图》凡十三人，嘉祐名胜杨之美褒藏之，后入吴开内翰家。吴氏子孙今寓赣，贫质诸市，过期不能赎。予兄子中为守，用钱二十万，鬻以相示。初展视，断烂不可触，亟以四万钱付工李谨葺治，乃可观。十三人中，惟陈宣帝侍臣两人，从者并执扇各两人，挈舆者四人，笔势尤奇，绢亦特敝，是阎真迹无疑。余似经摹传，故稍完好。"（周必大《周益国文忠公集》卷十五）

此后元代的王恽、清初的孙承泽对此画都有记载。清中期的吴修在《清霞馆论画绝句》中写道："驰誉丹青传右相，犹存历代帝王图。只今谁见僧繇笔，名下无虚会得无。阎立本《帝王图》，自汉至隋，仅十三帝，绢本淡色，用笔浑穆，冕服之古，所不待言，览之使人心容俱肃。立本官拜右相时，姜恪以战功擢左相，时人有'左相宣威沙漠，右相驰誉丹青'之嘲。董逌《广川画跋》言立本尝至荆州，得张僧繇画，初犹未解，曰：定虚得名耳。明日又往，曰：犹是近代佳手。明日又往，曰：名下定无虚士。十日不去，寝卧其下。图载孙退谷《庚子销夏记》，藏金陵人家。乾隆间为宦游者购去。"

再后来，还有许多名家对此画都有著录。对于该画近代状况，弘毅在《（传）阎立本〈历代帝王图〉研究》中写道："1931年，美国人Denman Waldo Ross购得《历代帝王图》，随后捐赠给波士顿美术馆，该馆东方艺术部部长富田幸次郎在1932年发表了专门的研究文章，对此画的著录文献做了全面的疏理，并对原画卷的内容和时代属性做了判断。"

关于《历代帝王图》的真伪问题，杨仁恺先生在1981年和1985年两次前往波士顿美术馆目验此画，他在《国宝沉浮录：故宫散佚书画见闻考略》中写道：

> 《历代帝王像》图卷确是传世初唐时代的赫赫名迹，与敦煌唐代壁画人物比较，气息相通，时代风格极为显明，为今日传世卷轴画稀有之品，可与《女史箴图》同珍。尽管今天有一种论点以为是宋人摹本，而且原作者不可能是阎立本，应属同时代画家郎余令其人，此固为新说。原作者究竟为谁暂不管它，说画卷为宋人摹本，则值得一议。
> 　　因为我曾两度在波士顿美术博物馆展观原卷，第一次的印象是有一种古朴厚重的感觉，面目和衣纹的刻画生动之极，吸住了我的注意力，因此我对它的创作时代并未有所怀疑。第二次展看之前，已知流传有宋摹之说，故对之尤为认真观察，发现卷中陈宣帝以前与后面描绘多少有点出入。当是原画流传年久，前段已损，经过临摹，从题中文字，有避"贞"讳的，钤有"中书省印"，时间迟到北宋。惟以下诸帝像则属原画，衣纹和复线，绝非临摹补笔，不见方笔头，中晚唐以后则反是。总之，不应因前面有补临部分而断定全非原作，未免有倒污水连同小孩抛出之嫌，不可不慎之又慎！

由此可知，《历代帝王图》可分为前后两段，大多数专家倾向于该画所绘的十三位帝王中，前六帝部分为北宋摹本，后七帝部分为唐代绘画。但所说的唐代绘画是否就是出自阎立本之手呢？吴同在《波士顿博物馆藏中国古画精品图录》中称:"在所有传为阎立本的绘画中,若以人物的造型立体、风格宏伟、笔法高古论,实以波士顿此卷为最接近阎立本。"

吴同的这句话说得很客观,仅称《历代帝王图》从各个角度来说,最接近阎立本的画风。杨仁恺在其专著中也使用了这种严谨的定义:"阎立本是初唐伟大的人物画家,虽说他的传世作品有好几件,真正说得上接近阎氏之作的,当首推《历代帝王像》图卷。"

阎立本的另一幅传世名作为《步辇图》,对于此画,有着更多的争论。从内容而言,《步辇图》涉及了唐代一段重要的历史。

唐贞观八年(634),吐蕃第三十二世赞普松赞干布派使者向唐朝进贡,并且"奉表求婚",但唐王朝没有答应此事。《旧唐书》载:"使者既还,言于赞普曰,初至大国,待我甚厚,许嫁公主。会吐谷浑王入朝,有相离间,由是礼薄,遂不许嫁。"松赞干布闻言大怒,于是在唐贞观十一年(637)攻占吐谷浑,并将吐谷浑赶到了青海以北,后来又战胜了党项及白兰羌。再之后,松赞干布又率兵二十万攻打唐朝的松州,同时给唐太宗写信说:"若不许嫁公主,当亲提五万兵,夺尔唐国,杀尔,夺取公主。"(萨迦·索南坚赞《王统世系明鉴》)

面对松赞干布的威胁,唐太宗派侯君集等人领兵五万与吐蕃作战,松赞干布败走,之后又派使者向唐王朝请罪,仍然提出求婚。在贞观十四年(640)冬,松赞干布派大相禄东赞"献黄金五千两"以及其他珍宝作为聘礼前来求婚,阎立本的《步辇图》所画内容就是求婚过程。图像中的唐太宗李世民身穿红色便装,似乎正在询问吐蕃使者,对面三个站立者,中间一人为禄东赞,拱手垂立,显得毕恭毕敬,而禄东赞前面穿红袍的长髯者可能是翻译,李世民的步辇周围还分立着几位娇小的宫女,所有人物都各具特征,逼真传神,整个画面极富写实性。

对于《步辇图》的价值,华田子在《步辇图研究》一文中评价说:

"《步辇图》正是阎立本的代表作品之一,也是现藏故宫博物院中国十大传世名画之一。太宗命阎立本作画来记录文成公主与松赞干布和亲这一重大事件,画家采用独特又巧妙的视角,并未选取文成公主入藏或是太宗举行隆重的欢迎仪式等宏大场面,而是通过描绘太宗乘坐步辇来迎接使者禄东赞这一特定场面来记录这一重大的历史事件。这充分体现了中国画以点代面、以小见大的艺术特色,反映了画家对这一历史事件理解之深刻,分析之精辟以及选材之得当。"

左晨在《〈步辇图〉考辨》一文中也认为:"因其画作中反映的是唐太宗将文成公主嫁给吐蕃王松赞干布这一重大的历史外交事件,使得它不仅在美术史上占据重要的艺术地位,更具有重要的历史意义和深远的现实意义。"他还对该图从技术角度做出了分析,而后指出此图的四点问题:"其一,辇轿通体无朱漆,无花纹,无装饰;其二,辇轿有臂搁,但极其简陋,臂搁与木桩连接处竟是随意搁放,没有用金链相扣;其三,辇轿部件缺失,辇轿四足竟然无横档木固定,感觉辇足会随时脱落;其四,辇柄过于纤细,与辇轿整体比例失调。"

由此,左晨认为《步辇图》不可能出自阎立本之手:"《步辇图》中之步辇,绘制粗糙不堪,且有结构性的错误,细节处理得也不够精到,并非为帝王之家所乘坐的舆轿。人坐在上面感觉稍不留神就会摔下来。但阎立本身为丞相,他曾任主爵郎中、刑部侍郎、将作大将、工部尚书、右相,十分熟悉宫中的陈设,怎么会犯这种错误?"

左晨文中还引用了沈从文在《中国古代服饰研究》一书中对《历代帝王图》的评价:"和传世阎立本《步辇图》及《职贡图》等比较,给人的印象大不相同。从《帝王图》中帝王面貌衣着来看,多下笔肯定而又十分准确,点画间毫无疑滞处。至于《步辇图》卷,围绕李世民腰舆近旁一簇女子,面目用笔缺少肯定感,也缺少性格和生命。"

对于《步辇图》在绘画上的省略手法,邹国强在《唐代阎立本

《步辇图》 故宫博物院藏

〈步辇图〉赏析》一文中则称:"《步辇图》舍去一切背景,用极其简洁的手法描绘了唐太宗乘坐步辇接见吐蕃使者禄东赞的场面。这种艺术手法和相传为顾恺之的《女史箴图》《列女仁智图》《斫琴图》是一脉相承的,以上提到的三幅画也是省略了不必要的情景,只选用了与主题密切相关的一些道具,从而简明扼要地来表达主题。《步辇图》的这种构图形式,对中晚唐的人物画也产生了显而易见的影响。"

无论《步辇图》是否出自阎立本之手,能够引起这么大的争论,就足以说明阎立本在中国绘画史上有重要地位,这正如张彦远在《历代名画记》中对阎立本的夸赞之语:"有应务之才,兼能书画,朝廷号为丹青神化。"而何乐之在《阎立德与阎立本》一文中引用了历代著述对于二阎的夸赞之语,同时也讲述到了《历代名画记》中所谈到的二阎的师法问题,之后给出了如下总结:

> 根据这些评论,首先,我们可以知道,二阎的成就,绝不是凭空创造出来,而是从广泛承继了唐以前的优良绘画遗产的基础上,经过吸收融化,再加以发展的。所谓"学宗张郑",所谓"阎本祖师张公",所谓"立本虽师于郑法士",所谓"二阎师于郑、张、杨、展,兼师于父毗",不正是明白说明了二阎的画,是从唐以前的一系列杰出画家,如张僧繇、郑法士、杨子华、展子虔、阎毗等人,特别是张僧繇、郑法士那儿,承继了他们的衣钵,并加以吸收融化的吗?

关于阎立本的墓址,我本能地以为在西安附近,因为他身为右丞相,应当陪葬于昭陵附近。然而李欣宇先生带我前往昭陵博物馆,在那里问了当地的工作人员,对方回答说,阎立本墓究竟在哪里到如今还未有定论,不过江南上饶地区倒有一座。

对于上饶的阎立本墓,我从网上查到过信息,但一直疑惑于他为何葬到那么远的地方,而后从多个文献也查得了一些记载。比如汪凤刚主编的《玉山县志·文化编》中称:"阎立本,西安万年人,宫中书令。卜居武安山下读书暖水,三山之左置南庄五都。自太宗死,高宗立,权移武后。立本舍宅为普宁寺,舍读书处为智门寺,南庄为普园禅院。筑墓于普宁寺后,委僧护守。"而后该文又引用了乾隆版《玉山县志》中的所载:"唐丞相阎立本墓在普宁寺后。丞相墨名重一时,总章年间,愤其子不肖,舍宅为僧庐,筑墓其右,委以祭祀。"

看来,阎立本墓确实有在江西上饶地区玉山县的说法。其具体位置为江西省玉山县城南武安山东北面山坡上,普宁寺院内。2018年9月6日,在上饶市博物馆潘旭辉先生的带领下,我与南昌的毛静先生共同乘车从上饶前往玉山。因为是文物工作者,所以潘先生对上饶地区的名人墓葬了如指掌,不费任何周折就开到了普宁寺的山门前。车从侧门开入院内,停在了面积很大的停车场上。

普宁寺的规模与我的想象有不小的差距,潘兄介绍说,此寺在历史上多次被毁,今日所见乃是近些年恢复起来的。该寺处在武安山的脚下,前面是川流不息的国道,后方是安静的群山。我们沿着该寺侧旁的道路向山脚走去,在此寺后墙的外端看到一个独立的院落,此院门有如江南园林般砌成了正圆形的月亮门,门楣上写着"阎立本墓"。门的左右两侧各嵌一块碑,左侧为文保牌,右侧则为阎立本墓简介。由此可知,阎立本墓乃是省级文保单位。

阎立本墓园入口位置的右方有一口古井,井圈上刻着"乾隆四十年"的字样。井口上焊着一根钢筋,毛静说这是担心有人掉下去。里面的水位距井口也就两米左右,看来这里水量充沛。井圈的后墙上也嵌着一块碑,上面的字迹已经完全看不清。在阎立本墓的入口处还看到一些废弃的石构件,潘旭辉用他的专业知识向我一一点明这些石块

普宁寺山门

的年代。我在这些废弃堆中还看到了一个不足二十厘米长的小宝塔,不知是何人遗弃于此。

阎立本墓园呈长方状,地面用石块铺就,未见其他刻石。院落的后方就是阎立本墓,墓碑的形制有些简陋,正中刻着"大唐相国本寺檀越立本阎公之墓"。这块石碑太薄,与宰相身份颇不相符,墓碑前也无供桌,不知何人放了一个小木方凳,上面摆着几个橘子。

阎立本墓丘不大,直径不超过两米,全部由不规则的石块包裹了起来,墓顶上长满了荒草,墓的后方则是空空的院落。一代大画家身后的凄凉还是令我略有感慨,我不死心地问潘旭辉这里是否还有与阎立本有关的遗迹。潘兄告诉我,当地有位人士对阎立本特别崇拜,他在此建了一间展室,而后他带领我们前往一看。

展室处在祖师殿的楼上,该殿实际上就是一座颇为简单的二层楼房,其门上挂着名牌,上写"江西省科技支撑项目《阎立本绘画艺术

匾额是左写

文保牌

阎立本墓全景

展室内景

研究及其文化产业创建》陈列馆",名称有些长,却把性质讲得清清楚楚。

　　拾阶登上二楼,里面以展板的形式介绍着阎立本的生平以及绘画作品,其中一块展板的落款为"玉山县阎立本书画院"。有这样的书画院存在,足见当地人对阎立本还是比较看重,有几张照片展示的则是玉山县阎立本书画院举办首届书画作品展的盛况,可见当地仍然有阎立本的画风延绵。

李思训（653年—718年）
迄今绘事者推李将军山水

李思训是中国山水画史中最为重要的人物之一。山水画的出现，改变了以往绘画以人物为主题、山水只是作为背景和点缀的状况，山水画逐渐成为一门独立的画种。在唐代，以山水画著名的画家有李思训、李昭道、卢鸿、郑虔、王维、王洽、张璪等，而其中最为著名的是李思训和王维。

到了明代，董其昌将山水画分为南北两宗，王维成了南宗的创始人，李思训则为北宗之祖。董其昌的这番论述出自他的《画禅室随笔》：

> 禅家有南、北二宗，唐时始分。画之南、北二宗，亦唐时分也，但其人非南北耳。北宗则李思训父子着色山水，流传而为宋之赵幹、赵伯驹、伯骕以至马、夏辈。南宗则王摩诘始用渲淡，一变钩斫之法，其传为张璪、荆、关、郭忠恕、董、巨、米家父子，以至元之四大家。亦如六祖之后有马驹、云门、临济儿孙之盛，而北宗微矣。要之，摩诘所谓"云峰石迹，迥出天机，笔意纵横，参乎造化"者。东坡赞吴道子、王维画壁，亦云："吾与维也，无间然。"知言哉。

董其昌将佛教禅宗中的南北两宗概念，用在了中国古代绘画的分类上，在谈到北宗时，他把李思训父子列在最前面，而后谈到南北两宗递传的情况。虽然从他的论断上看，有着贬北褒南的倾向，而对于这种观念，后世学者多有争论，但从绘画史的角度而言，他是将李思训父子列为北宗之祖。唐代朱景玄在《唐朝名画录》中称赞李思训是"国朝山水第一"，宋代的《宣和画谱》在"山水门"中也把李思训排在第一位，这也足见李氏父子二人在中国绘画史上有着何等重要的地位。

为什么李思训在中国绘画史上的地位如此之高呢？唐张彦远在《历代名画记·论画山水树石》中称："由是山水之变，始于吴，成于二李。"此话中的"吴"乃是指吴道子，"二李"则是李思训和李昭道父子。按照张彦远的说法，吴道子才是山水画变革之祖，但他的变革仅有开创之功，是李思训父子将山水画完善了起来。这样的叙述貌似没有问题，然而从年龄上说，吴道子要比李思训小二十多岁，李思训乃是吴道子的前辈。日本学者米泽嘉圃在《中国绘画史研究——山水画论》中注意到了这个问题："吴道子较之李思训，是约三十年的后辈。而且李思训殁于开元四年；吴道子即使在开元以前，已开始'山水之变'，依然不能说大成于李思训。但是，所谓'二李'若系置重点于李昭道，则此一说法，大体可以首肯。"

米泽嘉圃也认为吴道子不可能是李思训的前辈，因为他们两者之间差着将近三十年，但如何来解释张彦远的这句话呢？米泽嘉圃认为张彦远所说的"二李"重点应当指的是李思训之子李昭道，这样的话，这段论述就可以圆满了。对于这个问题，王伯敏在《中国绘画通史》中有如下解释："张（彦远）说'山水之变，始于吴'，这是指吴道子'于蜀道写貌山水之体'之时'始创山水之体'的'始'。此时二李都健在，吴虽年轻，但是早熟，故以山水变革之'始'属于吴。但是吴到了中年以后，虽画山水不辍，毕竟把主要精力放在佛道人物画上，而二李却一直孜孜于山水画，故以山水变革之'成'归于李。"

王伯敏还是认为吴道子才是山水变体的鼻祖，只是后来吴把精力转向了佛道人物画创作，而二李却始终专注于山水画的变革，因此，这个画体的变革，虽然吴道子有开创之功，但最终在这方面有所成者则是李氏父子。可见，王伯敏认为张彦远所言并没有错。

陈传席《中国山水画史》第二卷第四章的题目为"古典山水画的高峰——李思训"，第五章的题目为"山水初变——吴道子和李昭道（附王陁子）"，为什么将李思训排在前面，而将吴道子和李思训的儿子排列在后呢？他的这种分法也同样基于对张彦远那句话做出的别样解读："张彦远明明说的是'成于二李'，大李创其始，小李竟其终，'成于'之时应落于'晚'，而不应求于'早'，落重点理应在小李。"

陈传席把大李和小李分开来说，认为大李有创始之功，而小李是最终完成者，故他认为张彦远的"成于二李"之意，乃是指在小李时得以完成。这是因为小李的年龄应当跟吴道子相仿或略晚，那么张彦远这句话的叙述顺序就顺理成章地成立了。这样的论述为什么能够

《宫苑图卷》 故宫博物院藏

成立呢？陈传席接着说道："李昭道取二者之长，使山水之变得以成功……正是吴的墨骨加大李的色彩等的有机化合。吴画山水气势磅礴，但形貌不完；大李山水形貌完整，然艺术情趣不足。至小李，我们方有值得称为具有相当艺术情趣的山水画作品。"

且不论中国山水画的变革始于谁还是成于谁，"二李"在绘画史上的地位不容置疑。杨华在《李思训对青绿山水画材料的贡献》一文中就本持这种观点："'山水之变始于吴，成于二李'这个观点自唐代张彦远提出后，奠定了李思训在山水画史中的重要地位。对此观点纵有争论，也是围绕'始'与'成'中的两个主角吴道子和李思训出生的先后问题，来争论'山水之变'，到底'始'于谁'成'于谁，但这并不妨碍李思训在山水画发展过程中所取得的重要成就和贡献。"而徐复观在《中国艺术精神》中说：

> 李思训、李昭道父子，以金碧青绿入画，不仅是为了色泽之美，而且也实为后来皴染之先河，弥补了上述的缺点，所以彦远说："山水之变，始于吴，成于二李。"我们可以说，山水画的精神发露于宗炳、王微；其形体则完成于李思训。李思训后，我们始有真正值得称为山水画的作品。

关于李思训的生平，《旧唐书》中称：

> 孝斌子思训，高宗时累转江都令。属则天革命，宗室多见构陷，思训遂弃官潜匿。神龙初，中宗初复宗社，以思训旧齿，骤迁宗正卿，封陇西郡公，实封二百户。历益州长史。开元初，左羽林大将军，进封彭国公，更加实封二百户，寻转右武卫大将军。开元六年卒，赠秦州都督，陪葬桥陵。思训尤善丹青，迄今绘事

者推李将军山水。

李思训的祖父李叔良是唐高祖李渊的堂弟，李叔良以军功起家，在武德四年（621）跟突厥作战时中流矢而死。李思训的父亲李孝斌是原州长史、华阳县开国公，故而李思训乃是唐朝宗室。乾封二年（667），李思训年十四岁，补崇文生，举经明行修科甲，而后一路提升做到了扬州江都令。武则天登基后大杀李氏宗室，于是李思训弃官，到处隐姓埋名地躲藏达十六年之久。到了唐中宗神龙元年，李思训被召入朝中继续为官，并受到重视，一路提升，在开元初年任左羽林大将军，后来又转任右武卫大将军，去世于开元六年（718）。正是因为这些任职经历，后世把他称为李将军。虽然他任的都是武职，然而在绘画方面却极有才能。李思训去世后，陪葬在桥陵，李邕给他写了碑文，碑文中夸赞李思训说："一纵一横，一文一武，丈夫也，君子哉！"可见他在人们眼里是位文武双全的人物。

李思训在绘画方面不仅个人有成就，还影响到了家人与后世。唐张彦远《历代名画记》中说：

> 李思训，宗室也，即林甫之伯父，早以艺称于当时。一家五人，并善丹青（原注：思训弟思海、思海子林甫、林甫弟昭道、林甫侄湊），世咸重之，书画称一时之妙。官至左武卫大将军，封彭城公，开元六年赠秦州都督。其画山水树石，笔格遒劲，湍濑潺湲，云霞缥缈，时睹神仙之事，窅然岩岭之幽。时人谓之大李将军其人也。

原来李思训乃是唐玄宗时宰相李林甫的伯父。李林甫在历史上的评价不高，因为正是在他的任上埋下了"安史之乱"的隐患，但这是李思训身后之事，他不会知道后辈中出了这样一位奸相，而他所能影响者主要是在绘画方面。李家出了五位有名的画家，其中以李思训的儿子李昭道名气最大。《历代名画记》中称："思训子昭道，林甫从弟也。变父之势，妙又过之。官至太子中舍。创海图之妙。世上言山水者，称大李将军、小李将军，昭道虽不至将军，俗因其父呼之。"

李氏父子均有绘画成就，虽然在技法上李昭道有超过父亲的地方，但将父子二人并称时，后世为了能做出区分，遂称李思训为大李将军，称李昭道为小李将军，其实李昭道并未任过将军之职，这只不过是一种俗称。

关于李思训在绘画方面的故事，以朱景玄在《唐朝名画录》中的记载流传最广："明皇天宝中，忽思蜀道嘉陵江山水，遂假吴生驿驷，令往写貌。及回日，帝问其状，奏曰：'臣无粉本，并记在心。'后宣令于大同殿图之，嘉陵江三百余里山水，一日而毕。时有李思训将军，山水擅名，帝亦宣于大同殿图，累月方毕。明皇云：'李思训数月之功，吴道子一日之迹，皆极其妙也。'"

唐明皇想到了巴山蜀水，于是命吴道子到当地游览一番，返回之后，命他在大同殿将沿途所见画出来，结果嘉陵江的三百里江山吴道子一天就画完了。唐明皇又命李思训画同样的内容，李用了一个月才画完。唐明皇命令两人画同样的题材，显然是想让吴道子跟李思训较量一番，后来明皇将这两幅作品比较一番，给出的结论竟然是不分胜负。但陈传席由这段话推论出了另一个结论，他在《中国山水画史》中称："他的山水画对后世山水画的影响，如画史上触目可见的一句话：着色山水宗李思训。李思训把以前的青绿山水发展得更完善、更成熟，他画山水至'数月而毕'，可见其精工之至。说李思训之后的青绿、精工山水宗李思训，基本上符合事实。"

尽管唐明皇的这段话说得不偏不倚，但朱景玄又写道："天宝中，明皇召思训画大同殿壁兼掩障。异日因对，语思训云：'卿所画掩障，夜闻水声，通神之佳手也。'"从这段话可以做出如下猜测：唐明皇更偏爱李思训的绘画风格，所以朱景玄认为李思训所绘的山水才是唐朝的最高水平。

后世经过考证，却认为这个传说不可靠。因为朱景玄明确地说，唐明皇命吴道子和李思训PK的地方在大同殿，后世专家经过一番考证，证实大同殿的建造时间大概在开元八年（720）之后，而李思训去世于开元六年（718），他已没机会跟吴道子在大同殿一较高下。那么如何解释朱景玄的这段生动描绘呢？宁晓萌在《李思训绘画研究》中做出了两种存在其他可能的推论："第一，李思训曾经为明皇作画，或至少明皇可能看到过或藏有李思训画作；第二，作画者另有其人，比如李思训之子李昭道。前一种可能，由于缺乏材料支撑，目前无从讨论。只能说如果明皇曾经看到过在当时极负盛名，且为宗亲的李思训山水，是极有可能的事。"

这种推论方式近似于前面把"二李"重点解释为小李将军，为此，宁晓萌对后一种可能做出了如下解释："从《李思训碑》残存的文字看，李昭道曾任职'集贤院'，作为以山水称名且独创海图之妙的画手，在其任职集贤院期间被明皇召至大同殿作画是极有可能的。同时，考诸画史，并无李思训画壁之记载，而《历代名画记》中则有'万安观，公主影堂东北小院南行，屋门外北壁，李昭道画山水'的记载。据《长安志》，万安观当为玄宗长女永穆公主宅，'天宝七载，永穆公主出家舍宅置观'。虽李昭道为公主宅作画时间不可考，但至少从这两条信息可以看出，李昭道生活在开、天年间，并曾画壁。根据上述材料可以粗略推测，即使李思训本人未曾真的作画大同殿，代表着李家山水风格的李昭道或其他人曾经有此故事是极为可能的。"

从时间上论，小李将军有可能跟吴道子一起在大同殿绘画，更何况历史记载中并没有谈到李思训绘制壁画，却有关于李昭道画壁的相应记载。然而朱景玄的这段话只是说明皇命吴道子和李思训到大同殿画嘉陵江山水，并没有明确点出是画在大同殿的墙壁上。到了宋代，《宣和画谱》中却明确地称，唐明皇命李思训在大同殿的墙壁上画画：

> 李思训，唐宗室也。弟侄之间，凡妙极丹青者五人，思训最为时所器重。官止左武卫大将军。画皆超绝，尤工山石林泉，笔格遒劲，得湍濑潺湲、烟霞缥缈难写之状。天宝中，明皇召思训画大同殿壁兼掩障，夜闻有水声，而明皇谓思训通神之佳手。讵非技进乎道而不为富贵所埋没，则何能得此荒远闲暇之趣耶！其子昭道，同时于此亦不凡，故人云大李将军、小李将军者，大谓思训，小谓昭道也。今人所画着色山，往往宗之，然至其妙处不可到也。

且不管李思训在大同殿的绘画，究竟是画在纸上还是墙壁上，他无法活到那个年代却是事实。如果朱景玄在《唐朝名画录》中的记载确有其事，那唯有把李思训改为他的儿子李昭道才有可能。从留传后世的画作来看，李氏大小将军在绘画风格上极其相似，因此，将两人的画作弄混了也不是没有可能。邵洛羊在《李思训》一文中说道："李思训的真迹作品，甚至于他的儿子李昭道的画，现在很难说还能够看到其亲笔真迹，目前打着李思训、李昭道父子存世作品标签的，也恐是后人的摹本或仿拟他们风格的作品，但我们仍可看出这一画派的风格面貌。"

在北宋时期，《宣和画谱》著录有十七幅李思训的画作，到如今仅余下几幅而已。台北故宫博物院现藏有《江帆楼阁图》和《明皇幸蜀图》，对于前者，邵洛羊认为："从其题材内容、笔墨技巧、风格面貌

《江帆楼阁图》 台北故宫博物院藏

上来看,是一幅唐画,有可能是李思训的真迹。"

既然此图有可能是李思训的真迹,因此邵洛羊在文中将此图与展子虔的《游春图》做了一番比较:"《游春图》里画夹叶的技法比较简单,种类不多,而《江帆楼阁图》中树的夹叶状就多样化了,有元宝形的,有上翘下摊枇杷叶形的,有三层包迭卷心叶状的,有双钩介字点叶状和槐树叶状等多种,其中使人感到兴趣的是作者对松树的画法甚为别致。作者画松针,先是一片一片地染好石绿,然后用花青(似掺有石青)以两笔交叉的挺细笔势概括画出松针的大概,这也比展子虔的画松针有改进之处。这种比较简单的松树画法,是和有框无皴的山石、起伏均匀的水纹、工丽整齐的屋宇、图案形状的夹叶相称的、调和的。至于这幅画中的人物,凡开相、衣褶、神态,也较前人山水画中的人物布摆有提高。总之,这幅代表性的山水画,已经显示出高度成熟的程度了。"

对于后一张图,邵洛羊则称"能代表李思训绘画风格的还有《明皇幸蜀图》",但此图被很多后世专家认为是李昭道的作品。邵洛羊进一步认为:"说这两图是李昭道或和小李同时期的他人摹拟的作品,是合乎情理的。"虽然不能确定这是二李的作品,但至少代表了他们的绘画风格。而对于李思训在绘画史中所开创的画种,俞剑华在《中国绘画史》中说:"金碧山水亦曰青绿山水,创于李思训,金碧辉映为一家法,后人所画着色山水往往宗之。"

关于这种绘画的特色,俞剑华在文中又写道:"其画山水树石,笔格遒劲而细密,似仍未脱六朝雕琢之余习。其子昭道克绍箕裘,稍变父法,妙又过之。思训之弟思诲,思诲之子林甫,林甫之侄凑,一家五人,皆擅丹青。李氏生际盛世,出身贵族,观览所及,自然富丽。昭道皴石用小斧劈,树用夹叶。用绢之法,皆以热汤使半熟,入粉捶之如银版。后以青绿为质,金碧为文,当时画家多用此法。"

可见青绿山水或者说叫金碧山水乃是创始于李思训。邵洛羊的文中谈到了1961年在北京故宫博物院举办的纪念古代十大画家展，李思训为十家之一，这一年恰好赶上他诞辰1310周年，为此这场展览会上展出了三幅有关李思训画派的宫苑图。其中有一页名为"九成宫纨扇图"的团扇，左海先生为此写了《中国古代绘画的光辉艺术成就》一文，发表在1961年第6期《人民画报》上，左海在文中写道：

> 唐太宗贞观年间，曾把隋朝（公元581—618年）的"仁寿宫"做了一番修理，改名为"九成宫"，作为避暑的行在。李思训画了好几幅九成宫图，这一幅在纨扇上的图画，集中地表现了九成宫的壮丽景色。他用界尺来画宫殿建筑，用金粉来勾勒各种轮廓和线条，用青绿朱砂等重彩来装饰全部画面，形成了后来所谓"北宗"山水画的重要流派。这是李思训在继承六朝彩画的基础上富有创造性的一个巨大发展。

看来，这幅纨扇上绘的也是一幅金碧山水。后世基本上认定金碧山水和青绿山水乃是由李思训所创造。然而宁晓萌在《李思训绘画研究》中则称："世称'大小李将军'画青绿山水，甚至金碧山水，然而，关于'二李'作画敷色的描述并不见于唐人的记述。在《历代名画记》与《唐朝名画录》中，鲜少有对于敷色的具体描述。"而后该文以所传的李思训绘画作品跟唐代墓志壁画的颜色进行比较，得出这样的结论："可知在目前可见的唐代文本中，并无关于李思训父子作画用色特征的具体描述，亦无后世所谓'青绿山水'这种表述出现。"

难道"二李"不是青绿山水的发明人？宁晓萌又在文中称："事实上，本文无意否定这一传统的观点，而只是希望指出，在唐人观念中并无所谓'青绿山水'之说，这是后代的称谓，而同时，着色山水

《九成避暑图》 故宫博物院藏

在唐代绘画中是比较普遍的，重彩或轻着色的、以青绿为主要基调为山石敷色的绘画在当时可谓主流，而非独'二李'一派。从逻辑上说，即'二李'画风可能属于青绿山水一路，但并非所有青绿山水都必然属于'二李'画风。"

既然如此，那为什么后世基本上把金碧山水和青绿山水的发明权归在李思训头上呢？米芾《画史》中称："苏氏《种瓜图》，绝画故事。蜀人多作此等画，工甚，非阎立本笔。立本画皆着色而细销银作月色布地，今人收得，便谓之李将军思训，皆非也。江南李主多有之，以内合同印、集贤院印印之，盖收远物，或是珍贡。"

由这段话可以看出，当时被视为阎立本所绘的着色画，其实并非阎的真笔，世人大多认为这种画是李思训所绘，这至少说明那时的收藏家眼中，他们两人的画作在风格上有着相类似之处。米芾在《画史》中又写到这样一件事："余昔购丁氏蜀人李升山水一帧，细秀而润，上危峰，下桥涉，中瀑泉，松有三十余株，小字题松身曰'蜀人李升'。以易刘泾古帖。刘刮去字，题曰'李思训'，易与赵叔盎。今人好伪不好真，使人叹息。"

有人买到李升的画作，而后把李升款刮掉改题为李思训，这也说明当时人们认定细笔青绿山水就是李思训的作品，按照这个思路造假，也能卖得高价。可见到了宋代，人们大多把青绿山水的细画视为李思训的作品。此后这种观念一直延续了下来，比如南宋赵希鹄称："唐小李将军始作金碧山水，其后王晋卿、赵大年，近日赵千里皆为之。"（转引自余绍宋《画法要录》）到了元代，汤垕在《画鉴》中称："李思训画着色山水，用金碧辉映，为一家法。其子昭道，变父之势，妙又过之。时人号为'大李将军''小李将军'。至五代蜀人李升，工画着色山水，亦呼为'小李将军'。宋宗室伯驹，字千里，复仿效为之，妩媚无古意。余尝见《神女图》《明皇御苑出游图》，皆思训平生合作也。又见昭道《海岸图》，绢素百碎，粗存神采。观其笔墨之源，皆出展子虔辈也。"到了明代，张丑在《云麾将军御苑采莲图卷》的跋语中明确地称："金碧山水始于唐之李将军父子。李故帝王苗裔，生长富贵，喜写般游宫殿等图。其用绢，则祖吴道子法，皆以热汤半熟入粉，捶如银版，故作山水人物，精彩入笔。五代以来此法中绝矣。后人收李画必以绢辨，其纹粗者非是。今按《采莲图》一一合格，故知其为名迹耳。"

傅熹年先生曾经就所传几幅金碧山水画写过考证文章，傅先生从这些画作中的建筑图像等特征进行分析，认为这些画作其实从时代上很难早于南宋初年，更何况南宋之前的著录也没有出现过"金碧山水"之说。因此，傅熹年认为，金碧山水这种画法应该出现在南北宋之交。对于这种时代上的差异以及对"金碧"的理解，明人唐志契在《绘事微言》中有着这样的别解：

> 画院有金碧山水，自宣和年间已有之。《汉书》不云"有金碧气无土砂痕"乎？盖金碧者，石青石绿也，即青绿山水之谓也。

后人不察，误于青绿山水上加以泥金，谓之"金笔山水"。夫以"金碧"之名易以"金笔"，可笑也。以风流潇洒之事而同于描金之匠，岂不可笑之甚哉？一幅工致山水加以泥金，则所谓气韵者能有纤毫生动否？且名山大川有此金色痕迹否？

唐志契认为宣和年间就已经有了金碧山水，但是"金碧"二字跟后人理解的不一样，因为后人是望文生义，唐志契认为其实所谓的"金碧"就是石青石绿，并非人们想象的金光灿灿一片。但唐志契的这番论述中，并没谈到他这种说法的依据。与唐志契相反的是，张光福在《中国美术史》中明确地认为金碧山水就是用泥金来给画作打底，而李思训父子是这种画法的集大成人物：

在一切工艺美术品中，佛教艺术中，建筑装饰中，用金银来加强色彩的效果，这是我国固有的传统的装饰手法，佛教艺术的影响，更发展了这种装饰技巧，这种装饰意趣是历代统治者们共同的嗜好，因为通过这种形式美更强烈地寓意着富贵，体现豪华奢侈享乐生活的美学理想。因此，这种装饰意趣扩大到所有的造型艺术中，并逐渐应用到绘画上来是很自然的，阎立本作画，就曾用泥银打底，这同泥金打底一样，把金银作成细粉敷上去。然而在山水画中把金银色彩的技巧应用到高度完善臻丽的程度，是李思训父子集其大成的……

关于李氏父子的绘画风格，陈彦峰在《试析画家李思训与青绿山水》一文中写道："李思训的山水画，多作云霞缥缈、窅然岩岭之幽，峰峦重复，有荒远闲暇之趣，加以宫殿台阁的富贵之趣。他画山水树石突破了单纯色，而以遒劲并带有变化的勾勒表现山石结构，再填以青绿重彩，富丽堂皇，带有明显的贵族欣赏意趣，显示出盛唐艺术的辉煌气象，被后世奉为青绿山水画的典范。"

陈彦峰的这段话其实说李思训的青绿山水成为后世的典范，而后他接着说道："唐代是青绿山水画繁荣兴盛的时期。在这一时期，李思训、李昭道的山水画最具代表性。李思训的创作方法继承了展子虔等前代画家的优点，是在传统的基础上发展起来的，他把青绿山水推上一个高峰。李思训画山水数月才能完成，可见其精工之至。之后的青绿山水都宗李思训，他的精工山水画，历代有画家继承，至今不绝。"

由这段话可以看出，陈彦峰并没有认定李氏父子是青绿山水画的创始人，只是说他们父子将这个画种推向了高峰。对于李氏父子在画作上的设色，王惠在《精工焕烂的盛唐气象——李思训、李昭道父子的青绿山水》一文中写道："设色方面，李思训一方面继承了展子虔的金碧山水画法，又在此基础上加入自己的设色理念。整幅画面采用石青、石绿、赭石、朱砂等色彩艳丽的石色为主，秀于林的高大树木多以鲜艳的石绿色填叶，隐于树荫的杂树树叶则选择较为沉着的石青、靠近黑色的深蓝等色彩作为其主要颜色，树木的色彩运用齐整而富有变化，显示了画家的匠心；在石面、松叶上运用的鲜明的石绿色，在廊檐及木柱上着亮丽的朱砂色，都在画面上形成强烈的色彩对比，使得整个画面呈现出金碧辉煌的富丽气息。"

关于李思训在绘画上的用笔方式，邵洛羊在文中写道："在用笔方面，李思训画派改进了展子虔比较平直、稚拙的墨线运用法，而能曲折多变地勾画出丘壑的变化，沈颢称他'风骨奇峭，挥扫躁硬'。李思训父子是用坚挺的小笔作画的，笔触线条显得坚硬、劲挺而优美。明人认为'南宗则王摩诘始用渲淡，一变钩斫之法'，似乎含有李思训父子首创钩斫法之意。"

由以上这些都可看出，李思训在中国画史上有不少的独特创造。

所以陈传席认为董其昌把李思训视为北宗之祖是有道理的，他在《中国山水画史》中总结道："所以说李思训为'北宗'之首，决非过誉。李思训的山水画奠定了中国山水画工整严谨一派的基础。以李思训为首的'北宗'一派画给人以阳刚性的美感。"

2018年6月11日到13日，我在西安地区进行了几处寻访，此程仍然是请李欣宇先生做带路党。因为这天他家的车限号，于是他请了一位朋友开车带我们前行，欣宇介绍说这位开车的朋友名叫武伟鹏。武先生开了间茶舍和小会所，对文史也很感兴趣。前一晚欣宇对我的寻访名单进行了分门别类，他发现这次的寻访目标太过分散，分别处在西安的四个方向，而李思训的墓在西安的东北方向。欣宇说这个方位的寻访目标颇为孤独，一天仅能跑一个地方。但因着李思训在中国绘画史上的显赫地位，我把他列为此程的第一个寻访目标。

我所查到的资料，李思训墓位于陕西省渭南市蒲城县北刘大队村北一里处，也有的资料说，此墓处在三合乡。然而我们三人用了三个不同的导航都查不到李思训墓的具体地点，故只能先开到蒲城县再进一步打听。一个多小时后下高速，而后驶入蒲城县县城，一路看过去，这里也是新楼林立，到处都在搞房地产开发。从这里继续打听北刘大队，问过多人都不知道李思训墓所在。我们在一个洗车处了解到，由此前行不远有一座古墓。按其所指开到附近，方看到入口处标明这里是惠陵，而资料上称，李思训是陪葬于桥陵，显然不在此处。欣宇入内向管理者请教，对方竟然称不知道李思训是谁。

无奈，在附近继续打听，然所问之人均不知李思训，于是转而打听北刘大队，这种问法大多数人都能够指路。进入村庄后，在村边看到几位盖房的人，武先生这次先递上两根烟而后再问李思训墓在哪里。对方指着身后的一片旷野说："看见没，那片田地中的碑楼就是李思训墓。"顺其所指看过去，平整的旷野中果真有一座青砖色的建筑物。俗

原来是惠陵

话说,望山跑死马。虽然这句话用在这里略显夸张,但要从此处走到近前,恐怕会耽误不少的功夫。指路之人显然明白我们的心思,他又告诉我等:"从这里走进去确实有些远,可以绕到村中的后方。"

谢过指路人,开车入村,村里静悄悄的找不到问路之人。武先生方向感很强,他在村中绕来绕去,找到了一条穿行而过的路径,之后驶上了窄窄的土路。眼前的田地一望无际,虽然有远山,但这一带却是平原,目力所及至少有上万亩良田。如今这些田地刚收割完麦子,一眼望过去,全是黄黄的麦秆茬儿。今日天气很好,万里无云,欣宇说前几天还是倾盆大雨。晴天对寻访当然是便利条件,我庆幸着自己的运气。

前行之路越开越窄,我担心再开下去将无法掉头回驶,于是请武先生停在原地,而后我跟欣宇沿着窄路继续前行。在田埂上遇到几人在修理家用机械,于是向他们请问如何能走到碑楼前,众人纷纷称,

望碑跑死人

碑楼的四围没有路可通，只能踩着田埂前行。无奈，我跟着欣宇走入了田地之中。但不知什么原因，脚下的土很松软，以至于踩在田埂上每一脚都能没过鞋面。刚走出不远，我就感到鞋内有不少异物，于是坐在田埂上将它们倒出。由此得出结论，这不是个正确的走法，于是转而踏入麦茬中，但收割后的麦茬很尖锐，为了防备扎穿脚底，故改为用脚向前一步一步趟着走。这种行走方式又慢又吃力，但却较为安全。

一望无际的田野没有任何的遮挡，太阳晒在身上，再加上田地反射的热量，令人颇感不适，而旷野中又没有一丝的风，吃力地走在麦田之中，真感觉行走在蒸笼里面。欣宇也称，他感到喘不过气来。好在目标明确，故每走一步就离目标近了一段，有希望在就有气力，咬着牙一路走下去，几百米之后终于走到了碑楼前。

眼前的碑楼孤零零地矗立在田野之中，旁边立的水泥保护牌已经

无论转到哪个方向都找不到通往碑楼之路

看不到字迹,方形碑楼的上方明确地刻着"唐云麾将军李思训碑"。看来找对了地方,于是我们围着碑楼四处观看。在其左前方有个探头监视着此碑,我们的到来当然进入了监视者的视野范围,好在我们不是盗碑人,所以大着胆子在这里拍照。碑楼的前方有铁栅栏封住了入口,铁栅栏上着两道锁,故只能透过栅栏向内张望。里面所见乃是一通高广大碑,欣宇大为兴奋。近些年来他偏好收藏碑帖,此碑的拓本他已纳入囊中,然而该碑原物他却是第一次见到,于是他注意着此碑的磨泐痕迹,而我则观察到该碑的碑面经过无数次的捶拓,字迹已经变得很浅。如此想来,当地政府将此碑封起来也有其道理。

看完碑石,而后转到了碑楼的侧方,侧方开着两个通风口,我们并没有看到墓丘,难道是李思训墓已经被铲平了?旷野中无人可探问,故拍照完毕后,只能沿着田埂返回车上。上车后,武先生告诉我,他刚才在这里遇到了两位农民,其中一人告诉他,这块墓碑就处在他家的地上。此人跟武先生说,现在能够拍到此碑已经很幸运,因为他已

精美的碑额

高大巍峨的云麾将军碑

碑楼

经把这块地承包给了一位城里人,过一段时间那个人就要在这里进行改造了,到时看碑就不容易了。

不知道此人所说的土地转让是否就是现在的土地流转新政策,但拿下此块地就能将名碑的所有权也拿走吗?武先生认为不可能,因为古碑属于文物,欣宇猜测说,有可能某人看中了这块古碑的巨大名气,说不定要把这一带开发成一个旅游景点。

看不到李思训墓,于我而言终究是个遗憾,故我请武先生开回村中,希望能够打听到一些什么。村里依然是静悄悄,我们把车停到村中一家一家地看过去,果真在一个院落内看到了住户。欣宇用当地话与之攀谈,而后告诉我说,李思训墓在"文革"中被铲平了,因为这个墓有很大的封土,很多人需要用土时都到此墓去取用。

听闻这个结果,真是令人大感遗憾。知情者又称,李思训墓的封土基本上被铲光了,但还有一点痕迹能够看到。而后他告诉我们原墓的具体位置。闻听此言,我又来了精神,于是请武先生开车重新驶入田野之中。此时的气温已经超过了三十八度,武先生车上的空调几乎完全没有了作用,欣宇满头是汗,但他为了能够让我了却心愿,还是再一次跟我步行走入了田野之中。

果真在云麾将军碑后方几百米之处,看到了一块略为隆起的土丘,土丘上长满了荒草,其中一面还有被铲过的痕迹。残余的小土丘大约有两米高,占地约三四十平方米。因为残余的土丘太过平缓,故我们在探看云麾将军碑时竟然没有留意到此处。而今欣宇把我拉上土丘,站在上面向四处探望,平整的土地上除此之外已没有任何的隆起,看来李思训就是长眠在此丘之下了。想到这一点,如果这里真搞开发,能将李思训墓再做一番整修,虽然没有了历史古貌,但毕竟有了可凭吊之处,这应该也不是坏事。

李思训墓仅存的封土

封土距碑楼的距离

吴道子（约 680 年—759 年）

吴生之作为万世法，号曰画圣

"吴宜为画圣"出自唐张彦远的《历代名画记》，该书中有"论顾陆张吴用笔"一节，张彦远将吴道子与大书法家张旭并称，并首次把吴道子誉为"画圣"。宋代郭若虚在其所撰《图画见闻志》中也有着相同的说法："吴生之作为万世法，号曰画圣，不亦宜哉！"

郭若虚所说的万世法，乃是指吴道子绘画的简淡风格，他在"论吴生设色"一节中称："尝观所画墙壁、卷轴，落笔雄劲，而敷彩简淡，或有墙壁间设色重处，多是后人装饰。至今画家有轻拂丹青者，谓之'吴装'。"

吴道子的绘画技法有着自己的独特风格，他的独创性受到了后世高度夸赞。唐朱景玄在其所著《唐朝名画录》中，把当代画家分为五级十一等，排在最前面乃是"国朝亲王三人"，显然把亲王排在最前面，讲求的不是艺术成就，主要还是"政治正确"。除亲王之外，朱景玄将其他的画家分为神品三等、妙品三等、能品三等和逸品不分等。其中"神品上"仅列一人，此人正是吴道子。可见在朱景玄这里，他认为吴道子乃是本朝水平最高的大画家，没有之一。

朱景玄对吴道子的推崇，受到了后世高度的肯定。宋苏轼在《书吴道子画后》评价说："知者创物，能者述焉，非一人而成也。君子之于学，百工之于技，自三代历汉至唐而备矣。故诗至于杜子美，文至于韩退之,书至于颜鲁公,画至于吴道子,而古今之变,天下之能事毕矣。"苏东坡把吴道子的绘画跟杜甫的诗、韩愈的文、颜真卿的书法并列为四,认为这四者所达到的高度均为同类的极致。

吴道子在绘画方面有着如此崇高的地位,这当然跟其天分有很大的关系,但他虽然有着超常的艺术天分,却也并非在各个方面都能出类拔萃。比如他在书法方面就没有太多的创造性,唐张彦远《历代名画记》中称:"吴道玄,阳翟人。好酒使气,每欲挥毫,必须酣饮。学书于张长史旭、贺监知章,学书不成,因工画。曾事逍遥公韦嗣立为小吏。因写蜀道山水,始创山水之体,自为一家。其书迹似薛少保,亦甚便利。"

吴道子曾拜张旭与贺知章为师,跟他们学习书法,可能是缺乏这方面的领悟力,总之他没能学得书法的精髓,而后放弃了在这方面的努力,转而专攻绘画,果真在绘画方面展现出了独特的才能,从而成为中国绘画史上的顶尖人物之一。虽然如此,张彦远也承认吴道子在书法方面水平不算太差,只是没有像他的绘画那样突出。

吴道子绘画之绝声名远播,这跟皇帝的欣赏应该有很大关系。朱景玄《唐朝名画录》中说:"吴道玄字道子,东京阳翟人也,少孤贫。天授之性,年未弱冠,穷丹青之妙。浪迹东洛,时明皇知其名,召入内供奉。"

吴道子虽然是穷苦人出身,但对艺术却有着极强的领悟力,朱景玄认为这是"天授"。在其年轻时,画名已经传遍天下,并且被唐玄宗听到了,于是把他召入宫中,成为了御用画家,从此跟随着唐玄宗到处去画画。《唐朝名画录》中称:

> 开元中驾幸东洛,吴生与裴旻将军、张旭长史相遇,各陈其能。时将军裴旻厚以金帛,召致道子,于东都天宫寺,为其所亲,

将施绘事。道子封还金帛,一无所授。谓旻曰:"闻裴将军旧矣,为舞剑一曲,足以当惠。观其壮气,可助挥毫。"旻因墨缞为道子舞剑。舞毕,奋笔俄顷而成,有若神助,尤为冠绝,道子亦亲为设色,其画在寺之西庑。又张旭长史亦书一壁,都邑士庶皆云:"一日之中,获睹三绝。"

开元年间,吴道子跟随唐玄宗来到东都洛阳,在那里见到了天下最著名的舞剑高手裴旻将军,以及当时的第一书法大家张旭。裴旻想请吴道子给天宫寺绘制壁画,以此替父母做功德,于是拿出一大笔酬金给吴道子,吴却将酬金退还给了他,向裴提出了个要求,那就是请他表演一场剑术,以此作为酬劳。吴道子同时强调:您能舞上一曲,将会使我的绘画更为出色。裴旻果真当场表演了自己精绝的剑术,而吴道子立即开始作画,书法家张旭也在一堵墙壁上挥毫写出一篇书法作品。当时观看的人大呼过瘾,因为在一天之内竟然看到了三种顶尖艺术。

唐玄宗果真慧眼识人,他能认定吴道子的绘画是他那个时代无人能够超越的高峰。而后,更多的事实证明,吴道子在绘画方面的确有着不可思议的领悟能力。宋沈括在《补梦溪笔谈》中讲到这样一个故事:"禁中有吴道子画钟馗,其卷首有唐人题记曰:'明皇开元讲武骊山,岁翠华还宫。上不怿,因疟作,将逾月,巫医殚伎,不能致良。忽一夕梦二鬼,一大一小。其小者衣绛犊鼻,履一足,跣一足,悬一屦,搢一大筠纸扇,窃太真紫香囊及上玉笛,绕殿而奔。其大者戴帽,衣蓝裳,袒一臂,鞹双足,乃捉其小者,刳其目,然后擘而啖之。上问大者曰:'尔何人也?'奏云:'臣钟馗氏,即武举不捷之进士也。誓与陛下除天下之妖孽。'梦觉,疟若顿瘳,而体益壮。乃诏画工吴道子,告之以梦,曰:'试为朕如梦图之。'道子奉旨,恍若有睹,立笔图讫以进。上瞠视久之，抚几曰：'是卿与朕同梦尔，何肖若此哉！'道子进曰：'陛下忧劳宵旰，以衡石妨膳，而痁得犯之，果有蠲邪之物以卫圣德。'因舞蹈，上千万岁寿。上大悦，劳之百金。"

沈括说宫中有吴道子所画钟馗，卷首有唐人的一段题记，此题记中讲述，唐玄宗得了疟疾，身边的御医都看不好皇帝的病。某天晚上，玄宗做了个梦，梦中有一大一小两只鬼，其中小鬼偷了杨玉环的紫香囊以及皇帝的玉笛，后来大鬼追上小鬼，并把小鬼的眼睛抠出来，还把小鬼整个掰开吃掉了。玄宗问大鬼是何人，大鬼自称是钟馗，因为考武举没能考上，于是就替皇帝来除天下的妖孽。玄宗梦醒之后顿觉身体康复，于是立即召见吴道子，把刚刚做的梦告诉吴，让他把这个梦境画下来。吴道子仔细听完了玄宗的描述，当场绘出图画，皇帝盯着吴道子的画看了半天，才对吴说："难道你跟我做了同样的梦吗，否则你怎么可能画出的形象跟我梦中所见完全一样呢？"

看来这是钟馗捉鬼故事的出处，由此也可见，吴道子绘画水平是何等之高超：他能够仅通过别人的口头描述，就画出惟妙惟肖的形象。而他的这种绘画方式并不仅仅是一种臆造，宋郭若虚《图画见闻志》中有"钟馗样"一节：

> 吴道子画钟馗，衣蓝衫，鞹一足，眇一目，腰笏巾首而蓬发，以左手捉鬼，以右手抉鬼目，笔迹遒劲，实绘事之绝格也。有得之以献蜀主者，蜀主甚爱重之，常挂卧内。一日，召黄筌令观之。筌一见称其绝手。蜀主因谓筌曰："此钟馗若用拇指掐其目，则愈见有力，试为我改之。"筌遂请归私室，数日，看之不足，乃别张绢素画一钟馗，以拇指掐其鬼目。翌日，并吴本一时献上。蜀主问曰："向止令卿改，胡为别画？"筌曰："吴道子所画钟馗，一身之力、气色、眼貌，俱在第二指，不在拇指，以故

不敢辄改也。臣今所画，虽不迨古人，然一身之力併在拇指，是敢别画耳。"蜀主嗟赏之，仍以锦帛瓷器，旌其别识。

有人把吴道子所画钟馗献给了蜀主，蜀主特别喜欢这幅画，将该画挂在卧室内常常欣赏。某天蜀主召黄筌来欣赏这幅画，黄筌对此画大为赞叹。画中的钟馗是用食指在抠小鬼的眼，蜀主认为，如果钟馗是用拇指来抠，似乎显得更有力道，于是蜀主向黄筌提出了要求，让黄筌对吴道子的这幅画做些修改。黄筌把吴道子的钟馗图请了回去，仔细看了几天，而后另外画了一幅钟馗用拇指抠小鬼眼睛的图献给蜀主。蜀主说，我是让你改图，你为什么要另画一张呢？黄筌解释说："吴道子所画的这幅钟馗，一身气力都用在了第二指上，如果将该画改为拇指抠眼，显然不符合着力点，所以自己不敢改，只好另画一张。"

由这段描述可知，吴道子绘画绝对符合人体结构。他能将画中人物的气力集于一点，以致让别人无法做出修改，所以他所画的人物才能够那样的传神，故而苏东坡夸赞他说：

道子画人物，如以灯取影，逆来顺往，旁见侧出，横斜平直，各相乘除，得自然之数，不差毫末。出新意于法度之中，寄妙理于豪放之外，所谓游刃余地，运斤成风，盖古今一人而已。余于他画，或不能必其主名，至于道子，望而知其真伪也。

东坡在此直言，吴道子的人物画乃是"古今一人"。吴道子的绘画水平之高，连一脸正色的大儒朱熹都为之赞叹："妙绝吴生笔，飞扬信有神。群仙不愁思，步步出风尘。"

对于吴道子绘画的特色，朱景玄在《唐朝名画录》中有如下的描绘：

《八十七神仙卷》 徐悲鸿纪念馆藏

> 景玄每观吴生画,不以装背为妙,但施笔绝踪,皆磊落逸势;又数处图壁,只以墨踪为之,近代莫能加其彩绘。凡图圆光,皆不用尺度规画,一笔而成。景玄元和初应举,住龙兴寺,犹有尹老者年八十余,尝云:"吴生画兴善寺中门内神圆光时,长安市肆老幼士庶竞至,观者如堵。其圆光立笔挥扫,势若风旋,人皆谓之神助。"

由此看来,吴道子绘人物画不喜欢添加背景图,并且喜欢只以墨笔来绘画。他在给佛像画圆光时,一笔立就,瞬间而成,以至于他在绘画之时,周围站满了观看的人群,众人皆惊叹于他不用任何的工具帮助,就能把圆光画得正圆。然而,沈括却对吴道子的这个特殊技能不以为然,他在《梦溪笔谈》中说:"《名画录》:'吴道子尝画佛,留其圆光,当大会中,对万众举手一挥,圆中运规,观者莫不惊呼。'画家为之自有法,但以肩倚壁,尽臂挥之,自然中规。其笔画之粗细,则以一指拒壁以为准,自然均匀。此无足奇。道子妙处不在于此,徒惊俗眼耳。"

沈括认为,吴道子虽然不用圆规,但他是以肩作轴,并且运用了一些小技法,没什么奇妙之处。但袁有根先生在《吴道子研究》中认为:"沈括是个科学家,他认为以肩作为圆心,以臂作为半径,'尽臂挥之',自然就成了一个圆。然而他没有绘画实践,他不知道'以肩倚壁',臂根本就挥不起来,也就根本不能画圆光。画圆光时,肩总得与壁保持一定距离,臂才能挥动起来。还有,所画佛像有大有小,所画圆光自然也应有大有小,如果每处佛像圆光都是'以肩倚壁',以画家的臂长作为半径来画,画出的圆光岂不都是一样大了吗?"这样的说法很有道理,显然沈括没有考虑到圆光会有大小之分。

还是张彦远对绘画有着切实的理解,他认为吴道子在这方面有着娴熟的技巧，主要原因是其手心如一："或问余曰：'吴生何以不用界笔直尺而能弯弧挺刃、植柱构梁？'对曰：'守其神，专其一，合造化之功，假吴生之笔，向所谓意存笔先，画尽意在也。凡事之臻妙者，皆如是乎，岂止画也！与乎庖丁发硎，郢匠运斤，效颦者徒劳捧心，代斫者必伤其手。意旨乱矣，外物役焉。岂能左手划圆，右手划方乎？夫用界笔直尺，界笔是死画也；守其神，专其一，是真画也。死画满壁，曷如圬墁！真画一划，见其生气。夫运思挥毫，自以为画，则愈失于画矣。运思挥毫，意不在于画，故得于画矣。不滞于手，不凝于心，不知然而然，虽弯弧挺刃，植柱构梁，则界笔直尺，岂得入于其间矣。'"（张彦远著《历代名画记·论顾陆张吴用笔》）

吴道子曾经为寺院绘制了大量的壁画，正因为画得十分逼真，竟然起到了意想不到的效果。朱景玄在其专著中称："又尝闻景云寺老僧传云：'吴生画此寺地狱变相时，京都屠沽渔罟之辈，见之而惧罪改业者，往往有之，率皆修善。'所画并为后代之人规式也。"

朱景玄听一位老僧人说，吴道子所画的地狱形象十分有震撼力，以至于京城内的屠夫和打鱼的人见到地狱图时，都大受震撼，回去后都不再从事这种杀生之业。可见绘画达到一定的水准，同样能够使人弃恶从善。

除了逼真和有震撼力，吴道子绘画还有一个特点，那就是快。朱景玄《唐朝名画录》中，记载了唐玄宗让李思训和吴道子在大同殿内画嘉陵江景的故事，李思训用了一个月才画成，吴道子仅用一天就画完了，而唐玄宗观看了这两幅画作之后，认为两人画得都极精妙。用一日之功，就能够达到另一位名画家一个月的所为，难怪吴道子被后世称为画圣。

吴道子之墓位于河南省禹州市三峰山半山腰。昨日寻访途中被雨水浇了个透湿，今晨醒来，感觉自己身体很是轻松，没有发烧的迹象，心情大好。一早出门打车前往吴道子墓，出禹州城向西行驶十余公里，在一岔路口看到了新建的三开间石牌坊，横楣上写着"画圣吴道子故里"。由此牌坊下穿过，前行一千五百米即到达山底吴村。

此村处在半山坡上，村内的路沿着山势左转右旋。到达吴村后，沿着村边的一条无名土路向山坡爬行。在山后的下方有一个停车场，停车场的正中有新造的吴道子雕像，此雕像的身后即是登上其墓地的台阶。一眼望过去，我的腿就开始发软，台阶的长度像长长的链条一样，直通山顶，那气势跟中山陵有得一比。

虽然今天没有发烧，但昨天的雨水还是令我的身体元气略减，我担心自己是否有能力攀登到台阶的顶端。司机看我踌躇不前，猜出了我的心态，于是主动提出陪我一同攀爬。有人陪伴，至少身边多了位打气之人。于是两人开始向山上攀登着，然而我感觉走了还不到三分之一，已经累得气喘吁吁，真想坐下来休息一下。在这关键时刻司机看了我一眼，说他以前去过了，所以本次就不再上去了，陪我到这里算了，然后也不等我回答，掉头就往回走。

他的所为让我信心大受打击，我站在原地略感不知所措，回头向山下望去，看到自己已经走过了那么多的台阶，如果就此放弃，之前的辛苦也就白白浪费掉了。于是任由司机向山下走去，我继续向上攀爬。其实这一眼望不到头的台阶并不陡峭，但每级台阶都很宽大。以我的感觉，每节台阶的台面有半米之宽，但高度却很矮，虽然这样的台阶走起来并不十分吃力，然如此宽大又低矮的石阶，跟我的固有步幅很不协调，故而走在上面颇感别扭。在前进的过程中，我的眼睛一直向上望，不知道是怎样的心理，总之就是不愿意再往回看。自我感觉走到一半的时候，我已经没有了气力，但为了不往后看，我并没有坐下来，只是站在原地，眼睛继续向上望。

站在原地仅休息了不到两分钟，又接着向上攀登，大约又休息了

看到了牌坊

吴道子雕像

有如登天

墓前宽大的平台

两回,终于登上了吴道子墓所在山顶的平台。站在平台之上,我做的第一件事就是回身向下望,看到山脚之下的司机像个小圆点,这让我为自己的双腿还能胜任这种强体力的差事倍感骄傲。

墓前的平台占地约二百平方米,中间的方石上刻着八卦阴阳鱼,小广场后方的建筑风格像大型四合院入门处的影壁,影壁上嵌着几块碑刻,中间最大的一块用小字刻着吴道子的生平,生平介绍的两侧则以对联形式刻着"丹青留后世;书圣留千秋",横批是"叶落归根"。

墓碑在侧旁

大门紧闭的吴道子纪念馆

吴道子墓丘

站在对面的台阶上向内探望

在影壁的两侧各嵌着一块碑,右侧的一块用小篆刻着"唐画圣吴道子之墓",按规矩这应当是放在正中的碑刻,此种摆放方式很是独特。此块碑的右侧有个圆洞门,从此门进入,即能看到吴道子的墓丘。墓的直径约五六米,不足两米高,墓裙是用不规则的石块以水泥糊就,看这粗糙的修造手法,应该是近几年重新修复的,余外看不到其他的碑刻。

拍照完毕后,我沿着原路下山,一路小跑地跳跃在台阶上,感觉很是轻松。很快来到了出租车旁,看来上山容易下山难,是某种特定情况下的一种说法,至少在今天这种说法不成立。司机见到我后,把脸扭向一旁,我认为这是他对自己临阵脱逃的惭愧。我没有向他描绘登上顶峰后一览众山小的畅快感,只是告诉他在上面也没看到什么古物。但我的安慰之语显然没有起到太大的作用,司机只是默默地问我接下来去哪里。我告诉他,原道往回返,前往吴村寻找吴道子祠。

轻车熟路,我们很快驶回了吴村。在村内寻找吴道子祠,沿途向所遇之人打问吴道子祠,人人均能指出正确的路径,可见吴道子在此村有着很响的名气。顺利地找到祠堂,可惜大门紧锁,用力推了推,连条缝隙都推不出来,我才注意到它的门锁很是特别:两个扁平的圆形,中间穿着金属棍,锁上还印着广告词"特别防盗门锁"。这古老的祠堂竟然安装上了最先进的防盗锁,这种古今反差的时空感也很有趣。

我走到祠堂对面的某家人的台阶上,回身向祠堂内张望,可惜围墙太高,只能看见里面所修建房屋的顶部,看到的都是典型的仿古飞檐建筑,入口处的大门横匾上写着"画圣吴道子纪念馆",右左两边挂着政府部门式的竖匾,分别是"吴道子国画院"和"画圣吴道子故里游览区管理委员会"。

郑虔（约691年—764年）

前代高人，未可以纸墨束羁也

《封氏闻见记》卷五载："郑虔亦工山水，名亚于维，劝善坊吏部尚书王方庆宅院有虔山水之迹，为时所重。虔工书、画，又工诗，故有'三绝'之目，而宦途屯蹇，终于台州司户焉。"这段话中的"维"乃是指唐代大诗人王维，王维是后世颇为看重的山水画家，郑虔能与他齐名，可见绘画水准之高，而在其当世，他绘制的壁画最受时人夸赞，再加上他的书法和诗词也很有水准，故被人称为"三绝"。

最早把郑虔称为"三绝"者究竟是谁，《封氏闻见记》未点出其姓名。唐李绰《尚书故实》载："郑虔，任广文博士，学书而病无纸，知慈恩寺存柿叶数间屋，遂借僧房居止，日取红叶学书，岁久殆遍。后自写所制诗，并画同为一卷，封进，玄宗御笔书其尾曰：'郑虔三绝。'"

郑虔练字十分刻苦，而在唐代，纸张还属于贵重之物，郑虔没有那么多钱买纸来练字，他听说慈恩寺有几间房内堆满了柿子叶，就到此寺内借居，而其目的乃是每天拿这些柿子叶来练习书法。他以水滴石穿的精神，竟然将几屋子的柿子叶用光了。后来有一天，他将自己的画作和诗卷装裱在一起，一并敬献给皇帝，唐玄宗看后龙颜大悦，在他的作品之后题上了"郑虔三绝"这几个字。

原来"三绝"乃是皇帝御赐的评语。此后，郑虔之名传遍天下，而相应的记载都以皇帝所给的批语为基准。比如唐张彦远在《历代名画记》卷九中称:"郑虔,高士也。苏许公为宰相,申以忘年之契,荐为著作郎。开元二十五年,为广文馆学士。饥穷坎坷。好琴酒篇咏,工山水。进献诗篇及书画,玄宗御笔题曰:'郑虔三绝。'与杜甫、李白为诗酒友。禄山授以伪水部员外郎,国家收复,贬台州司户。"

郑虔的朋友中有人担任宰相,在朋友的举荐下,郑虔被任命为著作郎。这个官职品级很低,在开元二十五年(737),他被升为广文馆学士,此时的郑虔依然很穷。看来郑虔不太会经营自己的仕途,因为他把很多的精力用在了诗词创作以及书法和绘画方面,经常跟李白、杜甫他们喝酒赋诗。虽然玄宗对他的作品给予了夸赞,但这并没改变他贫穷的命运,此后他又卷入了安史之乱中,被安禄山授以伪职,故等到战乱平息之后,他被贬到了台州。

《历代名画记》谈到郑虔在唐开元二十五年任广文馆学士,元辛文房《唐才子传》亦持此说:"玄宗爱其才,开元二十五年,为更置广文馆,虔为博士,广文博士自虔始。杜甫为交,有赠诗曰:'才名四十年,坐客寒无毡。惟有苏司业,时时与酒钱。'其穷饥辘轲,淡如也。"

这段记载,只是将郑虔的职称由学士改为了博士,但时间却相同。可是唐杜佑在《通典》中称:"天宝九载,又于国子监置广文馆,领学生为进士业者。置博士、助教各一人,品秩与太学同。置祭酒一人,掌监学之政。皇太子受业,则执经讲说,皆以儒学优重者为之。天宝九载,置广文馆学生进士。"唐末五代的王定保在《唐摭言》卷一中亦称:"天宝九年七月,诏于国子监别置广文馆,以举常修进士业者,斯亦救生徒之离散也。"

这两段话说得很明确,天宝九年(750)方开设了广文馆,这个时间比开元二十五年晚了十三年。为什么会出现这样的错误?傅璇琮在校笺《唐才子传》时亦有此问:"由此可见,广文馆之始乃在天宝九载(750),郑虔之任博士,亦当在此时,诸书所记甚明,不知《名画记》

何以致误,而《才子传》置诸习见书于不顾,而独从《名画记》之误载,亦可怪也。"

其实唐玄宗也并非不照顾郑虔,他下令从国子监中单独分离出来一个部门——广文馆,而后任命郑虔为广文馆博士,此举原本就是关照之意。宋欧阳修、宋祁等所撰《新唐书》中有郑虔的传记,该文讲到了这件事:

> 郑虔,郑州荥阳人。天宝初,为协律郎,集缀当世事,著书八十余篇。有窥其稿者,上书告虔私撰国史,虔苍黄焚之,坐谪十年。还京师,玄宗爱其才,欲置左右,以不事事,更为置广文馆,以虔为博士。虔闻命,不知广文曹司何在,诉宰相,宰相曰:"上增国学,置广文馆,以居贤者,令后世言广文博士自君始,不亦美乎?"虔乃就职。久之,雨坏庑舍,有司不复修完,寓治国子馆,自是遂废。

看来郑虔在朝中刚任职时,就犯了一个过错,因为他私撰国史被人举报到了朝廷,尽管郑虔闻讯赶快烧掉了书稿,但还是因此被贬官十年。《新唐书》这段记载的史料来源应当是采自《封氏闻见记》卷十:"天宝初,协律郎郑虔采集异闻,著书八十余卷。人有窃窥其草稿,告虔私修国史,虔闻而遽焚之,由是贬谪十余年,方从调选,授广文馆博士。虔所焚书,既无别本,后更纂录,率多遗忘,犹成四十余卷,书未有名。及为广文馆博士,询于国子司业苏源明。源明请名为《会粹》,取《尔雅》序'会粹旧说'也。西河太守卢象赠虔诗云:'书名会粹才偏逸,酒号屠苏味更醇。'即此之谓也。"

后来皇帝还是任命郑虔为广文馆博士,但他安定下来之后,依然惦念着自己焚烧掉的书稿,而后靠记忆重写了一份,虽然只是原稿的一半，但这也足见郑虔记忆力惊人。这部焚余的稿件名为《会粹》，有的文献中也写作《荟蕞》，可惜这部著作已经失传了，今人难知书中所写的内容，而傅璇琮则猜测《会粹》一书"当属类书体"。

郑虔除了《会粹》，另外还写过《胡本草》，此事见载于杜甫《八哀诗·故著作郎贬台州司户荥阳郑公虔》中的自注："天然生知资，学立游夏上。神农极阙漏，黄石愧师长。药纂西极名，兵流指诸掌（公著《荟蕞》等诸书之外，又撰《胡本草》七卷）。贯穿无遗恨，荟蕞何技痒。圭臬星经奥，虫篆丹青广。"

可见，当年郑虔写过不少的著作，可能正是他把自己的主要精力都用在了书法、绘画以及创作方面，以至于对朝中之事不明所以。当他听闻皇帝任命他为广文馆博士时，却因为从来没有听说过朝中还有这样一个部门，而专门去问宰相。宰相给他解惑说，皇帝重视有文化的人，所以才建造了广文馆，而他作为广文馆的第一任博士，这是何等荣耀之事。那时的"博士"与今天的概念不同，那时的博士之职应该比今天的博导名誉还要高得多。

于是郑虔前往广文馆任职，可惜他不会跟同僚们搞关系，以至于广文馆的房屋破败之后，都没人来给他维修。在郑虔之后，广文馆这个机构也被撤销了。宋王谠在《唐语林》中说到了这件事："天宝中，国学增置广文馆，在国学西北隅，与安上门相对，廊宇粗建，会十三年，秋霖一百余日，多有倒塌。主司稍稍毁撤，将充他用，而广文寄在国子馆中。寻属边戈内扰，馆宇至今不立。"

倒霉的是，郑虔又卷入了安史之乱中。《新唐书》中写道："安禄山反，遣张通儒劫百官置东都，伪授虔水部郎中。因称风缓，求摄市令，潜以密章达灵武。贼平，与张通、王维并囚宣阳里。三人者，皆善画，崔圆使绘斋壁，虔等方悸死，即极思祈解于圆，卒免死，贬台州司户参军事，维止下迁。后数年卒。"

郑虔被迫任伪职，但他宣称自己有病，并未实际到任。他深陷贼中，却秘密给唐肃宗写奏章报告敌情。虽然做出了这样的贡献，等战乱平息后，他还是跟张通、王维等人因任伪职之事被抓了起来。抓捕他们的乃是朝官崔圆，这位崔圆刚刚结束战乱就装修房间，命此三人绘制壁画。这三位都是善于绘画的人，为了能够换得一个好的结局，他们就努力地为崔圆画壁画，后来果真在崔圆的斡旋下，他们都未被判处死刑，郑虔只是被贬到了台州。

书呆子型的郑虔，何以能够在关键时刻坚决不任伪职？这件事为什么说是很关键呢？如果郑虔真的当上了安禄山封给他的水部郎中，他在事平之后肯定会被杀。面对这等关键之事，显然他受到了高人的指点。《新唐书》载：

> 有郑相如者，自沧州来，师事虔，虔未之礼，间问何所业，相如曰："闻孔子称'继周者百世可知'，仆亦能知之。"虔骇然，即曰："开元尽三十年当改元，尽十五年天下乱，贼臣僭位，公当僭伪官，愿守节，可以免。"虔又问："自谓云何？"答曰："相如有官三年，死衢州。"是年及进士第，调信安尉。既三年，虔询吏部，则相如果死，故虔念其言，终不附贼。

原来有位叫郑相如的人从沧州赶往长安拜郑虔为师，这位郑相如应该有会算卦的本领，其口气之大令郑虔吃惊。郑相如告诉郑虔说，开元这个年号用到三十年后就会改元，而后再过十五年，天下将大乱，你将被任命为伪官，希望你能守节拒绝这个伪职，只有这样你才能逃过此劫。郑虔闻言后，反问郑相如，他自己的命运会怎么样呢？如此直白地反问算卦人，这正可看出郑虔的书呆气。没想到郑相如倒也直率，他说自己考取功名后只能当三年的官，而后就会死在衢州。郑虔是位认真的人,三年之后他到吏部去询问郑相如的情况,此人果真已去世了。这让郑虔坚信郑相如的预言,所以在安史之乱时想尽办法不任伪职,正是因为这样的决定,使他得以免死,只是被贬到了台州。

郑虔离开长安前往台州时,因为走得匆忙,好友杜甫来不及相送,郑虔的离去让杜甫颇为惆怅,于是写了篇名为《送郑十八虔贬台州司户,伤其临老陷贼之故,阙为面别,情见于诗》的诗:

> 郑公樗散鬓成丝,酒后常称老画师。
> 万里伤心严谴日,百年垂死中兴时。
> 仓惶已就长途往,邂逅无端出饯迟。
> 便与先生应永诀,九重泉路尽交期。

由此诗可见,两人交往颇为密切,他们常在一起喝酒,喝高了后郑虔常自称为"老画师",看来他对自己的绘画水准颇为自负。杜甫回忆着两人在一起喝酒作画的快乐场景,如今的离别让他感到后会无期,甚至认为这是人世间的永别,而将来的黄泉之路上,希望两人还能相见。

杜甫跟郑虔相识于天宝十载(751),那时的郑虔已经将近六十岁,杜甫则为三十九岁,两人可谓是忘年之交。在天宝十三载(754),杜甫写了首《醉时歌·赠广文馆博士郑虔》,此诗的前半段为:

> 诸公衮衮登台省,广文先生官独冷。
> 甲第纷纷厌梁肉,广文先生饭不足。
> 先生有道出羲皇,先生有才过屈宋。
> 德尊一代常坎坷,名垂万古知何用!
> 杜陵野客人更嗤,被褐短窄鬓如丝。

> 日籴太仓五升米，时赴郑老同襟期。
> 得钱即相觅，沽酒不复疑。
> 忘形到尔汝，痛饮真吾师！

杜甫感慨郑虔虽然是广文博士，但这个职位却是冷官，连饭都吃不饱，但是郑虔的才气不在屈原、宋玉之下。他们两人虽然都很穷，但只要有点钱就马上去找对方喝酒，可见两人的关系是何等之莫逆。对于郑虔的实际收入状况，有人做过研究，认为广文博士这一职位的收入，相当于当时太师俸禄的1/154，故有"广文先生饭不足"之称。尽管如此贫穷，喝酒之事却不能忘，杜甫在《戏简郑广文虔兼呈苏司业源明》一诗中写道：

> 广文到官舍，系马堂阶下。
> 醉则骑马归，颇遭官长骂。
> 才名四十年，坐客寒无毡。
> 赖有苏司业，时时与酒钱。

郑虔在工作时间喝酒，醉醺醺地返回工作场所，被长官看到后痛骂一番。可见，他虽然有那么好的声誉，但并没有太高的地位，他的酒钱经常是借贷而来。然而，明代纂修的《康谷郑氏宗谱》却称："司户虔公，字无谦，一字若齐，瑶公之子，二十登进士，四十三岁自谒玄宗皇帝，以诗书画三献，帝大署其尾曰：'郑虔三绝。'赐荥阳宅一区，家僮五十人，蔬地一百亩，食田千顷。特立广文馆，以公为博士。"

《宗谱》称，玄宗皇帝很欣赏郑虔的才气，赏赐给他荥阳一处住房，同时还配了家僮五十人以及大片的菜地等等。这等高的赏赐，仅家僮就有五十人之多，怎么可能穷得连买酒都要向他人借钱呢？真不知道是宗谱记载有误，还是杜甫的诗写得太过夸张。这件事也只能存疑于此。

郑虔被贬到台州后做了不少的好事。《临海县志·郑虔传》中称："至德二载（757），郑虔来台州。台属偏僻，民风闭塞。初与郑虔格格不入。虔以教化为先，设学馆于郡城临海，选民间弟子入学，亲自任教，培育人才。从此士风渐进。以后自宋以来，台州文风敦盛，名人辈出，郑虔当有启蒙教化之功。"

郑虔对台州的教化起到了至关重要的作用。对于郑虔任台州司户参军期间，对当地所做出的文化贡献，郑虔研究专家王晚霞在《郑虔年谱》中有着颇为详尽的叙述。而清戚学标在《风雅遗闻》中，也有着详细的描述：

> 吾台界山海间，自唐以前为仙灵窟宅，文人稀见，迨郑著作虔贬台司户，于是文教兴焉。至宋元明，遂彬彬诗礼之壤，号小邹鲁矣。相传虔始至台，嫌州俗乔野，选民间弟子亲教之。一日，与弟子林元籍辈郊行，举一语令对曰："石压笋斜出。"元籍应声曰："谷阴花后开。"虔大喜，谓台人聪敏易教。今吾郡人俎豆司户，犹潮州人于昌黎也。

郑虔在台州期间，已然感到自己渐渐老去，某日在游山玩水之时，他看中了一块风水绝佳之地，于是将此选为自己的终老之所。《康谷郑氏宗谱》中写到了这件事："至德间，携益友偕访白石岙金鸡山，详望其山，见其峰峦挺秀，必生异所，翼日自登而览焉。遂得兹地四亩四分，与夫人郭氏合葬焉。"

唐广德二年（764），郑虔病逝于台州，而后安葬在了他所选之地，此地即今日浙江临海大田镇白石村金鸡山。

关于郑虔的书法真迹，今已未见流传，故只能通过前人的记载间接了解其风貌。杜甫在《故著作郎贬台州司户荥阳郑公虔》中有如下诗句：

> 神翰顾不一，体变钟兼两。
> 文传天下口，大字犹在榜。

徐三见在《郑虔的书与画》一文中对杜甫诗中所言，有如下评价："从诗中反映的内容来看，郑虔的书法主要是学习钟繇和钟会父子，当然，郑虔并非固守于二钟，而是学而能变，习而能化，乃臻'神翰'。'大字犹在榜'，可见郑虔的榜书写得极佳，时人求其书亦多。其书法最有特色的当为草书和真行书，《荥阳县志》称其草书'如疾风送云，收霞推月'。唐韦续所撰之《墨薮·书品优劣第三》列有唐代善于真、行书者共二十二人，郑虔为其中之一，评语是：'郑虔如风送云收，霞催月上。'上述情况说明，郑虔真、行、榜、草众体皆擅。其书总的特点是出入魏、晋而能自具风貌，风韵潇洒，神采飘逸，秀美如同云霞，体势有似风月，与颜、柳粗壮雄健之态相去绝远。"

关于郑虔的画作，宋末元初的赵孟頫曾经看到过，《赵孟頫集》中收录有《题郑虔图》："郑虔献图于至尊，而复题诗于上，可见忘其贵，'三绝'之名，由是而起。乃知前代高人，未可以纸墨束羁也。此幅思致深幽，景物奇雅，阅之令人萧然意远。"

从赵松雪的夸赞之语可知，郑虔的绘画有着独特的面貌在。明张丑在《清河书画舫》中记录有郑虔所画的《竹溪六逸卷》："新都王氏藏。纸本，浅绛色，极佳。后有苏子瞻题跋、米元晖鉴定，有绍兴御府印记。"

《峻岭溪桥图》 辽宁省博物馆藏

关于郑虔画作的流传情况，宋代的《宣和画谱》中记载御府藏有八件："摩腾三藏像一、陶潜像一、峻岭溪桥图四、杖引图一、人物图一。"可惜这些画作基本都失传了，如今仅知宋人对郑虔的画作评价颇高，《宣和画谱》中又称："善画山水。……陶潜风气高逸，前所未见，非'醉卧北窗下，自谓羲皇上人'同有是况者，何足知若人哉？此宜见画于郑虔也。"

对于郑虔在绘画史上的地位，明陈继儒在《偃曝谈余》中称："山水画至唐始变，盖有两宗：李思训、王维是也。……至郑虔、卢鸿一、张志和、郭忠恕、大小米、马和之、高克恭、倪瓒辈，又如方外不食烟火人，另具一骨相者。"当代绘画史专家王伯敏在《132名中国画画家》中评价说：

郑虔的山水画，据说"山饶墨（趣），树枝老硬"，有他自己的风貌。郑曾把他所画的《沧州图》献给玄宗，玄宗非常欣赏，在他的画后题"郑虔三绝"四字,从此画名大噪,两京无人不晓。五代黄筌,是杰出的花鸟画家,他画山水,有时就摹仿郑虔的笔调。现代画家黄宾虹在《画学篇》中,把郑虔与王维并提,诗中道:"郑虔王维作水墨,合诗书画三绝俱。"

为了寻访郑虔墓,这一天我乘火车来到了浙江临海市。而今临海市的大田镇已经改名为大田街道,郑虔墓的具体位置是在大田街道白石村,此地距临海市区约十五公里。临海整个城市给人的感觉是秀美、干净、人文色彩极浓,感觉当地政府官员中应该有一位极有文化修养且富人文色彩者。这里的老城区不仅保存得很是完好,更难得的是人们的日常生活亦照旧,却又并不落后,并且旧的生活模式亦保存了下来,静谧而美好。途中经过紫阳老街,老街中的人卖着老式的日用品,人情味极浓。我觉得这样保存下来的老街才是有生命的老街,与其他很多城市中打造成商业步行街的所谓老街绝然两类。

郑虔墓处在金鸡山南侧的山脚下,他的墓前盖起了一座小石亭,亭名"若斋亭",若斋是郑虔的字。亭中立着一块新的刻石,正面刻着沙孟海所书"三绝画诗书"。郑虔虽然有三门绝技,但相比较而言,他的画还是排在了第一位。这块刻石的背面有陕西师大教授霍松林题诗一首,此诗前有小序,第一句为:"庚午初冬,应王晚霞同志之请……"可见王晚霞对研究郑虔的方方面面确实做出了很大的努力,而修墓之事也跟她有关,临海能有这样的有志之士,定然能够斯文不绝。

小亭后面的山坡上就是郑虔墓,墓顶的制式颇为特殊,墓碑之上有块刻石,上书"台教正宗"四个大字,以此来表达当地人不忘郑虔为文化普及所做出的贡献。此刻石的下方则刻着"唐广文馆博士号若斋讳虔郑公暨夫人郭氏之墓",墓碑前的香炉上插着一些香支。看来时

郑虔墓处在山脚之下

郑虔墓文保牌

墓前的小亭

亭名及沙孟海题字

墓碑

常有人来此祭奠，而我则未备祭奠之物，于是从两侧的树枝上摘下几朵花放在了墓碑顶上。

从整体上看，无论位置还是周围环境，郑虔墓都充满着诗情画意，大约当地人都觉得郑虔是位著名画家，不忍让他委屈罢。王晚霞在《一九八八年移建郑广文纪念馆始末》一文中写道：

> 坐落大田白石金鸡山的郑虔墓，清《台州金石录》卷一载："唐郑广文墓在临海县东三十里"立有"唐广文郑公之墓"碑。1983年4月市人民政府已公布为市级文保单位，（86）82号文又明确在现规模基础上四周各扩展10米的保护范围。但今已碑移路断，因此市文化局（90）1号和市计经委（90）9号文件，批准扩建郑虔墓基地建设项目，扩大墓坦，新建石级墓道及仿唐石亭一座，亭两侧有清同治刘璈撰墓碑（复制。原碑已保存郑广文馆

风景绝佳

碑墙)和市府文保石碑。是项工程由郑广文纪念馆统一实施,于1990年夏完成,共占地约400平方米。

而今我眼前所见的郑广文墓正是修造完毕后的结果,郑虔墓的两侧还有两棵成型的山茶花,其花的颜色右粉左红,想来郑虔应该十分喜爱。

看罢郑虔墓,而后返回临海市内,前去参观郑虔祠,此祠即郑广文纪念馆,具体地址是浙江省临海市望天台路24号。郑广文祠原本坐落在临海城关若齐巷,1988年迁建于此处。可惜我到达之时,这里锁着门,无法看到里面的情形,只能通过王晚霞文中所写来了解里面的状况:

> 新址坐落城关八仙岩前,望天台路32号。占地1000平方

郑虔生平介绍牌

米，建筑面积 340 平方米。迎石级而上，过月洞桥，石质大门框与横额，均为清咸丰二年（1852）杨月重修原物，保存完好。上有"郑广文祠"四个石刻大字，端庄有力。两侧围墙新嵌"唐代古祠"四个斗大正楷。进门五开间古建大厅，一层飞檐，雕梁画栋。正面悬赵朴初题"郑广文纪念馆"横额。旁有沙孟海亲撰并书"椒海七年教启化，沧洲三绝画诗书"对联。檐前庭院上首左右各立高两米的青石碑，一是台州行政公署的《台州文化启蒙者郑虔》，一是临海市人民政府的《尊师重教》。正厅内有玻璃钢质的郑虔像。孙望撰项秉炎书的长联，上联是"才艺动京华，史载工书善绘，尤耽琴酒篇咏，天子走笔赞三绝"；下联是"淳风播海隅，民知敬业乐群，相劝稼穑农桑，司户垂名光两间"。尚有狄绍梅书的"石压笋斜出，谷阴花后开"，梁毅录《新唐书》的"郑虔三绝"匾联。厅两壁挂满裱装精致的来自北京、南京、上海、杭州等 23 个省市现代名流的绘画与书法。

郑广文纪念馆文保牌

祠堂外观

王维（701年—761年）
文人之画，自王右丞始

王维是唐代的著名诗人，又被后世尊为南宗画始祖，但他在当世并未被人视为顶尖的大画家，而是在历史中逐渐被人们重视，直到明代中晚期才被推到画坛的顶峰位置。

至今得见的史料中，最早记录王维画作的，乃是唐代僧人皎然，他在《观王右丞维沧洲图歌》中写道：

> 沧洲误是真，萋萋忽盈视。
> 便有春渚情，褰裳掇芳芷。
> 飒然风至草不动，始悟丹青得如此。
> 丹青变化不可寻，翻空作有移人心。
> 犹言雨色斜拂座，乍似水凉来入襟。
> 沧洲说近三湘口，谁知卷得在若干。
> 披图拥褐临水时，脩然不异沧洲叟。

皎然是位诗僧，同时也擅长绘画，就这点而言，他与王维颇为相像。皎然在诗中描绘王维所绘《沧洲图》是何等之烟波浩渺，可见王维在其当世就有画名。关于王维绘画之事，唐代文献中还有零星记载，而正式将王维视作画家的文献，始自朱景玄所撰《唐朝名画录》，此书记载了唐初到会昌年间，总计126位画家的生平事迹，其中就有王维小传，其文如下：

> 王维，字摩诘，官至尚书右丞，家于蓝田辋川。兄弟并以科名文学冠绝当时，故时称"朝廷左相笔，天下右丞诗"也。其画山水松石，踪似吴生，而风致标格特出。今京都千福寺西塔院有掩障一合，画青枫树一图。又尝写诗人襄阳孟浩然《马上吟诗图》，见传于世。复画《辋川图》，山谷郁郁盘盘；云水飞动，意出尘外，怪生笔端。尝自题诗云："当世谬词客，前身应画师。"其自负也如此。慈恩寺东院，与毕庶子、郑广文各画一小壁，时号"三绝"。故庚右丞宅，有壁画山水兼题记，亦当时之妙。故山水松石，并居妙上品。

这段记载将王维与其弟王缙并提，夸赞王缙文笔天下第一，诗歌最具名气，而后又提到王维擅长山水画，画法以吴道子为宗，但有自己的特殊风貌。朱景玄举出了王维为西安某寺所画壁画的例子，又提到王维另外的几幅画作，并且引用了王维的一句诗，以此说明王维在绘画方面颇为自负，同时将王维的绘画成就列在"妙品上"。

《唐朝名画录》首先按照"神""妙""能""逸"四个层次对唐代画家的绘画水准进行划分，其中前三品又分为上、中、下三个等级，王维被定为妙品上，说明朱景玄对王维的画作未能给出顶级的评价，因为他将"神品上"的最高品级颁给了吴道子。同时，他在引用王维的那句诗后，评价了一句"其自负也如此"，说明朱景玄并不认可王维的自负之语。唐代张彦远的《历代名画记》也对王维有记载：

> 王维，字摩诘，太原人。年十九，进士擢第。与弟缙并以词

学知名,官至尚书右丞,有高致,信佛理。蓝田南置别业,以水木琴书自娱。工画山水,体涉今古。人家所蓄,多是右丞指挥工人布色,原野簇成远树,过于朴拙,复务细巧,翻更失真。清源寺壁上画辋川,笔力雄壮,常自制诗曰:"当世谬词客,前身应画师。不能舍余习,偶被时人知。"诚哉是言也!余曾见破墨山水,笔迹劲爽。

张彦远也首先提到王维兄弟在文学上并称,同时提及王维在山水画方面今古皆能。然而他又说当时人所藏的王维画作,其实大多是王维指挥他人来绘制完成的,同时还指出了不足之处,认为太过朴拙,有的部分画得又过于纤细,令画面失真。张彦远又说,王维在清源寺墙壁上画的《辋川图》却笔力雄壮,并且见过他的破墨山水,极见功力。他也引用了王维那首著名的诗,并且比朱景玄所引多了两句,多出来的这两句诗中王维说自己绘画乃是"余习",偶然才被人们了解。但若结合前一句,王维自称世人都夸赞他诗作得好,其实却不是这样,因为他前一辈子很可能是一位画师。

可见,张彦远对王维在绘画上的成就有褒有贬。从《历代名画记》来看,张彦远更为推崇吴道子和李思训、李昭道父子,这应当是唐人普遍的看法。但从流传至今的唐代文献看,也有一个例外,那就是唐窦臮在《述书赋》中所言:"诗入《国风》,笔超神迹。李将军世称高绝,渊微已过;薛少保时许美润,英粹合极。"对于这句话,窦蒙在《述书赋注》中称:"右丞王维,字摩诘,琅琊人。诗通《大雅》之作,山水之妙,胜于李思训。弟太原少尹缙,文笔泉薮,善草隶书,功超薛稷。二公名望,首冠一时。时议论诗则曰王维、崔颢,论笔则曰王缙、李邕,祖咏、张说不得预焉。幼弟纮,有两兄之风。闺门之内,友爱之极。"

窦蒙说王维山水画的成就超过了李思训，其弟王缙的书法成就超过了薛稷，王氏兄弟在社会上的影响力一时无两。然而杨娜在其博士论文《王维画史形象研究——以苏轼文人画论为中心》中考证出，窦蒙在为《述书赋》作注时正赶上王缙任代宗朝宰相，以此认为，窦蒙对王氏兄弟如此高的夸赞不无阿谀之嫌，故窦蒙夸赞王维的山水画成就超过了李思训，显然仅是刻意之言，这种说法在唐代未被普遍接受。

五代时期，王维在绘画史上的地位有所提高，荆浩在《笔法记》中写道："王右丞笔墨宛丽，气韵高清，巧写象成，亦动真思。李将军理深思远，笔迹甚精；虽巧而华，大亏墨彩。"荆浩在文中将李思训与王维进行了比较，认为王维的绘画成就应当高于李思训。

进入宋代，王维在绘画上的地位有了很大的提高，这个结果跟苏东坡有着直接的关系，东坡作过一首《凤翔八观·王维吴道子画》的诗：

> 何处访吴画，普门与开元。开元有东塔，摩诘留手痕。吾观画品中，莫如二子尊。道子实雄放，浩如海波翻。当其下手风雨快，笔所未到气已吞。亭亭双林间，彩晕扶桑暾。中有至人谈寂灭，悟者悲涕迷者手自扪。蛮君鬼伯千万万，相排竞进头如鼋。摩诘本诗老，佩芷袭芳荪。今观此壁画，亦若其诗清且敦。祇园弟子尽鹤骨，心如死灰不复温。门前两丛竹，雪节贯霜根。交柯乱叶动无数，一一皆可寻其源。吴生虽妙绝，犹以画工论。摩诘得之于象外，有如仙翮谢笼樊。吾观二子皆神俊，又于维也敛衽无间言。

从此诗的题目即可看出，苏轼将王维排在了吴道子之前，他说以画品论，王维与吴道子可以并称。而后他在诗中分别谈到了这两位大画家的画风区别,在诗的最后,苏轼说吴道子的画虽然绝妙,但也只是一位画工,而王维的画作所包含的内容可谓意在言外。显然,这两位大画家同样成就非凡,但苏轼却明称他更欣赏王维。

在苏轼这里,王维的绘画成就首次超过了画圣吴道子,东坡为什么给出这样的评价呢?此诗中的"摩诘本诗老"一句最为关键,因为王维首先是一位大诗人,而后才进行绘画创作,这正是东坡看重王维之处。他对王维在诗画上的结合,最有名的评语是在《书摩诘〈蓝田烟雨图〉》中所言:

味摩诘之诗,诗中有画。观摩诘之画,画中有诗。诗曰:"蓝溪白石出,玉川红叶稀。山路元无雨,空翠湿人衣。"此摩诘之诗,或曰:"非也,好事者以补摩诘之遗。"

东坡此语的前两句为后世所引用,基本上成为后世评价王维的必用之语,而"诗中有画,画中有诗"一句,也成为后世画家是否有文气的代名词。在诗史上,王维被誉为"诗佛",李白被称为"诗仙",杜甫被称为"诗圣",后世将此三人并称为"唐诗三杰"。进入北宋,诗坛以西昆体最为流行,但西昆体太过雕琢字句,故欧阳修、梅尧臣等人在作诗上力避此弊,而王维诗作的格调颇为符合欧、梅等人的追求,故王维的诗在北宋颇受欢迎。更为难得者,则是王维所作之诗颇具画面感,比如他的诗句"大漠孤烟直,长河落日圆""山中一夜雨,树杪百重泉",读到这些诗作,眼前顿时有如3D画面徐徐展开。

不过,当代学者对于东坡的这两句著名评语也有着不同的看法,有人认为诗不可画,比如钱锺书在《论〈拉奥孔〉》一文中详细地讨论了诗和绘画是两个不同的门类,也就有着各自的特征,诗歌描写的是历时性,而绘画则是描写共时性。钱锺书在此文中称:"写一个颜色而虚实交映，制造两个颜色错综的幻象，这似乎是文字艺术的独家本领，造型艺术办不到。"而陈铁民在《王维诗歌的写景艺术》一文中则从现实物体的无线条来论证绘画语言的问题："线条在现实的物体上是找不到的，画家加于物体以线条，用它来勾取物体的轮廓；诗人则不是这样，他们用语言直接描摹现实物体的形象，而无需凭借线条。"

对于诗和画的关系，钱锺书在《中国诗与中国画》一文中进行了详细探讨，并且进行了中外对比，以此说明外国的相关学者很早就开始探讨诗与画的关系问题。此处引用该文中的一段如下：

> "无声诗"即"有形诗"和"有声画"即"无形画"的对比，和西洋传统的诗画对比，用意差不多。古希腊诗人（Simonides of Ceos）早说："画为不语诗，诗是能言画"。嫁名于西塞罗的一部修辞学里，论"互换句法"（commutatio）第四例就是："正如诗是说话的画，画该是静默的诗"（Item poema loquens pictura, pictura tacitum poema debet esse）。达·芬奇干脆说画是"嘴巴哑的诗"（una poesia muta），而诗是"眼睛瞎的画"（una pittura cieca）。莱辛在他反对"诗画一律"的名著里，引了"那个希腊伏尔泰的使人眼花缭乱的对照"，（die blendende Antithese des griechischen Voltaire），也正是那句希腊古诗，顺手又把它所敌视的伏尔泰扫上一笔。"不语诗""能言画"和中国的"无声诗""有声画"是同一回事，因为"声"在这里不指音响，而指说话，就像旧小说、旧戏曲里"不则（作）声""禁（噤）声！"的那个"声"字。古罗马诗人霍拉斯的名句："诗亦犹画"（ut pictura poesis erit），经后人断章取义，理解作"诗原通画"，仿佛苏轼《书鄢陵王主簿折枝》所谓："诗画本一律。"诗、画作为孪生姊妹是西方古代文艺理论的一块奠基石，也就是莱辛所要扫

除的一块绊脚石,因为由他看来,诗、画各有各的面貌衣饰,是"决不争风吃醋的姊妹"(keine eifersüchtige Schwester)。

但诗与画就王维而言,存在这样大的差异吗?蒋金珅有着另外的看法,他在《"诗中有画,画中有诗"的再认识——以画史中的王维为中心》一文中认为:"大量基于王维诗歌中绘画技法的分析文章造成了对'诗中有画'的认识只停留在'技'的层面,而忽略了更高层次上的'意'。而这种充斥着'技'层面分析的局面却诱导反驳者以技论技,走向'诗不可画'这一误区。"

无论从哪个角度来解读苏轼的"诗中有画,画中有诗",有一个事实都不能否认,那就是宋代时王维在画史上的地位得到提高。比如《旧唐书》卷一百九十《王维传》中写道:

> 维以诗名,盛于开元、天宝间,昆仲宦游两都,凡诸王驸马豪右贵势之门,无不拂席迎之,宁王、薛王待之如师友。维尤长五言诗,书画特臻其妙,笔踪措思,参于造化;而创意经图,即有所缺,如山水平远,云峰石色,绝迹天机,非绘者之所及也。

这段话在夸赞王维诗与画的同时,也点出了王维所画山水以平远为主要特色。然而张彦远在《论画山水树石》中则说:"又若王右丞之重深、杨仆射之奇赡、朱审之浓秀、王宰之巧密、刘商之取象,其余作者非一,皆不过之。近代有侯莫陈厦、沙门道芬,精致稠沓,皆一时之秀也。"

张彦远在这里对王维的画作特色以"重深"二字来概括,蒋金珅在文中引用了郭熙《林泉高致·山水训》中提出的"三远"观念后评价说:"'由近山而至远山'即称之为平远,这与重深所表现的'以近次远'相一致,故'重深'也就是平远。"

以此可知,到北宋时期,王维在画史上的地位显著提高,为此,市面上开始出现大量的王维伪画。米芾在《画史》中写道:

> 王维画《小辋川》摹本笔细,在长安李氏,人物好,此定是真。若比世俗所谓王维全不类,或传宜兴杨氏本上摹得。
>
> 张修字诚之少卿家有《辟支佛》,下画王维、仙桃巾、黄服、合掌顶礼,乃是自写真,与世所传关中十大弟子真发相似,是真笔。世俗以蜀中画《骡纲图》《剑门关图》为王维甚众。又多以江南人所画《雪图》命为王维。但见笔清秀者即命之。如苏之纯家所收《魏武读碑图》亦命之维。李冠卿家小卷亦命之维,与《读碑图》一同,今在余家。长安李氏《雪图》与孙载道字积中家《雪图》一同,命之为王维也。其他贵侯家不可胜数,谅非如是之众也。

从这段记载来看,署名王维的画作题材十分丰富,当时不少的人认为,凡是画得清秀的画就是王维真迹,由此也可窥得人们对王维绘画面目的基本认识。当时宫中也藏有王维画作,达一百二十六件之多,《宣和画谱》中称:"王维善画,尤精山水。天机所到,而学者皆不及,后世称重。其卜筑辋川,亦在图画中,是其胸次所存,无适而不潇洒,移志于画,过人宜矣。重可惜者,兵火之余,数百年间,而流落无几,后来得其仿佛者,犹可以绝俗也。今御府所藏,一百二十有六。"

《宣和画谱》接下来详细列出了所藏王维画作的画名,从这些名称上看,既有风景画,也有人物画,想来这些署名王维的画作亦是真赝共见。

后世对于王维具体画作的探讨,以《雪中芭蕉》为最多,该画又

《伏生授经图》局部　日本大阪市立美术馆藏

名《袁安卧雪图》。沈括《梦溪笔谈》有文专门谈论此事："书画之妙，当以神会，难可以形器求也……如彦远画评言王维画物多不问四时，如画花往往以桃、杏、芙蓉、莲花同画一景。余家所藏摩诘画《袁安卧雪图》有雪中芭蕉，此乃得心应手，意到便成，故造理入神，迥得天意，此难可与俗人论也。"

王士禛在《池北偶谈》中则认为王维的《雪中芭蕉》之画正与其诗相通："世谓王右丞画雪中芭蕉，其诗亦然，如'九江枫树几回青，一片扬州五湖白'。下连用'兰陵镇''富春郭''石头城'诸地名，皆寥远不相属。大抵古人诗画，只取兴会神到，若刻舟缘木求之，失其指矣。"

明代大画家文徵明在其所绘《关山积雪图》的跋语中写道："古之高人逸士，往往喜弄笔作山水以自娱。然多写雪景者，盖欲假此以寄其孤高拔俗之意耳，若王摩诘之雪溪图、李成之万山飞雪、李唐之雪山楼阁、阎次平之寒岩积雪、郭忠恕之雪霁江行、赵松雪之袁安卧雪、黄大痴之九峰雪霁、王叔明之剑阁图，皆著名今昔，脍炙人口，余幸皆及见之。每欲效仿，自嫌不能下笔。"

文徵明将王维所画《雪溪图》视为古代最有名的雪景画作中的名品，并将其排在了最前列。而金代诗人元好问在《王黄华墨竹》一诗中对王维所画之竹大为夸赞：

古来画竹尊右丞，东坡敛袂不敢评。
开元石本出摹写，燕市骏骨留空名。

元代的汤垕在《画鉴》中列举了王维的不少画作，他认为名气最大是《辋川图》："王右丞维工人物山水，笔意清润，画罗汉佛像至佳。平生喜作雪景、剑阁、栈道、骡网、晓行、捕鱼、雪滩、村墟等图，其画《辋川图》，世之最著者也。盖其胸次潇洒，意之所至，落笔便与庸史不同。"

流传至今的王维画作没有一幅被确认为真迹，然而他所画的《辋川图》却有大量摹本传世，其中最有名的乃是北宋郭忠恕所临。据说该图原本绘在蓝田清源寺的墙壁上，唐武宗灭佛，使得该画消失。但该图仍然有纸本传世，宋黄庭坚在《山谷题跋》中写道："王摩诘自作《辋川图》，笔墨可谓造微入妙。然世有两本：一本用矮纸，一本用高纸，意皆出摩诘不疑，临摹得人。犹可见其得意于林泉之仿佛。"

可见在北宋时期，已经有人以纸本的形式临摹过《辋川图》，而黄庭坚夸赞他所见两个版本临摹的水准不在真迹之下。但黄庭坚不可能看到过清源寺墙壁上的原作，他认定高矮两个版本的《辋川图》临摹得很像王维的原作，应当也是一种揣度。此后出现了大量《辋川图》的临本，究竟哪个临本更接近王维画作的原貌？因为郭忠恕是北宋时人，故后世大多视郭忠恕摹本更接近王维原作。宋、元时期出现许多《辋川图》摹本，比如元代的赵孟𫖯、王蒙等人都临摹过《辋川图》，同时赵孟𫖯对王维的画作成就也极其夸赞，他在《题王摩诘〈松岩石室图〉》中说："王摩诘能诗更能画，诗入圣而画入神。自魏晋及唐几三百年，惟君独振。至是画家蹊径，陶熔洗刷，无复余蕴矣。"

明代中后期，王维在绘画史上的地位被提高到了无以复加的高度。詹景凤在《东图玄览编》中把古代的山水画家分为两派："山水有二派，一为逸家，一为作家，又谓之行家、隶家。"对于前一派的代表人物，詹景凤把王维排在了最前面："逸家始自王维、毕宏、王洽、张璪、项容，其后荆浩、关仝、董源、巨然及燕肃、米芾、米友仁为其嫡派。自此绝传者几二百年，而后有元四大家，黄公望、王蒙、倪瓒、吴镇，远接源流。至吾朝沈周、文徵明，画能宗之。"

至少在詹景凤这里，他把王维视为逸家的鼻祖，而后点出了后世的传承人物，从其所罗列的人物看，这些人均为南宗名家。与逸家相对者则为作家，詹景凤在文中又详列出作家的创始人及后世的传承："作家始自李思训、李昭道及王宰、李成、许道宁，其后赵伯驹、赵伯骕及赵士遵、赵子澄皆为正传，至南宋则有马远、夏圭、刘松年、李唐，亦其嫡派。至吾朝戴进、周臣，乃是其传。"以此可见，这些画家主要是北宗，之后詹景凤又将范宽、郭熙、李公麟视之为兼逸家和作家的综合画派，而后提出了"文人画"这个概念："若文人学画，须以荆、关、董、巨为宗，如笔力不能到，即以元四大家为宗，虽落第二义，不失为正派也。"

詹景凤并未点出绘画史上的南北宗概念，首次提出这个概念者，有莫是龙和董其昌两说。莫是龙在他的《画说》中写道："禅家有南北二宗，唐时始分。画之南、北二宗，亦唐时分也，但其人非南北耳。北宗则李思训父子著色山水，流传而为宋之赵幹、赵伯驹、伯骕以至马、夏辈。南宗则王摩诘始用渲淡，一变钩斫之法，其传为张璪、荆、关、郭忠恕、董、巨、米家父子，以至元之四大家，亦如六祖之后，马驹、云门、临济儿孙之盛，而北宗微矣。要之摩诘所谓云峰石迹，迥出天机，笔意纵横，参乎造化者。东坡赞吴道子、王维画壁亦曰：吾于维也无间然。知言哉！"

这段话将王维列在了南宗创始人的地位，然董其昌在《画旨》中所言的一段话，几乎与莫是龙的这段话一字不差。究竟是谁抄谁的，这件事将在董其昌一篇再做探讨。而董其昌在《画旨》中的另一段话更为重要：

> 文人之画，自王右丞始。其后董源、巨然、李成、范宽为嫡子，李龙眠、王晋卿、米南宫及虎儿皆从董、巨得来，直至元四大家黄子久、王叔明、倪元镇、吴仲圭，皆其正传。吾朝文、沈则又远接衣钵。若马、夏，及李唐、刘松年，又是大李将军之派，非吾曹当学也。

在这里，董其昌明确地点出自从有了王维才有了文人画，这即是把王维视为文人画鼻祖的最早出处。而后他谈到了哪些画家属于文人画的嫡传，同时又称，李思训的北宗派非其所学范畴。董其昌的这个观念直到今天仍被画界所尊奉，可见他的这段话影响力之大，也正是董其昌，把王维捧上了文人画鼻祖的神坛。

那么董其昌是否见过王维画作的真迹呢？他在《画禅室随笔》卷二中写道："王右丞画，余从槜李项氏见《钓雪图》，盈尺而已，绝无皴法，石田所谓笔意凌竞，人局脊者。最后得小幅，乃赵吴兴所藏，颇类营丘，而高简过之。"

董其昌说他在项子京那里看到了王维所画的《钓雪图》，此画尺幅很小，特点是没有使用皴法。除此之外，董其昌还在金陵冯梦桢那里看到王维所绘《江山雪霁图》，他得见该画颇不容易："今年秋，闻广陵王维有《江山雪霁》一卷，为冯宫庶所收，亟令友人走武林索观，宫庶珍之，自谓如头目脑髓，以余有右丞画癖，勉应余请。清斋三日。始展阅一过。宛然吴兴小幅笔意也。余用是自喜。且右丞自云：宿世谬词客，前身应画师。余未尝得睹其迹。但以想心取之，果得与真肖合，岂前身曾入右丞之室，而亲览其盘礴之致。故结习不昧乃尔耶。"

董其昌自称，他在见到这幅画之前还未曾看到过王维画作真迹，但他凭借想象，用王维笔法画过一些画，而今他目睹《江山雪霁图》，竟然发现自己所绘与该画笔法颇为相似，忍不住开始怀疑自己的前身说不定曾入王维之室，亲自看到他作画的情形。可见董其昌对王维画风是何等之喜爱，而他的这段话也在暗指自己的画风与王维一脉相承。董其昌既然将王维视为文人画鼻祖，并且认为这种画风才是绘画的正宗，也即文人画高于匠人画。而南宗为文人画正传，其本人在画风上又与王维如此相像，这就暗指，他本人乃是文人画的正传。

尽管董其昌所言在后世引起过不小的争论，但因其本人在绘画史上的巨大影响力，南北宗观念逐渐深入人心，而后世也基本上视文人画为中国绘画的最高水准，故每提及文人画，都会讲到王维的鼻祖地位。

王维在画论上的撰述，流传于后世者有《画学秘诀》一卷，然邓瑞全、王冠英主编的《中国伪书综考》中将该书列为"全书伪"，同时还提及题名王维所撰《山水论》也同样是"全书伪"。对于前者，《综考》一书中写道："是书最早见于明焦竑的《国史经籍志》。明版《王维集》里多有收入，但王缙编《王维集》未收。在赵松谷笺注《王右丞集》，已断为伪作。"此结论乃是本自《四库全书总目提要》："旧本题唐王维撰。词作骈体，而句格皆似南宋人语。王缙编维集，亦不载此篇。明焦竑《国史经籍志》始著于录，盖近代依托也。明人收入维集，失考甚矣。"

对于题名王维的《山水论》，余绍宋在《书画书录解题》中写道："此篇凡六百余言，起首'凡画山水，意在笔先，丈山尺树，寸马豆人，远人无目，远树无枝，远山无石，远水无波'数语，甚为精到。疑右丞本有画诀，口授相传有此数语。后人乃傅益以成此篇，故多属画山水家常言，无甚精意。《唐六如画谱》、詹氏《画苑补益》题为荆浩《山水赋》，亦即是篇，其文少异。赵松谷笺注《右丞集》指为伪托，是也。《四库》则依唐、詹两家题作荆浩作，亦谓非其本书。"

余绍宋称，虽然前人认为《山水论》也是伪书，但他却觉得该书中很多精到之语，所以他认为这些话有可能真是出自王维所传授的画诀，只是后人增加了一些内容而已。《画学秘诀》中确实说到了一些绘画的具体技巧，我摘引其中一段如下：

> 夫画道之中，水墨最为上。肇自然之性，成造化之功。或咫尺之图，写百千里之景，东西南北，宛尔目前；春夏秋冬，生于笔下。初铺水际，忌为浮泛之山；次布路歧，莫作连绵之道。主峰最宜高耸，客山须是奔趋。回抱处僧舍可安，水陆边人家可置。村庄着数树以成林，枝须抱体；山崖合一水而瀑泻，泉不乱流。

渡口只宜寂寂，人行须是疏疏。泛舟楫之桥梁，且宜高耸；着渔人之钓艇，低乃无妨。悬崖险峻之间，好安怪木；峭壁巉岩之处，莫可通途。远岫与云容相接，遥天共水色交光。山钩锁处，沿流最出其中；路接危时，栈道可安于此。平地楼台，偏宜高柳映人家；名山寺观，雅称奇杉衬楼阁。远景烟笼，深岩云锁。酒旗则当路高悬，客帆宜遇水低挂。远山须要低排，近树惟宜拔迸。手亲笔砚之余，有时游戏三昧。岁月遥永，颇探幽微。妙悟者不在多言，善学者还从规矩。

这些话究竟是否为王维所言，只能等专家们继续考证下去，但文中所说的这些口诀，确实总结出了山水画的重要技法。

2016年5月26日，在李欣宇先生的带领下，我前往陕西省蓝田县辋川镇白家坪村去探访王维遗迹。如今辋川别墅旧址已经改为一座兵工厂，好在院内留有一棵巨大的银杏树，按说明牌上标示，此树乃是王维手植。能够得见该树，令我有着无限的欣慰。我站在树前想象着当年王维种植此树的情形，想来这位大画家也曾无数遍地目睹过这周围的山山水水，除了草木的变化，那时的山形应该与我此时所见没有什么区别。

寻访王维手植银杏树的过程，我已写入《觅诗记》中，而今要写他的绘画成就，当然需要另外找到一处与之相关的遗迹。后来偶然查到在王维的故乡山西祁县有他的衣冠冢，得此消息大感高兴，立即将此地址列入寻访单中。

2019年6月底，我再次来到西安，在微信中无意间得知徐州的爱书人肖艳波女士也在太原。两年前我在徐州寻访时，得到了她的大力帮助，以至于让她也对历史遗迹的寻访有了兴趣，此次她听闻我的寻访计划，特意放下工作，跟我前去探访。7月1日一早，我们乘苑总

辋川别墅旧址院内王维手植银杏

村名牌

的车，由小郭师傅开车从太原前往祁县，小郭用导航查过，走高速路太过绕远，于是我们走国道及县道，虽然路上大车不少，但路途却不到一百公里，再加上小郭车技高超，不到一个半小时就开到了目的地。

王维衣冠冢位于山西省祁县古县镇下古县村，据称该衣冠冢早已存在，在上世纪六十年代被捣毁，直到1987年，在当地人的指认下，又找到了王维衣冠冢的旧址，于是相关部门在此立碑。我们导航所设的目的地就是下古县村，刚开到村边，我就看到一堵墙上写着"王维故里下古县欢迎您"的字样，欢迎语的左侧画着一棵青松，右侧画着王维坐像。看来当地人颇以这位前贤为傲。

然而驶入村中，连问过几人，均不知王维衣冠冢所在。该村占地面积较大，肖艳波觉得这更像一个小镇，但即便如此，几分钟也能驱车驶出该村。既然问路人难以打听到目的地，于是我们开车前往村政府，找到此处时，感觉其建筑更像小肖所言的镇政府。也许是中午的原因，政府院内看不到人影，小郭向一位骑电动车的人打听到了具体

在村边看到了这样的宣传语

的路线，于是我们掉头西驶。

我们开到了村外，小郭说让我们注意路两边的标牌，因为那人告诉他衣冠冢有指示牌。大约开出五六百米后，在左手边的一个岔道上果然看到一座简易牌坊，上书"王维衣冠冢"字样，如此顺利地找到目的地颇为开心。我们沿着小路继续向南行驶，开出三百米后，路的尽头是一个院落。院落门前没有标牌，并且大门从里面上着锁，我估计衣冠冢就在此院内，于是用手叩门，里面立即有狗的回应，听声音院里至少有几条狗。我无意间注意到门上有一个小洞可以推开，于是把手伸进里侧想把大门打开，然而狗的叫声更加激烈，故不敢贸然行事。我把相机遮光罩摘下，将镜头伸入其中，通过镜头看到院内空空如也，并无衣冠冢痕迹。

在我拍照期间，小郭与小肖分别走入田地中去打听具体路径，等他们返回时，已经探明衣冠冢乃是在此院后方的果园里。我们沿着侧边的窄路从左侧绕过，刚开出不远，就看到一片坟地。记得有篇文章

找对了地方

村中的坟地

从核桃树下看到了墓碑

提及，王维衣冠冢就处在该村的集体坟地内，然而沿着道路一路向上走，一直驶过这片坟地，也未看到王维衣冠冢。

道路两侧是大片的苹果林，路边还种着一排粗壮的核桃树，我们在下古县村中看到过宣传画，称下古酥梨名扬天下，想来这是当地主要的经济作物。然而在果林中寻找衣冠冢很不容易，我们的车一直开到了不能前行之地，故只好掉头回驶，刚驾驶出二百米，我隐隐看到果林中有碑券的上沿，于是立即奔此而去，果然找到了目的地。

王维衣冠冢占地约一亩大小，后面堆起一人高的土堆，上面长满了荒草，墓前立有一块新刻之碑，正中用篆书刻着"唐尚书右丞王维衣冠之冢"，落款为"公元一九八七年七月祁县文物管理所立"。看来此衣冠冢得到了相关部门的认定。此碑有用青砖盖起的碑券，而碑的前方、左方、右方分别立着三块碑，前方是其父王处廉，左右分别是王缙、王纮，每块碑后面都刻着"个人简历"，这种称呼方式颇具现代感。王维墓碑前有一块百十平方米的空地，上面铺着一些青砖，正前方则立着一个石祭台，从石条的颜色看，应当是清代所制。我转到墓的后方，无意间在一棵核桃树下又看到一块新立之碑，此碑上刻着"唐汾州司马王处廉、崔室人府君迓魂之墓"。"迓魂"这种称呼方式以前未曾见到过。

虽然小有周折，但最终还是找到了所寻之处，肖艳波也颇为高兴，在我忙着拍照的过程中，她采集了一些野花，而后捆为一束，摆在了王维墓碑前，之后她站在那里对墓三鞠躬。小肖告诉我，虽然这里是衣冠冢，但能够寻得这位大诗人的遗迹，还是令她十分激动。今天天气不错，在蓝天白云的衬托下，我的思绪飞回到唐朝，而王维所见跟我等俗人乃是同一片天，他为什么就能创作出令后世咏叹不已的画作和诗作呢？这只能以"天生我才"来解释了，但只有像李白、王维这样的奇才才敢于说出这样的豪迈之语。

王维衣冠冢碑

石碑后方是王维衣冠冢

排在第一位的是王维

前来下古县的路上,我们在祁县县城附近看到一组雕像,因为此处道路有中间隔离带,小郭说无法掉头,故只能回程时再看是何人雕像。我们从衣冠冢原路返回,又回到了雕像之处,终于看清楚这里路口的两侧各排着两尊雕像,左侧第一位就是王维,这同样可见当地人以这位大诗人、大画家为傲。

韩滉（723年—787年）

人物牛马极工，尤好图田家风俗

关于韩滉的绘画成就，唐朱景玄《唐朝名画录》中称："尝以公退之外，雅爱丹青，调高格逸，在僧繇、子云之上。又学书与画，画则师于陆，书则师于张，画体生成之踪，书合自然之理。时车驾南狩，征天下兵，虽两浙兴师，暂劳心计，而六法之妙，无逃笔精。能图田家风俗，人物水牛，曲尽其妙。议者谓驴牛虽目前之畜，状最难图也，惟晋公于此二之能绝其妙。人间图轴，往往有之，或得其纸本者，其画亦薛少保之比，居妙品之上也。"

朱景玄说韩滉在繁忙的工作之余，对绘画与书法最感兴趣，其绘画水平在张僧繇、萧子云之上。在绘画方面，韩滉以陆探微为师，书法则以张旭为师，这同样能看出他的高格调。在绘画题材方面，韩滉喜欢画一些田园风光，比如人物、水牛等。懂画的人都明白，越常见之物越难画好，这乃是因为人们对寻常所见之物最为熟悉，绘画者稍有瑕疵就能一眼看出，而韩滉却专在这方面下功夫，这也称得上是取法乎上。故张彦远在《历代名画记》中称赞韩滉的艺术作品："工隶书章草，杂画颇得形似，牛羊最佳。"

韩滉是唐代名臣，他的父亲韩休在玄宗朝曾任宰相，其本人也在朝中任高官，朱景玄《唐朝名画录》中称："韩滉，德宗朝宰相。当建中末，值兹丧乱，遂兼统六道节制，出为镇海军、江浙东西兼荆湖洪鄂等道节度使、中书令、晋国公。按《唐书》：公天纵聪明，神干正直，出入显重，周旋令猷，出律严肃，万里无虞。"

韩滉在《旧唐书》和《新唐书》中都有传记，从他的个人经历来看，他是个十分努力的人。他跟哥哥韩法都性格耿直，正因为如此，韩法得罪了王玙，后来王玙当上了宰相，对韩滉兄弟进行打压，一直到王玙罢相后，他们兄弟二人才得以提职。关于韩滉的性格，《旧唐书》中称："滉公洁强直，明于吏道，判南曹凡五年，详究簿书，无遗纤隐。大历中，改吏部郎中、给事中。时盗杀富平令韦当，县吏捕获贼党，而名隶北军，监军鱼朝恩以有武材，请诏原其罪，滉密疏驳奏，贼遂伏辜。"

韩滉性格耿直，绝不肯放过一个坏人，无论别人如何求情，都会坚持自己的主张。也许正因为如此，很多人认为他为人苛刻。《旧唐书》载："自至德、乾元已后，所在军兴，赋税无度，帑藏给纳，多务因循。滉既掌司计，清勤检辖，不容奸妄，下吏及四方行纲过犯者，必痛绳之。又属大历五年已后，蕃戎罕侵，连岁丰稔，故滉能储积谷帛，帑藏稍实。然苛克颇甚，覆治案牍，勾剥深文，人多咨怨。"

为了给国家储备物资，韩滉用严酷的法度来征集钱粮，国库得以充实，但却搞得很多人怨气冲天。他甚至不惜谎报军情也要贯彻自己的方略。《旧唐书》载："大历十二年秋，霖雨害稼，京兆尹黎幹奏畿县损田，滉执云幹奏不实。乃命御史巡覆，回奏诸县凡损三万一千一百九十五顷。时渭南令刘藻曲附滉，言所部无损，白于府及户部。分巡御史赵计复检行，奏与藻合。代宗览奏，以为水旱咸均，不宜渭南独免，申命御史朱敖再检，渭南损田三千余顷。上谓敖曰：'县令职在字人，不损犹宜称损，损而不问，岂有恤隐之意耶！卿之此行，可谓称职。'下有司讯鞫，藻、计皆伏罪，藻贬万州南浦员外尉，计贬丰州员外司户。滉弄权树党，皆此类也。"

那个时期，国家出现了动乱，韩滉出外任职安抚百姓训练军队，使得敌人无可趁之机，他对中央财政予以很大的支持，但自己却受人诟病。司马光在《资治通鉴》中详细记录了唐德宗时期李泌为韩滉辩诬之事：

> 议者又言："韩滉闻銮舆在外，聚兵修石头城，阴蓄异志。"上疑之，以问李泌，对曰："滉公忠清俭，自车驾在外，滉贡献不绝。且镇江东十五州，盗贼不起，皆滉之力也。所以修石头城者，滉见中原板荡，谓陛下将有永嘉之行，为迎扈之备耳。此乃人臣忠笃之虑，奈何更以为罪乎！滉性刚严，不附权贵，故多谤毁，愿陛下察之，臣敢保其无他。"上曰："外议汹汹，章奏如麻，卿弗闻乎？"对曰："臣固闻之。其子皋为考功员外郎，今不敢归省其亲，正以谤语沸腾故也。"上曰："其子犹惧如此，卿奈何保之？"对曰："滉之用心，臣知之至熟，愿上章明其无他，乞宣示中书，使朝众皆知之。"

有人向皇帝举报韩滉努力备战乃是心存谋反，当时韩滉手握兵权，经济实力又很强大，这些因素加在一起，令皇帝产生了忧虑，于是他问李泌怎么看。李泌坚定地认为韩滉绝无谋反之心，因为他为人很清廉，性格耿直，所以才会经常遭到诽谤。但皇帝还是觉得既然有这么多人说韩滉有问题，说不定也并非都是捕风捉影。而李泌努力替韩滉说话，以至于让皇帝觉得李泌是否有意袒护韩滉，但李泌不顾个人的安危，坚决地替韩滉辩诬，以自身担保他的忠心。《资治通鉴》中又写道：

> 对曰："臣岂肯私于亲旧以负陛下！顾滉实无异心，臣之上

章,以为朝廷,非为身也。"上曰:"如何其为朝廷?"对曰:"今天下旱、蝗,关中米斗千钱,仓廪耗竭,而江东丰稔。愿陛下早下臣章,以解朝众之惑,面谕韩滉使之归觐,令滉感激无自疑之心。速运粮储,岂非为朝廷邪!"上曰:"善!朕深谕之矣。"即下泌章,令韩皋谒告归觐,面赐绯衣,谕以:"卿父比有谤言,朕今知其所以,释然不复信矣。"因言:"关中乏粮,归语卿父,宜速致之。"皋至润州,滉感悦流涕,即日,自临水滨发米百万斛,听皋留五日即还朝。皋别其母,啼声闻于外;滉怒,召出,挞之,自送至江上,冒风涛而遣之。既而陈少游闻滉贡米,亦贡二十万斛。上谓李泌曰:"韩滉乃能化陈少游贡米矣!"对曰:"岂惟少游,诸道将争入贡矣!"

那时正赶上首都长安附近闹饥荒,李泌建议让韩滉的儿子韩皋前去见父亲,让其运粮食给京城。韩皋到达后,韩滉很感激皇帝对他的信任,于是拨出大批粮食给京城,并且让儿子立即还朝。儿子见到母亲后不忍分离,韩滉大怒,让他立即冒着风雨还朝。皇帝看到大量粮食很快运到了京城,马上就相信了李泌所言,由此而认定韩滉果真是一位忠臣。

很多人都是严以律人、宽以待己,但韩滉却不同,他的生活十分俭朴,《新唐书》中称:"滉虽宰相子,性节俭,衣裘茵衽,十年一易。甚暑不执扇,居处陋薄,取庇风雨。门当列戟,以父时第门不忍坏,乃不请。堂先无挟庑,弟洄稍增补之,滉见即彻去,曰:'先君容焉,吾等奉之,常恐失坠。若摧圮,缮之则已,安敢改作,以伤俭德?'居重位,清洁疾恶,不为家人资产。自始仕至将相,乘五马,无不终枥下。"

韩滉虽然是宰相之子,却一件衣服可以穿上十年,也不修建豪宅,如此节俭之人，按说不会引起别人的非议，但因他性格耿直，跟很多人处不好关系，尤其是他的严格执法，被人们视为不讲人情。故《旧唐书》中对他的所为还是有着非议："然以前辈早达，稍薄后进。晚岁至京师，丞郎卿佐，接之颇倨，众不能平。其在浙右也，政令明察，末年伤于严急，巡内婺州傍县有犯其令者，诛及邻伍，死者数十百人。又俾推覆官分察境内，情涉疑似，必置极法，诛杀残忍，一判即剿数十人，且无虚日。虽令行禁止，而冤滥相寻。议者以滉统制一方，颇著勤绩，自幼立名贞廉，晚途政甚苛惨，身未达则饰情以进，得其志则本质遂彰。"

韩滉通过严格执法，让世人明白犯法将会付出怎样的代价，关于这一点《新唐书》中也有记载："时里胥有罪，辄杀无贷，人怪之。滉曰：'袁晁本一鞭背史，禽贼有负，聚其类以反，此辈皆乡县豪黠，不如杀之，用年少者，惜身保家不为恶。'又以贼非牛酒不啸结，乃禁屠牛，以绝其谋。婺州属县有犯令者，诛及邻伍，坐死数十百人。又遣官分察境内，罪涉疑似必诛，一判辄数十人，下皆愁怖。"

韩滉以如此的处世态度，显然不会有太多的朋友，也许正因为如此，他将自己的业余时间用在了艺术方面。《新唐书》中说他："好鼓琴，书得张旭笔法，画与宗人幹相埒。尝自言不能定笔，不可论书画。以非急务，故自晦，不传于人。"

韩滉在业余时间喜好弹琴，书法方面模仿张旭的草书，在绘画方面跟韩幹齐名。韩滉身居要职，认为写字画画都是业余的玩赏，绝不能因此耽误公务，故他的所作可能不太多，流传至今的也很少。即便如此，《宣和画谱》中还是著录了韩滉的画作达三十六幅之多，其中有《集社斗牛图》两幅、《归牧图》五幅、《古岸鸣牛图》一幅、《乳牛图》三幅等等。元夏文彦在《图绘宝鉴》中称："公退之暇，留意丹青，书师张颠，画师陆探微。其画人物牛马极工，尤好图田家风俗。"

《丰稔图》局部　故宫博物院藏

夏文彦说韩滉的画作以人物画及牛、马水平最高,《宣和画谱》中虽然著录有《醉学士图》一幅、《高士图》一幅等人物画,但与绘制的牛图比起来数量还是差许多。如何解读这个偏好呢?如上所引《新唐书》中所言,他认为那些盗贼们喜欢聚在一起喝酒吃牛肉,于是下令禁止杀牛。看来韩滉虽然是宰相之子,却对耕田的牛有着特别的感情,可能这也是他禁止杀牛的另一个原因吧。

事实上,后世最为看重他所画的牛图,南宋四名臣之一的李光曾写过《牧牛图赞》,收录在《庄简集》卷十六中,其在赞中称:"博白苏令汝文出此图相示,二童子各牧一牛,其一牛背上吹笛,其一坡上箕踞而坐,云是唐韩晋公笔。晋公画与族人幹本相上下,及位将相,耻以自名当时,固已不传矣。然此本笔迹萧散,自是名笔,何必托之斯人哉!"

看来李光的鉴赏眼光很高,他一眼就看出所谓的《牧牛图》不是出自韩滉之手,但他还是觉得这幅画作水平不低,其实没必要托名韩滉。被人假托冒名,足可说明韩滉画牛是何等之有名气。

宋代大诗人陆游曾藏过韩滉的真迹,他在《跋韩晋公子母犊》中称:"予平生见三尤物,王公明家韩幹散马,吴子副家薛稷小鹤及此子母牛是也。不知未死间,尚复眼中有此奇伟否!开禧二年四月甲子,陆务观老学庵北窗书。"陆游明确地称,他平生见过三件令人眼前一亮的画作,一是王公明家所藏韩幹画的马,二是吴子副家所藏薛稷画的鹤,第三就是他自藏的韩滉画的牛。

对于韩滉留传至今的牛图,《陕西省志·人物志》中称:"韩滉的作品,最珍贵的是一幅《五牛图》,被称为稀世名笔,艺术品中的瑰宝,现藏北京故宫博物院。他笔下的牛,动态各异,栩栩如生,神情各不相同。"

韩滉的《五牛图》何以流入宫中,以及何时流入宫中,大多数文献都语焉不详。董建中在中国第一历史档案馆中,查阅到一份两江总督尹继善进贡的进单,解开了由来已久的两个疑团。董建中在《〈五牛图〉流入清宫的确切日期》一文中摘引了这份进单后称:"进单开列了二十种贡品,其中在三件贡品的名前,即'玉龙凤罇壹件、古铜提梁卣壹件、王翚江山苍霭图壹卷',有用墨笔打的'×',表示驳回;其余十七件,则画'〇',表示赏收,其中就有韩滉的《五牛图》。从贡品名称不难看出,这是尹继善呈送的乾隆十七年万寿贡(乾隆皇帝生日为八月十三日)。"而后,作者推论出:"贡品呈览的这一天即乾隆

《五牛图》 故宫博物院藏

十七年七月十五日（1752年8月23日）就是《五牛图》进入清宫的时间。"

韩滉的《五牛图》从宋代以来留传有绪。原本藏在宋朝皇宫内的该图，后来被赵构仓皇南渡时带往江南，入元后，《五牛图》在赵伯昂手中，再后来归了赵孟頫，赵孟頫得到《五牛图》后将其做了重新装裱，而后写跋语如下：

> 余南北宦游于好事家，见韩滉画数种，集贤官画有《丰年图》《醉学士图》（最神）；张可兴家《尧民击壤图》（笔极细）；

鲜于伯几家《醉道士图》与此《五牛》皆真迹。初，田师孟以此卷示余，余甚爱之，后乃知为赵伯昂物，因托刘彦方求之，伯昂欣然辍赠，时至元廿八年七月也。明年六月携归吴兴重装。又明年，济南东仓官舍题。二月既望，赵孟頫书。

赵孟頫说他见过多幅韩滉的真迹，也很喜欢《五牛图》，后来打听到此图在赵伯昂手中，于是托朋友传话想请赵伯昂转让，赵伯昂很爽快地将《五牛图》赠给了赵孟頫。赵孟頫得此画后十分喜爱，后来将此图带到了济南，于此又写一段跋语于后：

右唐韩晋公五牛题图，神气磊落，希世名笔也。昔梁武欲用陶弘景，画二牛，一以金络首，一自放水草之际。梁武叹其高致，不复强之。此图殆写其意云。子昂重题。

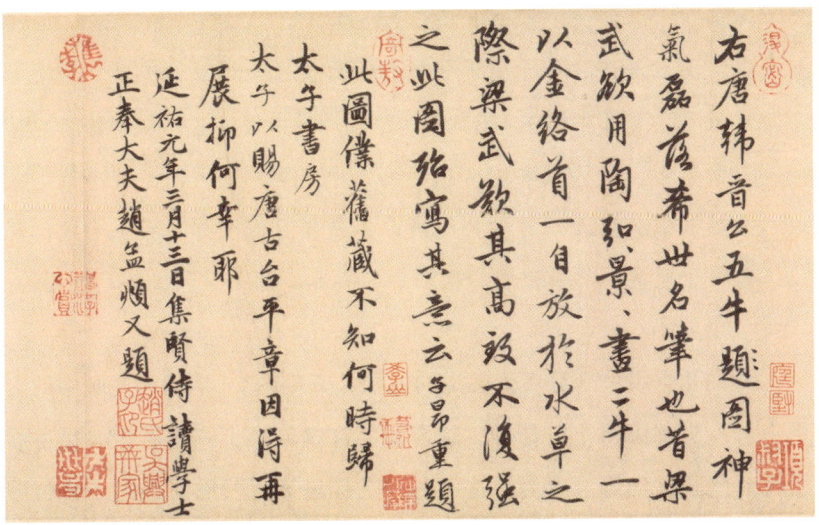

《五牛图》赵孟頫跋　故宫博物院藏

然而此后的一些年，这幅《五牛图》却丢失了。赵孟頫何以丢失这幅画，他未曾提及，然而在元延祐元年（1314），他无意中在元太子书房内又见到了这幅画，而后赵写出了第三跋：

> 此图仆旧藏，不知何时归太子书房。太子以赐唐古台平章，因得再展，抑何幸耶！延祐元年三月十三日，集贤侍读学士正奉大夫赵孟頫又题。

赵孟頫的这段话说得很含糊，他只是称该画原本是自己的珍藏之物，不知何时到了太子书房，但太子对此并不珍惜，转手就赏给了唐古台。如此算起来，《五牛图》曾在赵孟頫手中长达二十多年，这等宝爱之物不知何时遗失，而别人得到后却并不珍惜，赵孟頫写此跋时的心情可想而知。

赵孟頫去世三十年后，也就是元至正十二年（1352），孔克表在邹君玉处见到了这幅《五牛图》，于是孔在此画后写了如下跋语：

> 善相马者，不于骦黄牝牡而于天机，余谓观画亦然。海虞邹君玉示余《五牛图》，有步者，齕者，纵峙而鸣者、顾而舔者、翘首而驰者，其天机之妙，宛若见之于东皋西垄间，亦神矣哉。吴兴赵文敏公以为唐韩晋公所画，品题再三，至称为希世名笔，盖有得于此矣。君其宝之。至正十二年春二月七日。鲁孔克表题。

看来孔克表也十分喜爱韩滉的这幅《五牛图》，他认为此画中的五头牛每一头都画得十分传神，赵孟頫能在这幅画上三次题记，足可看出其对此画是何等之喜爱。这幅稀世名作进入元代后又经过了多位藏家收藏，一度曾是大收藏家项元汴的天籁阁中之物。进入清代后，在乾隆年间金农曾见此画，并且在上面有题跋。再后来，这幅画被尹继善作为贡品呈献给了乾隆皇帝，而弘历对此画同样宝爱有加，亲自给此画题了引首，并且赋诗一首：

> 一牛络首四牛闲，弘景高情想像间。
> 舐龁讵惟夸曲肖。要因问喘识民艰。

转年春，他又在此画后写跋如下：

> 是卷旧藏天籁阁项氏，项圣谟尝有摹本，故大学士蒋廷锡未见滉真迹，因仿项摹，志虎贲中郎之慕，今得见此，当益叹古人不可及也。今项本不知所在，而蒋画与此卷并入《石渠宝笈》遇合，信有定数耶。

由此可知，《五牛图》除了赵孟頫所藏的这一卷外，明代的项圣谟曾有临本，而清代的蒋廷锡又临摹过项圣谟之本。韩滉原本与蒋廷锡摹本都藏于宫中，乾隆皇帝对此二幅都很喜爱，为此写过两段跋文和五首绝句，还让一些名臣来唱和他所作之诗，和诗者有钱维城、金德瑛、钱汝诚、董邦达、裘曰修、汪由敦等。然而弘历觉得，这样仍然不足以表达他对此画的喜爱，昭梿在《啸亭杂录》中说："纯庙赏鉴书画最精，尝获宋刻《后汉书》及《九家杜注》，心甚爱惜，命画苑写御容于其上。岳氏《五经》，特建五经萃室以贮之。又觅马和之《国风图》，历数十年始全获，藏于学诗堂。其他如韩滉《五牛》，设春藕斋，周铸十二钟于景阳宫，皆有所谓。可知勤政之余，其所以怡情悦性者，皆不凡也。"

昭梿是代善的第六世孙，袭封礼亲王，他当然要夸赞乾隆皇帝有很高的鉴赏力。弘历曾命画家把自己的尊容绘在宋刻古籍的扉页上，以示对它们的喜爱，后来他得到了相台岳氏所刻《五经》，还为此专门建了一间书室，这间书室就叫五经萃室。当他得到韩滉的《五牛图》后，专门设了"春藕斋"来收藏此图，可见他对此图是如何之宝爱。弘历未曾想到是的，这幅《五牛图》后来会流到宫外，直到上世纪五十年代初，才再现于香港。国务院总理周恩来得到消息后，拨出外汇，经过多次谈判，终于以六万港元将此画购回，于是这件著名的作品又重新回到了故宫。

除了绘画技法上的精湛，《五牛图》在其他方面也有独特性，比如杨国志在《韩滉的〈五牛图〉与通州黄麻纸》一文中说："世界上最早画在纸上的绘画作品，是北京故宫博物院收藏的《五牛图》。""更难得的是此图卷是目前现存最早的纸本卷轴画，它采用黄麻纸，黄麻纸本，淡设色，由此可见其珍贵。"

更为奇特的是，日本的大原美术馆也藏着一幅《五牛图》，但日本的这一卷却是绢本。对于赵孟𫖯所藏的纸本《五牛图》和大原美术馆所藏的绢本《五牛图》，究竟哪一幅是韩滉的真迹，学界有着较多的争论，在此不赘述。但由此亦可知，《五牛图》是何等受到后世之关注。

关于韩滉的遗迹，我却百寻不得。按照历史文献记载，韩滉乃是长安人，《陕西通志》中也持这种说法，然而长安地区至今未曾发现韩滉遗迹。2016年，沧州著名藏书家梁振刚先生送了我一大套他总编的《历代沧州诗选粹》。我在翻阅此书时，无意中看到书中收录了唐韩察所写《和张相公太原山亭怀古诗》，本书作者小注中称，韩察乃是韩休的曾孙，而韩休又是韩滉之父，看来韩察跟韩滉有着密切关系，而梁先生在本书的按语中写道：

明祝允明《怀星堂集》卷十六《韩公传》：韩公名襄，字克赞，长洲人也。韩自武王庶子昉封，及王室东迁失国，而子孙遂氏之，后更受采地于晋。至景侯虔，复受天王命，列为诸侯。迨秦而灭。汉兴，王信复封，传四世国绝，孽孙说以功封龙雒侯，子增嗣。增子宝，无子，国除。宝弟骞，迁南阳。自骞十世为河东太守纯，其七世孙播，徙昌黎，乃祖纯而为昌黎之族。播生后魏扬州别驾绍，绍生北齐胶州刺史胄，胄生后周商州刺史护，护生隋邠州刺史贤，贤生唐巫州刺史符，符三子仲、大、智，生休、相、玄宗，休生滉，相德宗，当安史之乱，乃自盐山徙博野。

祝允明在《韩公传》中讲述了韩氏一族的迁移史，看来韩愈也是韩滉一族，而韩滉一族在安史之乱时从盐山迁到了博野。如此说来，韩氏后人曾经居住在河北的盐山县。祝允明在《韩公传》中又写道："唐末徙赞皇，五季徙安阳。入宋，惟颍川、安阳二族为大。安阳再世为魏忠献王琦，当时称为'相韩'，以别颍川族。琦生驸马都尉太师秦端节公嘉彦，嘉彦生绍庆路节度使谘，谘生保信军节度使仰胄，仰胄生浙西路兵马都监廖，始居平江。廖生浙西路兵马步军副总管性卿，性卿生龙，龙生荣甫，始业医。荣甫生信仲，信仲生斗一，斗一生凝，凝生奕、夷。当皇明永乐中，夷与从兄奭，并事太宗皇帝以医。太宗皇帝官奭为大医院院使，夷为院判，宠赉优渥，多越常典，而奕尤以儒行表寸山林间。当时视其族，如宋世之视朱、张、顾、陆矣。"

看来安阳的韩琦也是韩滉一族。更为难得的是，梁先生在按语中又写道："又，上世纪八十年代在海兴县小山附近花园寺出土有北朝佛造像一，上面铭文：'武定四年十一月十六日，沧州浮阳郡彰武县王景珍敬造观世音一躯像，上为黄帝，下为韩胄父母居家大小十二口居时成佛。'亦可证明韩休、韩滉一族，早于北魏时已定居今海兴一带。"

竟然有证物在，读此令我大感兴奋，立即给梁先生打电话，他说确实有这样的发现,并且那尊佛像还藏在海兴,于是我有了前往一看的欲望。但人事蹉跎,这件事一拖就是两年,到2018年10月18日,我前往沧州开会,为此特意提前一天,就是为了到海兴去探访韩滉故里。梁先生为此特意做了相应的安排,他请张雨先生从沧州高铁站接上我,直奔海兴而去。

沧州到海兴约一百余公里,好在有高速路相连接,很快到达了海兴县高速出口,在出口处见到了几年前相识的县委统战部原常务副部长孟建华。孟先生也是有名的藏书家,对古书有着独特的见解,今日相见颇感亲切。与其同来者还有另外几位先生,孟先生给我一一作了介绍,其中有海兴县文联主席、宣传部副部长李树勤,县志办原主任刘立鑫,海兴县收藏家协会会长杨勇。

其中的刘主任我在以往与他见过面,于是他与我同乘一车,一路上讲解着当地的文物保护情况。他告诉我说,海兴县在建造公园时,无意间发现了几十口古井,如此密集的古井在国内十分罕见,说明很早以前这一带已经是繁华之地。

开车十余公里,来到了《历代沧州诗选粹》按语中所说的小山。海兴属于一望无垠的平原地带,唯有这小山有着微微的隆起,我们将车停在附近,步行在小山中四处探看。在此首先看到了西汉宗室刘阳墓,众人纷纷向我介绍此墓原来有着很大的墓丘,后来因为村民取土,使得这座大墓变得如此之小。我围着此墓四处探看,仍然能从横断面上看出当年的夯土层。

继续向小山上走去,在这里发现了一块金属材质的铭牌,上面写着"小山火山地质遗迹省级自然保护区核心区"。此山的形成我曾在网上看到过介绍,有人说是人为堆积而成,众人告诉我这种说法不确切,如今看到此牌,更证明了此山乃是火山喷发而成。然而不知在何时,这座山内出现有多条古地道,众人带着我前去探看地道口,我站在洞

西汉宗室刘阳墓碑

文保牌被荒草遮蔽了起来

地道口做了整修

用小山上的石块垒起的房屋

口向内望了望，无法看到里面的奥妙。

我又想起《历代沧州诗选粹》一书按语中所说的花园寺，众人称此寺早已不存在，但遗址仍然在那里。于是我们开车入村，在村内看到很多老房屋，乃是用当地的一种石块垒叠而成，众人说这就是小山上特有的一种石头，这种石头硬度不高，所以很容易撬起来。到如今小山上的石头已经不让挖掘，故只能从这些古墙上看到一些原貌，我掰下一块捏了捏，感觉这些石头更像是黏土。

而后我们来到了小山乡政府，在此见到了海兴县小山乡乡长刘长旺，小山乡党委宣传委员胡月敏。而后，我们共同走到乡政府前面的一块小高地，李树勤和刘立鑫两位先生对此十分熟悉，他们向我讲解着花园寺被毁的历史。

众人来到了土台的断层，从断层上看，里面夹杂着许多砖瓦碎块和瓷片，这就是考古上所说的文化层。几位先生纷纷从断层上拿下一些陶片和瓷片，他们随口就能说出这些残件的年代。可见，今日这几位都是行家。最为难得者，从中还找到了一片宋代定窑的残片。多年前我曾去过曲阳定窑遗址，所以对宋代定窑的碎片比较熟悉，故我知道他们的断代确实没问题。

看罢花园寺遗址，却始终没能看到与韩偓有关的标牌，于是我跟刘乡长提到此事，他说我的建议很好，可以考虑在遗址上立一个说明牌。而后我们与之道别，驱车驶回海兴县城，前往海兴县收藏家协会会长杨勇先生所办的瑞风堂收藏会馆。会馆内陈列着一些杨先生的珍藏之物，可见他对古物爱好广泛，而刘立鑫说我想看的那尊造像藏在了另外的地方，他让我在此等候，他将取来让我观看。

十几分钟后，刘主任抱来了一块方石，从材质看像是汉白玉，他解释说造像已经摔成了两截，上一截太沉不好搬运，故他只拿来了底座。从底座上果真看到《选粹》一书按语中所录下的文字。从包浆程度看，

隆起的高地

宋定窑残片

收藏馆

造像基座上的文字清晰可辨

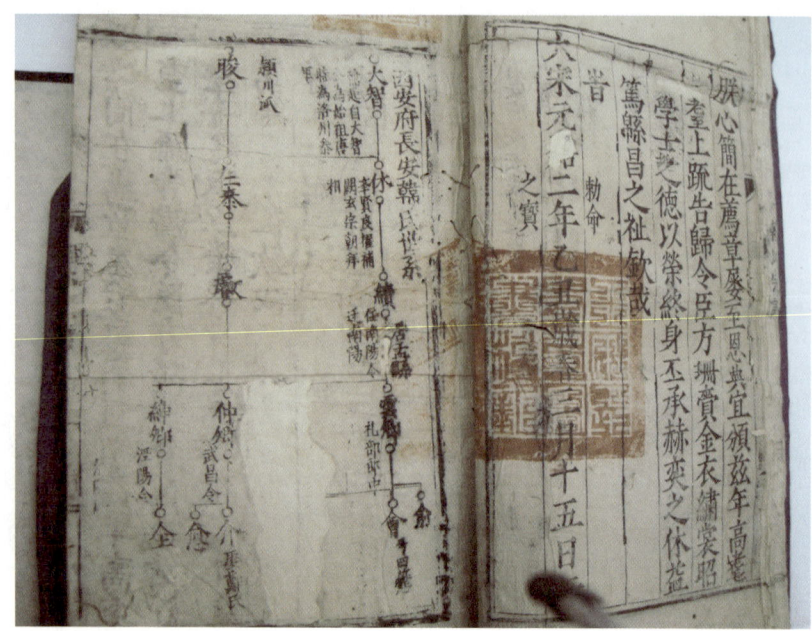

《韩氏宗谱》首页

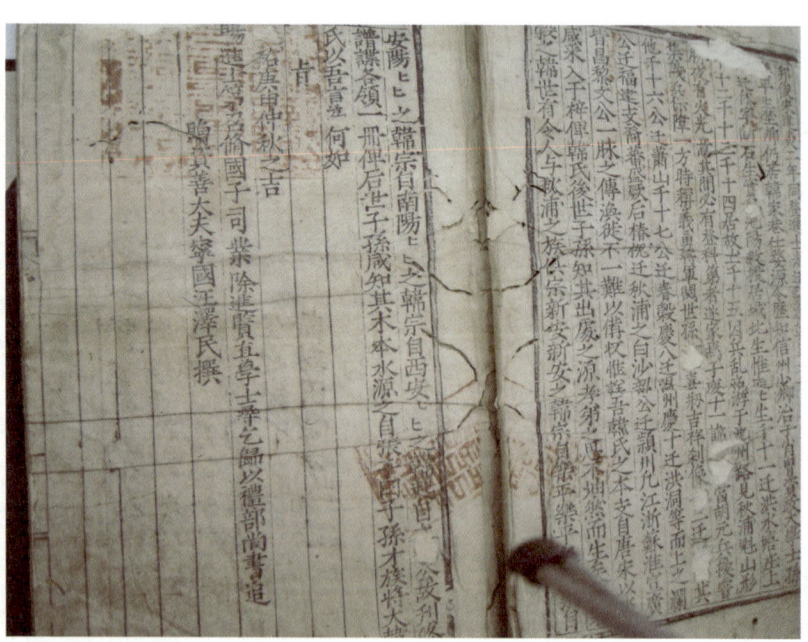

《韩氏宗谱》序言落款

基座文字拓片

这的确是件古物,而刘主任又向我讲解了得到此物的具体过程。

之后孟建华先生还告诉我,2010年他在江苏嘉恒春季艺术品拍卖会上看到了一部《韩氏宗谱》,此谱中注明了韩滉一族跟海兴的关系,可惜阴错阳差,他未能拍到此谱,但他却拍下了一些照片。之后孟先生给我出示了几张复印件,上面正是未曾拍到的那部《韩氏宗谱》。后来,孟先生给了我几张他所拍的照片,从此书的序言中,果真看到了"休玄宗朝拜相"等字样。既然提到了韩滉的父亲韩休,显然这的确是韩家宗谱,而其卷首页首行则为"西安府长安韩氏世系"。孟先生仅拍摄了这一页,本页中未曾出现"滉"字,然而序言中却有韩愈迁往昌黎这样的记载,而昌黎同样在河北省境内。由序言和谱系这一页连在一起想,各种史书上记载韩休、韩滉一家为长安人,但从历史沿革看,韩氏家族原本在河北境内。遗憾的是,关于韩家在海兴的资料流传至今者太少,无法得到更多的史料来将这段历史叙述完整。

荆浩（约 850 年—911 年）

作《山水诀》，为范宽辈之祖

关于荆浩在中国绘画史上的地位，从陈传席所著《中国山水画史》第三卷第三章的题目即可看出：《北方画风的奠基人——荆浩》，而该章的第一段话就高度概括了荆浩在中国山水画史中的位置：

> 明人周履靖谓中国画"山水居首"。这话确是事实。但是在荆浩之前，一直是人物画居首位的，除李思训、李昭道之外，几乎所有山水画家都兼擅人物画，或者是以人物画为主，山水画次之。真正把中国山水画推向中国画首位并使之成为中国画主干的，乃是唐末的伟大画家荆浩。

那么荆浩是否为中国山水画的创始人呢？陈传席在文中称："荆浩又是继李思训之后，专攻山水画的一位伟大画家，他把后起的山水画推入中国画的首位。"看来荆浩不是第一位专门画山水画的画家，但却是使山水画成为中国绘画主体的最重要推手，所以陈传席给他的总结是："荆浩实系山水画史上一位划时代的伟大画家。"

荆浩在中国绘画史上有着如此崇高的地位，除了与他的绘画技巧有关，更为重要者，他写出了一部重要的绘画理论——《笔法记》，有的文献也将其称为《山水诀》。关于这两个名称是否为同一部书，历史上有着争论。徐复观认为两书实为一书,他在《荆浩〈笔法记〉的再发现》中称:"现在我应指出,刘道醇、郭若虚这一画论系统之所谓荆浩《山水诀》,实际即目录系统之所谓《笔法记》。在元及其以前,两个系统所著录之两种名称,实际只系一书。与被称为王维、李成等著之《山水诀》,毫无关系。"

谢巍在《中国画学著作考录》中也认为《山水诀》和《笔法记》是同一部书,其解释了这种认定的理由:"刘道醇《五代名画补遗》之《荆浩传》云:'浩著《山水诀》一卷,为友人投进之,至今藏之书府。'郭、刘两人所言荆浩著有《山水诀》一卷,书名与诸家书目所著不同,是否即一书,或为别一书,待后考之。但郭、刘两人均言荆氏此书为友人表进。今藏在省阁(书府)。此可证庆历元年(1041)成书之《崇文总目》、至和(1054—1056)年纂修之《新唐书·艺文志》方得以著录荆浩之作。又为北宋宣和时人韩拙《山水纯全集》征引,引文有五处,皆见今传本《笔法记》,文字虽有异同,但可证是书有渊源,而非臆造者。"

然而,无论是《山水诀》还是《笔法记》,对于该书的真伪问题,也就是说这部书是否为荆浩的作品,学界也有着争议。争议产生的原因,首先是基于前代著述的不同说法。比如刘道醇在《五代名画补遗》中称:"荆浩著《山水诀》一卷。"元汤垕在《画鉴》中也有同样说法:"荆浩山水,为唐末之冠,作《山水诀》。"然而《直斋书录解题》却称:"《山水受笔法》一卷,唐沁水荆浩浩然撰。"《崇文总目》则著录为:"《荆浩笔法记》一卷,荆浩撰。"《通志·艺文略·艺术类》亦称:"《荆浩笔法》一卷。"

《四库全书总目提要》在《画山水赋》一卷附《笔法记》一卷的题记中,首先简述了历代书目对于该书的著录,而后得出的结论是:"二书文皆拙涩,中间忽作雅词,忽参鄙语,似艺术家粗知文艺,而不知文格者依托为之,非其本书。以其相传既久,其论亦颇有可采者,姑录存之,备画家一说云。"

四库馆臣根据书中文辞的雅俗反差,认为这是一部伪托之书。到了民国年间,余绍宋在其所撰《书画书录解题》中也本持了四库馆臣的认定:"《豫章先生论画山水赋》一卷。詹氏《画苑补益》本,旧题唐荆浩撰,案宋刘道醇《五代名画补遗·荆浩传》、郭若虚《图画见闻志·叙诸家文字》、《宣和画谱·荆浩传》及元汤垕《画鉴》俱言荆浩曾著《山水诀》,未言作此赋,盖原书已亡,坊贾乃取伪托王右丞《山水论》之文,略加改窜,而题此名,其实非赋体也。伪王右丞《山水论》,王氏《画苑》已载入,詹氏不察,复收入《补益》,亦太失互勘之功矣。又:《笔法记》一卷,王氏《画苑》本。旧题唐荆浩撰。是书文词雅俗混淆,似非全部伪作。疑全书残佚,后人傅益为之者。考韩拙《山水纯全集》曾引编中笔有四势论,是宋宣和时已有此书。其作伪当在北宋时,与荆浩时代相距尚不远也。"

然而也有些专家认为,《笔法记》就是荆浩的作品无疑。比如徐复观在《中国艺术精神》中称:"说《笔法记》是'词皆拙涩,依托显然',是不了解《笔法记》在传承中脱误的情形,并以后来文人论画的文字作标准,去看完全在创作上立足的大艺术家的文字,这完全是对艺术一无所知的一种固陋之见。"

陈池瑜在《荆浩〈笔法记〉中的绘画美学思想》一文中也明确反驳了四库馆臣和余绍宋的认定:"《四库提要》和余绍宋认为《笔法记》是伪托之文的原因,就是认为《笔法记》'文皆拙涩''忽作雅词,忽参鄙语''文词雅俗混淆',这些责难之词,是无稽之谈,一派胡言。"对于该书的价值,陈池瑜又在文中夸赞道:"荆浩《笔法记》一千五百多字,不仅内容丰富而深刻,而且文笔流畅,一气呵成,精美朴实,辞章华彩,是一篇学术性和艺术性均很高的美文。"

《匡庐图》 台北故宫博物院藏

关于该书何以确定为荆浩所作，谢巍在《中国画学著作考录》一书中做出了三方面的分析，其中第三个方面为："荆浩是否具备写作《笔法记》之条件？荆浩善画山水，已见宋元人诸画学书记载。其作品究竟若何？……相传其所绘之《匡庐图》。观精印本之画面，气势宏大，结构严谨，杂高远与平远两法，上耸巍峰，下瞰穷谷，深远奥冥。可谓具有筋、肉、骨、气之笔势。与其所撰《笔法记》所述相合。荆浩非一般粗知文墨之画工，本业儒而后隐士，能诗文。其既有积多年绘画实践之心得，又具善属文辞之条件，故能抒胸臆之蕴积，而成此作，以授弟子。此书为荆浩所作，无可置疑。……因此，以上三证可说明《笔法记》又名《山水诀》。此书可谓多名。"

总之，从整体性而言，后世大多将《笔法记》视为荆浩的作品。由此而展开了一些相应的论述。

《笔法记》乃是采用问答体的方式来阐述绘画理念，文中虚构了两位人物，一位是年轻人，叫耕生，喜欢画松树；与之对话者，是一位老叟，叫石鼓岩子。这位老叟即荆浩本人，通过回答耕生的提问，来表达自己的绘画理论。

《笔法记》的核心理论被总结为"六要"："一曰气，二曰韵，三曰思，四曰景，五曰笔，六曰墨。"笔和墨的关系，一直是中国绘画理论上重点探讨的话题之一，而荆浩有着自己的看法。郭若虚在《图画见闻志》中有如下说法："荆浩，河内人，博雅好古，善画山水。自撰《山水诀》一卷，为友人表进，秘在省阁。常自称洪谷子。语人曰：'吴道子画山水有笔而无墨，项容有墨而无笔。吾当采二子之所长，成一家之体。'故关仝北面事之。"

这段话记录了荆浩的笔墨观念。而在《笔法记》中，耕生与石鼓岩子进行了类似的探讨，而后讲到了绘画的本体问题：

> 曰:"画者,华也。但贵似得真,岂此挠矣。"叟曰:"不然。画者,画也。度物象而取其真。物之华,取其华;物之实,取其实。不可执华为实。若不知术,苟似可也,图真不可及也。"曰:"何以为似?何以为真?"叟曰:"似者,得其形,遗其气,真者,气质俱盛。凡气传于华,遗于象,象之死也。"

耕生认为绘画的本质乃是表达绘画主题的外在形象,但老叟不同意这种认定,他明确地称:"画者,画也。"此处的前一个画字是名词,指的是绘画本身,第二个画字则是动词,指的是绘画创作。所以,荆浩的观念是:绘画的本质是创造。这种创造被荆浩命名为"图真"。这个观念乃是荆浩的一大发明,故而陈池瑜在其论文中评价说:"图真之说,为荆浩首创。南朝宗炳在《画山水序》中提出'以形写形,以色貌色','写''貌'都是图写,宗炳提出图形或山水画'写形'的观点。刘勰在《文心雕龙》中提出'写气图貌,随物以宛转',也即'图貌'之论。荆浩的图真论,是对图形、图貌理论的新的发展。"

既然图真乃是绘画的最基本理念,如何能够达到图真,仍然需要遵循事物的本质。故荆浩又在《笔法记》中提出了绘画的"二病"问题:

> 夫病有二:一曰无形,二曰有形。有形病者,花木不时,屋小人大,或树高于山,桥不登于岸,可度形之类也。是如此之病,不可改图。无形之病,气韵俱泯,物象全乖,笔墨虽行,类同死物,以斯格拙,不可删修。

在荆浩看来,图真的前提必须要尊重山水景物的原有比例,例如人不能大过房屋,树不能高过山丘等等。故而可以说,能否忠实地表现自然之物，这也决定了绘画成果的高低，而《笔法记》中将此总结为"四品"——神、妙、奇、巧。对于四品的概念，荆浩在文中做出如下解释：

> 神、妙、奇、巧。神者，亡有所为，任运成象。妙者，思经天地，万类性情，文理合仪，品物流笔。奇者，荡迹不测，与真景或乖异，致其理偏，得此者，亦为有笔无思。巧者，雕缀小媚，假合大经，强写文章，增邈气象，此谓实不足而华有余。

除此之外，荆浩在书中还提出了许多独特的概念，比如"四势"论等等。总之，《笔法记》是一部全面论述绘画理论的专著。对于该书的价值，俞剑华在《中国画论选读》中给出了如下高度评价："关于画理、画法、画评及用笔用墨、写生构图各种方式，都有很独到透彻的看法，实不愧为伟大的杰作。"

关于荆浩的生平记录，以北宋刘道醇在《五代名画补遗》中所载为最早："荆浩，字浩然，河南沁水人，业儒，博通经史，善属文。偶五季多故，遂退藏不仕，乃隐于太行之洪谷，自号'洪谷子'，尝画山水树石以自适。时邺都青莲寺沙门大愚尝乞画于浩，寄诗以达其意曰：'六幅故牢健，知君恣笔踪。不求千涧水，止要两株松。树下留磐石，天边纵远峰。近岩幽湿处，惟藉墨烟浓。'后浩亦画《山水图》以贻大愚，仍以诗答之曰：'恣意纵横扫，峰峦次第成。笔尖寒树瘦，墨淡野云轻。岩石喷泉窄，山根到水平。禅房时一展，兼称苦空情。'浩著《山水诀》一卷，为友人投进之，至今藏之书府。亦尝于京师双林院画《宝陁落伽山观自在菩萨》一壁。予尝于供奉李公第观浩山水一轴，虽前辈未易过也。门生关仝最知名。"

对于荆浩的绘画成就，《宣和画谱》中称：

（浩）尝谓："吴道玄有笔而无墨，项容有墨而无笔"。浩兼二子所长而有之。盖有笔无墨者，见落笔蹊径而少自然，有墨而无笔者，去斧凿痕而多变态。故王洽之所画者，先泼墨于缣素之上，然后取其高低上下自然之势而为之。今浩介二者之间，则人以为天成，两得之矣；故所以可悦众目，使览者易见焉。当时有关仝号能画，犹师事浩为门弟子。故浩之所能，为一时之所器重。

对于荆浩绘画作品的流传，《宣和画谱》中有如下记载："梅尧臣尝观浩所画《山水图》曾有诗，其略曰：'上有荆浩字，持归翰林公'之句。而又曰：'范宽到老学未足，李成但得平远工。'此则所以知浩所学固自不凡。而尧臣之论，非过也。今御府所藏二十有二：《夏山图》四，《蜀山图》一，《山水图》一，《瀑布图》一，《秋山楼观图》二，《秋山瑞霭图》二，《秋景渔父图》三，《山阴燕兰亭图》三，《白苹洲五亭图》一，《写楚襄王遇神女图》四。"

可惜的是，荆浩的这些作品大多数都失传了，流传至今最著名的作品乃是《匡庐图》，现藏台北故宫博物院。这幅作品在后世争论最少，因为在宋时就被鉴定为荆浩真迹，当年宋高宗还在图上御题"荆浩真迹神品"六个字，此题至今仍存。对于《匡庐图》的艺术成就，米芾在《画史》中称："荆浩善为云中山顶，四面峻厚。"沈括在《图画歌》中则是这样歌咏荆浩绘画之美："画中最妙言山水，摩诘峰峦两面起。李成笔夺造化工，荆浩开图论千里。"

元汤垕在《画鉴》中评价荆浩称："荆浩山水，为唐末之冠，关仝尝师之。浩自号洪谷子，作《山水诀》，为范宽辈之祖。"雍正年间编纂的《泽州府志·方舆志五·山川》则载："唐洪谷子荆浩，字浩然，隐太行洪谷。工丹青，尤长山水，为唐季之冠，所谓荆、关、董、巨也。"

为什么山西的《泽州府志》要介绍荆浩的生平事迹呢？关于这一点，后世同样有争论。如以上所记，荆浩的籍贯大多被写为"河内人"，也有些著录写作"河南沁水人"，徐书城在《宋代绘画史》中则将二者并提："荆浩，字浩然，生卒无考。河内人，或作河南沁水人。"

那么荆浩究竟是河南人还是山西人呢？两省的相关著述都会将其收录在内，比如清雍正时期修纂的《山西通志》中称："荆浩，沁水人。善画，世称荆关董巨，为画家正宗，唐末隐于太行山之洪谷，自号洪谷子。案：济源有沁水古城，故浩亦有称为河内人者，然以县名系籍，则汉（时以沁水名济源）县废已久，故当以泽州之沁水为是。"为此，吴春艳在其硕士论文《五代山水画家——荆浩研究》中经过一番推论，给出了这样的答案："考：'河内'有两种解释：一泛指河南省黄河以北地区，属汉唐'河内郡'范围；其二指狭义的河内郡治所在地，今河南省沁阳县。马鸿增《北方山水画派》中论述，河内实为：今河南省西北部黄河以北的沁阳一带。陈传席《中国山水画史》'河内'为河南省境内，而雍正《河南通志》却不见荆浩为河南人氏的记载。因此，说荆浩为河内人是不确切的。由此得出结论：荆浩为今山西沁水人。"

当然，持不同看法者也大有人在。比如陈池瑜在《荆浩〈笔法记〉中的绘画美学思想》一文中称："另山西师范大学的袁有根教授作了大量的实地考察和采访调查，认为荆浩故里在今山西省南部的沁水县，山西沁水县在济源的北边，不算太远。山西的沁水既未属河南，也不属河内，而属河东。袁有根认为荆浩故里在山西沁水县土沃乡已废弃的实和庄，并称在实和庄找到了荆浩的故居，即一旧房子，认为荆浩故里绝非河南济源，并认为刘道醇将'河东'误写成'河南'。如果为'河东沁水'，就是现在山西的沁水县，所以袁有根坚定主张荆浩是山西沁水人。但那一据说是荆浩住过的旧房子能留存一千一百年，似乎过于神奇。另文献中要么说荆浩是河南沁水人,要么说是河内人,从未见到说他是河东沁水人。未有更有力的证据出现之前,我们只能从刘道醇的'河南沁水人'之说。"

尽管这个"沁水"究竟在哪里没有得到确认,但荆浩的墓位于如今的河南却是现实中存在的。该墓的具体地点为:河南省济源市东北五龙口镇谷堆头村东南一百五十米处。2013年4月23日,我在下午两点多到达沁阳市。来之前在网上查到该市城区最好的宾馆,就是市政府所办的沁阳宾馆,三星级,每晚八十元,我还从来没有听说过这么便宜的三星级房价,于是决定享受这等好福利。等打车赶到,却傻了眼,这宾馆破烂得真够级别,不过也符合这个价钱。向前台打听,原来此处是由沁阳市招待所改建的,既没有电梯,也没有洗漱用品,甚至没有卫生纸,真后悔没从上一家宾馆带些洗漱用品过来。如果这家算三星的话,那么焦作那家可以称得上七星了。

导航仪上竟然没能找到谷堆头村,无奈只好沿途打听,一路寻找大费周折。上车之前跟司机谈好的是包车价,这转来转去让他不乐意了,又不好意思直说,只在嘴里小声念叨。我故意不吭声,等他陆续念过几遍,才恶作剧般地安慰他,跟他说没关系,回来后他自己说加多少钱。

好在我的运气还不算太坏,在一条新修的无名大路边,远远看到一个巨大的墓冢,走上前细看,果真是荆浩之墓。墓前的石碑是新近刻制的,上面刻着小字"中国水墨山水画大宗师",下面则是四个大字"荆浩之墓",立碑时间是1992年10月。碑上刻有螭首状碑额,样式古朴,估计是按旧时原样翻刻的。细看碑面,感觉是将旧碑磨平后重新刊刻上去的新字,这种做法在古代倒并不稀罕,但现在还这么做,颇似买椟还珠,用官方语言来说,这叫破坏文物。

碑的后面就是荆浩的墓丘,墓丘没有墓围,呈扁平状,直径十余

荆浩之墓

米,高约三米多。墓的左右两侧零星种植着一些小柏树和几棵柳树,从树龄测算,种植时间不会超过两年。整个墓丘顶上的泥土全都裸露着,没有丝毫整修的痕迹,四围也没有新旧石刻。这样一位大师级的人物,其墓如此简陋,既在意料之外,也在意料之中。

李成（919年—967年）

平远寒林，前所未有

此文题评出自宋江少虞《皇朝事实类苑》，其文曰："成画平远寒林，前所未有。气韵潇洒，烟林清旷。笔势颖脱，墨法精纯。真画家百世师也。虽昔称王维、李思训之徒，亦不可同日而语。其后燕文贵、翟院深、许道宁辈，或仅得其一体，语全则远矣。"江少虞夸赞李成的绘画技法之高超亦可为百代之师。北宋王辟之在《渑水燕谈录》中有相类似评价："成画平远寒林，前人所未尝为……高妙入神，古今一人，真画家百世师也。"在王辟之的评语中，李成是"古今一人"，而这句评语到元代时，又被汤垕的《画鉴》所引："议者以为古今第一"。

江少虞和王辟之都说到，即便是王维、李思训等大家也难与李成相比肩，宋代的郭若虚在《图画见闻志》中亦持相类似说法："画山水唯营丘李成、长安关仝、华原范宽，智妙入神，才高出类，三家鼎峙，百代标程。前古虽有传世可见者，如王维、李思训、荆浩之伦，岂能方驾。近代虽有专意力学者，如翟院深、刘永、纪真之辈，难继后尘。"

郭若虚将李成与关仝、范宽并称，认为这三家绘画水平同样高妙入神，而这三位大画家均属北派，故李成又被后世称为宋代北宗三大家之一。李成之后，虽有多人学其笔法，然均难望其项背。郭若虚在文中列举出了一些学习李成笔法的名画家："复有王士元、王端、燕贵、许道宁、高克明、郭熙、李宗成、丘讷之流，或有一体，或具体而微，或预造堂室，或各开户牖，皆可称尚。然藏画者方之三家，犹诸子之于正经矣。"郭若虚认为即使是郭熙这样的大名家也仅得李成一体，没有人能学到李成绘画技法的全部精髓。北宗三大家的画作于后世受到同样的追捧，以郭若虚的话来说，这三家画作的水平堪可以儒学的最高经典六经相喻，而其后继者只能列在子部。

关于这三大家各自的特点，郭若虚在《图画见闻志》中有如下比喻："夫气象萧疏，烟林清旷，毫锋颖脱，墨法精微者，营丘之制也；石体坚凝，杂木丰茂，台阁古雅，人物幽闲者，关氏之风也；峰峦浑厚，势状雄强，抢笔俱匀，人屋皆质者，范氏之作也。"

以此可见，三人的绘画风格各有高妙之处，关于这些高妙处的具体表现，郭若虚又在该文的小注中称："烟林平远之妙，始自营丘，画松叶谓之攒针，笔不染淡，自有荣茂之色。关画木叶，间用墨揾，时出枯梢，笔踪劲利，学者难到。范画林木，或侧或倚，形如偃盖，别是一种风规，但未见画松柏耳。画屋既质，以墨笼染，后辈目为铁屋。"

其实在北宋当世，李成的画名超过了另外两位，《宣和画谱》中称："凡称山水者，必以成为古今第一，至不名而曰李营丘焉。然虽画家素喜讥评，号为善褒贬者，无不敛衽以推之。"看来那时的李成在山水画方面已经被视为古今第一，虽然说"文无第一，武无第二"，但当时业界在评论李成时，没人敢说能够超得过他，故其画作在当世就极其抢手。宋刘道醇在《圣朝名画评》中讲述了这样一个故事：

开宝中，孙四皓者，延四方之士，知成妙手，不可遽得，以书招之。成曰："吾儒者，粗识去就，性爱山水，弄笔自适耳，岂能奔走豪士之门，与工技同处哉。"遂不应，孙甚衔之，遣人往营

《茂林远岫图》局部　辽宁省博物馆藏

丘以厚利啖当涂者,卒获数图。后成举进士,来集于春官,孙卑辞坚召,成不得已往之,见其数图,惊恚而去。

孙四皓是当时的一位权贵,很想让李成为自己画画,于是写信去邀请李成,李却说自己是一位儒生,画画只是他的业余爱好,他决不会像一些画工那样奔走于豪门卖艺。但这位孙四皓却颇为执着,他派人前往李成的老家营丘,去贿赂当地官员,由此获得数幅李成之作。后来李成进京参加科举考上进士,孙坚持要将李成请入家中,李成无法推辞只好前往,结果在孙家看到了自己的画作,一气之下拂袖而去。

这个故事在《宣和画谱》等其他的文献中也有记载,可见流传甚广。然而谢稚柳在其所著《鉴余杂稿——中国古代书画品鉴》中的《李成考》一文中,却认为这些记载都不可靠,谢稚柳在文中说:

第一,开宝在乾德之后,李成在乾德已经死去,如何能在开宝中举?

其次,所谓显人孙四皓,是宋太宗赵炅的近戚,喜欢和"艺术之士"来往。当时的画院待诏如高益、王士元等都是他的门客。这也更是开宝以后的事。

最可笑的是郭若虚,他一方面叙说李成死在乾德,同时又叙说李成在开宝中如何如何,可见他对当时年号的先后,一下子也有弄不清楚的,因而产生了自相矛盾的记载。

虽然这个故事在时间上不无矛盾之处,然以上两段记载均出自宋人手笔,可见那时人们对李成画作之抢手是十分的津津乐道,而宋袁褧在《枫窗小牍》中的一段记载更能说明这种情况:"名画家李成以山水供奉禁中,然以子姓饶赀,为宫市珠玉大商,不易为人落笔,惟嗜香药名酒,人亦不知,独有相国寺东宋药家最与相善,每往,醉必累日,不特纸素挥洒,盈满箱箧,即铺门两壁,亦为淋漓泼染,识者谓壁画最入神妙,惜在白垩上耳。"

谢稚柳考证了这段记载,认为同样不可靠,因为李成的子孙中并没有人成为大珠宝商。但这个故事也并非空穴来风,因为刘道醇在《圣朝名画评》中亦称:"景祐中,成孙宥为开封府尹,命相国寺僧惠明购成之画,倍出金币,归者如市,故成之迹于今少有。"

这段记载称,宋景祐中,李成之孙李宥当了开封市长,而开封乃北宋的首都,孙宥能够担任此职也非等闲之辈,他在任职期间,以高价收购祖父李成的画作,这种举措使得世面上很少再能见到李成的作品。然而,有需求就有供应,假冒李成的作品也就应运而生。《圣朝名画评》中又写道:"时人议得李成之画者三人:许道宁得成之气,李宗成得成之形,院深得成之风,后李成之孙宥为开封尹日购其祖画,多误售院深之笔。"

看来翟院深学习李成的绘画技法颇有心得,他画出来的作品酷似李成,以至于李宥收购李成画作时,实际购得者中有一些乃是翟院深的作品。除此之外，在宋代还涌现出大量李成的假画，《宣和画谱》称："自成殁后，名益著，其画益难得，故学成者皆摹仿成所画峰峦泉石，至于刻画图记名字等，庶几乱真，可以欺世。"

在宋代，有很多人模仿李成的画作以谋利。当时米芾也很喜爱李成的画作，先后看到过三百多幅署名李成的作品，然而米芾却说其中的真本只有两件，可见那时冒充李成的假画多到何等程度，这种状况让米芾发出感叹："使其是凡工，衣食所仰，亦不如是之多，皆俗手假名，余欲为无李论。"

李成画作的高妙之处在哪里呢？米芾《画史》中是这样形容李成所作《松石图》的："干挺可为隆栋，枝茂凄然生阴，作节处不用墨圈，下一大点，以通身淡墨空过，乃如天成，对面皴石圆润突起。至坡峰落笔与石脚及水中一石相平，下用淡墨作水相准，乃是一碛直入水中。"

这段评语被后世广泛引用。而邓椿在《画继》中更加具体地谈到了李成绘画的整体面目和特殊笔法："山水家画雪景多俗，尝见营丘所作雪图，峰峦林屋皆以淡墨为之，而水天空处，全用粉填，亦一奇也，予每以告画人，不愕然而惊，则莞尔而笑，足以见后学者之凡下也。"

李成山水的淡墨最为后世所称道，米芾《画史》中说："李成淡墨如梦雾中，石如云动。"文嘉在《文水题画山水》中称："石田先生论营丘云：'丹青隐墨墨隐水，其妙贵淡不贵浓。'"故宋《钓矶立谈》称："李营丘惜墨如金。"而元朝陆友《研北杂志》中亦称："世言李成惜墨如金。"元陶宗仪的《南村辍耕录·写山水诀》中夸赞了淡墨法之高妙："作画用墨最难，但先用淡墨，积至可观处，然后用焦墨、浓墨分出畦径远近，故在生纸上有许多滋润处。李成惜墨如金是也。"

关于李成的绘画理论，史上流传一篇署名李成的《山水诀》，该文最早出现在宋郭熙、郭思父子的《林泉高致集·附录》中，然并没有

《读碑窠石图》 日本大阪市立美术馆藏

注明作者及出处。到了明代,詹景凤在《画苑补益》中标明《山水诀》一文的作者为李成。清康熙年间出版的《佩文斋书画谱》采用了詹景凤的观点,认为该文的作者是李成。然而历史上还流传有一部署名李澄叟的《画山水诀》,两文进行比较,内容基本相似。

乾隆年间，四库馆臣在编纂《四库全书总目》时，为李成《山水诀》所写提要称："是书《宋志》及晁、陈书目皆不著录，宋人诸家画录亦不言成有是书，殆后人依托。其文与《王氏画苑》所载嘉定中李澄叟《山水诀》大同小异。大抵庸俗画工有是口诀，辗转相传，互有损益，随意伪题古人耳。"而在为李澄叟的《画山水诀》所写提要中，也认为该文不是李成的作品："今勘验书中所载，皆世传李成《画山水诀》之文，而小变其字句，殆原本散佚，妄人剿李成之书，伪撰此本，又误以为宋人，故全然牴牾。"

对此，俞剑华在《中国古代画论类编》的解题中做了如下分析："岂此文为澄叟所作，后人以其无甚画名，因澄、成两字音近，遂误以为李成所作，抑或故删其小序、泛说而伪题李成之名，俱未可知。要之非成原书，则可断言也。"看来《山水诀》的确不是李成的作品，故其绘画理论只能间接地从他人转述中窥得。然而有人在转述之时可能加上了自己的理解，在无法核对原话时很容易引起一些争论，尤其像李成这样重要的画家，更会出现这种情况。

关于李成画理的争论，正是因为沈括在《梦溪笔谈》卷十七《书画》中转述了李成的一段话，为此近现代画家展开了广泛的争论。沈括的原文如下：

> 李成画山上亭馆及楼塔之类，皆仰画飞檐，其说以谓"自下望上，如人平地望塔檐间，见其榱桷"。此论非也。大都山水之法，盖以大观小，如人观假山耳。若同真山之法，以下望上，只合见一重山，岂可重重悉见？兼不应见其溪谷间事。又如屋舍，亦不应见其中庭及后巷中事。若人在东立，则山西便合是远境，人在西立，则山东却合是远境。似此如何成画？李君盖不知以大观小之法，其间折高折远，自有妙理，岂在掀屋角也？

沈括的这段话原本并未引起大家重视，沈括只是说他不赞同李成所说的"仰画飞檐"的画理，因为他认为中国画讲求的是"以大观小"，而李成却强调画家要用自己的眼去观察事物，如果是站在楼下仰望楼宇上的飞檐，那么画出的图案也应当是这样的视角。沈括反对李成的观点，认为如果按照李成这种绘画方式，就无法将山山水水融入一幅画作之中，而中国的山水画大多表现的是层层群山，沈括认为如果按照李成的理论，就只能看到眼前的一座山，不可能看到后面层层的群山，所以他认为李成的观点违背了中国传统山水画的画理。

在沈括写完《梦溪笔谈》的很长时间里，似乎没有人注意到这段文字，直到上世纪三十年代，宗白华关注到了沈括所言，写了篇名为《中国山水画中所表现的空间意识》的文章。此文中谈及：

宗炳在西洋透视法发明以前一千年已经说出透视法的秘诀。我们知道透视法就是把眼前立体形的远近的景物看作平面形以移上画面的方法。一个很简单而实用的技巧，就是竖立一块大玻璃板，我们隔着玻璃板"透视"远景，各种物景透过玻璃映现眼帘时观出绘画的状态，这就是因远近的距离之变化，大的会变小，小的会变大，方的会变扁。因上下位置的变化，高的会变低，低的会变高。这画面的形象与实际的迥然不同。然而它是画面上幻现那三进向空间境界的张本。

宗炳在他的《画山水序》里说："今张绡素以远映，则崐阆之形可围于方寸之内，竖划三寸，当千仞之高，横墨数尺，体百里之远。"又说："去之稍阔，则其见弥小。"那"张绡素以远映"，不就是隔着玻璃以透视的方法么？宗炳一语道破于西洋一千年前，然而中国山水画却始终没有实行运用这种透视法，并且始终躲避它，取消它，反对它。如沈括评斥李成仰画飞檐，而主张以大观小。又说从下望上只合见一重山,不能重重悉见,这是根本反对站在固定视点的透视法。

宗白华认为李成的绘画观念已经与西方的绘画透视法有了相同的认识,而这个理论早在宗炳时已具雏形,但沈括却坚持中国传统的散点透视法,以此来反对李成的一点透视法。

华强在《李成"仰画飞檐"新解——兼谈中国古典山水画的形式语言》一文中反对宗白华的这种认定。华强首先称:"宗白华从文化、哲学层面指出中国人的空间观念是'时空一体',这是他对中国空间观念研究做出的突出贡献。但他具体到对中国古典山水画的空间研究时,却并不得要领,因为他不从中国古典山水画的形式语言切入,而是从沈括讥评李成'仰画飞檐',主张'以大观小'论切入,解释中国古典山水画的空间及观察方法问题。"

华强在文中引用了宗白华如下一段话:"中国画既以'气韵生动'

《茂林远岫图》局部　辽宁省博物馆藏

即'生命的律动'为始终的对象,而以笔法取物之骨气,所谓'骨法用笔'为绘画的手段,于是晋谢赫的六法以'应物象形''随类赋彩'之模仿自然,及'经营位置'之研究和谐、秩序、比例、匀称等问题列在三四等地位。然而这'模仿自然'及'形式美'(即和谐、比例等),却系占据西洋美学思想发展之中心的两大中心问题。"但他不赞同宗白华把中国画中和谐、比例、秩序问题视之为三四等,华强认为"比例、秩序在所有绘画中都是占据中心地位的,中国画也不例外"。同时华强认为:"宗白华仅依靠沈括文本,不研究李成及古代画家山水画作品的空间及比例观念,不研究山水画形式语言的内在形成机制,就认定李成'仰画飞檐'是透视法,陷入了沈括自话自说的陷阱,误读了李成的本意,也就不可能准确揭示中国古典山水绘画始终躲避、取消、反对西方焦点透视的内在原因。"

那么华强认为宗白华做出了怎样的误读呢?华强是从沈括的那段话来做分析,他觉得沈括所引用的李成的观点究竟是不是李成的原话,这需要打个问号,因为除了沈括的这段转述之外,其他文献未有能佐证者。而华强该文的结论是:"李成'仰画飞檐',沈括不明其妙,却讥讽他只会'掀屋角',不懂以大观小之法和折高折远的妙理。而沈括在《图画歌》中却又赞扬'李成笔夺造化工',这只能说明沈括并不懂得中国古典绘画的形式语言,对李成的批评、讥讽,既武断、浅薄,又自相矛盾,不足为信。如真如沈括所说,李成只会'掀屋角',又何以能笔夺造化工,成为百代标程的山水画大师?"

但是,俞剑华强烈反对沈括"以大观小"的观念,他在1936年所作的《画论罪言二十一则》中称:"李成有仰画飞檐之发明,继此研究,未始不可于透视学有所发见,不让西画独步。"俞剑华很惋惜李成的观念已经有了透视学思想,如果这种观念能够为后世画家所本,那么中国画在全球的地位就不会输于西画。所以他认为:"以大观小之论,实不足信,而其恶劣之影响则固甚大,以其合于国人夸大之心理,故为一般人所欢迎。受其害而不知也。"

1940年,俞剑华在《国画研究》中又称:"透视画在中国不能发达,其惟一之原因,即在于中国画与西洋画其根本精神不同。……而李氏苦心发明之透视原理,遂轻轻断送此以大观小之谬误理论中而永无复兴之望矣。"

对于这一点,俞剑华在《中国绘画史》中再次强调:"李成初师关仝,后遂自成一家,惜墨如金,好以直擦之皴法,写平远寒林,其树木作节处,不用墨圈但下一大点,通身以淡墨空过。所画雪景,峰峦林屋,皆用淡墨,水天空处,全以胡粉填之,论者奇之。悟远近透视之法,山上之亭馆,仰画飞檐,宋以前对于远近明暗等法,已有相当发明,惜后人不加研究,妄谓画山水乃以大观小,遂置透视学于不顾,故宋以后之山水画离自然实景,愈趋愈远,而终不免陷于空想杜撰者也。"他在该专著的小注中又写出如下按语:"按唐宋时代之山水画,尚未离写实时代,故非注意于立脚点不可。敦煌初唐壁画,即仰画飞檐,至宋而渐少。李成仅系继承遗规,至沈括以大观小之说,极不合理。"

在这场争论中,无疑"仰画飞檐"是一个焦点。刘继潮在《李成、沈括山水之争的史学价值与当下意义》一文中,从另一个角度肯定了沈括的观点:"沈括理念背后隐含着他对山水画深刻认识的预设。"刘继潮说:"沈括对发展到北宋时期的山水画,其内在创造机理有自己独到的理解,对山水画成熟、和谐的整体空间结构图式有充分的认知和肯定,对山水画家的智慧之'观',以及山水画创作本体与方法的独特体系有深刻的把握。故而,沈括能够抓住争论问题的关键,有底气敢与被后人'推为古今第一'的大画家李成叫板。"对于沈括的观点,刘继潮认为:"'山水之法'是沈括对古代山水画独特空间创造的理论发现与总结,是沈括对古代山水之'观'智慧的本体体悟与理解。'观'

是视觉的，但不是单一视觉的，而是类比、记忆、想象的综合智慧。沈括坚持的'山水之法'，是山水画传统的'游观''目识心记'，是记忆和想象的综合体。"

除此之外，还有许多学者站在不同的角度与立场，发表了各自的见解，由此可见，李成的观念在当代仍然有着很大的影响力。而关于李成的争论，除了他的画作与理念，他的生平也一直存在争议。《宣和画谱》称：

> 李成，字咸熙，其先唐之宗室，五季艰难之际，流寓于四方，避地北海，遂为营丘人。父、祖以儒学吏事闻于时，家世中衰，至成犹能以儒道自业。善属文，气调不凡，而磊落有大志。因才命不偶，遂放意于诗酒之间。又寓兴于画，精妙，初非求售，唯以自娱于其间耳。故所画山林、薮泽、平远、险易、萦带、曲折、飞流、危栈、断桥、绝涧、水石、风雨、晦明、烟云、雪雾之状，一皆吐其胸中而写之笔下。如孟郊之鸣于诗，张颠之狂于草，无适而非此也。笔力因是大进。于时凡称山水者，必以成为古今第一，至不名而曰李营丘焉。

这段话仅说李成的祖先是唐朝宗室，五代时期曾到处迁徙，后来定居在了营丘。李成的父、祖都是儒生，李成本人是否参加过科举，文中一字未提，主要讲述的是他绘画之高妙。

李成在正史中没有单独列传，《宋史·列传·儒林一》在"李觉"条中有如下记载：

> 李觉，字仲明，本京兆长安人。曾祖鼎，唐国子祭酒、苏州刺史，唐末，避乱徙家青州益都。鼎生瑜，本州推官。瑜生成，

字咸熙，性旷荡，嗜酒，喜吟诗，善琴奕，画山水尤工，人多传秘其迹。周枢密使王朴将荐其能，会朴卒，郁郁不得志。乾德中，司农卿卫融知陈州，闻其名，召之，成因挈族而往，日以酣饮为事，醉死于客舍。

由此可知，李成的祖父李鼎曾任国子监祭酒及苏州刺史，后来避乱迁居到了营丘，李成之父李瑜任推官，而李成之子李觉任水部员外郎等职，李成之孙李宥曾任集贤校理。因为李成没有功名，也未出外做官，故此传中仅记载他的绘画才能，说李成原本也曾受举荐，但可惜举荐人很快去世，使得李成无法施展自己的抱负。后来他依附朋友整日饮酒，竟然醉死在客舍。

然而北宋的欧阳修在《归田录》卷二中却有另外的说法："近时名画，李成、巨然山水，包鼎虎、赵昌花果。成官至尚书郎，其山水寒林，往往人家有之。"欧阳修也在夸赞李成在绘画上的成就，但他却说李成曾官尚书郎。米芾在《画史》中则称："成身为光禄丞，第进士。子祐为谏议大夫。孙宥为待制，赠成金紫光禄大夫。"

按以上的这些说法，李成既考中了进士，也被授过官，只是以上引文所记官名不同而已。对于欧阳修的说法，王辟之在《渑水燕谈录》中提出了质疑："考白所作成志，则成未尝仕，而欧阳文忠公以为成仕至尚书郎。按白与成同时人，又与成子觉并列史馆，其所纪宜不妄，不知文忠公何以据也。正当以志为定。"到了南宋，王明清在《挥麈前录》中一并怀疑这些记载：

此宋白撰《志文》大略如此。王著书，徐铉篆。觉字仲明，列《三朝国史·儒学传》，叙其世家又同。觉子宥，仕至谏议大夫，知制诰，有传载《两朝史》。传云："祖成，五代末以诗酒游公卿间,善摹写山水,至得意处,殆非笔墨所成。人欲求者,先为置酒。酒酣落笔,烟云万状,世传以为宝。"欧阳文忠公《归田录》乃云"李成仕本朝尚书郎",固已误矣;而米元章《画史》复云"赠银青光禄大夫",又甚误也。

对于这些质疑,韩刚在《李成官职考略》一文中予以反驳,他认为:"成虽'举进士',然官职甚低,纵使画山水入神,恐亦难单列入国史,《三朝国史》《两朝史》中李成信息均出现在叙述李觉、李宥家世时可证。"韩刚质疑这种说法的第二个理由则是:"史官例以避讳为能事,'此国史体例也,有美必书,有恶必为之讳',成'磊落有大志,因才命不偶'(实则志大才高,'举进士'而官职低),竟至病酒而卒,自然是应避而不书者,这大概也是《宋志》与王明清所录《两朝史·李宥(李成)》只及画山水成就高、病酒而不及官职与因不得志醉酒致命之原因。"

接下来韩刚文中谈到了欧阳修的《归田录》刚完成之时,神宗皇帝看到了序言,索取该书,于是欧阳修立即删改了其中的内容,故后世所见的《归田录》已经不是当年的原貌。之后韩刚又列举了其他的一些证据,最终的结论是:"总之,北宋画史等史料所载李成官职信息难以证伪,应当是可信的。"

无论李成是否担任过要职,其实都不影响他一流大画家的地位。元代黄公望写过一首《题李成〈寒林图〉》的诗:

> 六法从来推顾陆,一生今始见营丘。
> 腕中筋骨元来铁,世上江山尽入眸。
> 林影有风摧落叶,涧声无雨咽清流。
> 蹇驴骚客吟成未,万壑寒云为尔留。

由此诗作，足可见黄公望对李成是何等的推举，故董其昌在《画旨》中称："元季诸君子画，惟两派：一为董源，一为李成。成画，有郭河阳为之佐，亦犹源画有僧巨然副之也。然黄、倪、吴、王四大家，皆以董、巨起家成名，至今只行海内。至如学李、郭者，朱泽民、唐子华、姚彦卿辈，俱为前人蹊径所压，不能自立堂户。此如南宗子孙，临济独盛，当亦绍隆祖法者，有精灵男子耶？"在这里董其昌虽然有贬北扬南之态，但却点明了李成在绘画史上所处的重要地位。

如前所言，李成的故里在营丘，故后世有"李营丘"之称。营丘究竟是今日之何地，相关学者有不同的看法，但大致方位可以确定是在山东青州一带。我从网上查得青州古城内建起了李成纪念馆，当我在山东寻访时当然要到那里去观览一番。

此次的山东之行得到了齐鲁书社副总编刘玉林先生的大力帮助，由社里派车，他带领我在山东境内做了五天的寻访。2019年4月25日我们来到了青州古城，从外观看过去，古城的城墙均为新建，其城墙之高、门楼之大，不亚于紫禁城。穿过城门，见到城内建起了大量仿古建筑，也许不是旅游旺季，城内游客不多。前往游客服务中心打问李成纪念馆所在，按工作人员所指，我与刘玉林及司机小徐走到了城内的一片僻静之处。

从外观看过去，这一带的仿古建筑还未完成，故静悄悄的没有一位游客。我们边走边看，走出不远就看到一个院门上挂着"李成纪念馆"的匾额。门口的告示牌写明，票价是三十元。一个小小院落如此高收费，令我三人为之吐槽。然售票处却未看到工作人员，故我等径直走入院中，刚一入院，一位女工作人员追了过来，说需要买票，我向其解释说售票处无人，此人笑称这里的管理者可能是上厕所去了，她也不是这里的售票人员，故其建议我们先去参观，等出门时再买票。

这个建议颇为人性，于是我等悠然入院参观。迎面即是站在院中的

巍峨的城门楼

李成雕像。院落看上去不大，占地约一亩多，我本以为这个纪念馆就是三间房一个院落，然一路看下去，该馆占地面积之大远超我等想象。

我们一个一个房间地参观，竟然一路穿过了七八个院落，每个房间内均已布展完成，当然这里的画作都是复制品，但即便如此，也能看出这里经过了专业设计。其中一个展室内以展板的形式介绍着李成的生平及艺术成就，有些展柜内还摆放着一些影印线装书，书页打开之处则是对李成绘画成就的介绍之文。能将这些影印本找到并一一展示，亦见布展者下了不小的功夫。直到参观完毕后，我三人纷纷称，这三十元的门票确实不贵。回到入口处时，我们这才看到了那位售票人员，于是买票而出，这倒是寻访中少有的经历。

李成纪念馆正门

纪念馆平面图

李成雕像

立体场景

画史资料线装书

另一间展室

仿制古画

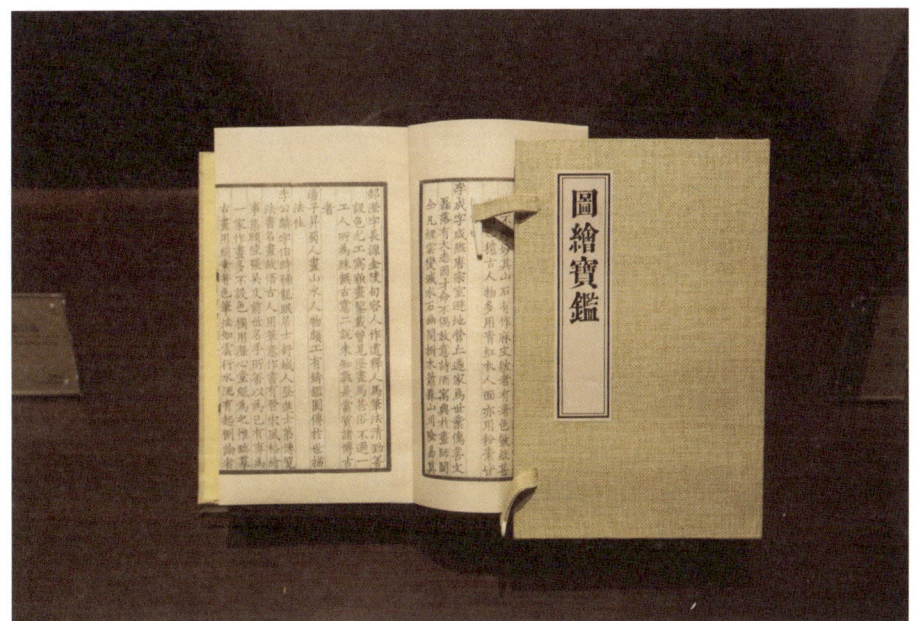

《图绘宝鉴》中对李成的记载

二楼状况

布展整洁

专业

董源（？—约962年）、巨然（生卒年不详）

画之有董巨，犹吾儒之有孔颜也

　　董源也被视为文人画的鼻祖，虽然在他之前绘制文人画的还有王维，但王维没有画作流传下来，而董源继承和发展了王维的绘画理念，且有画迹传世，由此而确定了他在中国画史上崇高的地位。

　　关于董源的生平资料，历史记载很少，他的弟子巨然也同样如此，因为两人的画风相似，故被后世并称为"董巨"。后世大多又将董源称为董北苑，这是因为他在南唐李璟朝曾任"北苑使"，也有人说他在李煜朝任"后苑副使"。对此，陈传席在其专著《中国山水画史》中有如此介绍："约生于唐末五代初，南唐烈祖昇元（937—942年）初曾奉命写《庐山图》，中主唐元宗（943—961年）时已是北苑副使（一说是后苑副使。按：董源在《溪岸图》上自题'北苑副使臣董源'，应为北苑副使），故后人称其为董北苑。他是一个负责园林工作的官员，其官甚清闲，他可以集中精力作画。董源最工画山水，亦工画仕女，兼工画牛、虎。"

　　关于北苑所在，明方以智在《通雅》中称："李氏都建业，其苑在北，故谓之北苑。清辉殿、澄心堂皆在焉。设官典领，谓之北苑。"而钱选在《山居图卷》的跋文中亦称："董元事江南李主，为北苑副使，米元章称其画在诸家之上，此卷今留王井西处，乃赵兰坡故物。余取一二，摹以自玩也。今复再见，如隔世然。骎骎老境，惟有浩叹耳。

雪溪翁钱选重题。"

陈传席在注释中又称："北苑是古代皇宫北面的林园。南唐都建业，有苑在北，谓北苑，北亦作后，所以也叫后苑。北苑使是被特派负责北苑一应政、事务的官员，所以，《图画见闻志》把董源列为'王公士大夫'画家一系中。因之，历来把董源列为院画家者，皆是极其错误的，因为这将影响对'文人画''南北宗画'的把握。"然清孙承泽《庚子销夏记·寓目记》中有如下一段话：

> 《曲燕图》曾见后人临本，南唐中主保大五年元日，会大雪，别展曲燕，太弟集为《曲燕图》，高冲古画御容，周文矩画太弟以下侍臣及法部丝竹，朱澄画楼阁宫殿，徐崇嗣画池沼禽鱼，董元画雪竹寒林，皆一时绝笔。

此段话中的董元即董源，可见董源确实在宫中绘画。孙承泽记载的这段话应当是本自郭若虚的《图画见闻志》：

> 李中主保大五年，元日大雪，命太弟已下登楼展宴，咸命赋诗，令中人就私第赐李建勋继和。是时，建勋方会中书舍人徐铉、勤政学士张义方于溪亭，即时和进，乃招建勋、铉、义方同入，夜艾方散。侍臣皆有兴咏，徐铉为前后序，仍集名手图画，曲尽一时之妙。真容高冲古主之；侍臣法部丝竹，周文矩主之；楼阁宫殿，朱澄主之；雪竹寒林，董源主之；池沼禽鱼，徐崇嗣主之。图成，无非绝笔。

对于这段记载，罗浩、翁白在《董源研究》中给出如下解读："值得注意的是，此处并没有将董源归为官员或侍臣，而是将他列为'名手'之中,其他的这些'名手'也都是当时的画院画家。因此,就如同吴镇以来的许多学者认为的那样有大量的证据可以证明董源是宫廷画家。"

今天人们看董源,如仰高山,然而在其当世,他并没有这么大的影响,后世南宗对他的推崇乃是一步一步叠加上去的。北宋刘道醇在《宋朝名画评》中称:"宋有天下,为山水者,惟中正与成称绝。"刘道醇把李成和范宽列为宋代山水画中的神品,巨然列为能品,董源却不入品。刘道醇的《五代名画补遗》山水门中,将荆浩、关仝列为神品,此处仍然没有董源的位置。北宋郭若虚在《图画见闻志》中把关仝、李成、范宽称之为"三家鼎峙""百代标程",在"王公士大夫依仁游艺臻乎极至者"名单中列出十三人,排在最末一位的才是董源。

由此可见,在北宋前期,董源在画坛上的地位并不高,然到了北宋中后期,这种情况得以改观。首先推崇董源之人乃是米芾,其在《画史》中称:

> 董源平淡天真多,唐无此品,在毕宏上,近世神品,格高无与比也。峰峦出没,云雾显晦,不装巧趣,皆得天真;岚色郁苍,枝干劲挺,咸有生意;溪桥渔浦,洲渚掩映,一片江南也。

米芾认为董源的画风绝对属于近代的神品,他尤其喜欢董源画中的天真烂漫,认为董画中所描绘的山水才是真正的江南景色。与米芾同时代的沈括在《梦溪笔谈》中同样夸赞董源画中的江南美景:"江南中主时,有北苑使董源善画,尤工秋岚远景,多写江南真山,不为奇峭之笔。其后建业僧巨然,祖述源法,皆臻妙理。大体源及巨然画笔,皆宜远观。其用笔甚草草,近视之几不类物象,远观则景物粲然,幽情远思,如睹异境。如源画落照图,近视无功,远观村落杳然深远,悉是晚景；远峰之顶，宛有反照之色，此妙处也！"

沈括首先提到南京僧人巨然继承了董源的衣钵，同样在绘画上极有成就。沈括称董、巨二人的绘画特色适合远观，近睹则难以看出具体的形象，他认为这正是董、巨画风的妙处所在。而俞剑华在其专著《中国绘画史》中认为董源的这种画法"颇似西洋画，观者与画幅之间，必须有适当之距离"。

进入元代，董源的地位进一步提高，元四家基本受其影响。董其昌在《画禅室随笔》中称："宋人院体，皆用圆皴，北苑独稍纵，故为一小变，倪云林、黄子久、王叔明皆从北苑起祖，故皆有侧笔。云林其尤著者也。"

董其昌说宋代的院体画，其皴法都是圆点，而董源将其改为长点，这种皴法被倪瓒、黄公望和王时敏所效仿。黄宾虹在《元季四家之逸品》中称："黄子久师法北苑，汰其繁皴，瘦其形体，峦顶山根，重加累石，横其平坡，自成一体。王叔明少学松雪，晚法北苑，将北苑之披麻皴，屈曲其笔，名为解索皴，亦自成一体。"

黄宾虹说黄公望在皴法上也是学董源，只是他改变了董源皴法之繁密，由此而创造出独特的画风。王蒙在晚年也效法董源的皴法，只是将董源的披麻皴改为了解索皴。对于元四家中的吴镇，黄宾虹则称其"师巨然，而能轶出其畦径，烂漫惨淡，自成名家"。

皴法乃是中国山水画重要的笔墨技法，此法在五代时已见成熟，而后一些大画家对此做了进一步探讨，董源发明了披麻皴，李成是卷云皴，范宽是雨点皴，李唐则是斧劈皴，黄公望学习前人之法，而有所变通，由此而创造出矾头皴，王蒙则创造出了解索皴。然清郑绩在《梦幻居画学简明》中把黄公望的皴法称为马牙皴，王蒙的皴法称之为云头皴。无论名称如何，元代的几位重要画家，其皴法都受董源的影响。关于董源披麻皴之所本，清唐岱在《绘事发微》中则称："董源用王右丞渲染法，下笔均真，以点纵长，变为披麻皴。"

董源为什么要发明这种绘画技法呢？黄公望在《写山水诀》中有如下解读："董源坡脚下多有碎石，乃画建康山势。董石谓之披麻皴，坡脚先向笔画边皴起，然后用淡墨破其深凹处。"黄公望认为董源居住在南京，其所见均为江南山水，而这一带的山大多是平缓起伏的丘陵，没有北方的高山峻岭，董源用披麻皴的方式来表现这里的山水特色，而巨然则沿用了董源的技法。

关于何为披麻皴，以及这种技法的后世演变，清郑绩在《梦幻居画学简明》中说道：

> 披麻皴，如麻披散也。有大披麻，小披麻。大披麻笔大而长，写法连廊兼皴，浓淡墨一气浑成，淋漓活泼，无一笔滞气。此法始自董北苑。用笔稍纵，笔从左起，转过右收，起笔重著，行笔稍轻，悠扬辗转，收笔复重，笔笔圆运，无扁无方，石形多如象鼻。后清湘、八大山人、徐文长喜为之。至巨然、米元章、吴仲圭、董玄宰、王石谷辈，俱是小披麻耳。小披麻笔小而短，写法先起轮廓，然后加皴。由淡至浓，层层皴出，阴阳向背，或焦或湿，随意加擦，较大披麻为稍易。北苑亦多作此，后辈皆宗之，近世更喜学之。

郑绩明确地称董源是披麻皴的发明者，而之所以有这个名称，乃是因为画作完成之后的效果看上去像披散开的麻绳，并且披麻皴有大小之分。郑绩说石涛、八大山人、徐渭继承了大披麻，巨然、米芾、吴镇、董其昌、王翚继承了小披麻。以此可见，董源所发明的披麻皴对后世画家有着怎样的重要影响。

对于披麻皴的用笔方式，王伯敏在其专著《中国绘画通史》中说道:"在表现方法上,董源用纯朴的墨线来作皴,但是每笔线条并不长,所以又有圆浑的感觉。这种墨线,足以表现江南润湿的气象。也有多用浑点与不少似经意又不经意的小点子,并掺杂干笔、破笔,达到互为变化。"对于这种皴法对后世的影响,王伯敏又称:"董源的这种画风影响极大,是宋代山水画的一个主要流派。北宋自巨然、米芾、江参至元倪瓒、黄子久、高克恭及明之沈周、文徵明、董其昌等,都传其画法。"

进入明代,将董源推到无上地位的是董其昌,他在《画旨》中说:

> 文人之画自王右丞始。其后董源、巨然、李成、范宽为嫡子,李龙眠、王晋卿、米南宫及虎儿皆从董、巨得来。直至元四大家黄子久、王叔明、倪元镇、吴仲圭,皆其正传。吾朝文、沈,则又远接衣钵,若马、夏及李唐、刘松年,又是大小李将军之派,非吾曹当学也。

董其昌在这里强调王维是文人画的鼻祖,董、巨等四人乃其嫡传,后来的元四家又是董、巨等人的正传。董其昌认为北宗不可学,为此提出了从唐代开始,绘画界也像佛家的禅宗那样分为南北两宗,显然他是提倡南宗而不重视北宗。故徐书城在《宋代绘画》中称:"至明末董其昌倡'南北宗'论,更把董源树为'南宗'之典范,王鉴比之'书之钟王',清王原祁更誉为可比'儒之孔颜'。确实,从文人山水画的创作实践的历史中来看,文人山水画从技法到风格意趣的真正历史源头,乃是董源而不是王维。"

徐书城所言乃是指到清初时,几位南宗名家对董源给出的极度夸赞。比如王时敏在《西庐画跋》中称:"钟王妙迹,万世罕逮,董巨逸规,后世竞宗。"王时敏将董、巨的绘画成就比喻成书法界的钟繇、王羲之，认为这才是绘画的正宗。而王鉴在《染香庵跋画》中也有同样论述："画之有董、巨，如书之有钟、王，舍此则为外道。惟元季四大家，正脉相传，近自文、沈、思翁之后，几作广陵散矣。"王鉴进一步解释说，除了董、巨，其他的画法都属于外道，而得董、巨真传者，元代则为四大家，明代则是文徵明、沈周和董其昌。

给予董、巨最高推崇者当属王原祁，其在《麓台题画稿》中说道："画之有董巨，犹吾儒之有孔颜也。余少侍先奉常并私淑思翁，近始略得津涯。方知初起处，从无画看出有画，即从有画看到无画，为'成性存诚'宗旨。董、巨得其全，四家具体，故亦称大家。"

王原祁把董、巨比喻成儒家的孔子和颜子，认为董其昌真正继承了董、巨的衣钵。而董其昌的确对董、巨给予了很高的推崇，张丑在《清河书画舫》中写道："董玄宰太史酷好北苑画迹，前后收得四本，内惟潇湘图卷为最，至以四源名其堂云。按米氏《画史》曰：董源平淡天成，唐无此法，在毕宏之上，近世神品，格高无与比也。峰峦出没，云雾显晦，不装巧趣，皆得天真。岚色郁苍，枝干劲挺，咸有生意。溪桥渔浦，洲渚掩映，一片江南也。"

张丑说董其昌收藏有四幅董源的画作，其中最佳之本乃是《潇湘图》，因为得到了四幅董源的真迹，所以董其昌特意将自己的斋号更名为"四源堂"。以此可见，董其昌喜爱董源画风到了何等之程度。而正是米芾、元四家及董其昌的推崇，才使得董源在绘画史上的地位渐渐如日中天。张丑在《清河书画舫》中又说："董源绘事冠绝南唐，不特山水入神，兼工画龙。郡城汤氏藏其《风雨出蛰龙图》，宋秘府物，尝入贾丞相家，有'悦生''封'字二印，的系真迹，好事者谓为董羽笔，非也。"

张丑直称董源在绘画上的成就为南唐第一，认为董不仅是山水可以入神品，还会画龙。其实这也说明董源在绘画题材上颇为广泛。北

董源 《潇湘图》卷局部 故宫博物院藏

董源 《潇湘图》卷局部 故宫博物院藏

宋郭若虚在《图画见闻志》中称："（董源）单画山水，水墨类王维，著色如李思训。兼工画牛虎，肉肌丰混，毛毳轻浮，具足精神，脱略凡格。有《沧湖山水》《著色山水》《春泽牧牛》《牛》《虎》等图传于世。"

如此说来，董源主要有两类画风，一类是王维式的水墨画，另一类则是李思训的青绿山水。郭若虚进一步说董源画的牛与虎也十分传神。元夏文彦在《图绘宝鉴》中亦有类似说法："（董源）善画山水，树石幽润，峰峦清深，得山之神气，天真烂漫，意趣高古。论者谓其画水墨类王维，著色如李思训。兼工龙水，无不臻妙。其山石有作麻皮皴者，有著色，皴纹甚少，用色秾古。人物多用青红衣，人面亦用粉素，皆佳作也。"

显然李思训的画法属于北宗，而董源被后世捧为了南宗鼻祖，他的画作中却还有北宗面貌，对此如何解释呢？陈传席认为："董源画的这类着色山水，并不是出自他的胸臆。"而这种说法的依据乃是出自《宣和画谱》：

> 大抵元（源）所画山水，下笔雄伟，有崭绝峥嵘之势，重峦绝壁，使人观而壮之，故于龙亦然。又作《钟馗氏》，尤见思致。然画家止以著色山水誉之，谓景物富丽，宛然有李思训风格。今考元所画，信然。盖当时著色山水未多，能效思训者亦少也，故特以此得名于时。至其自出胸臆，写山水江湖、风雨溪谷、峰峦晦明、林霏烟云，与夫千岩万壑，重汀绝岸，使鉴者得之，真若寓目于其处也。而足以助骚客词人之吟思，则有不可形容者。

此段话称五代末北宋初期最为流行李思训派的着色山水，但是能够模仿出李思训画作神韵的人很少，董源为了适应社会上的审美需求，也画了一些这类风格的作品。所以陈传席认为"董源画这类着色山水，为了显示他的技能，称盛于世"，而"董源这种着色山水主要是继承李思训的，并不是他本人精神性情的流露，其实际成就未必能超越李思训。所以，在后世影响也并不大。"（陈传席《中国山水画史》）

为什么董源在其当世没有大的画名，到了后世却被推到了如此高的地位？对此，后世学者多有探讨。比如韩雪岩在《董源形象、风格与画史想象》一文中称："如果说文人画之祖王维，'以诗入画'解决了文人画的意境问题，因此以独特的人格和文化魅力而被推溯为文人画的源头的话，那么在中国文人画史上，董源则被视作符合文人画审美标准的绘画技法的源头。"

美国学者罗浩、翁白在《董源研究》中也注意到了这个问题："董源的名字在其生前死后沉寂了三百年，直至元代才真正在画坛广为人知，从此便名声大噪，从公元十七世纪至今，他一直都被认为是中国历史上最著名的画家之一，董源在中国画坛地位的变迁不仅仅是由于其作品本身的水平和质量，也不是由于他在很早以前就是名杰出的画家，而是因为人们的审美标准发生了转变，才使得他最初在宋代晚期受到关注，后又于元代早期备受推崇。"

为什么董源越到后世越受重视，徐复观在《中国艺术精神》一书中认为："董其昌主张的南宗系统，实际上是以米芾为中心所建立起来的。董源、巨然，在北宋画家、画论家的心目中，大概因地域的限制，并没有煊赫的地位；董、巨的崇高地位，完全是由米芾在他的《画史》中所提出、所发现。"

董其昌推崇董、巨的源头仍然要追溯到米芾那里，人们注意到董其昌在《跋董北苑〈秋山行旅图〉》中提及："北苑画，米南宫时止见五本，予家所藏凡七本，以为观止矣。都门又见夏口待渡卷，吴阊泊舟又见此本，皆世之罕物。"

董其昌颇为得意地说，他藏有七幅董源的作品，而米芾仅见过五幅真迹。然而《宣和画谱》中著录了董源作品七十八幅，并且米芾曾经参与了《宣和画谱》的编纂，那么米芾为什么说自己仅见过五幅董源的画作呢？如何解释这之间的差异？早在宋代，陈著在《跋黄勉斋所藏董源山水图》中就对此提出了疑问："黄祖勉跋董源山水画云：'脱略凡格，特恐是摹本。'予谓古之真迹摹为墨本者滔滔，有可人意，虽摹犹真，要在人目中自有可否，他奚泥哉！"

由此可知，在宋代时就流传不少董源作品的摹本，而《宣和画谱》中所收录的那么多董源作品，应当不少是属于这类摹本。对此，日本学者铃木敬在《中国绘画史》中认为："至少宣和内府收集的董源、巨然画或许可以认为是根据米芾的看法，以及江南画和董、巨画风的观点所收集的。而其中，也许有继承这一画风的画家之作品被附会以董源、巨然的传承，遂至被收入宣和御府。至于擅长李思训式青绿山水的董源画，到北宋末竟演变成只能认为是水墨山水画家的理由，也不易使人了解。"

有意思的是，有人认为有些署名董源的画其实就是米芾伪造的。比如方元在《〈溪岸图〉考辨》中认为："董源画格绝非米芾所言，我们怎能不怀疑这些'江南'之作是米芾作伪出来的呢！《夏景》等三幅画与米芾所谓'江南'画风气息相近，神韵相通。制造董源误区的始作俑者是米芾，伪造董源'一片江南'画风的动机在于作伪。"

米芾在《画史》中称："余家董源雾景横批全幅，山骨隐显，林梢出没，意趣高古。"对于这段话，近代学者童书业在《中国山水画南北分宗说新考》中认为："此图必系米氏伪作，其证有三：一，此图出米家所藏，来历不明；二，'横披始于米氏父子，非古制'（见《洞天清禄集》）；三，雾景及其画法全属米派，非董源本格。案，米氏自云：'余……以山水古今相师，少有出尘格者，因信笔作之，多以烟云掩映,树木不取工细,意似便已。'可见'烟云掩映,树木不取工细'的画法原是米氏所首创,则在米氏以前怎会有'峰峦出没,云雾显晦,不装巧趣,皆得天真'的董源?"

那如何来解释米芾伪造董源画的动机呢?童书业认为米芾为了抬高自己的画格而伪造了董源的画迹来"托古改制",而沈括是上了米氏的当,把米氏所伪造或妄指的董源的画认为真迹了。米芾之所以"托古改制"是因为他性格古怪,喜欢反对当时人的见解。然而江山、黄斌所撰《董源在山水画领域地位变迁的原因》一文中对童书业先生的这段话另有见解:"关于童书业先生的观点,笔者觉得纵然米芾有'托古改制'的可能,但是他之所以'托古改制'不是因为性格古怪,喜欢反对当时人的见解,而是因为董源的山水画是符合米芾、沈括等文人士大夫的审美趣味的,这种审美趣味是一种新的趣味,是一种由文人士大夫所提倡的新趣味,而这种新的审美趣味是受苏轼等一大批文人士大夫所倡导的文人画理论影响的。北宋中后期,由于苏轼、黄庭坚、文同、米芾等一批文人的提倡,文人画理论得以形成与发展。文人画理论不以形似为妙,重视画外之意,注重作者主观的审美情趣和个人修养,认为绘画与诗歌同源,讲究用作诗的方法来作画,他们认为平淡、自然天成,没有人工做作的美才是最理想的美。而董源的山水画正符合这些文人画理论的审美趣味。"

真相究竟如何,只能等专家们继续探讨下去,并且拿出相应的历史证据来。但无论怎么探讨,董源在绘画史上的重要地位不容撼动。王伯敏在《中国绘画通史》中称:"北宋时代,董、巨山水成为南派正传。到了元代,水墨画法大发展,董、巨画法,更为画坛所重。及至明清,凡论山水者,无不对董、巨推崇备至,称为山水画的一代巨匠。"

关于巨然的情况,史料记载也十分稀少,《图画见闻志》上说他是"钟陵僧",《圣朝名画评》说他是江陵人,后世大多把他视为董源的亲授弟子。宋太祖赵匡胤灭掉南唐,后主李煜降宋,而后被押到开封,南唐翰林图书院的一些画家跟随后主来到开封,巨然也从南京来此,在开元寺为僧。

巨然的作品流传于后世者较多,《宣和画谱》中著录有他的作品达一百三十余件。虽然巨然以董源为师,然而他在画法上却有所创新,张修军在《五代与北宋山水画风格传承研究——谈董源与巨然画风之关系》一文中写道:"董源作品构图多横长构图,巨然多竖构图,与老师拉开距离。董源作品构图多平远之势,巨然则多高远之势。董源作品山之肌理给人较松软感觉,巨然作品则给人硬朗感觉。巨然归宋后,他的画风似受到北方画派的影响,或多或少改变了董源江南景色,增添了高山大川的描摹。在《秋山问道》中不难发现这种变化,但披麻皴这种画法却得到了发展,并形成连接董源及入元以后的文人山水画之间的一位重要人物,董的作品给人感觉温润、潮湿迷蒙。巨的作品则对比强烈、硬朗。"

对于巨然的绘画特点,魏庆春、谢华文在《论巨然的山水画风格及其影响》一文中总结道:"喜爱于峰峦岭窦之外,下至林麓之间,犹作卵石、松柏、疏筠、蔓草等,画中幽溪细路,屈曲萦带,竹篱茅舍,断桥危栈,爽气宜人,这和董源山水画的表现内容也很相似。"以上乃是巨然与董源山水相似之处,对于巨然和老师的区别,该文中又写道:"据说巨然到汴京以后,为了谋求在北方的发展,他临摹过北方山水画家的画,受到过北方山水画的一些影响。巨然构图上以高山大岭、重峦叠嶂、复佛层崖为其特色,这和董源的平远山水构图的区别很大。"

早在元代,朱德润就在《存复斋续集》中说过董源与巨然在风格上的差异:"高侯画学,简淡处似米元晖,丛密处似僧巨然,天真烂漫处似董北苑,后人鲜能算其法者。"虽然师徒间有这样的区别,但董、

巨然 《秋山问道图》 台北故宫博物院藏

巨然 《层岩丛树图》 台北故宫博物院

巨然 《万壑松风图》 上海博物馆藏

巨并称，早在宋代就已经形成，北宋沈括在《图画歌》中写道："江南董源僧巨然，淡墨轻岚为一体。"

董源和巨然的遗迹极难查找信息，2018年我曾前往江西去探访两位大画家的遗迹，在毛静先生的带领下，我们在江西境内寻访多处，始终未能找到董、巨遗迹。然各种文献上都记载董、巨二人曾在南唐画院做过画师，故而我将这里作为了寻找二人遗迹的重要地点。

此后偶然在网上查得南京的相关部门制作了多位名人雕像，其中就有董源和巨然。然而这些雕像却摆放在了南京五个不同的地点，究竟董、巨雕像放在哪里，我未查得确切信息。此次正赶上南京艺术学院的孔庆茂老师命我到该校举办一场专题讲座，为此我特意提前两天来到南京，准备寻访几处遗迹，其中的寻访重点，当然是希望看到董、巨雕像。

2019年5月21日，我从芜湖乘高铁到达南京，孔老师安排他的博士生王宇女士前来接站。在此前我已跟王宇取得了联系，她知道我有寻访遗迹的安排。到达南京时正值中午，王宇问我想先访哪处，我犹豫了一番后称先到秦淮区的东剪子巷去看金陵美术馆。以我的猜测，董、巨是著名的大画家，他们的雕像安置在这里更为恰当，于是上出租车前往该处。然而出租司机却说，他没有听说过东剪子巷。我想起该巷处在老东门，然而司机又称没有这个地方。还是王宇更为熟悉，她说我们去的地点是老门东。

从南京高铁站前往老门东的距离不远，难怪司机说话有些气不顺，故我不想再乘他的车继续寻找东剪子巷，请他停在了老门东街区的入口处。这一带已然修成了仿古步行街，入口处的高大石牌坊当然是此类街区的标配，然东剪子巷在哪里，王宇也不清楚。我们在入口处问过几人，均称不知。终于遇到一位知情的保安，他告诉我二人说，金陵美术馆不在老街区里面，而是由牌坊处右转。按其所言走出一百余

老门东街区入口处

金陵美术馆外观

米,果真看到了一座后现代风格的建筑,其楼角上正写着"金陵美术馆"几个大字。

站在美术馆门前张望一番,没有看到任何雕像,故决定入馆看看。我背着大包小包的行李准备入内,却被保安要求必须存包。我的几个小包被王宇锁入了小柜子中,保安看那个大包实在塞不进去,于是同意我将此包放在他的桌子上。

我们轻装走入馆内,眼前所见均为现代绘画与装置。在一楼转了几圈看不到任何雕塑,无意间闯入了一间插花艺术室,里面一位男老师正教一帮女演员如何插花。因为刀剪裁切的原因,这间室内花香四溢。老师过来问我是否对此有兴趣,我只好告诉他,自己只是来找几尊古人的雕像,其闻言后说:"你们是找董源、巨然的雕像吧?"无意中找到了知情人,让我大感高兴,顿时对这位插花艺术师好感倍增。

按其所指,我们在馆内一路穿行,从后门穿出后,就在后门两侧

巨然雕像

董源雕像所处的位置

巨然雕像细部

的绿地里看到了几尊雕像,而见到的第一个说明牌上,竟然写明这就是我要找的巨然。

从说明牌上了解到,这尊雕像的作者名尚荣。雕像约略真人大小,巨然坐在地上,右手拿着一支画笔,眼睛目视前方,可能正在写生。雕像摆放在一个黑色的石阶上,石阶的侧面刻着"秋山问道"。石座的后方有一丛绿植物,另外还有一个镂空的金属雕版。初不明何意,后来注意到雕版后面走过一位工作人员,原来后方是美术馆的一个侧门,以此雕版作一下隔挡,可见设计者的用心。

拍照完巨然雕像,在美术馆后门的左侧又看到了董源,说明牌上称本尊雕像的作者名任艳明,还写明:"(董源)开南派山水画先河。"这尊雕像为立像,董源站在一丛绿竹之中,眼眉低垂,正在做沉思状,而他的手又撩起衣摆,似乎准备涉水。

这两尊雕像从面部表现看,均未见喜色,也许他们正沉浸在自己的山水世界里,构思着如何创造出更为辉煌的画作吧。

范宽（约950年—约1032年）

为山水者，惟中正与成称绝

北宋刘道醇在《圣朝名画评》中称："宋有天下，为山水者，惟中正与成称绝，至今无及之者。"中正即范宽，刘道醇在此将范宽与李成并称，认为他们二人乃是北宋时期最有成就的山水画家。刘道醇还把范宽的作品列入"神品"之中："（范宽）居山林间，常危坐终日，纵目四顾，以求奇趣。虽雪月之际，必徘徊凝览，以发思虑。学李成笔，虽得精妙，尚出其下。遂对景造意，不取繁饰，写山真骨，自为一家。"

范宽、李成既然并称，二人所绘山水有着什么样的区别呢？北宋韩拙在《山水纯全集·论观画别识》中，谈到了他跟王晋卿一同观看范宽和李成作品时的感受："偶一日于赐书堂，东挂李成，西挂范宽。先观李公之迹云：李公家法，墨润而笔精，烟岚轻动，如对面千里，秀气可掬。次观范氏之作，又云：如面前真山，峰峦浑壮雄逸，笔力老健。此二画乃一文一武耶。"

经过一番比对，韩拙用一个"文"字来形容李成的画，与之相对应的，以一个"武"字来形容范宽。对于这样的评价方式，王陆健在其硕士论文《从王维到范宽——终南山水与唐宋山水画的演变》中说："以文、武界定山水风格，切中了山水画评鉴的实质问题。虽然王维、范宽同样都是以终南山水作为艺术创作的基础，但是却也形成了截然不同的面貌。"那么他们二人有着怎样的区别呢？王陆健认为："王维的画呈现出一派文画面貌，内敛、含蓄、平易近人。这不但同佛教色空观念有关，更与王维仕途上的心灰意冷有关。范宽作品的武画特征，外露、张扬、奇特，同道教神仙思想有关。所有关于神仙的道教文献都以惊世骇俗为本事，'高山仰止，景行行止'的传统思想在北派山水画中也有反映。"

刘道醇称范宽最初是模仿李成的画风，显然范宽的模仿颇为成功，但他看到自己的画作呈现出来的却是李成面目，不禁又有了深思，觉得即便自己模仿得再像李成，也终究在李成之下，于是他放弃了对于前人画技的临摹，转而面对大自然进行写生，渐渐形成了独有的面目。《宣和画谱》也提到了范宽出蓝胜蓝的绘画心态：

> 范宽……风仪峭古，进止疏野，性嗜酒，落魄不拘世故，常往来于京、洛。喜画山水，始学李成，既悟，乃叹曰："前人之法，未尝不近取诸物。吾与其师于人者，未若师诸物也。吾与其师于物者，未若师诸心。"于是舍其旧习，卜居于终南太华岩隈林麓之间……

看来范宽有古人之风，他感觉到自己的画作难以突破，于是就住在终南山和太华山一带的人迹罕至之处，仔细体悟大自然的造化，逐渐形成了独立的画风。元夏文彦在《图绘宝鉴》中称："画山水始师李成，又师荆浩。山顶好作密林，水际作突兀大石。既乃叹曰：'与其师人，不若师诸造化。'乃舍旧习，卜居终南、太华，遍观奇胜，落笔雄伟老硬，真得山骨，而与关、李并驰方驾也。"看来，范宽临摹的对象不仅是李成，还有荆浩的作品，但无论怎样临摹，他都觉得难出自己面目，于是他放弃原有的绘画方式，住到了大山之中，经过一番努力，他的绘画作品终于能跟关仝、李成并驾齐驱了。

在众人夸赞范宽的同时，也有人指出其不足之处，比如米芾就说他"晚年用墨太多，土石不分"。但也有人认为，着墨太多并非范宽画作的缺点，元王恽在《跋范中立〈茂林秋晚图〉》中说："中立初年，本学营丘，极平远炯秀之状。至于山骨郁茂，林麓幽邃，咫尺杳霭，远隔千里，翁然若太阴雷雨，不可端倪。兹盖居终南晚年之笔也，故当时有'弃墨如泥'之目。"

由此看来，范宽晚年的画作确实是以墨作为主体色调，然而这种用墨效果其实是画家本人所刻意追求者。比如黄宾虹就认为这正是范宽的功力所在："米芾《画史》云：中立晚年采用焦墨甚多。然用焦墨，非学力深入堂奥，不敢着笔。可知古人用笔之外，尤重用墨。"

刘道醇在《圣朝名画评》中点出了范宽画作的另一个瑕疵："范宽以山水知名，为天下所重。真石老树，挺生笔下。求其气韵，出于物表，而又不资华饰。在古无法，创意自我，功期造化。而树根浮浅，平远多峻，此皆小瑕，不害精致。亦列神品。"

刘道醇首先夸赞说，范宽的山水在他那个时代广受世人看重，这是因为范宽在绘画技法上有着独特的面目。但刘道醇又说，范宽画作中的有些树木，树根太过浮浅，而画平远之景时，山形又太过险峻，他认为这两点虽然是范宽画作的瑕疵，但毕竟是小问题，从整体而言，范宽的画作依然很成功，所以他把范宽的作品排在神品之列。

刘道醇指出范宽画作的瑕疵之一，乃是平远之景太过险峻。其所说的平远概念乃是出自郭熙在《林泉高致》中首先提出的"三远法"："自山下而仰山巅谓之高远，自山前而窥山后谓之深远，自近山而望远山谓之平远。高远之色清明，深远之色重晦，平远之色有明有晦。高远之势突兀，深远之意重叠，平远之意冲融而缥缥缈缈。"

郭熙把景深分为高远、深远和平远，用今天的话来形容这三远约略等同于仰视、平视和俯视。刘道醇认为范宽的有些绘画既然是俯视的角度，就不应当把图中的大山画得过于险峻。但董雨莹在《论范宽山水画中"三远"之境界》一文中说："范宽的画中不仅整体画作运用'三远法'，而且画中的每一组景物也呈现'三远'的构图。而五代两宋的其他画家，也许偏爱于'三远'中的一远，因此画作中便有所重心，其他两远之稍作表现。即便也凑齐了'三远'，像范宽这般在近景与远景之中又套入'三远'的画家，也是少之又少的。"

看来董雨莹认为范宽的画作不仅讲求三远法，而且每一组构图都能套入三远的概念。其言外之意，范宽的画作并无刘道醇所说的问题。范宽的画作为什么能如此符合三远之法呢？董雨莹在文中又说道："范宽对'三远法'如此巧妙又彻底的运用，与他本性中的'好道'不无关系，而'三远'的境界又是和庄子的精神境界联系在一起的。"

因为范宽一生未曾出仕，始终是以布衣的身份来从事创作，故关于他的生平事迹，历史资料记载很少。然而这不多的资料中，也充满着矛盾，到如今范宽的真实姓名仍然是学界争论的问题之一。姜延文在《关于范宽研究的几个问题》中列出了历史上对范宽名和字的五种说法：

　　一、《圣朝名画评》载："范宽，姓范，名中正，字仲立，华原人。性温厚，有大度，故时人目为范宽。"

　　二、《图画见闻志》载："范宽，华原人。……天圣中……（或云名中立，以其性宽，故人呼为范宽也）。"

　　三、《宣和画谱》载："范宽（一名中正）字中立，华原人也。……蔡卞尝题其画云：'关中人谓性缓为宽，中立不以名著，以俚语行，故世传范宽山水。'"

　　四、《图绘宝鉴》载："范宽（一作中正），字中立，华原人。

性温厚，嗜酒落魄，有大度，人故以宽名之。"

五、《画鉴》载："范宽，字中正，以其豁然大度，故以宽名之。"

看来，他名字中的"宽"字其实是别人给他起的绰号，故范宽有可能名中正，字仲立，也有写作中立者。然而后世的资料记载，以及留传至今不多的几幅作品中，署款上却写明是"范宽"二字。天津博物馆收藏的《雪景寒林图》，画面中的一棵树在树干上发现了"臣范宽制"的字样，正是这样的署款方式，引起了大家的争论。

启功先生曾经对《雪景寒林图》和现藏于台北故宫博物院的《溪山行旅图》做过研究，认为这样的落款是后人添加上去的。《启功口述历史》一书中写道：

> 随着知识和鉴赏能力的提高，我们鉴定作品真伪的能力也逐步提高……而范宽的《溪山行旅图》仅凭画面树丛里有"范宽"两个题字，就能断定它是赝品。因为据郭若虚《图画见闻志》载："（范宽）名中正，字中立（也作仲立），华原人，性温厚，故时人目之为范宽。"可见"范宽"是绰号，形容他度量大，不斤斤计较。试想他怎么能把别人给他起的外号当作落款写到画面里呢？比如有人给我起外号叫"马虎"，我能把他当落款题到画上吗？天津历史博物馆也有一张类似风格的作品，落款居然是"臣范宽制"，这更没谱了。难道他敢在皇帝面前大不敬地以外号自称？这又不像戏里可以随便编。有一出包公戏，写包公见太后时称"臣包黑见驾"，这在戏里行，但在正式场合绝对不行。这都是一些原来没落款的画，后人给它妄加上的。

《溪山行旅图》 台北故宫博物院藏

然而谢稚柳在《鉴余杂稿》中却有另外的看法："范宽名字的情况，刘道醇知道，郭若虚知道，那么，米芾也不会不知道。因为，刘、郭与米芾都同时是北宋时人。可见这一说法，在当时虽普遍，但只是一种传说，却不被米芾所承认的。事实上范宽从少年时候起即用这个名字了。"谢稚柳认为，历史上大多把范宽称之为范宽应该就不会错，而后他进一步说道：

> 在米芾的《画史》中，论及范宽画派有好几条。他曾记丹徒僧房有一幅范宽的早年山水，题款是"华原范宽"。他曾依据这幅山水画来论证范宽与荆浩的艺术渊源。因而他"以一画易之，收以示鉴者"。而《溪山行旅图》也有"范宽"二字款，如果说，"范宽"不是范宽自己的名字，那么，范宽就不应该在自己画上题款作"范宽"。

关于范宽的师承，如前所言，有李成和荆浩两种说法，然姜延文认为《图绘宝鉴》中"画山水始师李成，又师荆浩"这种说法，"很显然是受米芾《画史》的影响"。接下来他引用了《画史》中的原文：

> 范宽师荆浩，浩自称洪谷子。王诜尝以二画见送，题"勾龙爽画"，囚重背入水，于左边石上有"洪谷子荆浩笔"，字在合绿色抹石之下，非后人作也。然全不似宽。后数年，丹徒僧房有一轴山水，与浩一同，而笔干不圆，于瀑水边题"华原范宽"，乃是少年所作。却以常法较之，山顶好作密林，自此趋枯老。水际作突兀大石，自此趋劲硬。信荆之弟子也。于是以一画易之，收以示鉴者。

但米芾的记载又恰好验证了谢稚柳所言：因为米芾在丹徒某寺院的僧房内看到了一轴山水画，其绘画方式很像荆浩的作品，然而边款却明确地写着"华原范宽"。米芾认为这幅画作乃是范宽年轻时的作品，他将此作品跟荆浩的作品进行比较，觉得范宽乃是荆浩的弟子。然而米芾在《画史》中又说道："荆浩画，毕仲愈将叔处有一轴，段缄家有横披，然未见卓然惊人者，宽固青于蓝。"在这里米芾认为范宽虽然学于荆浩，但在绘画技法上，已经超过了老师。

范宽拜李成为师，文献中有一些简略的记载，但他是否也拜荆浩为师，却没有确凿的证据。那么，范宽除了跟李成学习外，他的画风还本自何处呢？关以洁在其所著《范宽》中称："范宽的借鉴前人，可能还有一个方面，即前述唐五代的壁画。这从画史中可以找到记载。例如《图画见闻志》写到'唐末''五代'几百位画家，大都说他们在某处有画壁；有时说到某画家曾于某地、某寺画某天王像之类，可见当时壁画之盛，是蔚为风气的。在华原地方，亦不例外。《图画见闻志》卷三，就写到一个赵光辅，他正是华原人，'太祖朝为图画院学生。……许昌开元、龙兴两寺，皆有画壁'。在他家乡，直到绍圣元年（1094）尚有游师雄作的《赵光辅观音变相画壁跋》（见《关中金石记》卷六），碑石现存耀县。可以相信，当日壁画之盛，华原地方也并不例外。以范宽绘画艺术的宏伟精丽，严谨而一笔不苟的作风，无疑是从唐五代壁画的传统而来的。"

这也是一种有意思的猜测，这样的猜测主要是从范宽的绘画特色上做出的分析，然从其有限的生平记载来看，范宽更多师法自然。北宋董逌在《广川画跋》中称：

> 观中立画，如齐王嗜及鸡跖，必千百而后足。虽不足者，犹若有跖，其嗜者专也，故物无得移之。当中立有山水之嗜者，神

凝智解，得于心者，必发于外，则解衣磅礴，正与山林泉石相遇，虽贲育逢之，亦失其勇矣。故能揽须弥尽于一芥，气振而有余，无复山之相矣。彼含墨咀毫，受揎入趋者，可执工而随其后邪！世人不识真山而求画者，叠石累土以自诧也。岂知心放于造化炉锤者，遇物得之，此其为真画者也。

范宽每日观察眼前的大自然，而后渐渐在心中勾勒出图案，再将心中之景行诸笔端，形成了一幅幅具有独立面目的画作。高居翰著、李渝译的《图说中国绘画史》中也有着近似的认定："宋代批评家称誉他和李成一样具有近乎宇宙创造力般的神奇禀赋，也就是说，他的作品具有同一种我们觉得在自然界中无所不在，恰当而又和谐的秩序感。"

关于范宽的作品，《宣和画谱》中著录有五十八件之多："今御府所藏五十有八，四圣搜山图一、春山图二、春山平远图三、春山老笔图二、夏山图十、夏峰图三、夏山烟霭图三、秋山图四、秋景山水图二、烟岚秋晓图二、冬景山水图二、雪景寒林图一、雪山图二、雪峰图二、寒林图十二、山阴萧寺图二、海山图一、崇山图三、炼丹图一。"然而留传至今者，却仅有几幅，其中被视为范宽代表性作品的，则是《溪山行旅图》。对于这幅作品，徐悲鸿推崇备至："中国所有之宝，故宫有其二：吾所最倾倒者，则为范中立《溪山行旅图》。大气磅礴，沉雄高古，诚辟易万人之作。此幅既系巨帧，而一山头，几占全幅面积三分之二。章法突兀，使人咋舌！全幅整写，无一败笔。北宋人治艺之精，真令人拜倒。"（徐悲鸿《故宫所藏绘画之宝》）

可以想见，范宽的《溪山行旅图》给大画家徐悲鸿以怎样的震撼，这幅作品同时也被后世视为全景式构图的成功画作。

关于构图在画作中的地位，东晋顾恺之谈到的绘画六要中，第一

《雪山萧寺图》 台北故宫博物院藏

要就是构图，谢赫在"六法"中也强调要"经营位置"。如何来经营位置呢？郭熙《林泉高致》中称："凡经营下笔，必合天地。何谓天地？谓如一幅半尺之上，上留天之位，下留地之位，中间方立意定景。……山水，先理会大山，名为主峰，主峰已定，方作以次，近者、远者、小者、大者，以其一境主之于此。"

范宽的《溪山行旅图》颇为完美地表达出了郭熙的理论，故龚萍在其硕士论文《浅论范宽山水画的传承对后世创作的影响》中说道："范宽的山水画继承了荆浩关仝的全景式高远法构图，他的山水画总体特点显得气势雄伟逼人，厚重，体积感强，表达出更深远的意境。通过把画面分层，利用笔墨技法表现虚实关系，对前景进行详细的描绘，山石的结构进行皴擦，使整个画面富有层次感。"而具体到《溪山行旅图》的构图式样，王陆健在其论文中又有如下说法："《溪山行旅图》构图遵循了唐代金字塔型的构图样式，看来画家并没有过多考虑李成所提示的透视问题，而是将陡立的绝壁置于画的中央主体，几占全幅面积三分之二，章法突兀，壮气逼人。"

关于范宽绘画的总体风貌，陈传席在《中国山水画史》中总结道："范宽的山水画突出特征是雄强浓厚、峻重老苍、深沉健壮。《图画见闻志》谓之'峰峦浑厚，势状雄强，枪笔（按：书法用笔谓由蹲而斜上急出为枪，有圆蹲直枪，偏蹲侧枪，出锋空枪等）俱均，人屋皆质者，范氏之作也'。又云：'画屋既质，以墨笼染，后辈目为铁屋。'总而观之，他的画具有显著的重量感，线如铁条，皴如铁钉，山如铁铸，树如铁浇。范宽的所有画迹皆可印证。"而具体到《溪山行旅图》，陈传席则称："从《溪山行旅图》更可以看出：其铁一般的线条，均直方硬；其皴法一般称为'雨点皴'，以点攒簇而成，如雨点一样密集。'雨点皴'中还夹杂一些短条子皴，犹如冰雹夹雨，把山的质感表现得极其突出。"

对于《溪山行旅图》的构图方式，方闻著、尹彤云译的《宋元绘画》一书中说道："《溪山行旅图》构图分为三个部分：前景、中景和远景；其主峰高耸，宾峰丛揖，近乎对称排列。在山石的表现手法上，我们可以清晰地分辨出三种技法运用的不同步骤：首先，画家以充满律动、形态多变的线条勾勒出山石的结构脉络；随后，用极富表现力的雨点皴和斧劈皴（小斧劈皴）呈现山石的肌理质感；最后，又以浓淡不同的墨色渲染刻画石块阴阳凹凸的转折。"

方闻将此画的构图分成了三个部分，恰好暗合了郭熙所说的三远。可见，范宽在创作此画时苦心经营，谋篇布局。他在绘画技法上也有所创新，关于此画的皴法，刘强在其硕士论文《范宽〈溪山行旅图〉绘画风格与意境诠释》中说道："由于终南山处于西北内陆，常年干旱少雨，石质疏松散乱，偶遇暴雨的冲刷，山体就形成长短不一的雨痕，范宽就抓住了这个地区的山石特点，按照山体的纹理，用密集的短线条兼顾墨色轻重反复叠加，表现在画面上就好像是密密麻麻的雨点一样，因此这种创造性的皴法就定义为'雨点皴'，这种皴法是在总结前人皴法上的创新，体现了他'舍旧习，自为一家'的创新之处。"然而，细品这幅画作，其实皴法并非一种，刘强也注意到了这一点："《溪山行旅图》中的皴法并不单一，多种皴法的混合使用在画面中随处可见。近处巨大的岩石就用豆瓣皴描绘，先用重墨勾勒出轮廓，再把笔头弄扁，沾淡墨在岩石内部擦出圆点，每个点头圆底平，如豆瓣状，再用此法不断加深墨色，最终很好的体现出层次感。近景左边土坡的描写采用了披麻皴，土坡下部的石头则用到了卷云皴。土坡右边裸露的岩石使用了刮铁皴，为后来的斧披皴奠定了基础。"

然而这幅《溪山行旅图》上面，人们却并没有看到范宽的落款，元代时此画被董其昌所得，他感觉此图应当出自范宽之手，于是在此图上题写了"北宋范中立溪山行旅图"的字样。此图后来流入清宫成为皇家珍藏之物，抗战期间故宫文物南迁，再后来此画跟着其他珍宝到达了台湾，如今这些珍宝都藏在台北故宫博物院。该院的原副院长李霖灿对《溪山行旅图》进行了仔细的扫描，他无意间在该画右角的树荫中发现了"范宽"二字，由此确定这幅留传千年的名画的确是范宽的作品。

后世大多把范宽晚年的作品，都视为他面对自然的写生之作。比如中村不折、小鹿青云著《中国绘画史》中说："范宽始学荆浩、李成的画法，后别出新意而成一家。他主张以人为师，不如以造化为师。终卜居于终南太华的岩隈林麓之间，日夕目击云烟惨淡、风月光霁之景，著之笔端，其千岩万壑，存雄伟峭拔之势。至晚年，用墨甚多，深暗如暮夜，土石不分，景色的幽雅，古今独步。特殊的如于蘘蘘的山顶作密林；水际出突兀的落石；画屋宇以墨笼染，后世称为'铁屋'之类，是他最显著的特征。"

正是基于这种认识，后世认为他的代表作《溪山行旅图》也同样有所本。为此，有些人开始按照历史记载，去终南山、太华山一带寻找该画中描绘的现实实景。经过实地考察，人们发现文献中记载的范宽隐居到终南、太华一带这种说法并不准确。韩长生在《对景造意，写山真骨——范宽传世山水画与其故乡照金山脉之关系》说道："笔者通过近两年对终南、太华一带地理、地貌，以及范宽故乡耀县照金山脉的实地考察后，发现范宽的传世作品《溪山行旅图》《雪景寒林图》《雪山楼阁图》与终南、太华的自然地貌相去甚远，而和其故乡照金山脉的地理、地貌更为相似。"

韩长生所说的照金山脉处在范宽的家乡陕西耀县，对于该县的地貌，此文中说道："耀县地处鄂尔多斯地台与渭河地堑之间，地质基本是单斜构造，由石灰岩、砂岩、砾岩、页岩、泥岩、红黏土及黄土物质组成。照金山脉岩性多属砂砾岩。砂砾岩色泽纷杂，以紫红、灰黄、灰绿和灰、黑色居多。砂砾岩硬度较大，胶结紧密不易被风化冲刷，加之垂直节理发达，易于崩塌，故山多独立、高大、陡峭，'百丈石屏傍壑开'，如屏风般屹立于河谷两岸。"

至于《溪山行旅图》中所绘之景，韩长生在文中又做了这样的比对说明："照金山脉山体巨大，横空拔地而起，除了山顶灌木丛生外，山体几乎全部裸露于外，黑灰色的砂砾岩斑斑点点，凝重雄厚。因渭北高原多干旱，如线一般的细小瀑布，水声纤弱。山下大石兀立，石质非土非石。山脚树木杂生，以核桃树、柿子树为多，间以榆槐树，苍苍郁郁。渭北高原产驴，至今仍为驮运、生产之用。这些都与《溪山行旅图》中描绘的景物较为一致。"

其实，像韩长生这样做实地考察者不在少数，2013年4月13日的《美术报》刊发有《耀州发现范宽〈溪山行旅图〉创作原型地——陕西国画院画家赴耀州考察》一文，该文中谈到范宽在世界上的影响力："2004年，美国《生活》杂志将范宽评为上一千年对人类最有影响的百位大人物之一。"为此，他们组织一些专家学者对范宽《溪山行旅图》中所绘之景进行实地勘察，这支考察队伍人数不少："2013年3月5日，陕西国画院画家及高校教师应邀奔赴铜川，对耀州山水展开为期五天的实地考察及对照写生活动。此考察团由陕西国画院院长范华带队，画家乔建业、徐步、石朴、张立等十余人随行考察。陕西国画院画家围绕耀州地区的地貌，展开了对照金、薛家寨、秦直道、石门关、白石崖、柳林镇、陈炉古镇等实地考证。"

考察完毕后，每位考察者写出了相应的论文，比如张立在《一望千年——铜川照金范宽〈溪山行旅图〉生活原型地考察》一文中写道："范宽出生在照金，成长于此，虽后来移居终南山、太华山，但故乡的印象是他一生都无法抹去的，从考察的情况来看，《溪山行旅图》中照金山水的影响是非常明显的，宋代米芾曾说范宽晚年土石不分，照金丹霞地貌岩石结构疏松，易分化，不像花岗岩、石英砂岩结构紧密坚硬，外形硬朗，所以容易产生土石不分的印象。通过铜川照金山水、历史文化背景的实地考察，据此可以推断《溪山行旅图》其生活原型即以照金的山水为范本。"

  范宽到终南山、太华山隐居作画，然而他所画的《溪山行旅图》却是家乡之景，对于两者之间的矛盾，张立是以故乡的印象无法抹去来予以说明。对于这一点，其实高居翰在《图说中国绘画史》中也有论述："范宽仅存作品《溪山行旅图》充分满足了以上这种赞美所引起的期待。布局雄伟、简单、肃穆，不炫耀雕虫小技，也没有任何其他矫揉做作的痕迹。它展现的境界是如此咄咄逼人，以至于，主观或客观，写实或不写实，这些问题都不重要起来。画中的世界似乎既不忠实地反映物质宇宙，也不以人的了解来统御宇宙，而具有自身绝对的存在。"

  高居翰的观点是不要太过强调这幅画是写实还是非写实，毕竟都是画家的创作，既然是创作那就会融入画家本人的主观心态。对于《溪山行旅图》描绘的景色，高居翰在文中又有如下解读："一块巨嶂主宰着全景，幅度被丘顶的邈小树丛和建筑衬托得雄浑无比。从郁黯神秘的峡壁，冲流下一条白线似的瀑布。雾从山脚翻卷上来，飘过山谷，隐约了山底，使陡壁看来格外高矗。笔触在细节部分越发显出其卓越的品质；线条，特别是勾勒树石峥嵘轮廓的部分，充斥了如电的力量。叶丛的形态由分别画出的树叶聚合而成。虽然画家消耗了无穷精力，成果却看不出什么斧凿之痕。石块和削壁以'雨点皴'定型，无数淡墨小点叠落在岩面上，造成近于真实的层面效果。"

  天下之事有人说好就有人说不好，而好与不好之间，原本就是评判者的主观感受。对于范宽的绘画成就也同样如此。陈传席在《中国山水画史》中提到了对范宽绘画成就的褒贬两方面态度：

北宋还有两位大家对范宽的评论值得分析。其一是米芾，他过高地抬高了范宽，认为"本朝无人出其右""品固在李成上"。米芾不喜欢从众之说，立论有过中处，他抬高范宽是为了压李成，因为李成的名声太高了。其二是苏东坡，他说："近岁惟范宽稍存古法，然微有俗气。"(《东坡题跋》)苏欣赏的是文人清雅之气和轻淡柔劲的画风，所以，他欣赏范宽的稍存古法，对其雄浑的气势，却认为有点俗气了。

有这么多的说法，无论褒贬，恰好都说明了范宽作品在后世产生的巨大影响，以至于到今天，许多人都去探寻和落实他的绘画场景，这是其他画家难以得到的待遇。

关于范宽的遗迹，因为历史资料阙如，我完全查不到线索。近期无意间查到他的家乡陕西耀县庙湾镇田家咀香山风景区内，建有柳公权范宽纪念馆。虽然把这样的纪念馆视为范宽遗迹太过勉强，然而郭小爽却告诉我说，去年她跟着学校的一些师生到过《溪山行旅图》的取景地，当时老师就是拿着手机里的图片跟实景进行对比，而后指出两者间的相似性。这条信息十分重要，我问郭小爽这个取景地在哪里，她告诉我的地名叫薛家寨，而此处就在香山风景区附近。既然如此，我们就把这里视为范宽遗迹的寻访之地。

2018年6月13日，由王帅开车载着我跟李欣宇、郭小爽先到耀县县城寻访。我们在那里参观完文庙，而后找了家特色面馆吃饭。该馆只做饸饹面，但是提供多种口味，欣宇担心不够吃，四人点了五碗，同时还点了几个烧饼。因为这些食物太能顶饱，我们竟然没有吃完，而这餐饭加在一起竟然不超过三十元，让我们纷纷感叹这里才是乐土。

水足饭饱后驱车出城，很快驶入了山区。李欣宇的童心一向令我叹羡，他能随时发现眼前的快乐，此刻他注意到空中的云形状奇特，隔窗外望，那些云呈规律状的条形，但显然不是飞机拉线。我随口说了一句，这很像是地震云。几人嘲笑我这是过时的概念，因为网上多次辟谣，用观察天象来预测地震很不靠谱。好吧，我承认自己的经验过时了。然而二十分钟后，郭小爽惊呼："果真地震了！"而后她出示手机给我看，原来新闻报出，西安阎良地区发生三级地震，具体时间是6月13日14点18分，位置为北纬34.69度，东经109.18度，震源深度15千米。众人纷纷夸赞我是大仙，其实这不过是年幼时学到的小经验，不知为什么这些经验都被有关部门——否定，而在现实生活中，又有那么多的现象可以验证这种经验的正确。我期待着今日寻找范宽遗迹也能马到成功。

导航中查不到范宽纪念馆，只好跟着导航来到了香山假日酒店，这家酒店面积巨大，处在山水之间，真可谓风景这边独好。酒店门口有一片广场，当地的一些农户借此广场晾晒麦子，欣宇前去请问范宽纪念馆所在，而我则注意到旁边立着巨大的四个字"观音祖庭"。这里还跟观音有着关系，我以往却未留意过。欣宇返回来称，对方告诉他，这个纪念馆要继续前行，大概还要走七公里。

我有些担忧继续走山路是否有危险，因为不知道地震是否还会发生，沿途看到几处标牌都写着"注意落石"的告示，而地震很容易引起石头的滚动。欣宇决定走入酒店内打听一下具体路线，以防止我们往返跑冤枉路。我则跟王帅站在河边欣赏着山水之间的美景，同时仔细浏览着附近景色的简易图，此图完全没有标明纪念馆的位置。看来今日的寻访有可能铩羽而归。正在沮丧间，欣宇远远地向我二人挥手，看来有了结果，这让我大感兴奋，于是立即上车请王帅开到近前。

此时欣宇和郭小爽带着几位服务员走到了酒店侧旁的一个独立院落，我走近一看，果真是在网上看到的柳公权范宽纪念馆。欣宇介绍其中一位工作人员说，这是酒店前台经理景宝娟女士。姓景的人确实

所在的地名

纪念馆正门

匾额

范宽像

少见，景女士简要地向我介绍了景姓的情况，听其言谈，她也是一位文史爱好者。她告诉我说，香山假日酒店乃是镇政府所建，这个纪念馆也同样是镇政府建造，现在由酒店代管，于是她用钥匙打开门，将我等带入室内。

纪念馆不大，占地约百十平方米，外面是简约的仿古风格，里面则是中西结合的布展方式，在人物简介中我终于看到了范宽。虽然他的形象画得太过现代，但范宽其实长什么样，反正也没人见过，那就将这幅画像当作范宽吧。这个不大的纪念馆分为左右两边，左侧跟柳公权有关，右侧则跟范宽相关。

展厅的中间位置摆放着几个玻璃柜，里面的展品应该是当地有名的土特产，均与这两位艺术家无关。展厅中范宽的部分以高仿真的形式制作了三幅他的画作，其中最有名者当然是《溪山行旅图》。欣宇对此图的故事颇为熟悉，他站在那里告诉服务员"范宽"二字隐藏在了

灯亮了

"中国书画之乡"规划图

树丛的何处。因为纪念馆内未开灯光,几人仔细辨认一番还是看不到那两个字。这时景经理打了一个电话,而后来了一位工作人员,他很快合上了闸,纪念馆立刻就亮了起来。由此可知,这个纪念馆平时并不开放。

其实纪念馆内能够看的东西的确不多,但其中一张规划图引起了众人兴趣,因为这里描绘的是"中国书画之乡"的远景。看来当地颇以柳公权、范宽为傲,准备以此来打造"书画之乡",想一想,也真是不错的构思。

纪念馆参观完毕后,我还想着到薛家寨去看范宽《溪山行旅图》的取景地,这时郭小爽告诉我,他们一行人前往时走得十分艰难,以我目前的身体状况根本无法上得去。想一想那不合时宜的地震,我决定不再冒险,而范宽纪念馆的寻访乃是此行的最后一处,于是我们乘车向西安驶去。在车上,郭小爽把她拍到的取景地照片转发给了我,我从图片中完全看不出范宽画作中表现出的泰山压顶之势。这让我想到了高居翰的观点,他认为《溪山行旅图》中表现出的世界并不忠实地反映自然状况。想一想,他所言确实有道理,如果绘画等同于照片,那还有什么意义呢?

景寒林图》 台北故宫博物院藏

苏轼（1037年—1101年）
笔力跌宕于风烟无人之境

苏轼是个在艺术方面全才型的人物，他除了在诗词上贡献巨大外，在书法与绘画方面同样有成就，尤其他的书法与黄庭坚等人并称"苏黄米蔡"，名列宋代四大书法家之一。他在绘画方面的成就虽然没有书法上的名气大，然而他在绘画理论的构建上成绩斐然，因为"文人画"这个概念就是由他而确立的。

后世将王维视为文人画的创始人和南宗之祖。然而王维在其当世并没有这么高的画名，他在《偶然作六首》中自称："宿世谬词客，前身应画师。不能舍余习，偶被世人知。"由此可见一斑。

苏轼曾经在《书摩诘蓝田烟雨图》中说过一句广被后世引用的话："味摩诘之诗，诗中有画。观摩诘之画，画中有诗。"正是因为苏轼的这句话，王维被视作文人画的鼻祖。关于文人画的概念，陈衡恪在《文人画之价值》中给出如下定义："什么叫文人画？就是画里面带有文人的性质，含有文人的趣味，不专在画里考究艺术上的功夫，必定是画之外有许多文人的思想，看了一幅画，必定使人有无穷的感想，这作画的人必定是文人无疑了。"

当然这是现代人所给出的定义，在古时这种画作被称为"士人画"，此种说法当以东坡所论最早。美国学者卜寿珊著有《中国文人论画》，毕斐先生翻译了该书的第二章，以《苏轼论画》一名予以发表。

该译文的首句话即是:"苏轼针对职业画家,创立了'士人画'这个术语。"而后该文引用了苏轼在《跋宋汉杰画》中所言:"观士人画,如阅天下马,取其意气所到。乃若画工,往往只取鞭策皮毛,槽枥刍秣,无一点俊发,看数尺许便倦。汉杰真士人画也。"

对于这段话,卜寿珊评价说:"苏轼所云'士人画'一词可以看作董其昌所谓'文人士画'的先兆。显而易见的是,苏轼所指并非特定的艺术风格,而是艺术作品的普遍特征。郭若虚坚信人品高贵则画品必高,苏轼则首次从社会角度来区分艺术家,这两种看法异曲同工。"

在这里东坡将士人画和职业画家的作品进行对比,他认为士人画得其神,而画工作品仅得其貌,所以相对而言,职业画家也就是画工所作之画,不耐久看。如何来界定士人画和职业画家之作,除了绘画面貌上的区分,苏轼还以是否以绘画为谋生之道为标准,他在夸赞朱象先的山水画时称:"松陵人朱君象先能文而不求举,善画而不求售。曰:'文以达吾心,画以适吾意而已。'"《苏轼论画》中写道:"文人决不会为牟利而作画,像朱象先之举就备受推崇。郭若虚为这类逸士专设一类:'高尚其事,以画自娱者二人。'郭若虚不在苏轼的朋友圈之内,而他这种看法却与苏轼不谋而合。因此,可以认定苏轼上述大多数观点在当时的文人中间已经达成共识。"

但郭若虚在《图画见闻志》卷一《叙论·论三家山水》中却说过这样一番话:"画山水唯营丘李成、长安关仝、华原范宽,智妙入神,才高出类,三家鼎峙,百代标程。前古虽有传世可见者,如王维、李思训、荆浩之伦,岂能方驾?……然藏画者方之三家,犹诸子之于正经矣。"郭若虚把李成、关仝和范宽的画作视为绘画界的"正经",认为这三人的绘画成就超过了王维、李思训和荆浩。从这句评价可以看出,郭若虚跟苏轼在有些观念上并不完全相同,而郭的观点对后世亦有影响。宋王辟之在《渑水燕谈录》卷八《书画》中亦持同样观点:

"李成画平远寒林，前人所未尝为，气韵潇洒，烟林清旷，笔势颖脱，墨法精绝，高妙入神，古今一人，真画家百世师也。虽昔王维、李思训之徒，亦不可同日而语。"

宋邵博在《邵氏闻见录》后记中赞同郭若虚的观念："荆浩论曰：'山水之学，吴道子有笔而无墨，项容有墨而无笔，王维、李思训之流不数也。'其所自立可知矣。然入吾本朝，如长安关仝、营丘李成、华原范宽之绝艺，荆浩又不数也。故本朝画山水之学，为古今第一。"

但是，苏轼在评价体系上亦有自我矛盾之处，比如他在《书吴道子画后》中称："知者创物，能者述焉，非一人而成也。君子之于学，百工之于技，自三代历汉至唐而备矣。故诗至于杜子美，文至于韩退之，书至于颜鲁公，画至于吴道子，而古今之变，天下之能事毕矣。道子画人物，如以灯取影，逆来顺往，旁见侧出，横斜平直，各相乘除，得自然之数，不差毫末。出新意于法度之中，寄妙理于豪放之外，所谓游刃余地，运斤成风，盖古今一人而已。"

在此苏轼明确地称，吴道子的画与颜真卿的书法、韩愈的文、杜甫的诗都是每个领域的极致，甚至夸吴道子的绘画为古今第一人。然而苏轼又在《王维吴道子画》中说过这样一段话："何处访吴画，普门与开元。开元有东塔，摩诘留手痕。吾观画品中，莫如二子尊。道子实雄放，浩如海波翻。当其下手风雨快，笔所未到气已吞。亭亭双林间，彩晕扶桑暾。中有至人谈寂灭，悟者悲涕迷者手自扪。蛮君鬼伯千万万，相排竞进头如鼋。摩诘本诗老，佩芷袭芳荪。今观此壁画，亦若其诗清且敦。祇园弟子尽鹤骨，心如死灰不复温。门前两丛竹，雪节贯霜根。交柯乱叶动无数，一一皆可寻其源。吴生虽妙绝，犹以画工论。摩诘得之于象外，有如仙翮谢笼樊。吾观二子皆神俊，又于维也敛衽无间言。"

在这首诗作中，苏轼首先将王维和吴道子并称为画品中最尊的两位,而后分别评价了吴、王两人画作的不同风格。接下来苏轼做出了如下结论:吴道子的画虽然绝妙,但仍然属于画工,也就是职业画家面目,而王维的画则在吴道子画之上。如此说来,在他眼中王维才是古今一人。

如何来解读苏轼在评价时的自我矛盾呢?以我的私见,他是在不同评价体系中各自得出的结论。在苏轼看来,职业画家中,以吴道子水准最高,文人画中,王维则是开创者。正如他评价王维的那句"诗中有画,画中有诗",其言外之意,王维首先是位大诗人,他在作诗之余进行绘画创作,并且将诗文之理融入了画作之中。

苏轼在很多地方谈到过诗与画的关系,比如他在《题王维画》中说:"摩诘本词客,亦自名画师。平生出入辋川上,鸟飞鱼泳嫌人知。山光盎盎著眉睫,水声活活流肝脾。行吟坐咏皆自见,飘然不作世俗辞。高情不尽落缣素,连山绝涧开重帷。百年流落存一二,锦囊玉轴酬不赀。"在这首诗中,苏轼依然强调王维首先是位文人,而后才是位画家。他在《次韵鲁直书伯时画王摩诘》中亦强调了这一点:"前身陶彭泽,后身韦苏州。欲觅王右丞,还向五字求。诗人与画手,兰菊芳春秋。又恐两皆是,分身来入流。"苏轼在《韩幹马十四匹》中还曾自言:"韩生画马真是马,苏子作诗如见画。世无伯乐亦无韩,此诗此画谁当看?"

以上这些都可说明,苏轼认为文人所绘高于职业画家所绘。因为文人将自身的修养以绘画的方式做出了另一种表达。他的这种观念显然是受到了欧阳修和梅尧臣的影响。欧阳修在《六一诗话》中记载了梅尧臣对他说过的一段话:"诗家虽率意,而造语亦难。若意新语工,得前人所未道者,斯为善也。必能状难写之景,如在目前,含不尽之意,见于言外,然后为至矣。"而欧阳修在《盘车图》一诗中又明确地写道:"古画画意不画形,梅诗咏物无隐情。忘形得意知者寡,不若见诗如见画。"

欧阳修在这里明确地说出了"见诗如见画"的概念，同时强调古画中的难得之品并不是画得多惟妙惟肖，最重要的是画作中能够表现出只可意会不可言传的意境。这个观念对苏轼有直接影响，故苏轼在《欧阳少师令赋所蓄石屏》中亦称："古来画师非俗士，摹写物象略与诗人同。"

关于苏轼在这方面的观念，还有一首被后世广泛引用的诗，那就是《书鄢陵王主簿所画折枝二首》："论画以形似，见与儿童邻。赋诗必此诗，定非知诗人。诗画本一律，天工与清新。"

苏轼明确地说，若绘画作品只讲求外形的像与不像，这显然是幼稚的观念，这就如同作诗，若某诗写得太贴题就一定不是好诗，他再次强调诗与画的异曲同工之处。然而，后世有人把苏轼的这个观念极端化，认为他是不求形似只求神似，其实这种理解也是一种偏驳，因为苏轼在《净因院画记》中亦明确地提到形似的重要性：

> 余尝论画，以为人禽、宫室、器用皆有常形，至于山石、竹木、水波、烟云，虽无常形，而有常理。常形之失，人皆知之；常理之不当，虽晓画者有不知。故凡可以欺世而盗名者，必托于无常形者也。虽然，常形之失，止于所失，而不能病其全；若常理之不当，则举废之矣。以其形之无常，是以其理不可不谨也。世之工人，或能曲尽其形，而至于其理，非高人逸才不能办。与可之竹石枯木，真可谓得其理者矣。

在苏轼看来，绘画依然要表现物体的常形，但对于无常形之物如何表现，苏轼又有着他独特的见解。他的这番话也引起了后世广泛的讨论，这就是常形与常理的关系问题。

关于何为常理,徐复观在《中国艺术精神》中的解读是:"苏轼的'常理',乃'依乎天理'之理,乃指出于自然地生命构造,及由此自然地生命构造而来的自然地情态而言。"

然而陈晓春在《苏轼画论略谈》中认为徐复观所言"是一种比较现代的解释"。那么陈晓春认为应当怎样解释呢?其在文中写道:"何谓'常理'?看看苏轼所赞赏的文与可,文与可之所以'得其理',在于他抓住了事物最自然的状态,三个'如是'和'各当其处,合于天造,厌于人意',这应该是'常理'最好的注脚。因此,'常理'用现在的话语准确地表述,就是事物最本然(自然)的生命情态,实际也就是苏轼在其他文章中所提出的有一个术语——'自然之数'。它与当时画论中的'道''气韵''传神''真'在意义上都是相通的。"

宗白华在《美学与意境》中另有别样的解读:"东坡之所谓常理,实造化生命中之内部结构,亦不能离生命而存者也。山水人物花鸟中,无往而不寓有浑沌宇宙之常理。宋人尺幅花鸟,于寥寥数笔中,写出一无尽之自然,物理俱足,生趣盎然。故笔法之妙用为中国画之特色。传神写形,流露个性,皆系于此。"

宗白华的解读,亦可由苏轼在《戴嵩画牛》中之所讲为证:"蜀中有杜处士,好书画,所宝以百数。有戴嵩《牛》一轴,尤所爱,锦囊玉轴,常以自随。一日,曝书画,有一牧童见之,拊掌大笑曰:'此画斗牛也?斗牛力在角,尾搐入两股间,今乃掉尾而斗,谬矣。'处士笑而然之。古语有云:'耕当问奴,织当问婢。'不可改也。"

看来戴嵩对牛的观察远不如牧童仔细,因为牧童时常看到两牛相斗,这时的牛尾夹在股中绝不会翘起。这个故事也说明了常形与常理有着直接的联系,强调某一端都不合乎事物的本质。因此说,东坡虽然强调画理,但他同样关注绘画的真实表现。

关于常形的重要性,苏轼在《书黄筌画雀》中说过如下一段话:

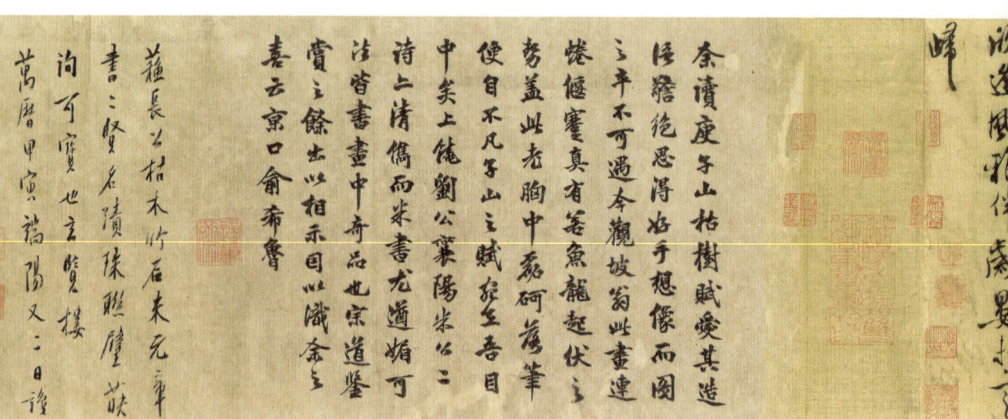

《枯木怪石图》

"黄筌画飞鸟,颈足皆展。或曰:'飞鸟缩颈则展足,缩足则展颈,无两展者。'验之,信然。乃知观物不审者,虽画师且不能,况其大者乎?君子是以务学而好问也。"

即使是像黄筌这样著名的画家,也有臆造之时。有人告诉东坡鸟在飞的时候脖子和脚不能同时伸展,东坡闻言后仔细观察,果真如此人所言,由此而让他了解到黄筌画错了。这段话足可见,东坡也强调形似。

张秋丽在其硕士论文《苏轼绘画理论研究》引用了苏轼在《盐官大悲阁记》中所言:

羊豕以为羞,五味以为和,秫稻以为酒,曲糵以作之,天下之所同也。其材同,其水火之齐均,其寒暖燥湿之候一也,而二人为之,则美恶不齐。岂其所以美者,不可以数取欤?然古之为方者,未尝遗数也,能者即数以得妙,不能者循数以得其略。其出一也,有能有不能,而精粗见焉。人见其二也,则求精于数外,而弃迹以遂妙,曰:我知酒食之所以美也。而略其分齐,舍其度

数,以为不在是也,而一以意造,则其不为人之所呕弃者寡矣。

而后张秋丽对这段话予以了如下总结:"苏轼提倡画家的艺术技巧要合乎生活实际,他认为绘画技巧可以数取,而且必须用科学法则来数取,苏轼在这里强调绘画技法的高度熟练和精确性,反对求精于数外,反对一切主观意造,也就是绘画技法要合于实际。"对于这种认定,还可由东坡在《书李伯时山庄图后》中所言为证:"有道有艺,有道而不艺,则物虽形于心,不形于手。"

关于东坡的绘画师承,大多文献会提及他曾经跟其表哥文同学习画竹,而苏轼的些画论中对文同也多有评价。东坡对竹子有着特别的偏爱,曾经说过:"可使食无肉,不可居无竹。无肉令人瘦,无竹令人俗。人瘦尚可肥,士俗不可医。"这几句话被后世广泛引用。更为难得的是,东坡对竹的偏爱不仅表现在将它们写入诗中,还表现在他特别喜欢画竹子。据说他曾用朱砂画了一幅竹图,有人跟他说世间只有绿竹哪来的红竹,东坡却跟对方说,人们喜欢用墨来画竹,世间又哪里来的黑竹。由此人们认为苏轼是第一个画红色竹子的人。

关于苏轼的绘画状态，黄庭坚在《东坡居士墨戏赋》中有如下描写：

> 东坡居士游戏于管城子、褚先生之间，作枯槎寿木，丛篠断山。笔力跌宕于风烟无人之境。盖道人之所易，而画工之所难。如印印泥，霜枝风叶，先成于胸次者欤？輓申奋迅，六反震动，草书三昧之苗裔者欤？金石之友，质已死而心在，斫泥郢人之鼻，运斤成风之手者欤？夫惟天才逸群，心法无轨，笔与心机，释冰为水。立之南荣，视其胸中，无有畦畛，八窗玲珑者也。吾闻斯人，深入理窟，椟研囊笔，枯禅缚律，恐此物辈，不可复得。公其缇衣十袭，拂除蛛尘，明窗棐几，如见其人。

黄庭坚认为苏轼的绘画也是先有成竹在胸，他对画理的熟悉有如庖丁解牛、郢人斫垩。而林语堂在《苏东坡传》中把东坡的文人画称之为印象主义："印象主义，简言之，就是对照相般的精确的反叛，而主张将艺术家主观印象表达出来，作为艺术上的新目标。苏东坡用两行诗充分表达这种反叛精神。他说：'论画以形似，见与儿童邻。'"

林语堂指的应当是东坡的画理，因为相比较来说，就绘画方面而言，东坡在绘画理论上的成就高于其实践。正是经过东坡的提倡，使得王维在文人画史上鼻祖的地位得以确立，这正如王世襄在《中国画论研究》中的总结："各家诗文虽多，于绘画理论，殊少发挥。宋之苏轼实为文人对于画论贡献最巨者。即以王摩诘而论，虽身兼为诗家画家，以创破墨画、南宗之祖、文人画之始著名，但其地位，实假后人之力有以造成，与绘画之关系，尚不及东坡先生之密切也。"

苏东坡乃是最受后世喜爱的古代文人之一，一生曾经到过多地，因此很多地方都有他的遗迹留存，而我此前也访得多处，然而那些寻访之地已经分别写入他文之中。此次来到杭州,我又寻找到他的另外两处遗迹,其中之一就是苏东坡纪念馆。2018年11月6日,我再次到杭州寻访,此程得到了盼盼女士的帮助,这天的寻访依然是我开着她的车,由她导航,开始我们的寻访旅程。

苏东坡曾两次到杭州为官,两次加在一起时间超过了五年。他在杭州期间疏浚西湖,并用挖出来的淤泥筑起了长堤,人们称之为苏堤,而苏东坡纪念馆就建在苏堤的南端。11月的杭州虽然不是旅游旺季,但西湖周边依然游客如织,停车十分困难,我们开车在这一带兜了两圈总算找到了一个停车位,而后步行前往纪念馆。

苏堤入口处立有一尊苏东坡石雕像,雕像旁有书法家沙孟海所写苏堤介绍牌,一队队的游客站在这里拍照,我等了好一会儿总算抽空拍到了东坡像。东坡像的斜对面有一条小径,路口未见标牌,几乎没有游客走入,我们由此穿过进入了湖边一个开阔的院落,因为树林的

苏堤介绍牌

苏堤边上的东坡雕像

匾额

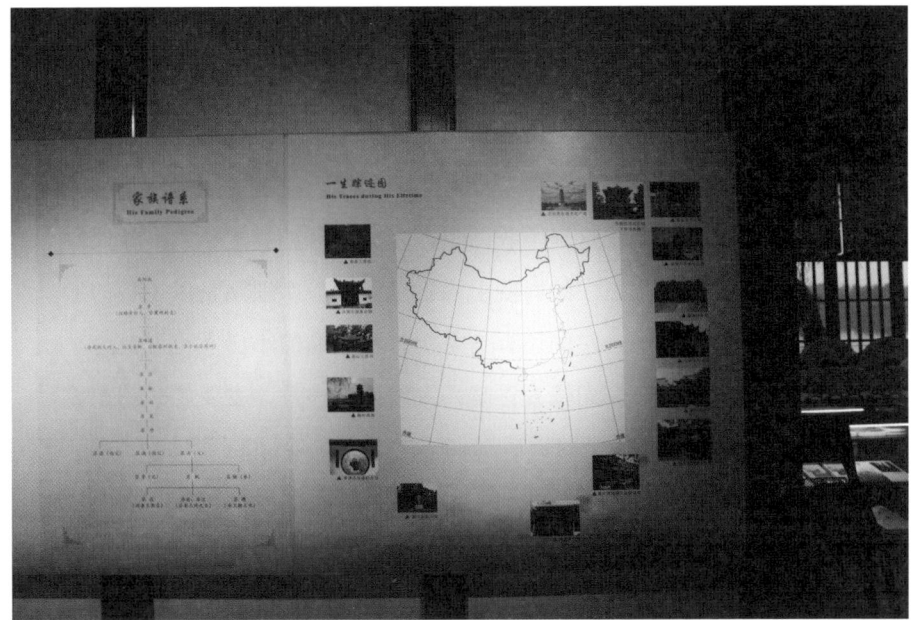

东坡足迹所至

东坡在杭州的政绩

遮挡，此院落的寂静与苏堤旁的喧闹形同两个世界。院落的后端有一座二层仿古小楼，门楣上写着"杭州苏东坡纪念馆"。

与盼盼走入馆中，这里不收门票，因为没有游客之故，一楼展厅显得颇为空旷。大堂正中的影壁上画着东坡像，四围则是以展板的形式介绍着东坡的生平，左侧还有一家卖旅游用品的小店。也许是为了营造氛围，一楼展厅灯光较为昏暗，大致浏览一番，主要是介绍东坡的生平以及他为杭州做出的贡献。

影壁的后方有通向后院的门，走入院中，首先看到了苏东坡书法碑廊，一一看过去，这些刻石均为新制，而站在院中可以看到静静的西湖。参观完后院，由楼梯登上纪念馆二楼，有几个展柜内摆放着一些食物模型，其中有东坡肉及吴山酥油饼。东坡受到后世喜爱，除了他的才气，另一个最重要的原因就是他的有趣。东坡肉当然是名扬天下，但他还发明过吴山酥油饼，我在以往未曾听说过，从模型看上去，

碑廊

后园全景

现代绘画作品

这种如蘑菇状的小饼应当很好吃。二楼之上虽然展览着不少画作,然均为他人作品,并非是东坡画作的仿制品。

参观完毕后,下楼走入苏堤,在这里看到一家商店出售东坡烧饼,东坡居然还做过烧饼,也是我以往未曾听闻的。其实东坡是否真的做过烧饼并不重要,重要的是他的影响力实在是太大,以至于各行各业都会打着他的名义行事。

关于东坡在杭州的遗迹,我前不久在网上看到刘春惠所撰《苏轼在杭州遗迹综述》一文,该文中写道:"1996年2月,在历史上著名佛教华严第一山慧因高丽寺遗址(今杭州花家山庄),出土一座珍贵的古代苏轼石雕像。石像通高约2.30米,基座高约0.5米,人物造型是一今文官形象,头戴幞头,身穿长袍,双手持笏于胸前,眉宇轩昂,冠服端丽,望之令人肃然起敬。据多位专家鉴定,此石像出于高丽寺遗址范围内,像主应是宋代杭州知州苏东坡,雕塑年代应是明代或早于明代。这是全国迄今为止发现的唯一的苏轼古代石雕像,具有重要的文物价值和艺术价值。浙江省文物局已决定,将石像头部与身躯镶接修复,并在原地建东坡亭,以供保护、瞻仰。"

我在以往所见均为东坡画像,如今竟然出土了他的古代石雕像,虽然此像不能确认为东坡本尊,但即使如此,我也愿意前往一看。几个月前,我给盼盼打电话,请其了解该像的状况,盼盼的工作单位就在西湖边,她却说自己未看过此像。巧合的是,我们通话不久,她就到花家山庄开会,而后在院中找到了这座雕像。故此次前来杭州,她带我参观完苏东坡纪念馆,接着就去看这尊石雕像。

花家山庄位于浙江省杭州市西湖区三台山路25号,亦是闹中取静之地。开车入院,里面有大片的绿地,停好车后沿着道路向山庄深处走去。在一个较大的湖边,看到了花家山庄所建体量最大的一座楼,在楼与湖之间有一座小亭,这就是盼盼带我看的寻访目标。

花家山庄

东坡亭

石像立在亭中

这与印象中的东坡相去甚远

联语

　　站在湖边望过去,小亭处在坡地上,上书"东坡亭"三个字,出自赵朴初之手。亭的四柱上刻着一些联句,余外未见介绍牌,正中则有一尊石雕像。从外观看过去,这是一尊文官像,面庞却跟我印象中的东坡差异较大,可是东坡究竟长什么样,世上谁也不知道,而我所见者均为后世的画像,那些画像先入为主地在我脑海中形成了一个印象,无法与眼前所见相叠合。

　　这尊雕像的基座边刻着《东坡亭铭并序》,序中写明了此像的出土地点,可见有关部门已经认定这就是东坡像。而铭中有"法相重光,长住新亭"字样,小亭的石柱上还刻着"垂老舍身依古寺,长留真相在西湖"的联语,这些均说明了有关人士认定这就是东坡的真容,只可惜小亭建得有些低矮,我无法清晰地拍到东坡的面部。

李公麟（1049年—1106年）
宋画人物第一

关于李公麟，元代汤垕在《画鉴》中称：

> 李伯时，宋画人物第一。专师吴生，照映前古者也。画马师韩幹，不为著色，独用澄心堂纸为之。惟临摹古画用绢素著色，笔法如行云流水，有起倒。作天王佛像，全法吴生。士人乔仲常专师伯时，仿佛乱真。至南渡，吴兴僧梵隆亦师伯时，但人物多作出水纹，稍乏神气，若画马则全不能也。伯时暮年作画苍古，字亦老成。余尝见《徐神翁像》，笔墨草草，神气炯然。上有二绝句，亦老笔所书，甚佳。又见伯时摹韩幹《三马》，神骏突出缣素，今在杭州人家，使韩复生，亦恐不能尽也。

伯时乃李公麟之字。汤垕出口即言，以人物画论，李公麟在宋朝画坛上能坐头把交椅，若与古人相比，李公麟人物画的水平则可与吴道子相媲美。汤垕又称，李公麟的另一个绝技是画马，在这方面李以韩幹为师。

李公麟的画作还有一个特点，乃是他作画基本上是用南唐著名的宫廷御用纸——澄心堂纸。也有后世研究者说，李公麟用的澄心堂纸可能是宋代仿制的。但以李的出身来论，似乎他用南唐御用之物更符

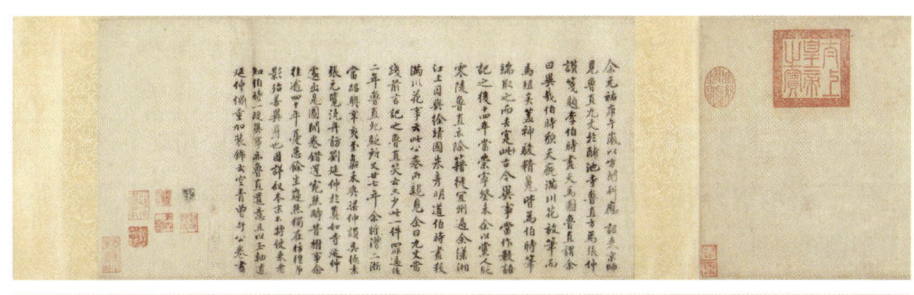

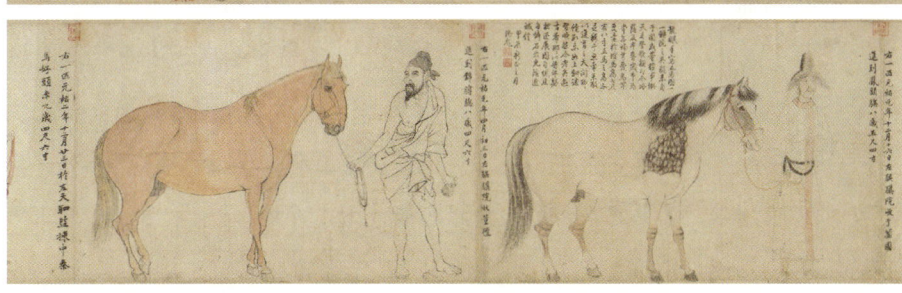
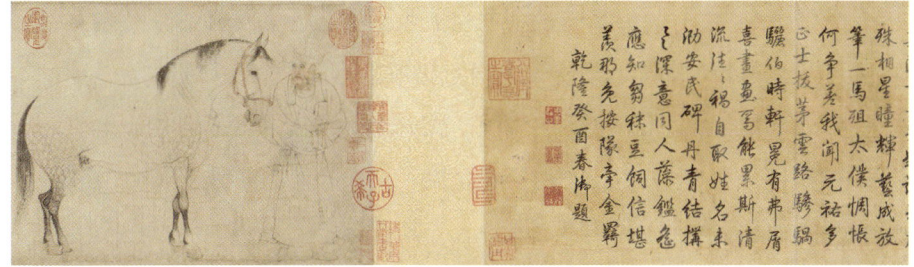

《五马图卷》 日本东京国立博物馆藏

合身份。不过这段记载又称,李公麟临摹古画时偶尔也会用绢等丝织物,其笔法特别,尤其在画佛像时,完全使用吴道子的画法,因其绘画的独特性,使得当时就有人模仿李公麟的画作。

李公麟在绘画上有如此高的成就,并非汤垕个人的看法。宋代内院奉敕编纂的《宣和画谱》在《人物》篇中,同样给了李公麟很高的赞誉:

> 其卓然可传者,则吴之曹弗兴,晋之卫协,隋之郑法士,唐之郑虔、周昉,五代之赵岩、杜霄,本朝之李公麟。彼虽笔端无口,而尚论古之人,至于品流之高下,一见而可以得之者也。然有画人物得名而特不见于谱者,如张昉之雄简,程坦之荒闲,尹质、维真、元霭之形似,非不善也,盖前有曹、卫而后有李公麟,照映数子,固已奄奄,是知谱之所载,无虚誉焉。

《宣和画谱》的编纂者认为,在人物画方面,宋代唯有李公麟一人可与曹弗兴、郑虔、周昉等大画家比肩。不过,他画马的成就,则在其当世甚至后世更为人所津津乐道。宋曾慥在《类说》卷四十七引《邂斋闲览》中所载:"李伯时至骐骥院,见外国所进六马,乃画图之。未几,六马继死,人以为李画入神,夺其精魄。"

李公麟在皇家马厩看到六匹外国进贡的名马,经过仔细观察后,他将这六匹马画了下来,但没过多久,这六匹马相继死去,人们传说是画上的马太过传神,以致把真马的魂魄夺去了。宋曾纡在《跋李伯时〈天马图〉》中亦称:"鲁直谓余曰:异哉!伯时貌天厩满川花,放笔而马殂矣。盖神骏精魄皆为伯时笔端摄之而去,实古今异事,当作数语记之。"《宣和画谱》中亦称:"尝写骐骥院御马,如西域于阗所贡好头赤、锦膊骢之类,写貌至多,至圉人恳请,恐并为神物取去,由

《莲社图》(南宋摹本) 南京博物院藏

是先以画马得名。"

这么多文献都记载同一个故事,且不论此事真伪,至少说明这个故事在宋代就流传甚广,而《宣和画谱》中甚至说看管马匹的人见到李公麟前来画马,立即恳求他不要这样做,因为害怕这些名马的性命不保。这些记载都说明了李公麟画马之精妙,以至于让人感到畏惧,故黄庭坚在《题韦偃马》中夸赞李公麟画马之水准超过了韦偃:

韦侯常喜作群马,杜陵诗中如见画。
忽开短卷六马图,想见诗老醉骑驴。
龙眠作马晚更妙,至今似觉韦偃少。
一洗万古凡马空,句法如此今谁工。

李公麟画马何以能到如此出神入化之程度,除了天分之外,当然与其刻苦临摹有很大关系。宋范公偁在《过庭录》中载有这样一个故事:"忠宣旧藏一江都王马。往年自庆赴阙,李伯时自京前路延见求观。忠宣云:'某非吝,但道路难为检寻,俟至阙未晚。'李日夕恳之其力。寻出,李见之,称叹失措,借归累日,用意模写,竟不能下手,复还之,但以粉牌榜其上云:'神妙上上品江都王马。'云:'某看之累日,不能下笔,聊留数字,以见归向之意。'时米元章作郎,每到相府求观,不与言,唯绕屋狂叫而已。"

李公麟听说范仲淹的儿子范纯仁手中藏有一幅唐代江都王李绪所画之马,前往要求观摩,对方告诉他现在路途上找画比较困难,等到了京师再替他找也不迟。而李却三番五次地恳求,范纯仁无奈,只好将画找出。李见到后欢喜异常,将此图借回仔细临摹,认为该图乃是上上之品。后来米芾听到了这件事,也要求观览此图,但却没能得到这样的机会,以至于令米颠围着屋子狂叫不已。

由这个故事可知，李公麟画马出神入化，乃是他善于总结前人画法之妙处，而在技法方面又能高度地把握名家画马之韵。宋葛立方在《韵语阳秋》中说道：

> 韩幹画马，妙绝一时，杜子美尝赞之云："韩幹画马，毫端有神。骅骝老大，騕褭清新。"此画与赞旧藏李后主家，其后李伯时得之，则马四足已败烂。伯时题之云："此马虽无追风奔电之足，然甚有生气。"因自作四足以补之，遂为伯时家画谱中第一。一日，出以示王公明之祖，祖甚爱之。时祖有商鼎，亦甚珍惜。王曰："如能以韩画相易，不敢靳也。"于是赠商鼎而得其画。

唐代的韩幹画马最有名气，杜甫曾高度赞赏之。后来李公麟得到了一幅韩幹所绘之马，但画的下方已经损坏，马的四蹄不见了，于是李公麟为之补绘，而且补绘得十分传神，以至于让他人舍得用一尊商鼎与他交换。

但是，画马到如此传神程度的李公麟后来却不再画这个题材，其中之原因，宋叶梦得在《石林避暑录话》中讲道："李伯时初喜画马，曹、韩以来未有比也。曹辅为太仆少卿。太仆视他卿寺有廨舍，国马皆在其中。伯时每过之，必终日纵观，有不暇与客语者。法云圜通秀禅师为言：'众生流浪转徙，皆自积劫习气中来。今君胸中无非马者，得无与之俱化乎？'伯时惧，乃教之，使为佛像，以变其意。于是深得吴道子用笔意。"

李公麟为了画马常常流连于皇家马厩，仔细观摩马匹的各种姿态，有时都来不及跟别人说话。某天禅师跟他说，你如此爱马，不担心哪天跟马一同化去吗？李公麟亦是信佛之人，闻听此言后担心了起来，问法师怎么办，法师让他去画佛像。于是，李公麟刻苦攻人物像，后来终于达到了吴道子画佛像的水准。这个故事，在惠洪《冷斋夜话》中的记载更为传神：

> 李伯时善画马，东坡第其笔，当不减韩幹，都城黄金易得，而伯时马不可得。师让之曰："伯时为士大夫，而以画马行道，已可耻也。又作马，忍为之耶？"伯时恚曰："作马无乃例能荡人心，堕恶道乎！"师曰："公业已习此，则日夕以思其情状，求为神骏，系念不忘，一日眼花落地，必入马胎无疑，非恶道而何？"伯时大惊，不觉身去坐榻，曰："今当何以洗其过？"师曰："但画观音菩萨。"自是画此像妙行天下，故一时公卿服师之善巧者也。

法秀首先用激将法，说李公麟的身份是士大夫，可是现在人们一提起他，想到的就是画马专家。法师跟李说：你不觉得这是耻辱吗？李公麟听后颇为生气，认为画马又不是什么恶行，法师进一步跟他说：你的全部心思都用在马的身上，等你下世托生时必入马胎，这难道不是堕入恶道吗？法师的这句话令公麟大感吃惊，立即向法师请教，如何能避开这样的轮回。法师这才点出了主题，让他去画观音菩萨，由此李公麟的绘画主题由马转为了佛像，因其功底深厚，他画的人物像很快也成为了天下第一。

李公麟绘画时为什么喜欢用南唐宫内制作的澄心堂纸，这大概与他是南唐初主李昪的四世孙有关。南宋周必大在《题鞠城铭》中明确地称："李伯时……南唐李先主昪四世孙。"又在为李公麟之孙李琥所写《墓碣》中讲出了具体的谱系关系："唐先主李昪生中璟，璟弟珉封齐王，开宝末，后主煜入朝，国除，珉徙家淮西，有子曰铎，字用章。用章四子，季仲宣，随其兄宰舒城，就买田地，遂为庐江人。仲宣生

《临韦偃牧放图卷》局部　故宫博物院藏

执中，执中生虚一，即君曾祖也，尝应制科，终大理寺丞，赠左朝议大夫。祖讳公麟，字伯时，元祐名士，终左朝奉郎，赠朝散大夫。"

对于周必大所列的这个谱系，石以品在其博士论文《穷神之艺不妨贤——李公麟绘画研究》中称："在其间的一些细节推敲上还有不少的疑点，周必大《墓碣》中的一些叙述与史料多有抵牾处。"然而因为没有更多的旁证资料，故谈论李公麟的身世时，也只能按此论之。石以品在其论文中还注意到李公麟喜好收藏南唐之物，亦可证其有怀念祖上之意。

其实李公麟的父亲李虚一也有收藏古画名物的爱好，这当然对李公麟有影响。公麟还有两个弟弟，石以品引用了《舒城李氏宗谱》中的记载"（李公麟）与其弟公寅、公权，堂弟槩……于元祐六年辛未一榜同登进士第"，然后石以品称："此处的李公麟中第时间与史实记录相违，因此其可靠性值得怀疑。除能明确李槩与李公麟一同中第外，李公权、李公寅的中第时间目前没有史料旁证。"

李氏兄弟的确在当时很有名气，他们与一些重要人物有着联姻关系，比如李公权乃是王安石的侄女婿，堂弟李槩之子李文伯是黄庭坚的女婿，李公麟的外甥张澂最有名的事迹则是奉诏斩宋代六大奸臣之一的童贯，可见李公麟的家族在宋代有着重要的社会影响力。

然而奇怪的是，李公麟生活在这样一个重要家庭中，他却未能做上高官。北宋熙宁三年（1070），李公麟二十二岁就考中了进士，之后在外地为官，但做的都是八品以下的小官。宋绍圣元年（1094），元祐党人悉数被贬，苏轼也被贬到惠州，早年因为弹劾苏轼而被放的御史董敦逸奉诏还京，担任殿中侍御史，并将李公麟调入京城任检法御史，虽然这个职位依然是从八品，但入京任职对今后的升迁颇为有利。

也正因为这件事，后人对李公麟有所诟病，邵博在《邵氏闻见后录》中讲到这样一件事："晁以道言：当东坡盛时，李公麟至，为画家庙像。后东坡南迁，公麟在京师，遇苏氏两院子弟于途，以扇障面，不一揖。其薄如此。故以道鄙之，尽弃平日所有公麟之画于人。"这段记载多为后人所引用，以此说明李公麟是何等的见风使舵，但若仔细疏理，邵博所记载的李、苏关系似乎不能成立。这件事可由李公麟为苏轼绘《三马图》的故事来证之，《东坡全集》中有《三马图赞》一文，该文如下：

> 元祐初，上方闭玉门关，谢遣诸将。太师文彦博、宰相吕大防、范纯仁建遣诸生游师雄行边，饬武备。师雄至熙河，蕃官包顺请以所部熟户除边患，师雄许之，遂禽猾羌大首领鬼章青宜结以献。百官皆贺，且遣使告永裕陵。时西域贡马，首高八尺，龙颅而凤膺，虎脊而豹章。出东华门，入天驷监，振鬣长鸣，万马皆喑，父老纵观，以为未始见也。然上方恭默思道，八骏在庭，未尝一顾。其后圉人起居不以时，马有毙者，上亦不问。明年，羌温溪心有良马，不敢进，请于边吏，愿以馈太师潞国公，诏许之。蒋之奇为熙河帅，西蕃有贡骏马汗血者。有司以为非入贡岁月，留其使与马于边。之奇为请，乞不以时入。事下礼部。轼时为宗伯，判其状云：朝廷方却走马以粪，正复汗血，亦何所用。事遂寝。于时兵革不用，海内小康，马则不遇矣，而人少安。轼尝私请丁承议郎李公麟，画当时三骏马之状，而使鬼章青宜结效之，藏于家。绍圣四年三月十四日，轼在惠州，谪居无事，阅旧书画，追思一时之事，而叹三马之神骏，乃为之赞曰：
>
> 吁鬼章，世悍骄。奔贰师，走嫖姚。今在廷，服虎貂。效天骥，立内朝。八尺龙，神超遥。若将西，燕昆瑶。帝念民，乃下招。籋归云，逝房妖。

李公麟所绘《三马图》完成于元祐三年（1088），当时苏轼是翰林学士兼知制诰，因为皇帝年少，朝中的一些事务交由苏轼直接处理。东坡在此文中记录了当时番邦进贡三匹马的事情，从这篇赞文中可知，这三匹马分别是由西域吐蕃、温溪心和西番所进，然而除了第一匹外，另外两匹并没有进入皇家马厩，西番所进的那匹汗血马甚至都没能进京。然苏轼请李公麟画三马图，李居然全部都画出来了，可见另两匹是他根据别人描述而画出的。东坡对此图十分喜爱，后来被贬到惠州，始终将此图带在身边。这篇《三马图赞》乃是苏轼得到此画后的第九年，在惠州时所写，从该赞中丝毫读不出他对李公麟为人有诟病之意。

　　这幅《三马图》后来流入清宫，民国年间，溥仪将此图带出宫，一度藏在了长春伪满宫内。1945年，伪满宫小白楼内的珍宝被士兵哄抢，《三马图》被撕为三段，此图后面带有东坡所写《三马图赞》的那一段在"文革"前有人出售给荣宝斋，现收藏于故宫博物院。杨仁恺在《国宝沉浮录》中提及："香港陈光甫购得一马和苏轼题跋前段"，可惜此物始终未曾露面，而另外两匹马的下落同样不为人所知。

　　除了《三马图》外，李公麟还为苏东坡绘过《东坡乘槎图》，要知道这时苏轼又从惠州被贬到了更为偏远的海南岛儋州，李公麟闻讯后特意为东坡画此图，而南宋周紫芝为此作了一篇《李伯时画东坡乘槎图赞》。如果按邵博所言，李公麟为了避嫌，见到东坡的弟子门人都会以扇遮面躲避，那么他为已经落难的苏东坡专门作画，岂不更为犯忌。元符三年（1100），李公麟因病致仕，当年六月，东坡遇赦还朝，途经镇江时，在金山寺见到了李公麟为其所画之像，写了如下一首诗：

　　　　心似已灰之木，身如不系之舟。
　　　　问汝平生功业，黄州惠州儋州。

这件事亦可证李公麟曾为东坡画像，并没有因为东坡被贬而想办法毁掉此像。建中靖国元年，东坡听闻李公麟病重，在给李公麟之弟李公寅写信时，还问到李公麟的病情："见孙叔静言，伯时顷者微嗽，不知得近信否？已全安未？余非面莫究。"石以品在论文中提及苏轼逝前两月，依然"与友信，言欲卜居龙舒晤李公麟"。

以此可见，李、苏两人直至晚年依然有着很好的关系，如果李公麟是两面三刀前恭后倨之人，那么东坡的朋友及弟子们早就告知东坡，而东坡也就不会在遇赦返回之时，还惦记着跟李公麟住在一起。

如前所言，苏门四学士之一的黄庭坚跟李公麟也有亲戚关系，并且相互间关系处得很好，而两人在未见面之前，黄庭坚就曾致信李公麟，请其为自己画一幅《王维像》。《山谷集》中有黄庭坚所撰《写真自赞五首并序》，其在序中称：

> 余往岁登山临水，未尝不讽咏王摩诘辋川别业之篇，想见其人，如与并世。故元丰间作"能诗王右辖"之句，以嘉素写寄舒城李伯时，求作右丞像。此时与伯时未相识，而伯时所作摩诘，偶似不肖，但多髯尔。今观秦少章所蓄画像，甚类而瘦，岂山泽之儒故应臞哉？

此后黄庭坚跟李公麟有了密切交往。石以品统计出黄庭坚的《文集》内有二十四篇是为李公麟的画作而题，亦可见山谷对公麟画作之喜爱。而当有人误会东坡之意，把李公麟贬为画师时，山谷又为公麟抱不平："或言子瞻不当目伯时为'前身画师'，流俗人不领，便是诗病。伯时一丘一壑，不减古人，谁当作此痴计，子瞻此语是真相知。"

黄庭坚所言之事，乃是元祐二年（1087）元月李公麟为柳子文作了幅《松石图》，而后柳子文请李为他再画一幅《憩寂图》，苏辙为此

图题了一首诗,东坡唱和了一首《次韵子由题〈憩寂图〉后》:

> 东坡虽是湖州派,竹石风流各一时。
> 前世画师今姓李,不妨还作辋川诗。

这就是有人诟病东坡贬李公麟为画师的原始出处,而黄庭坚则称人们根本没有读懂东坡的这首诗,因为东坡在此所说的"画师"二字乃是指文人画之祖王维,更何况,"画师"一词乃是王维在《偶然作六首》中的自称:"宿世谬词客,前身应画师。"

但是,以东坡的观念,始终认为绘画乃是文人之雅事,比如他评价吴道子时称:"吴生虽妙绝,尤以画工论",总之在东坡的观念中,职业画家的画作远比不上文人的笔墨有内涵。李公麟算不算是职业画家呢,以他的身份论,显然他也是位文人,然而李公麟却将所有精力用在绘画方面,在政事上几乎无所作为,站这个角度而言,他又具备专业画家的性质。

从李公麟的一些论述来看,他也在努力地不让世人将其视之为画工。宋吴曾在《能改斋漫录》中引用了李公麟所撰《跋阎立本西域图》:

> 窃尝爱彦远多识,著论得雅驯。引谢安言:"韦诞书凌云台,已钉榜篮,悬去地二十五丈,及下,须眉尽白,因戒子孙绝楷法。"而王子敬正色诋之曰:"仲将魏大臣,岂有此!信如此说,魏德之不兴。"乃以子敬为知言,因论阎令既为星郎,不当有临池之辱。况太宗治近侍有拔貂之恩,按下臣无撞郎之急。岂得不通官籍,直呼画师。以至丹青之誉。非辅相之才,丹青因不足以辅相,而所以为辅相,乃不在丹青。浅薄之俗,举一废百而轻艺嫉

能，一至于此，良可于邑。由是言之，穷神之艺，自不妨阎令之贤。斯人果贤，适增画重。愚因取其说，而并书之。

当年阎立本已经官至右丞相，却被唐太宗呼来当众作画，阎立本觉得这是对他人格的羞辱。李公麟在此跋中辩称这不是事实，认为绘画虽然不能治世，但也并不影响士大夫之贤，他还认为只有人贤才能画出高水准的画作。从这个角度而言，公麟并不认为画工低贱，他认为将一门技艺发挥到极致同样能成为贤者，这也正是他在观念上与东坡略有区别之处。而东坡也很赞赏李公麟绘画之绝妙。元祐二年五月，苏辙作了首名为《韩幹三马》的诗：

> 老马侧立鬃尾垂，御者高拱持青丝。
> 心知后马有争意，两耳微起如立锥。
> 中马直视翘右足，眼光未动心先驰。
> 仆夫旋作奔佚想，右手正控黄金羁。
> 雄姿骏发最后马，回身奋鬣真权奇。
> 圉人顿辔屹山立，未听决骤争雄雌。
> 物生先后亦偶尔，有心何者能忘之。
> 画师韩幹岂知道，画马不独画马皮。
> 画出三马腹中事，似欲讥世人莫知。
> 伯时一见笑不语，告我韩幹非画师。

东坡为此次韵一首：

> 潭潭古屋云幕垂，省中文书如乱丝。
> 忽见伯时画天马，朔风胡沙生落锥。

> 天马西来从西极，势与落日争分驰。
> 龙膺豹股头八尺，奋迅不受人间羁。
> 元狩虎脊聊可友，开元玉花何足奇。
> 伯时有道真吏隐，饮啄不羡山梁雌。
> 丹青弄笔聊尔耳，意在万里谁知之。
> 幹惟画肉不画骨，而况失实空余皮。
> 烦君巧说腹中事，妙语欲遣黄泉知。
> 君不见，韩生自言无所学，厩马万匹皆吾师。

东坡在此诗中夸赞李公麟虽然临摹韩幹的马，却能自出新意，认为韩幹画马不画骨，而李公麟所画之马甚至把马的心事都画出来了，如果韩幹地下有知，也会佩服公麟的画技。

在绘画题材方面，李公麟不仅擅长人物和鞍马，在山水、花鸟甚至器物方面均有着较高的成就。《宣和画谱》中说他："尤工人物，能分别状貌，使人望而知其廊庙、馆阁、山林、草野、闾阎、臧获、台舆、皂隶。至于动作态度，颦伸俯仰，小大美恶，与夫东西南北之人，才分点画，尊卑贵贱，咸有区别。非若世俗画工，混为一律，贵贱妍丑，止以肥红瘦黑分之。"

以此可见，李公麟所绘之画在各方面都能惟妙惟肖，为此他的画在当世就大为畅销。《宣和画谱》又载：

> 当时富贵人欲得其笔迹者，往往执礼愿交，而公麟靳固不答。至名人胜士，则虽昧平生，相与追逐不厌，乘兴落笔，了无难色。……病少间，求画者尚不已，公麟叹曰："吾为画如骚人赋诗，吟咏情性而已，奈何世人不察，徒欲供玩好耶？"后作画赠人，往往薄著劝戒于其间，与君平卖卜谕人以祸福，使之为善

同意。殁后，画益难得，至有厚以金帛购之者，由是夤缘摹仿，伪以取利，不深于画者，率受其欺，然不能逃乎精鉴。

求画者实在太多，李公麟画不过来，只好请弟子和家人代笔。宋陆游在《老学庵笔记》中写道："赵广，合肥人，本李伯时家小史。伯时作画，每使侍左右，久之，遂善画。尤工作马，几能乱真。建炎中陷贼，贼闻其善画，使图所掳妇人，广毅然辞以实不能画，胁以白刃，不从，遂断右手拇指遣去。而广平生实用左手。乱定，惟画观音大士而已。又数年乃死。今士大夫所藏伯时观音，多广笔也。"

赵广乃是李公麟的家童，他整天看主人作画，于是学得了技法，尤其是他所画的马，很难让人区分出是否为李公麟原作。这位家童很有骨气，他被贼人俘获后，贼人要求他画抢来的女人，赵广坚决不画，即使刀架在脖子上也不屈从，于是贼人砍掉他的右手拇指想让他永远不能够再作画。贼人没有想到的是，赵广其实是个左撇子，故他依然能够继续作画。动乱平定后，赵广也像李公麟那样专画观音，所绘水准亦不在主人之下，所以陆游说现在士大夫家中所藏李公麟的观音像，其实多是出自赵广之手。

明张丑在《清河书画舫》中称，李公麟的弟子孙玠画技不在其师之下："玠受笔法于龙眠，广又受于玠焉，玠画合处，几于出蓝。后梁师成引入书艺局，一旦马群几空，俄为人鸩死。广落墨尤超诣，予尝令其作卢稜伽罗汉，磨墨之次，连饮数觥，落笔如风雨，近时所未有也。"因此，有人认为一些署名李公麟的画作其实乃孙玠所绘。

就绘画技法来论，李公麟最擅长白描，刘克庄在《跋伯时临韩干马》中称："或言伯时画以纸不以绢，以墨不以丹青。而此用绢又着色，何也？余曰：'临韩干马，欲其肖干，若用素纸不着色，是伯时马也，岂曰韩干马哉？'"

《西岳降灵图卷》局部　故宫博物院藏

　　看来李公麟在大量模仿韩幹之马的同时，又想画出自己的特色，于是他用白描之法来画马而不着色，这恰恰形成了他独特的画风，也是他区别于吴道子所画人物像的地方。故石以品在论文中称："李公麟最为著名的就是经他完善的'白描'画风，一经确立，因宋代文士身份的超然清贵和当时大量著名文人的画赞诗文，为后人争相学仿，即使院派画家也追学不止，以期得到掌握绘画话语权的文人的认可。后世谈及绘画之'白描',无不提及李公麟,由此可见李公麟影响之大。"

有人认为李公麟的画作亦有其弊端在,米芾在《画史》中说:"李公麟病右手三年,余始画。以李尝师吴生,终不能去其气,余乃取顾高古,不使一笔入吴生。又李笔神彩不高。余为目睛、面文、骨木,自是天性,非师而能。以俟识者,唯作古忠贤像也。"

米芾认为李公麟的画作中有俗气在,其言外之意,李的画法还是有匠人气。然而《宋史·李公麟传》中却认为李公麟的绘画地位仅次于顾恺之、张僧繇等一流大画家:"元符三年,病痹,遂致仕。既归老,肆意于龙眠山岩壑间。雅善画,自作《山庄图》,为世宝。传写人物尤精,识者以为顾恺之、张僧繇之亚。襟度超轶,名士交誉之,黄庭坚谓其风流不减古人,然因画为累,故世但以艺传云。"在正史中能够留下如此评价,可见他的绘画成就已经得到了社会公认。

关于李公麟的遗迹,李安恒在《李公麟在舒城之遗迹考》一文中列出几处,其中之一为:"舒城县城关镇东隔高阜上,矗立着一座古塔,过去,这里古木参天,境界清幽,李公麟曾建'归来宅''飞霞亭'于此。据《天下名胜志》载:'归来宅,李公麟归隐之所,遗址旁城,群山四合,古柏森然,县治东城上,上有清心亭,下有放生池,即龙眠书院也。'元揭傒斯也说:'李伯时龙眠庄故基在东禅寺东,舒王祠西,岁久没于寺,天历中舒令燮理复之,建书院,以此面龙眠山,仍名龙眠书院。'古塔下,有一汪池水,池中央有一小丘如小岛,当年李公麟在这小岛上建清心亭,元无名氏《清心亭记》:'县治东城上,古有飞霞亭,宋贤龙眠居士李公伯时隐居之所,苏文忠公尝题咏其上,亭下有池曰放生,中有亭曰清心。'"

龙眠书院现处在安徽省舒城县城飞霞公园内,2019年7月24日上午,我乘车从合肥来到舒城县,在公园的门口看到了李安恒文中所谈到的古塔。走近此塔,感觉其做过彻底的翻修,想来这里应是该塔的原址,而此塔正对着的就是飞霞公园。公园门口的全景图上标示出归来宅和龙眠书院所处位置,从总体上看,该公园应当就是当年李公麟所建的归来宅庄园。

走入公园内,沿着中轴线一路前行。几天前刚入中伏,此地天气大热,而李公麟曾作过一组名为《春秋四时乐》的诗,其中一首《山庄之夏》为:

> 火云蔽日当空浮,田头薅草汗欲流。绿林人寂鸟声休,暂来歇午乘清幽,山妻送饷扇遮头。

果然如李公麟所言,这里艳阳高照,并且没有一丝的风,附近也无任何可遮阳之处,刚走出几步即大汗淋漓。走出不到一百米,跨过一座两端刻着龙的石桥,再往前走又是一座坡度很陡的石孔桥,仅跨

飞霞公园门前

过这两座桥,我擦汗用的纸巾就用掉了一包。眼前所见的霞光阁就处在一座小丘顶上,沿着台阶一路上行,走到平台前,方看到告示牌上写着"欢迎光临惊魂楼阁",两侧的展板上则是一些惊悚片中的鬼怪图片。李龙眠的画作应属唯美派,而今在他的庄园内出现了这么多的妖魔鬼怪,不知其作何想。

终于走到入口处,此楼却上着锁,于是围着平台转了一圈,庄园内的景色尽收眼底。在一个背阴的角落遇到了一位管理人员,我问他龙眠书院所在,他却让我从另一侧下楼,我只好在热浪下翻过一座高高的拱桥,费力登上这鬼怪所住的惊魂楼,以至于又浪费掉一包纸巾。好在隔着湖面终于看到了龙眠书院所在,这让我的心情得到宽慰。

龙眠书院是一座独立的仿古院落,院落的侧墙上有一块龙眠书院介绍牌,该牌的第一句即是"龙眠书院是为纪念宋代画家李公麟而建。"接下来则是李公麟的生平,其中提及其号"龙眠居士",想来书院之名由此而来。该介绍牌的最后一个段落谈及龙眠书院始建于元天历年间,后来改为了禅寺,明弘治十二年(1499)得以重修,后又毁于兵燹,之后龙眠书院又得以重建。

走入院中,这里是标准四合院,左厢房开着门。走入其中,里面有一位工作人员,其介绍称,这里是学习书法和绘画之处,征得她的同意后,我在此拍了几张照片。墙上挂着一些学生的作品,遗憾的是,这些画作基本属于小写意,并无白描作品。院落的正房是李公麟纪念馆,可惜该馆上着锁,无法看清楚里面的情形。

走出书院,经过一段长廊,在长廊中间的小亭内看到了一块新的刻石,内容乃是黄庭坚所撰《御史公麟公传》。沿着长廊继续前行,此处即是复建的归来宅。《天下名胜志》载:"归来宅,李公麟归隐之所,在舒城县治县尉厅东南……上有清心亭,下有放生池。"

进入这组建筑,其房屋的排列呈不规则状,院落中间有一个小水

骄阳烈日

远景尽收眼底

指路牌

再跨一座虹桥

书院正门

龙眠书院是一处独立院落

四合院结构

黄庭坚所书传记

院落全景

池,池旁边种着两株芭蕉,芭蕉之后有一块随形石,上面刻着"放生池"三个字。走到石头的背后,上面没有刻介绍文字,而此院落的正房则是一栋新盖的二层仿古建筑,这里也上着锁,只是在侧门上挂着一块金属匾额,上书"长春园电影海报藏馆"。

看来馆内的展品与李公麟完全扯不上关系,而在此时我忽然听到了悠扬的笛声,寻声前去探看,一位中年人正在回廊内陶醉着,我向他示意是否可拍照,他心领神会地点了一下头。遇到如此通达之人,让我对这个小小的院落增加了几分好感。

张择端（约1085年—1145年）
本工其界画，尤嗜于舟车、市桥、郭径

张择端是《清明上河图》的作者，这幅画作在现当代被视为中国古代最有名的风俗画，与之相关的研究多不胜数，譬如画作的内容、作者的国别、该画的递传情况等，学界都做了系统的探讨，但因为史料的缺乏，大多数研究都是以推测的方式来进行。

张择端的名气，当然是源于《清明上河图》的流布，然而他的生卒年份和相关事迹鲜有文献记载，连著录极富的《宣和画谱》中也未载入，这使得后世有了诸多猜测。《清明上河图》的摹本和伪本存世约有三十多个，一般而言，学界大多将北京故宫博物院所藏的那一幅视为原作，该作品后面总计有十三人跋语，其中涉及张择端生平者是金代张著所写之跋：

> 翰林张择端，字正道，东武人也。幼读书，游学于京师，后习绘事。本工其界画，尤嗜于舟车、市桥、郭径，别成家数也。按《向氏评论图画记》云："《西湖争标图》《清明上河图》选入神品。"藏者宜宝之。大定丙午清明后一日燕山张著跋。

张著在此跋中说张择端是位翰林，东武人，而东武即今山东诸城市。其又称张择端曾经到京城游学，而后学习绘画，所工画种以界画水平最高。张著又在跋中引用了《向氏评论图画记》中所言，称张择端所绘的《西湖争标图》和《清明上河图》被列之神品，所以收藏者应该郑重地保存。

张著此跋在后世引起较多争论，因为此跋中提到的《向氏评论图画记》今已失传，该书著录《清明上河图》的上下文如何，如今无法得知。今人对张择端生平的研究只能通过仔细分析张著所言，而张著说张择端是翰林，但他究竟是哪国哪朝的翰林，后世也没有定论，大多数学者都将其视为北宋末年的翰林，但也有人认为他是南宋时的人，甚至还有些学者认为他是金朝的翰林。

孔宪易在《张择端非宋人辨》中就认为，张择端是金朝的翰林，他的探究方式乃是从此跋作者着眼。孔宪易首先引用了《石渠宝笈三编》的著录："张著字仲扬，永安人，泰和五年授监御府书画。"孔宪易着重强调了"永安人"三个字："永安这一地方，据《金史·地理志上·大兴府》条云：'开泰元年（按：开泰乃辽圣宗耶律隆绪年号），更为永安析津府。'由此可知，永安这一地名，乃金沿袭辽之旧称，它隶属于大兴府，亦古燕山旧地（按：《大金国志·地理》条云：'燕山为中都，号大兴府，即古幽州也，其地名曰永安'）。张著在《清明上河图》画卷题跋时，自署'燕山张著'，正说明他的祖籍。"

接下来孔宪易经过分析，认为"张著本人不可能是北宋的遗民"，所以张著在上跋中称张择端"游学于京师"，这里的"京师"所指也就不可能是开封，为此孔宪易做出这样的推论："笔者认为，张著所说的'京师'，是断定张择端是宋人抑或金人的一个重要关键。此'京师'二字，绝非指北宋京师东京（开封）而言。我们试想，一个世居辽、金京师的人，他能把北宋东京认为是自己的'京师'吗？为此，假若张择端果是北宋臣工，张著在'京师'二字上，必冠以'故宋''宋''汴京'诸字。"而孔文中又引用了日本人高阶秀尔的推测：

"根据仅有的资料推测,张择端于1085年生于山东省,青年时期去京城汴京求学,后成为画家,还推测他摆摊卖过画。"同时孔宪易注意到高阶秀尔的推测中并没有说明他所看到的"仅有的资料"具体是什么,因此孔认为这种说法大部分不过是沿袭郑氏旧说。

为此,孔宪易做出了如下推测:"张择端幼年可能正值北宋与金交替之际。他的生年最早不能超过宣和初年(1119)。北宋亡后,他已渐长,山东局势逐渐稳定后,游学燕京。"而其最终的结论是:"张著题跋中的'翰林张择端',是指金翰林张择端而言,绝非宋翰林张择端。"那么如何解释前人著录中提到该画有宋徽宗的题签,孔宪易的解释是:"到了金章宗完颜璟在位时期,他是一个著名的书画爱好者,并擅书瘦金体,可以达到乱真的程度,经后人证明,《清明上河图》的题签及一些题字,都是他的'御笔'。"

持同样观点者,还有台湾学者刘渊临,他在其专著《〈清明上河图〉之综合研究》中列举出五点理由来证明张择端是进入金朝后才成为翰林。该文中写道:"张择端,东武人,自幼(宣政以前)即游学汴京,后习绘事,本工其界画,尤嗜于舟车市桥郭径,别成家数也。(此时已开始画《清明上河图》,并已画成《西湖争标图》)南渡后仍留汴京,自然成了金人,于天辅五年时《清图》画成,章宗题'我爱张文友,新图妙若神。素缣该众艺,彩笔画黎民。始自青春早,成年白首新。至今披阅者,宛在上河滨'。大定丙午张著为其题跋时,其时已得翰林职,以后的几位亡金遗老,据此而题诗,元杨准据跋与诗而作记。"

但大多数学者还是认为张择端是宋人而非金人。薄松年在《〈清明上河图〉的作者及时代意义——对王叔惠先生〈谈张择端清明上河图〉一文的两点商榷》中,针对王叔惠认为张择端是南宋画家这个结论进行了"商榷"。薄松年认为该画作者应当生活在北宋末年。薄松年在文中引用了故宫所藏《清明上河图》后金人张公药的一首诗:"通衢

《清明上河图》拖尾跋(一) 故宫博物院藏

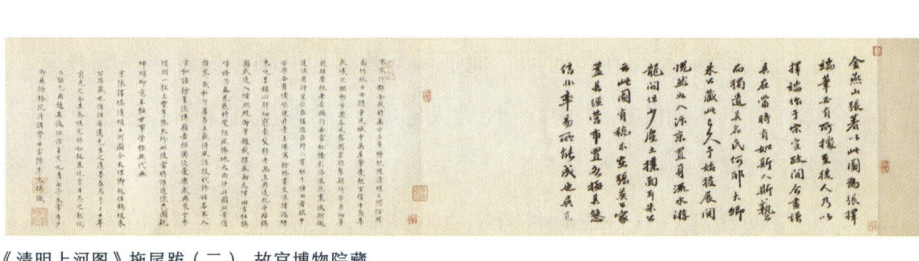

《清明上河图》拖尾跋(二) 故宫博物院藏

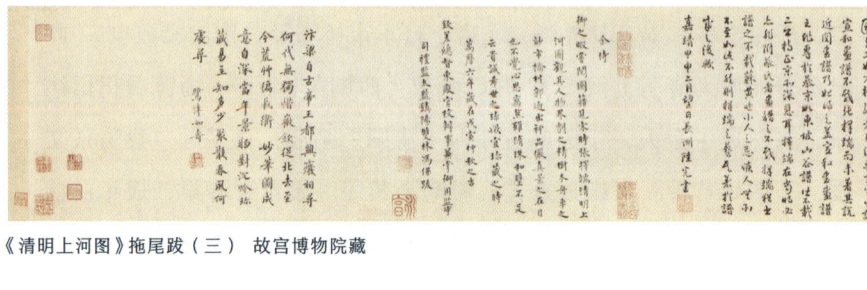

《清明上河图》拖尾跋(三) 故宫博物院藏

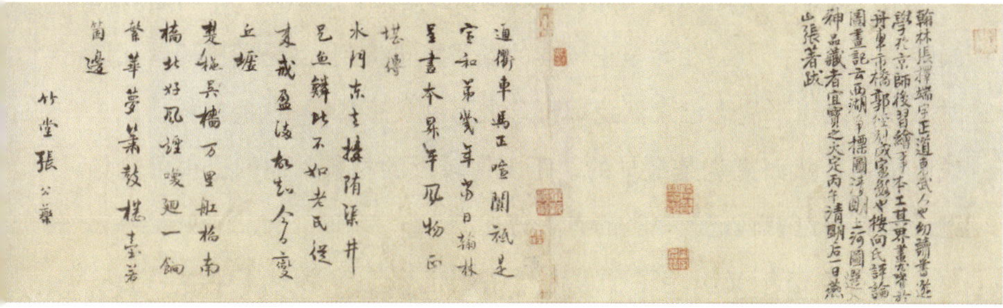

翰林馬待詔端字正道本武八七初謫畫雲
學六年師授訓給年手工其界畫亦師於
丹丘京郭待詔後歛筆中樓向氏詳論
圖畫記云西湖中攤圓汀明二河圖遊
神品藏者宣寶之大定丙子清明后一日燕
山張著跋

通衢車馬正喧闐祇走
官和華歲年常日翰林
呈書本界年取物而
堪傳
水門東去接隋渠井
邑魚鱗比不如老民從
止墟
支城盈溢動至今變
橋北好風煙喚廻一餉
楚舡吳檣萬里舡橘南
管華夢萇鼓枻李岑
蘭邊

竹堂張
公藥

靜山周氏文府西齋清明上河為丹丘
...

古清明上河一卷家翰林畫次東武
張擇端所作...

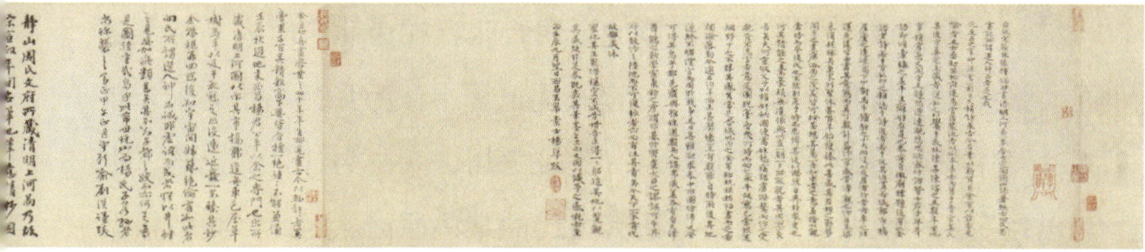

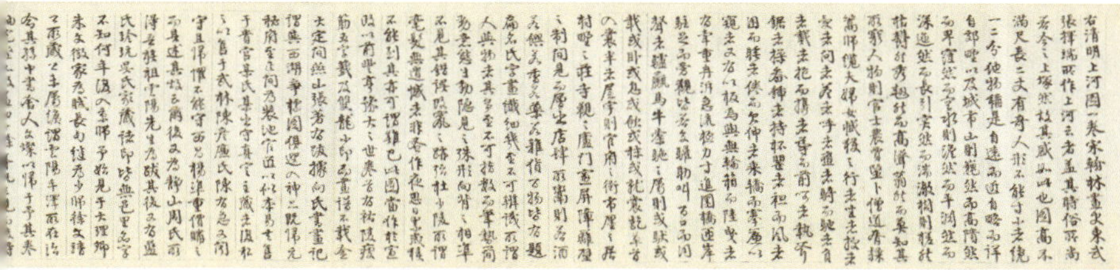

车马正喧阗，祇是宣和第几年。当时翰林呈画本，承平风物正堪传。"

对于此诗，薄松年的解读是："这几句已明明指出张择端是宣和画院中人，这一点，在元至正杨准的题跋里也提到：'是图脱稿曾几何时，而向之承平故态已索然荒烟野草之不胜其感矣！'这些材料，虽未说出根据，然而究竟是最早的，距宋代较近的材料，他们也很可能见过《向氏评论书画记》一类的有关著述。"

而后薄松年又引用了《式古堂书画汇考》等书对于《清明上河图》的著录，比如李东阳在跋语中写道："画当作于宣政以前丰亨豫大之世，卷首有裕陵瘦金五字签及双龙小印……"同时指出《天水冰山录》一书也将该画列为北宋，以此说明，张择端为北宋时人。金维诺在《张择端及其时代的作品——读画札记》中认为张择端是北宋末年人："《书画传习录》关于张择端'失位家居，卖画为计'的记载，也可以使我们想见《宣和画谱》遗其名氏的某些原因。因此，我们根据他作品的内容，图卷上的题跋或印记，以及有关的记载，可以肯定张择端是北宋末年的画家，他虽然曾经一度做过'翰林承旨'，但是以后失去了职位，仍然回到民间，做一个依靠卖画为生的职业画家，从事着他的艺术活动。依据现在已经知道的材料，他的主要创作活动年代是在政和到宣和（1111—1125）前后。"

对于张择端的身份，薄松年在《关于〈清明上河图〉研究中的几个问题的浅见》中称："《书画传习录》中张择端史料不可信之处还在于认为张择端官至翰林承旨，即其身份非供职翰林图画院，而是翰林学士院之高官，实际上张择端是由士子转为画家的，所以'失位家居'也就很难成立。《书画传习录》又记《清明上河图》上有金朝皇帝印玺，更与此画流传情况不符。该书中对张择端材料亦未注明出处。……因此，不加辨析地运用《书画传习录》材料而遽下结论是极不稳妥的。"

既然该图如此受后世看重,并且还有宋徽宗亲笔题签,那为什么《宣和画谱》中不著录张择端呢?此事早在明中期就有人提出疑问,比如吴宽在此画的跋语中说:

> 金燕山张著,以此图为张择端笔,必有所据。至后人乃以择端作于宋宣政间。今画谱俱在,当时有如斯人斯艺,而独遗其名氏何耶?大卿朱公,藏此已久。予始获展阅,恍然如入汴京,置身流水游龙间,但少尘土扑面耳!朱公云:此图有稿本,在张英公家,盖其经营布置,各极其态,信非率易所能成也。

吴宽认为张著既然说此画出自张择端之手,想来一定有相应的证据,为此后人推论张择端应当是政和、宣和时人。既然如此,那《宣和画谱》为什么不著录张择端的大名呢?对于吴宽的疑问,陆完给出的答案是:

> 图之工妙入神,论者已备。吴文定公讶《宣和画谱》不载张择端,而未著其说。近阅《书谱》,乃始得之。盖宣和书画谱之作,专于蔡京,如东坡、山谷,谱皆不载,二公持正,京所深恶耳。择端在当时,必亦非附蔡氏者。《画谱》之不载择端,犹《书谱》之不载苏黄也。小人之忌嫉人,无所不至如此。不然,则择端之艺其著于谱成之后欤!嘉靖甲申二月望日,长洲陆完书。

陆完说他近期翻阅《书谱》,终于明白了《宣和画谱》不著录张择端的原因所在。他发现《书谱》内不收录苏轼和黄庭坚的作品,原因乃是当时蔡京专权,不喜欢东坡、山谷一类的人物。陆完以此推论,张择端在当时一定没有依附蔡京,所以《画谱》不著录他的作品及生平事迹。

对于陆完的猜测,后人认为证据不足,比如戴立强在《〈向氏评论书画记〉与〈清明上河图〉的创作时代》一文中说:"其实这种解释有些牵强,甚至是猜测和附会,不能完全说明问题。且不论《画谱》所载之画家、书家难道皆附蔡氏?即便真是蔡氏专权而使张择端不见载于《画谱》,那为什么民间私人记载也一点皆无呢?"

既然陆完的猜测不成立,那如何解释《宣和画谱》不著录张择端的问题呢?薄松年在《商榷》一文中认为:"《宣和画谱》不载张择端并不稀奇,《宣和画谱》对画家的选录是有一定标准的,北宋很多大画家如高益、高元亨、王道真、燕文贵都没有被选进去。当时也确有很多画家为帝王作应旨的作品,尽管创作出不少的作品流传下来,然而声迹却消失在宫苑之中,如'供御画'的刘益、富燮也只在《画继》一书中提了两句。其实他们的才能并不下于当时其他画家,加之,古人作画多不题款,辗转流传,作者声迹就很难保存下来。"陈传席在《〈清明上河图〉创作缘起、时间及〈宣和画谱〉没有著录的原因》一文中则称:"《清明上河图》也是完成于崇宁末至大观初,这是正确的。这幅画在徽宗手中不久,便到了向宗回手中,没有进入宣和内府,也没来得及赶上加钤政和、宣和二印。《向氏评论图画记》记的是自家收藏的'名画千种'而非内府中名画。"

陈传席认为《清明上河图》没有被著录的原因,乃是徽宗题签之后,此图便到了《向氏评论书画记》的作者向宗回手中,因此内府没有来得及著录。而薄松年在《关于〈清明上河图〉研究中的几个问题的浅见》中则说:"1956年笔者曾发现王绂《书画传习录》中有张择端'以失位家居,卖画为计'的记载。后来有人据此撰文谓《清明上河图》系张择端'失位家居'后所绘,而《西湖争标图》(指藏于天津艺术博物馆的《金明池争标图》)才是其在画院时所作,这个结论未

《清明上河图》局部　　故宫博物院藏

免轻率。……其实《宣和画谱》对徽宗时代的画家除宗室内官外很少为之立传。况画谱编于宣和二年，很可能《清明上河图》尚未画成，认为《清明上河图》描绘了社会生活就一定在院外完成，未免把问题简单化了。"

还有人认为《宣和画谱》不著录张择端，乃是因为《清明上河图》的绘画方式不符合宋徽宗的审美情趣。宋徽宗在《宣和画谱》的《御制序》中明确地称："是则画之作也，善足以观时，恶足以戒其后，岂徒为是五色之章，以取玩于世也哉。"以此可见，赵佶把绘画视为教化人伦的工具。段玲在《〈宣和画谱〉探微》中指出："这种'鉴善劝恶'的理论其旨在宣扬封建伦理道德观念、要求绘画作为维护封建社会统治的一种工具。因此在编写上作者是有选择的，凡选入画谱的作品要对后人有所教育，有所激励，而有些不能被后人所借鉴的作品，一律排斥在画谱之外。御制序在最后表明：'且谱录之外，不无其人，其气格凡陋，有不足为今日道者，因以黜之，盖将有激于来者云耳。'非常明确地阐述了《宣和画谱》的编制目的是要发挥绘画'劝诫'人

《清明上河图》局部　故宫博物院藏

生的社会职能作用。"

《宣和画谱》不收录《清明上河图》的另一个原因是该图所表现的社会风俗，达不到那个时代所提倡的逸品标准。从绘画技巧方面来说，《清明上河图》近似于界画，而这种绘画方式在那个时代被视为下品。这正如宋赵彦卫在《云麓漫钞》中所言："宣和书画学之制……诸画笔意简全，不摹仿古人而尽物之情态形色，俱若自然，意高韵古为上；摹仿前人而能出古意，形色像其物宜，而设色细、运思巧为中；传模图绘，不失其真为下。"

看来当时人们认为，能够将所见事物描绘得极其准确，也不过就是画中的下品，以此来论，这恐怕也是《宣和画谱》中不著录《清明上河图》的原因所在。即使到了明代，董其昌还是认为《清明上河图》缺乏骨力，其在《画禅室随笔》中说："张择端《清明上河图》，皆南宋时追摹汴京景物，有西方美人之思，笔法纤细，亦近李昭道，惜骨力乏耳。"

其实董其昌所言正说明他对《清明上河图》的看重，因为到了明代,《清明上河图》大受追捧,王世贞在《〈清明上河图〉别本跋》第二跋中写道:"按择端在宣政间不甚著,陶九畴纂《图绘宝鉴》,搜罗殆尽,而亦不载其人。昔人谓逊功帝以丹青自负,诸祗候有所画,皆取上旨裁定。画成进御,或少增损。上时时草创下诸祗候补景增色,皆称御笔,以故不得自显见。然是时马贲、周曾、郭思、郭信之流,亦不致泯然如择端也。而《清明上河》一图,历四百年而大显,至劳权相出死构,再损千金之值而后得。嘻!亦已甚矣。择端他画余见之殊不称,附笔于此。"

王世贞亦称张择端在宋代没什么名气,其原因也是宋徽宗看不上张择端的画风。然而有意思的是,这幅名画居然还跟王世贞家有着直接的关联,并由此牵扯出许多公案。清顾公燮《销夏闲记》卷上有《金瓶梅缘起王凤洲报父仇》一文称:

> 太仓王忬家藏《清明上河图》,化工之笔也。严世蕃强索之;忬不忍舍,乃觅名手摹赝者以献。先是,忬巡抚两浙,遇裱工汤姓,流落不偶,携之归。装潢书画,旋荐于世蕃。当献画时,汤在侧,谓世蕃曰:"此图某所目睹,是卷非真者。试观麻雀,小脚而踏二瓦角,即此便知其伪矣。"世蕃恚甚,而亦鄙汤之为人,不复重用。会俺答入寇大同,忬方总督蓟辽,鄢懋卿嗾御史方辂劾忬御边无术,遂见杀。后范长白公(允临)作《一捧雪传奇》,改名《莫怀古》,盖戒人勿怀古董也。

王忬就是王世贞的父亲,当年《清明上河图》就藏在王家。严嵩之子严世蕃听到消息后强行索要,王忬当然不敢得罪严世蕃,但又不愿意将自己的珍爱贡献出去,于是他找到一位高手临摹了一幅,送给了严世蕃。没想到这件事被一位裱画工点破,让严世蕃十分生气,后来借故竟然杀掉了王忬，后来就有人编了一出戏来告诫人们不要轻易地收藏古董。

俗语有云"杀父之仇，不共戴天"，王世贞对严世蕃当然恨之入骨，在顾公燮的笔记中，王世贞竟然想出了一个奇妙的办法来替父亲报仇。顾公燮在文中又接着写道：

> 忬子凤洲（世贞）痛父冤死，图报无由，一日偶谒世蕃，世蕃问："坊间有好看小说否？"答曰："有。"又问："何名？"仓卒之间，凤洲见金瓶中供梅，遂以《金瓶梅》答之。但字迹漫灭，容钞正送览。退而构思数日，借《水浒传》西门庆故事为蓝本，缘世蕃居西门，乳名庆，暗讥其闺门淫放。而世蕃不知，观之大悦，把玩不置。相传世蕃最喜修脚，凤洲重赂修工，乘世蕃专心阅书，故意微伤脚迹，阴搽烂药，后渐溃腐，不能入直。独其父嵩在阁，年衰迟钝，票本拟批，不称上旨。上浸厌之，宠日以衰。御史邹应龙等乘机劾奏，以至于败。噫！怨毒之于人，甚也哉！

《金瓶梅》一书的作者署名兰陵笑笑生，兰陵笑笑生究竟是谁，至今仍有各种猜测，顾公燮在笔记中将该书作者安在了王世贞的名下，而王竟然用这种办法，令严嵩、严世蕃父子失宠。这个故事究竟是真是假，难以找到旁证，至少鲁迅认为是编出来的，他在《小说旧闻钞》的按语中写道："凤洲复仇之说，极不近情理，可笑噱，而世人往往信而传之。"

这个故事是否合乎情理，不是本文要探讨的内容。能将《金瓶梅》一书的创作跟《清明上河图》联系在一起，也足见此图在明代有着极大的影响力。正因为被大众关注，所以该图在明代就出现了多个摹本，明李日华《味水轩日记》载："（《清明上河图》）临本，余在京师见本有三，景物、布置俱各不同，而俱有意。"而后世根据流传下来的三十多个摹本的各自特点，将它们分为秘府本、粉本和稿本三个系统。

关于秘府本的递传情况，李东阳在跋语中写道："此图当作于宣政以前丰亨豫大之世，卷首有祐陵瘦金五字签及双龙小印，而《画谱》不载。金大定间，燕山张著有跋，据向氏《书画记》，谓与《西湖争标图》俱选入神品。既归元秘府，至正间，为装池官匠以似本易去，售于贵官某氏，某出守真定，主藏者复私之，以售于武林陈彦廉氏。陈有急，又闻守且归，惧不能守，西昌杨准重价购之，而具述其故云尔。后又为静山周氏所得，吾族祖云阳先生为跋其后。又有蓝氏珍玩、吴氏家藏诸印，皆无邑里名字，不知何年复入京师。予始见于大理卿朱文徵家，为赋长句。继为少师徐文靖公所藏，公未属纩，谓云阳手泽所在，治命其孙中书舍人文灿以归于予。其卷轴完整如故。"

几经辗转，秘府本最终归了李东阳，关于后来的递传情况，文嘉在《钤山堂书画记》中写道："图藏宜兴徐文靖家，后归西涯李氏，李归陈湖陆氏。陆氏父子负官缗，质以昆山顾氏，有人以一千二百金得之。"

以此可知，在李东阳之后，该图归了陆完，后来陆氏父子因欠公款，将此图抵押给昆山顾氏，而后被人以一千二百金买去，这个"有人"指的就是严嵩父子。后来严嵩失势后，其家被抄，该图进入内府，又被宫内某人偷出藏在御沟的石缝内。再后来，因下大雨此图被毁。詹景凤在《东图玄览编》中载有此事："后严氏籍没，图书尽输入大内，世庙不嗜古图书，时朱箧庵酷嗜古图书，意欲尽得之，谋于内庭当事者，遂奏请发朱氏。着令上价。临发，有小内臣业知《上河图》价重，遂启箱窃此卷。适当事者至，小内臣急以藏御沟石罅中。是日忽大雨，骤长没罅，连二日夜不歇。雨歇水消，从罅索所藏卷，则已糜烂不可复理矣。"

《清明上河图》局部　故宫博物院藏

但是,徐邦达认为这种说法不可靠,他在《清明上河图的初步研究》中称:"如果詹说是真的话,那么严氏卷早已不存于世了,我们现在怎样还能见到呢?——现在故宫的一卷,根据题跋源流,确实就是严氏之本——这一个谜,我们现在看一看真迹后面冯保的题跋,就可以恍然大悟了。原来当时有人要谋取它,故意造出这个谣言来,把它'毁尸灭迹'的。这人是谁?当然就是冯保无疑了。"

冯保的跋语为:"余侍御之暇,尝阅图籍,见宋时张择端《清明上河图》,观其人物界画之精,树木舟车之妙,市桥村郭,迥出神品,俨真景之在目也。不觉心思爽然,虽隋珠和璧,不足云贵,诚希世之珍欤。宜珍藏之。时万历六年,岁在戊寅仲秋之吉。钦差总督东厂官校办事,兼掌御用监事、司礼监太监、镇阳双林冯保跋。"

对于此跋,徐邦达的解读是:"万历戊寅正是折俸事件发生的后几

年,此画不经御赏,也未入朱氏,当然在冯保家中。那么谁能不联想到'玄览编'上所说的事上去,而认为是他暗中获取,故放烟幕呢?在事实上,能够买通内线,盗取宝物的,也只有像冯保这样权势赫赫的东厂太监,方始敢做到的。"

关于粉本,朱存理在《铁网珊瑚》中有著录:"《清明上河图》粉本一大卷,图为宋人张择端画,真迹全未见。而此本城郭、市桥之远近,屋庐、林木之高下,马牛、驴驼之大小出没,以及居者、舟车之往还杂沓,毫密缕析不可数计,莫不曲尽意态。汴京盛时气象仿佛可见。"

那个时期,《清明上河图》大受世人追捧,陆续出现了很多临摹之本,明人李日华在《紫桃轩杂缀》中说:"京师杂卖铺,每《上河图》一卷,定价一金。"对于这句话,吕少卿在《〈清明上河图〉的社会历史情境——从其版本及张择端"北宋院人"身份介入》一文中评价说："这种广阔的市场和诱人的价格，使得粉本这一系统的《清明上河图》仿本大为流行，连画家仇英也参加了当时铺天盖地而来的《清明上河图》仿绘浪潮，而他的仿本就是以粉本为依据的。"

对于《清明上河图》的稿本，有人认为就是藏在王世贞家的那一幅，王世贞在《清明上河图别本跋》中写道："张择端《清明上河图》有真赝本，余均获寓目。真本人物、舟车、桥道、宫室皆细于发，而绝老劲有力，初落墨相家，寻籍入天府，为穆庙所爱，饰以丹青。赝本乃吴人黄彪所造。或云得择端稿本加润删，然与真本殊不相类，而亦自工致可念，所乏腕指间力耳，今在家弟所，此卷以为择端稿本，似未见择端本者，其所云于禁烟光景不似。第笔势遒逸惊人，虽小粗率，要非近代人所能办，盖与择端同时画院祗候，各图汴河之胜，而有甲乙者也。吾乡好事者遂定为真稿本，而谒彭孔嘉小楷、李文正公记、文徵仲苏书、吴文定公跋，则张著、杨准二跋，则寿承、休承以小行代之，岂惟出蓝！而最后王禄之、陆子傅题字尤精楚。陆于逗漏处，毫发贬驳殆尽，然不能断其非择端笔，使画家有黄长睿那得尔？"

有学者注意到，王世贞此跋有自相矛盾处，因为他在跋文的前面说这个稿本"乃吴人黄彪所造"，但后面又称"要非近代人所能办"。故孔庆赞在《略论〈清明上河图〉的三个系统》一文中指出："所谓'赝本'云云，只是一种伪饰之词，是一种障眼法，而其内心深处早已认定该本为《清明上河图》的'真稿本'了，只是这个看法借'吾乡好事者'的嘴巴讲出来罢了。至于'盖与择端同时画院祗候，各图汴河之胜，而有甲乙者也'云云，更是不露痕迹地从时间角度彻底否定了'赝本乃吴人黄彪所造'之说，点明了稿本在时间上的可靠性。要不然的话，王世贞本人怎么会说'张择端《清明上河图》有真赝本，余均获寓目'呢？"

虽然以上说法各不相同，但这也正说明了《清明上河图》自明代之后有着广泛的社会影响力，而这种影响力还传到了域外。朝鲜文人赵荣祐的《观我斋稿》中收有《清明上河图》跋语，该跋首先称："右皇明仇十洲画也，所谓《清明上河》者，不知为何事，而或曰河即汴河。按《大明一统志》：汴河源出荥阳县大周山，东经开封府城内合蔡河，名通济渠，隋炀帝所凿也。开封是汴京，天下第一大都会也。又按周邦彦《汴都赋》曰：惟彼汴水贯城为渠，又曰跨越虹梁以除病涉。今见图，河水贯城而出，清明必大开市于河桥之上，水陆商贾行旅赏之，徒咸聚焉。其人物繁华有如此者矣。"

由所跋内容可知，这段跋语是书写在仇英所绘《清明上河图》上。关于仇英所绘该图的情况，陈希玲在《绝代双姝——试比较张择端与仇英版〈清明上河图〉之异同》一文中描绘道："仇英版《清明上河图》采用工笔重彩，青绿设色，描绘了明代苏州热闹的市井生活和民俗风情，河流、建筑、山峦、城郭以及当时苏州地区标志性建筑皆清晰可辨，整个画卷明媚整齐、精丽生动。仇英把历史和现实相结合，与张择端呈现汴梁风土人情的版本相比较来看，仇英很显然下了很大的功夫。"

赵荣祐在跋中，还详细数出了仇英所绘《清明上河图》中有多少人、多少动物等，接着他评价说："人大小不容一枣核，而耳目口鼻，精神颖发，老幼男女，各具其态，行者、坐者、骑者、趋者、俯仰者、仰视者，向背欹正，曲尽其妙而莫有同者。射猎、游观、商旅、乞丐、匠巧、工役、歌舞、斗狠，凡人事之可喜、可愕者，纤悉俱备，而使览者历历如真入其中，诚画之工者也。且考其使用者，驴过于马，运载者车轮为多，一卷首尾亚肩迭被者皆男子，妇女间有之而亦在闺闼祠庙之间。是岂画苟然哉，可见中华风俗之所存矣。"

由此可见，赵荣祐看到的《清明上河图》虽然不是张择端原本，

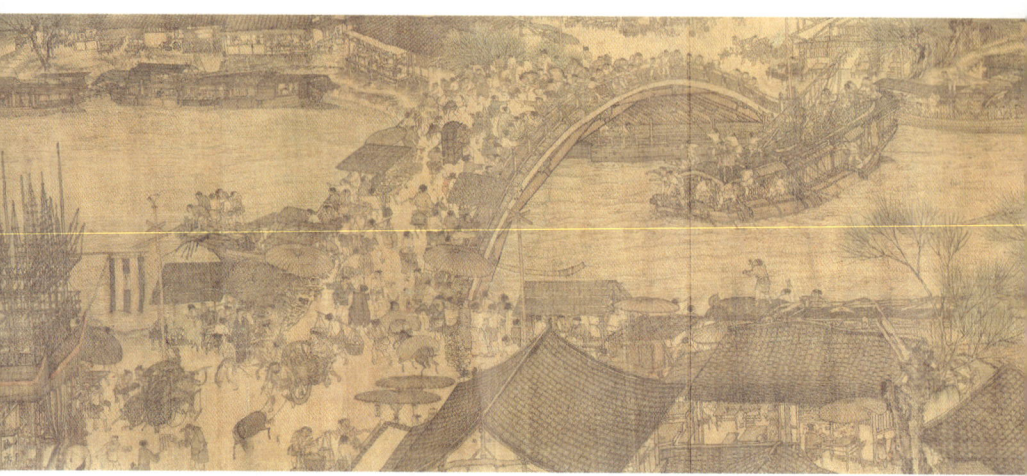

《清明上河图》局部　故宫博物院藏

却也能从中窥得中华风俗,而这正是该图的社会影响力所在。因此,大量画坛之外的学者们从该图内容着眼,从中分析出各种各样的社会问题。例如余辉所撰《张择端〈清明上河图〉卷新探》一文发表在 2012 年第 5 期的《故宫博物院院刊》上,该文考证了《清明上河图》上许多物象所表现的历史史实,比如图上有两辆独轮车上覆盖着苫布,余辉认为此苫布正与北宋激烈的党派角逐有关:"细察,这是用绫或绢裱的大幅书法作品被车夫当作苫布,字迹出现连笔,像是文人草书,字幅甚大,必定是从大屏风上撕拆下来的,这在本卷卷尾的'王员外家'楼上的高档馆舍和富豪之家的屋里,可以看到这种用大字书法作屏风的艺术形式。"因此,余辉认为:"其物本是某大户人家或官府甚至是内府里大屏风上的书迹,在北宋书画市场繁盛的时期,这类屏风上的大幅草书落到分文不值的地步,显然是书写者遭到严厉的政治贬斥。出现这种情况必定是新朝皇帝厌恶前朝有政治牵连的文人书家,他们是旧朝参与党争的重臣,在新朝受到排挤,因而殃及其翰墨。"

对此,余辉还引用了南宋邓椿记述其父邓雍在哲宗朝内府时的一段经历:"先大父在枢府日,有旨赐第于龙津桥侧,先君侍郎作提举官,仍遭中使监修。比背画壁,皆院人所作翎毛、花、竹及家庆图之类。一日,先君就视之,见背工以旧绢山水揩拭几案,取观,乃郭熙笔也。问其所自,则云不知;又问中使,乃云此出内藏库退材所也。昔神宗好熙笔,一殿专背熙作;上即位后,易以古图,退入库中者,不止此耳。"

这段话记录的是郭熙的遭遇。郭熙在神宗朝颇受宠遇,神宗喜用旧党,而哲宗上台后却重用新党,因此郭熙受到冷落。在崇宁元年(1102),徽宗亲书党人碑,崇宁二年(1103),蔡京下令焚毁三苏、黄庭坚等人墨迹和书籍。为此,余辉做出了这样的推论:"从时间上看,画中那些作为苫布的书法极可能是被哲宗朝宣仁太后任用的旧党文人的手笔,哲宗亲政后,决定效法神宗新法,废黜旧党,新帝徽宗登基一年后,决定效仿熙宁之政,故更年号为崇宁,贬斥旧党,许多趋炎附势者必定会奉命一一拆除旧党在衙署或宅第里屏风上的笔墨作品。两辆串车上苫布覆盖的物品相同,都有大轴或书册之类,而且都是运往城外,北宋汴京城内火禁严明,想必是到郊外予以焚毁处理。"

仅由一个小角落,就能研究出这么多的背后细节,可以想见全幅《清明上河图》所表现的内容实在是太丰富,学者们能够从不同角度来解读图中的内容。此图中最吸引注意力的主图部分,应当是那座虹桥,画面中桥下有一条船,桅杆似乎要撞到桥上,于是就产生出了紧张的一幕:桥上的人群在一片呐喊声中观看着大船过桥,而船只行到这里,只能放倒船桅,依靠桥上牵引、船上摆渡而过,偏偏此时船身被冲至横摆,船桅却又并未完全放倒。余辉在其文中对此景观的解读更为详细:

> 这起严重险情的直接责任者是几个纤夫(露出画面的只有两个)。当时船工们正在船顶上吃饭,纤夫本应该在离拱桥一定距

时停止拉纤并招呼船工放下桅杆,他们却一直埋头拉纤到拱桥底下,拱桥上下的行人发现了险情——桅杆迎面而来,大声呼救,已进入桥洞下的纤夫们闻声赶紧松开了纤绳,船顶上的一个船工随着松开的纤绳立即放下桅杆,为了争取时间,舵工转舵横摆,以增强前进的阻力,使之减速,船顶上的一个船夫奋力用长杆顶住拱桥横梁,使船无法靠近拱桥,这根长杆上漆有黑白相间的颜色,看来是一根测量水位的标杆,硬度较高且直,船与桥的安全全系之于此。由于船的惯性,这艘刚刚侧转过来的客船有可能撞上左侧一条停泊的大船船尾或左岸河滩,船头的两个篙夫在谨慎地调整方向,旁边的四个船工大声向前方报警。可是左船舷背后的两个篙夫不知险情,还在埋头撑篙前行,一个船夫从舵工房里跑出来,急忙招呼他们赶快罢手。桥上和岸边百姓们都捏着一把汗,桥上有两人为防船工落水,抛出从摊贩那里弄来两根绳索,一根已垂落下来,另一根正在空中盘旋。

除此之外,还有一些学者从科学角度来解释张择端所绘图样的科学性。余辉在文中引用了席龙飞《中国造船通史》中的观点:"北宋时当然不可能探讨高等数学上的悬链线方程式,但他所绘出的拉纤船夫所牵拉的系在桅顶的纤绳的形象,却合乎悬链线方程,真实而形象。"

总之,一幅《清明上河图》有着太多可供研究的内容,而每位解读者都会各抒己见,有从图像中研究服饰者,有从图像中研究交通者,纷纷提出自己的怀疑与见解。比如韩森所撰《〈清明上河图〉所绘景为开封质疑》一文,甚至对该图所绘场景是否为汴京都提出了质疑。此文先是引用了法国的德儿根斯(René-Yvon d'Argencé)对张择端所画并非开封的判断:"画家很自然地画城门、画宫殿、画任何代表性的场景。众所周知,汴京和临安内府的道路都有门跟门牌(gates with

《清明上河图》局部　故宫博物院藏

gate signs），而画中没有门，也没有门牌。画中的城市有繁荣的运河港口，而没有首都的样子。按照历史上的记载，北宋、南宋的首都都有很多的多层建筑，可是画中没有。画人物的活动使观看者想起的是繁荣的都城，而不是当时世界最大、最文明的城市，即北宋首都。"

韩森在文中又说道："很多学者都引用孟元老所著《东京梦华录》来确定《清明上河图》的真实性。他们注意到商店招牌的构造形式与孟元老的记述相同，即'某姓—家—某商品'，但是画中的店名没有一个跟书中的店名一样。另外，英国的 Roderick Whitfield（韦陀）也曾提醒学者们注意，正如我们能够查《东京梦华录》一样，宋代以后的画家也可以查阅，即使画中店铺的名称与书中重复，也不能证明图画肯定作于北宋。"

不管这种探讨的结论如何，一幅图画能够引起这么多学者深入的研究，这正说明了《清明上河图》的深远内涵。正如徐建融在《向宋人学习》一文中的总结："向张择端学习，是指向宋人中最差的画家学习。我们知道，在宋代的画学文献中，都没有提到张择端其人，可见其在当时的画坛,地位极低,成就自然也不高。但是,正如唐代三四流画家创造了莫高窟壁画这样的不朽杰作,这位在当时水平最低的画家,竟然也创造了经典的名作《清明上河图》,为中国画的传统增添了光彩。"

关于张择端的遗迹,颇难探寻,好在史料记载他是诸城人,而诸城又建起了张择端公园,于是到该园去探访一番,也算是寻得了张择端的故里。

2019年4月27日,在齐鲁书社副总编刘玉林先生的带领下,我们乘小徐之车来到诸城。根据导航前去探看张择端公园时,在路边我们竟然看到了"张择端路"的路牌,可见当地颇以这位大画家为傲。沿此路前行,在路中看到了新建的石牌坊,上刻"画圣坊"三个大字,看来诸城人已将张择端尊为画圣。

跟着导航来到了目的地,但眼前所见的却是"岔道口公园"几个字,我们无法确定这是否就是张择端公园的另一个名称,于是走到马

"张择端路"路牌

"张择端故里"牌坊

张择端雕像

路对面的一个饭店内打问。老板告诉我们，它们就是一回事。我们立即前往公园，公园的入口也有一座石牌坊，上刻"张择端故里"字样，而公园的门牌号为"张择端路22号"。

进入公园内，远远看到一座石雕像，走近一看，竟然是赵明诚、李清照坐在这里。这组雕像制作得颇为迷你，形象也很卡通，二人手中所持感觉像是竹简，虽然赵明诚有藏古之好，但他在北宋时期恐怕也难收藏到成卷的竹简了吧。

公园的面积颇大，沿着中路一直前行，在公园内看到了几组引吭高歌的老年人，他们之间和而不同，似乎并不受对方音乐的影响，这份陶醉真让人感受到了什么叫祥和。在公园的中心位置找到了张择端雕像，雕像居然戴着褪色的红围巾，整体形象比我想象的年轻许多。雕像的基座上刻着张择端的生平，更为难得者，还准确地写出了他的生卒年（1085—1145），真不知这是怎么考证出来的，简介中还将其定性为"北宋时期杰出的现实主义画家"。

我注意到雕像的后方有一个仿古院落，想来那里应当是张择端纪念馆。走到门前却看到门楣上挂着"普济院"字样的匾额，正准备入内一探究竟，里面走出一位女士，她直截了当地跟我说："下班了。"

无奈，继续在公园内寻找与张择端有关的遗迹。我们又在附近找到一个仿古小亭，亭上无匾额，不知道是否是与雕像配套的。此时天已渐晚，只好原路返回，走到出口时，方看到那个岔道口公园石牌背面刻着公园简介，该简介上写道："岔道口公园始建于1987年，是在原北宋画圣张择端故居旧址处建起的诸城第一家农民公园。"原来这个公园竟然是张择端故居旧址，令我大感诧异。我查不到任何资料能够说明这个公园与张择端故居的关系，既然当地有此一说，也许是我孤陋寡闻吧，但无论如何，诸城是张择端的故里，能够至此一游，以此来怀念这位风俗画大家，我心中也颇有心满意足之感。

仿古小亭

公园简介

赵孟坚（1199年—1264年）
皆入妙品，水仙为尤高

  题目中的评语乃是出自元代汤垕所撰《画鉴》。赵孟坚画作的主要题材是植物，尤以水仙最为拿手。他的水仙高妙到何等程度呢？赵孟頫在《赵孟坚水墨双钩水仙长卷跋》中自称："吾自少好水仙，日数十纸，皆不能臻其极。盖业有专工，而吾意所寓，辄欲写其似，若水仙、树石，以至人物、牛马、虫鱼、肖翘之类，欲尽得其妙，岂可得哉？今观吾宗子固所作墨花，于纷披侧塞中，各就条理，亦一难也！虽我亦自谓不能过之。"

  赵孟頫说他从小就喜欢画水仙，有时一天会画几十张，然而都不满意，于是他自我解嘲说，一个人不可能样样都出类拔萃，然后他接着说，看到同宗赵孟坚所画的墨花，的确很是难得，而自己不可能达到这么高的成就。

  赵孟坚在画水仙上的成就，当代鉴赏大家徐邦达在《宋赵孟坚的水墨花卉画和其他》一文中总结道："在两宋时代，已经广泛地流行着单纯用水墨画的各种花卉，而且还出现了一些专画一种或几种花卉，如画墨竹、墨梅、墨兰等的画家，赵孟坚就是其中很重要的一位。他除了画梅、兰、竹以外，还喜欢画水仙花，画法与画兰有所不同，画兰花是一笔点划，而水仙是用双钩渲染。"

  徐邦达认为，赵孟坚所画的墨水仙与他人不同。而在其他的研究

《水仙图卷》局部　天津市艺术博物馆藏

文章中,有人直言赵孟坚是墨水仙的发明人。徐邦达没有给出这样的定论,他只是在文中客观地讲述了赵孟坚所绘墨水仙的独特笔法:"赵孟坚的画迹,我所看到的有水仙三卷、墨兰一卷。水仙三卷:一、见《石渠宝笈初篇》著录;二、明项元汴旧藏,无著录(日本《中国名画集》影印过);三、《式古堂书画汇考》等书著录。这几卷的画法完全一致,用细长流利的线描,再加浓淡墨晕染出花叶的阴阳向背。水仙花是很不容易描写的,它的长叶子柔中带刚,并且画得多了很不好布置穿插,赵氏又喜欢画千百株的长卷,花叶离披稠密。像这第一卷,他把水仙花的清洁、刚健而又婀娜的姿态完全活现纸上,'所欠者香耳'(借用黄庭坚评花光和尚画墨梅语)。"

徐邦达并没有说墨水仙的发明人应当是谁,他只是称,墨兰应该是赵孟坚首先使用的画法,而这种画法对后世颇有影响:"墨兰图是一笔点划的,这一种方法的运用,最早我们见到的是文同的墨竹图。画兰,还是以孟坚为滥觞。后来元代赵孟頫等人的画,多是从他那里演变出来的(郑思肖画法虽不学孟坚,但是总在赵氏以后,不能不说曾受到他的启发)。"

赵孟坚对自己所绘水仙颇为自得,清初孙承泽的《庚子销夏记》

中记载有这样一个故事:"彝斋倜傥不羁,风神迥上,精于绘事,晚年尤好画水仙,欲以敌扬补之梅花。一日刺舟严陵滩,见新月出水,大笑曰:'此所谓绿净不可唾,乃我水仙出现也。'"

此文中称,赵孟坚晚年最喜爱画水仙,其专攻这个题材的原因,乃是为了匹敌扬补之的梅花。从这段记载就可看出他对自己所绘水仙是何等之自负。而清吴升的《大观录》中收录有刘筼跋语:"子固为宋宗室,精于花卉,平生画水仙极得意,自谓飘然欲仙。今观此卷,笔墨飞动,真不虚语。"

赵孟坚专攻水仙的真实原因,史料未见记载。也许赵孟坚觉得水仙也是仙,而做个神仙中人是他的人生追求。周密在《齐东野语》中载有如下故事:"庚申岁,客辇下,会菖蒲节,余偕一时好事者,邀子固,各携所藏,买舟湖上,相与评赏。饮酣,子固脱帽,以酒晞发,箕踞歌《离骚》,旁若无人。薄暮,入西泠,掠孤山,舣棹茂树间。指林麓最幽处,瞪目绝叫曰:'此真洪谷子、董北苑得意笔也。'邻舟数

《水仙图卷》局部　天津市艺术博物馆藏

《墨兰图卷》局部　故宫博物院藏

十,皆惊骇绝叹,以为真谪仙人。"

　　在菖蒲节期间,众人带着所藏的名家书法绘画乘船泛湖,拿出珍品相互间品评饮酒作乐。喝到畅快处,赵孟坚摘掉帽子,以头发沾酒,坐在那里高歌《离骚》,一副旁若无人的样子,身边的人都觉得他简直就像李白那样的神仙中人。从这个侧面可知,赵孟坚有着很好的收藏,而他对于所藏的痴迷超过了他人的想象。

　　《齐东野语》中还记载了另一个故事:"异时,萧千岩之侄滚,得白石旧藏五字不损本《禊叙》,后归之俞寿翁家。子固复从寿翁善价得

《墨兰图卷》局部　故宫博物院藏

之，喜甚，乘舟夜泛而归。至雪之升山，风作舟覆，幸值支港，行李衣衾，皆湮溺无余。子固方被湿衣立浅水中，手持《禊帖》示人曰：'《兰亭》在此，余不足介意也。'因题八言于卷首云：'性命可轻，至宝是保。'盖其酷嗜雅尚，出于天性如此。后终于提辖左帑，身后有严陵之命。其帖后归之悦生堂，今复出人间矣。噫！近世求好事博雅如子固者，岂可得哉！"

这段记载表明，赵孟坚宁可失去性命，也要保住《兰亭》，可见其乃是一位性情中人，以至于让周密感叹说，像赵孟坚这样的博雅君子简直是太难得了。而这样的人生态度，也有可能是赵孟坚爱画水仙的心理折射。

水仙之外，赵孟坚还擅长画兰花。元吴太素在《松斋梅谱》中说："善作梅花，得逃禅、石室之绪余，水仙尤奇，世争贵重。识者又以兰蕙之笔为绝观。"吴太素认为赵孟坚的水仙固然为世人所看重，但真正懂行的人却更为欣赏他所绘的兰花。明朱存理《珊瑚木难》中也有类似说法："赵子固以诸王孙负晋宋间标韵，少游戏翰墨，爱作蕙兰，酒边花下，率以笔妍自随。"

赵孟坚所画的兰花有着怎样的好法呢？元汤垕在《画鉴》中称："赵孟坚子固之墨兰最得其妙，其叶如铁，花茎亦佳，作石用笔轻拂，状如飞白书，前人无此作。"看来赵孟坚发明了自己的独特用笔方式，而汤垕认为他的这种画法前无古人。赵孟坚在作品的构图方式上，也与前人不同。郭麟孙在《题赵子固兰蕙卷》中写道：

> 写兰以左笔为难，此图笔笔皆向左。
> 香风一夕从西来，数片湘云忽吹堕。
> 天真满前呈烂漫，晴烟低叶分婀娜；
> 紫茎缥缈散曾华，翠带交加藏侧朵。
> 初观骇目若零乱，缔视凝神还帖妥；
> 想翁落笔风雨疾，不待解衣盘薄裸。
> 但觉书纸如书空，唯知有兰那有我；
> 胸中所在皆众芳，变化纵横无不可。

赵孟坚为什么能在绘画方面拓展出这些新的题材与画法？天分固然重要，眼界开阔，也同样是必有的条件。周密在《齐东野语》中说道："诸王孙赵孟坚，字子固，号彝斋，居嘉禾之广陈。修雅博识，善笔札，工诗文，酷嗜法书。多藏三代以来金石名迹，遇其会意时，虽倾囊易之不靳也。又善作梅竹，往往得逃禅、石室之妙，于水仙为尤奇，时人珍之。襟度潇爽，有六朝诸贤风气，时比之米南宫，而子固亦自以为不歉也。东西薄游，必挟所有以自随。一舟横陈，仅留一席为偃息之地，随意左右取之，抚摩吟讽，至忘寝食。所至，识不识望之，而知为米家书画船也。"

赵孟坚乃是宋朝皇室后裔，爱好广泛，有着多方面的成就，不但诗文作得好，同时在书法方面也很有成就，并且藏了很多的金石拓片和字画。正是这些珍藏，使他眼界大开，当时的人们将他比作米芾，他也很认同这个看法。他在出去访友游玩时，必定随身携带心爱之物，船上只留出一点点空隙供其躺下，其他的空间全部摆满了书画。

正是这种超然物外的生活态度，使得很多人愿意与之结交。后来蒙古人占领天下之后，赵孟坚不愿意再出来为官，隐居到了广陈镇，每日就坐在自己的画船之中，享受着人生之乐。元姚桐寿在《乐郊私语》中载有这段事："赵子固，宋宗室也，入本朝，不乐仕进，隐居州之广陈镇，时载以一舟，舟中琴、书、尊、杓毕具，往往泊蓼汀苇岸，看夕阳、赋晓月为事。尝到县，县令宣城梅轂到船谒公，公飞棹而去，梅伫立岸上言曰：'昔人所谓名可闻而身不可见，殆谓先生欤？'"

进入元朝，赵孟坚采取了一种不与当朝合作的态度，以至于县令来见他，他都会立即划船躲避，让县令站在岸边大发感慨。姚桐寿在《乐郊私语》中还载有这样一个故事："公从弟子昂，自苕中来访，公闭门不纳。夫人劝之，始令从后门人。坐定，第问：'弁山、笠泽近来佳否？'子昂云：'佳。'公曰：'弟奈山泽佳何？'子昂惭退。公便令苍头濯其坐具，盖恶其作宾朝家也。余生也晚，乃少从妇翁得见子昂。今虽身寓公里第，有想像鼓棹行吟胜处耳。"

这则故事在后世流传甚广，很多研究者都以这件事来说明赵孟坚是何等有气节。因为他的从弟赵孟頫在鼎革后当了元朝的职官，这让他很不齿。某天赵孟頫来拜访他，他坚决不见，后来在夫人的劝慰下，总算出来见了一面，然而在交谈中，他依然暗讽赵孟頫仕元的行为，令赵孟頫大为惭愧，只好告辞而出。等赵孟頫一出门，赵孟坚立即让家中的仆人去清洗赵孟頫坐过的椅子，以此表明他对变节之人是何等厌恶。

然而这个故事很容易就能看出漏洞，姚桐寿的这段记载实无其事。比如徐邦达就在其文中做出了这样的推断："至于他的卒年，有好多记载说是在元初，那是根据姚桐寿《乐郊私语》的一段错误记载而以误传误的。按《梅竹诗谱》真迹卷中，后面咸淳丁卯五月晦日叶隆礼跋说：'晚年步骤逃禅，工梅竹，咄咄逼真，予自江右归，颇悟逃禅笔意，将与之是正，而子固死矣。'又赵孟濚戊辰跋中也有'彝斋已矣'之语，周密《齐东野语》更说他藏的落水本《兰亭序》死后入贾似道家。叶、赵二人和周密，多是子固的同时人，所说的一定可靠，姚桐寿的记载是不足信的。"

徐邦达通过赵孟坚流传至今的绘画落款时间做了推断，认为姚桐寿的记载不足信。其实这样的怀疑，早在乾隆年间四库馆臣就已提出。当时皇帝命令纂修《四库全书》，并且从《永乐大典》中辑出失传之书，赵孟坚的《彝斋文编》就是这样辑佚出来的。四库馆臣在给该书写提要时，也专门讨论了姚桐寿的这段记载："臣等谨案《彝斋文编》四卷，宋赵孟坚撰。……如周密《齐东野语》谓其'终提辖左帑，身后有严陵之命'，是孟坚殁于宋世。而姚桐寿《乐郊私语》谓'孟坚入元，不乐仕进，隐居避客。从弟孟頫来访，坐定，问弁山、笠泽佳否'……则又似元初尚存者，二说错互殊甚。今案孟坚《甲辰岁朝把笔》诗有'四十五番见除夕'之句，以干支逆数之，当生于庆元己未，距宋亡时凡七十八年，孟頫仕元尚在其后，孟坚必不能及见。又考朱存理《铁网珊瑚》载孟坚《梅竹谱》卷，有咸淳丁卯叶隆礼跋称：'子固晚年工梅竹，步骤逃禅。予自江右归，将与之是正，而子固死矣。'

跋出隆礼手迹,其言可信。是孟坚之卒于丁卯以前,更为确凿,亦足证桐寿之说为诞妄矣。"

四库馆臣是从年龄上做了推断,认定赵孟坚死后才有赵孟𫖯仕元之事,所以赵孟坚绝不可能知道这件身后事,以此来说明,姚桐寿的记载很不靠谱。

那么赵孟𫖯是否见过赵孟坚呢?这件事当然要从他们两人的关系聊起。从名字上看,两人仅差一个字,并且都以"孟"字作为排行,而在"字"上,赵孟坚字子固,而赵孟𫖯字子昂,更何况他们两人都是宋宗室。这样论起来,很容易让人觉得他们有着密切的亲戚关系。按照姚桐寿所言"公从弟子昂",他们应该是从兄弟的关系,然而前面引用的赵孟𫖯在赵孟坚所画水仙画上的跋语中称"今观吾宗子固所作墨花",赵孟𫖯仅说赵孟坚跟他同宗,并未有从兄从弟这样的说法。

关于两人之间的关系,蒋天格有一篇长文名为《辨赵孟坚与赵孟𫖯之间的关系》,蒋天格在该文中以表格的形式列出了两人的谱系:

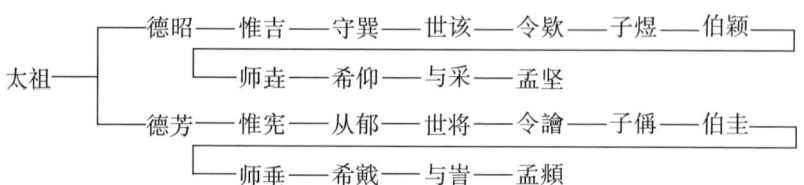

而后蒋天格在文中称:"在这里明显地可以看出,孟坚是太祖子德昭的后裔,孟𫖯是太祖子德芳的苗胤。从德字辈到孟字辈,分宗别派已达十一世之久,再加以世世代代的蕃衍析居,到了他们的身上,早已成为血缘悬远的疏属,较诸同堂一祖的伯叔兄弟,已多出了九世的距离,要说他们是'从兄弟',是怎么也攀扯不上的。"

两人的关系原来如此之远,按照中国传统的习俗,早已出了五服,难怪赵孟頫仅说他跟赵孟坚是"同宗"。那么赵孟頫是否见过赵孟坚呢?对此蒋天格又在其文中做出了仔细的推导,赵孟坚跟赵孟頫的父亲赵与訔有着密切交往,然而目前却查不到赵孟頫与之交往的记录。而蒋天格在引用了赵孟頫所书《赵孟坚水墨双钩水仙长卷跋》之后,又称:"孟坚是画水仙的名家,如二人素有交往,何以孟頫'自少好水仙,日数十纸,皆不能臻其极'而不请教于孟坚?"

以上是从事理上做出的推断,而在年龄上,赵孟坚要比赵孟頫大五十五岁。赵孟坚去世时,赵孟頫的年龄也就在十岁左右,所以他们即使见过面,也不可能有那样的对话,这更加印证了姚桐寿在《乐郊私语》中所言,是不可能存在的事实。

绘画之外,赵孟坚在书法方面也做过深入的探讨,他的书学思想集中体现在其所作的《论书法》一文。关于该文的整体概念,李巍在《赵孟坚"宗唐"说的书法美学意义探讨》一文中称:"《论书法》虽然只是一篇独立的论文,但综观之,却可分为书家论、用笔论和书体论三个部分。这三个部分交错在整篇文章中,却反映了同一个观点,也就是赵孟坚书法思想的核心,即是'宗唐尚法'。这个观点,在宋代书坛总体'尚意'的风气笼罩下,不能不说是一个另类。"

如前所言,赵孟坚落水时,无视自身安全也要保护《兰亭序》,虽然那不是真迹仅是拓本,即便如此,他也视若拱璧,这说明他对王羲之的书法极其膜拜。然而赵孟坚在《论书法》的开篇即称:

> 学唐不如学晋,人皆能言之。夫岂知晋不易学,学唐尚不失规矩,学晋不从唐入,多见其不知量也。仅能欹斜,虽欲媚而不媚,翻成画虎之犬耳,何也?书字当立间架墙壁,则不骫骳。思陵书法未尝不圆熟,要之于间架墙壁处不著工夫,此理可为识者道。

赵孟坚认为晋代书法乃是一座高峰，要学到其中精髓并不容易，要想学得晋人笔法，必须从唐人入手，如果跨过唐代直入晋朝，很可能变成画虎不成反类犬。为什么会这样说呢？他认为唐人书法法度严谨，经过这样的训练，使人能够掌握字的间架结构。赵孟坚的这个说法，有些类似后世强调的学书法必须先学正楷，而后再到行草，否则的话，写出的字无法立得住。既然要学唐，应当摹写哪些人的笔法呢？赵孟坚明确地称："于楷何从？曰仅有三焉：《化度》《九成》《庙堂》。"

看来他认为欧阳询的《化度寺碑》和《九成宫醴泉铭》以及虞世南的《孔子庙堂碑》，乃是学习书法的最好临本。为什么只点到这三通碑帖呢？赵孟坚的解释如下：

> 三书之法，在平正恬淡，分间布白，行笔停匀。且如横书必两头均平，不可如俗书左低右昂，搭手从左原过，此在《八诀》所谓"千里阵云"者也。起笔既成冗类，如凿如锥，则有泛冗。锥，则尖既不尖，又必带冗，斯为妙绝。及至书到右方住处，捺笔不可向下，须拥起向上，于下如绳直，其左方主笔之竖，亦结笔在右，穿心竖笔是也。捺笔直下到立笔处微捺使锋左向，如画之右肩突出，锋在上。竖笔突出，则锋在左也。又于十字处，如"中"字、"牛"字、"年"字，凡是一横一直中停者，皆当著心凝然，正直平均，不可使一高一低，一斜一欹，少涉世俗。守此法既牢，则凡施之间架，自然平均，便不俗气。

可见在书法方面，赵孟坚有着自己的体会与观念，而他在诗文创作方面，也同样有着较高的成就。四库馆臣在赵孟坚《彝斋文编》提要中写道："今从《永乐大典》摭拾补缀，厘为四卷。大都清远绝俗，类其为人。剩璧零珪,风流未泯,亦足与书画并传不朽云。"

四库馆臣对赵孟坚诗文的水准给予了很高的评价,认为赵的诗文成就不在他的书法和绘画之下。在诗文创作方面,虽然赵孟坚没有写出像《论书法》那样的专文,然而他却作过一首《诗谈》,阐述自己的理念:

> 吾嗤彼云士,努力事诗妍。竟日搜枯肠,抽黄对白闲。尔何无达观,踢促自缚缠。不见渊明陶,有诗累百篇。要以写我心,出语如流泉。采菊见南山,得句于悠然。少陵动感慨,忠义胆所宣。有时心境夷,亦复轻翩翩。纤纤白云闲,无心游日边。风石激而奇,奔迸生云烟。讵以天然态,而事斧凿镌。醉尔一觞酒,警尔心地偏。少焉明月上,高挂西山巅。听我曳杖歌,金石声撼天。

赵孟坚的这首《诗谈》直接表达了自己的创作观,从总体上看,他欣赏陶渊明那样的自然诗风,认为太过雕琢的诗句并不高明。他的这个观念,也正符合其达观的人生姿态。关于赵孟坚的生平履历,他在《甲辰岁朝把笔》中有如下一段自述:"四十五番见除夕,稍知惭愧此之日,小时辛苦习科场,惟恐一官身未得。二十七岁方尘忝,又阅八年初实历。又阅十年满两任,汲汲皇皇望通籍。"

按照《宋史翼》的记载,赵孟坚以父荫登宝庆二年(1226)进士,而后过了八年,朝廷才给他安排了一个很低的职务,命他去任湖州掾,他在此任上干了两届,而后入转运司幕,四十六岁时方升迁为诸暨县令,而后他觉得天下将乱,于是辞职返乡,隐居在广陈镇。

2012年的最后一天,我来到了嘉兴市。在范笑我先生的带领下,我在嘉兴周边跑了一天,其中的寻访目标就有赵孟坚的遗迹。赵孟坚墓位于浙江省嘉兴平湖市广陈镇北辇字圩。

赵孟坚雕像

打车来到广陈中学,正赶上学校放学,大量的学生涌出,接待我们的徐仁达老师已经站在了门口。跟他寒暄期间,我瞥见校园内立着一座雕像,远远看上去是古人的模样,我向徐老师请教那是谁,他说是赵孟坚。这真是意外收获,我本是来此地找赵孟坚的墓,并不知道他有座雕像在这个学校内,我马上跑过去拍照。徐老师告诉我学校内不但有赵孟坚的像,还有一个专门的纪念公园,他坚持带我到后面去观看。

在学校的后院内,有一个十几亩大小的公园,虽然修建得说不上精美,却有些古意。徐老师介绍说,这个公园的名字就叫赵孟坚纪念园,园子的中间是一个水池,池旁的一个太湖石上刻着"净凳湖",我觉得这个"净凳"可能就出自姚桐寿《乐郊私语》中的那个故事。

湖的尽头建了一个二三十米长的碑廊,里面新刻的碑介绍了赵孟坚的一些事迹,可惜刊刻的字迹太浅,拍照出来后完全看不清楚内容。

净凳湖

而我感兴趣的是：校门口赵孟坚雕像旁有两个用稻草制作的像骏马奔飞样的物体。徐老师介绍说这是他们学校的获奖作品，本校的最大特色是稻草艺术，就是用稻草来扎制各种形象。他说以前人们也不理解，认为这些东西太过简陋，到2008年参加上海双年展获奖后，很多领导和家长就买账了。

回到校门口，我再细看这两件用稻草制作的艺术品，其中黑色的似乎有点像马，而黄色的那匹我总觉得有点像狗。在对面的一个棚子内，还摆放着一只未完工的龙头，这个看上去倒有几分像。

徐老师带我们来到镇上的粮站，这个粮站位于振广西路87号，粮站的院内有一口井，井口用钢管焊成支架围了起来，旁边有平湖市文保单位牌，写明这口井名叫"雪花井"。徐老师介绍称，这个粮站原本是赵孟坚家的花园，现在仅余这口井了。

粮站的一部分现已改成了檀香厂，院子中摆着很多晾晒檀香的支

雪花井

文保牌背面谈到了赵孟坚跟井的关系

架,但架上是空的,我看不到用雪花井里的古水做出来的檀香是什么模样。

从粮站出来,徐老师又带我等先去看赵孟坚墓,墓在镇外的一片水塘的对面。车停在大楼边,我注意到路边的里程牌写着:独广线X109—14,县道竟如此宽广,跟江西的县道比起来要好得太多。站在路边远远看到河塘边的土堆前有一个文保牌,上面写着"赵氏墓",徐老师解释称,这是赵孟坚家族的墓地,而赵孟坚本人的墓则在河塘的对岸。

河塘不大,占地约四五亩,然而四周全是烂泥塘,想穿过去是件不太容易的事。徐老师带着我踏进这泥泞不堪的地埂上,边走边向前探看,以便寻得通往赵孟坚墓的道路。可是走了两个来回,始终跟那块墓地隔水相望,无奈又重新退回到大道上,我在心里默默地唱起了一句姜育恒的歌:"终点又回到起点。"

文保牌上写着"赵氏墓"

徐老师冷静地站在路边观察一番，而后果断带着我们走到了普照寺的侧墙旁。普照寺的侧墙与这片沼泽地隔着一道围墙，而围墙的外沿有仅能容一只脚宽的硬埂地。于是我们就用双手扶着墙，然后一点一点地往前蹭，经过一番努力，终于登上了"宛在水中央"的那块小高地。

这个小高地占地约三四亩大小，徐老师称，整个高地就是赵孟坚墓。在小高地的另一旁看到了平湖县的文保牌，写明这是赵孟坚墓，在这个墓丘之上，一半的面积长着翠竹，另一半则种着不知名的菜，余外看不到其他的碑刻。

看完墓地，送徐老师回平湖市，在路上他给我一份宣传材料，内容是介绍稻草艺术的。这是一份复印件，可能是复印次数太多，上面的文字模糊不清，很多字都走了形。他给我讲述学校开办稻草艺术课的全过程，他说自己现在是学校的美术教师，就负责上稻草艺术课，

赵孟坚墓文保牌

在他教的学生中。有一位家长是小有名气的农民诗人,徐老师请他写了五十首稻草艺术诗,诗作发表后,稻草艺术在外面就有了些影响,徐老师又找当地的书法家,把这一万二千多字的稻草诗用小楷写了出来。他说这位书法家名叫许士中。字体是学的弘一大师。范笑我兄称他也认识这位许士中。徐仁达老师接着说,就是因为请了这位书法家写成小楷之后,反而在出版方面遇到了问题,因为这位书法家在当地小有名气,出成书之后,别人认的是他的书法,反而把关于稻草艺术的内容给掩盖过去了。徐老师谈到自己的稻草艺术时也是眉飞色舞,他说自己想搞一个发明,那就是用稻草做毛笔,同时用稻草烧成灰后做成墨,再加上用稻草造的纸,三样合在一起就成了纯粹的稻草艺术,我很是佩服他的想象力。

彝齋詩餘

嘉興 趙孟堅 子固

沁園春　過天下第一江山呈何守

大江山鎮臨彈壓，豈小任哉，從嶕嶢導漾，東傾注海，截然限止，南北天開，試向中流迴觀鐵甕，萬石層稜攢劍堆，金焦峙，號紫金浮玉卷，雪轟雷。　君侯文武兼才，天有為生才南國來，口歷二十年籌邊，給餉上流襟要，幾為安排，今此雄藩，精明旌鼓，又喚金湯氣回長淮，北望中原非遠，更展恢規。

鵲橋仙　巖桂和韻

明金點染枝頭初見，四出如將刀翦，芳心纔露一些兒

钱选（约1239年—约1300年）
精巧工致，妙于形似

钱选是宋末元初的画家，他的画作被时人誉为"吴兴三绝"之一。《两浙名贤录》卷四十八称："论者以钱舜举画、赵子昂字、冯应科笔为吴兴三绝。"《湖州府志》卷二十亦称："赵子昂字、钱舜举画、应科笔为吴兴三绝。"元代朱同在《覆瓿集》卷六《书钱舜举画后》亦称："吴兴钱舜举之于画，精巧工致，妙于形似……居吴兴三绝之一，其以是与！且其《折枝啼鸟》《翠袖天寒》，别有一种娇态，又非他人所能及者。"

这些记载都是将钱选的画跟赵孟頫的书法进行类比，以此说明，在某个时段，他的绘画成就要高于赵松雪，因为松雪在书法方面更具名气。但后来随着两人身份的变化，渐渐的赵孟頫成为了他所处时代具有领袖地位的大画家，而钱选的名气与地位却越来越靠后。两人在地位上的升降，也是后世学者广泛讨论的问题。

关于钱选与赵孟頫之间的关系，美高居翰著、李渝译的《图说中国绘画史》中有如下表述："文人画运动由杭州之北的吴兴开始，先驱者是钱选及其学生赵孟頫。钱选是拒绝奉职蒙古朝廷的退隐人士之一。赵孟頫比钱选小二十岁左右。1286年，赵孟頫在画业刚开始的时候，曾经前去北京，成为忽必烈的一名朝臣。钱选没有去，把时间花在诗、书、饮酒上。他画人物、花鸟和山水，经常回溯前南宋风格。"

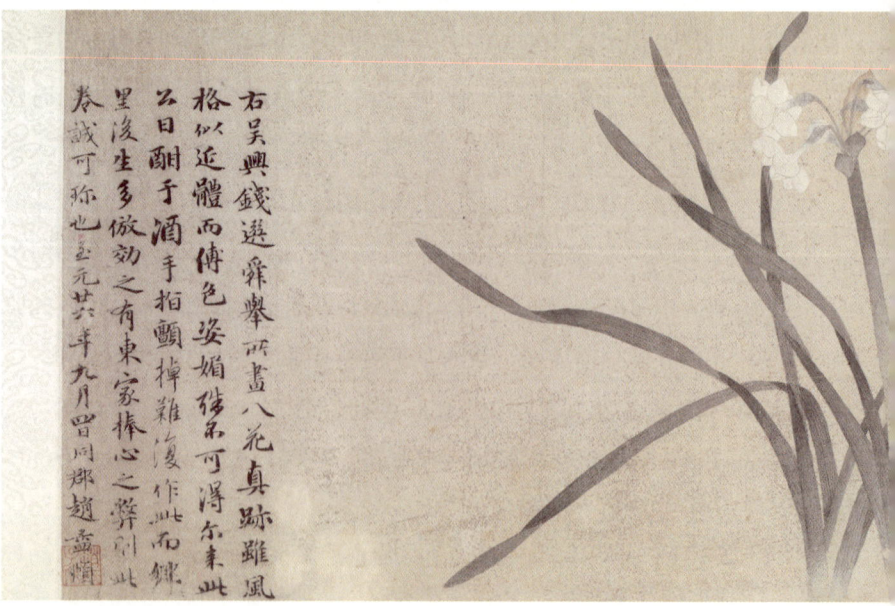

《八花图卷》局部　故宫博物院藏

高居翰明确地说赵孟頫是钱选的学生，而李永强在《钱选与赵孟頫关系考》中有"师徒关系说"和"好友关系说"两类，显然高居翰的结论属于前者，李永强也称持这种说法的学者最多。比如元代的张雨在《题钱舜举〈浮玉山居图〉》时称："吴兴公早岁得画法于舜举，舜举多写人物、花鸟，故所图山水当世罕传。"黄公望在此图的跋语中也同样称钱选乃赵孟頫之师："雪溪翁吴兴硕学，其于经史贯穿于胸中，时人莫之知也。独与敖君善，讲明酬酢，咸诣理奥，而赵文敏公尝师之，不特师其画。至今古事物之外，又深于音律之学。其人品之高如此，而世间往往以画史称之，是特其游戏，而遂掩其所学。今观贞居所藏此卷并题诗其上，诗与画称，知诗者乃知其画矣。至正八年九月八日，大痴学人黄公望稽首敬题，时年八帙。"

李永强在文中还举出了倪瓒给钱舜举的《牡丹图》所题之诗："水晶宫里仙人笔，曾就溪翁学画花。今日披图闲觅句，空青奕奕映丹砂。"

以上三家题跋赋诗者均为元代人，其中张雨还跟赵孟頫学习过书法，明末汪珂玉《珊瑚网》中载有张雨自言："仆曩时侍赵文敏公学书，暇日尝论《禊帖》定武本佳者绝难得。"黄公望在《题赵孟頫〈千字文〉卷后》中亦明确写道："当年亲见公挥洒，松雪斋中小学生。"黄公望虽比赵孟頫晚生十五年，但他们有五十多年生活在同一个时段内，如此说来，这三位有的是赵的朋友，有的是赵的学生，既然他们都说钱选是赵孟頫的老师，这种说法应该不会有问题。

元末明初曹昭在《格古要论》卷上《士夫画》中载有以下著名的一段话：

> 赵子昂问钱舜举曰："如何是士夫画？"舜举答曰："戾家画也。"子昂曰："然余观唐之王维，宋之李成、郭熙、李伯时，皆高尚士夫，所画与物传神，尽其妙也。近世作士夫画者，其缪甚矣。"

这段话讨论的是文人画和专业画家孰优孰劣的问题，由这段话引起的争论至今还未停息，下面将会谈及。仅就这两人的对话来看，赵孟頫的确向钱选请教过画理。

持好友关系说者，大多是以赵孟頫《松雪斋集》卷六《送吴幼清南还序》中所言为据："吾乡有敖君善者，吾师也；曰钱选舜举、曰萧和子中、曰张复亨刚父、曰陈悫信仲、曰姚式子敬、曰陈康祖无逸，吾友也……余既书所赋诗三章以赠行，又列吾师友之姓名，使吴君因相见而道吾情。"

赵孟頫明确地说敖继公为其师，钱选等人为其友。既然与赵孟頫同时代的人多称钱选是赵孟頫之师，为何其本人却将钱选视为友呢？李铸晋在《鹊华秋色——赵孟頫的生平与画艺》一书中的解释为："赵之所以称钱为'吾友'，而不以'吾师'待之，可能是钱选早以画名，孟頫则常观其作画，偶亦同时作画，因而从中获得若干启发。由是，一些文人即因此而认为赵是钱的弟子。另有一种可能是，赵孟頫以宋室而仕元，颇受人责难；而钱选则拒绝仕元，以诗画流连终身，一般敬之为遗民。因之而有扬钱贬赵，强调钱为赵师之说了。"

李铸晋认为钱选比赵孟頫年纪大，在画史上出名也比赵早，两人又是同乡，赵孟頫既然有画画之好，他前去向钱选请教相关问题当然有可能，而正是因为这些请教，使得一些人将其视为钱的弟子。李铸晋的言外之意，是说赵只是向钱请教相关问题，并无拜师之举。该文又说出了另一种可能，这就是钱、赵二人的处世态度，赵孟頫虽然是宋宗室，但他却到元廷任职，钱选则坚守气节，以遗民身份终身，故后世人们赞赏钱的为人态度，而贬斥赵孟頫，因此强调钱为赵师。

李永强认为李铸晋所言的前半段较为中肯，后半段则略显偏颇，因为张雨、黄公望、倪瓒等都对赵孟頫极其推崇，并不存在人格上的贬视，而他们也说钱是赵的老师，如何解释这种矛盾呢？李永强查阅了《万姓统谱》和《闽中理学渊源考》中对敖继公生平事迹的记载，有"精讨经学，而尤长于三礼"之语，丝毫未曾谈及敖继公有绘画之好，如此说来，赵孟頫拜敖继公为师学习的是经史之学。在那个时代，饱读诗书才是正途，赵孟頫的母亲让他从小努力学习，希望他考取功名，故学画仅是他的业余爱好。因此说，赵孟頫的那段话讲述的是他在学问方面的诗与友，重点并不在书法和绘画。

有人认为正是因为赵孟頫仕元，使得钱、赵关系破裂。张光福在《中国美术史》中就持这种看法："他（赵孟頫）的仕元也引起很多士大夫知识分子的思想斗争，钱选就为此不同他说话，后人在他的墨竹遗迹里还咒骂他：'数枝密叶数枝疏，露压烟啼秋雨余，宋室山河多少泪，略无半点上林于。'"除此之外，童教英《中国古代绘画简史》、谢稚柳《中国书画鉴定》中也持这种观念。但如前所引，赵孟頫在《送吴幼清南还序》中明确地将钱选列为"吾友"，而此时的赵孟頫已出仕新朝，这就说明赵到元廷任职后仍然跟钱保持着良好的关系。李永强在文中又举出了钱选在赵孟頫所绘《墨梅图》上所题之句："子昂郎中墨梅，非仆所能及也，敬服敬服。吴兴钱选舜举。"此处称赵孟頫为郎中，乃是指赵在至元二十四年（1287）授兵部郎中之职事，这同样说明两人至此时仍有较为密切的交往。

《大观录》著录的《丛菊图》中有澹古题跋："吴兴钱舜举，世以为画工，非也。当国初时，钱卿与赵松雪、鲜于困学、李息斋、徐容斋诸名公游，不乐仕进，读书赋诗，衡门甑石宴如也。"可见入元后，赵孟頫跟钱选等人虽然政治观念不同，但依然有着良好的交往关系，故赵孟頫仕元后钱选与之断交，这种说法不能成立。

既然如此，那为什么会出现这种说法呢？这应当是对历史资料的不同解读所致。元张雨在《静居集》卷三《钱舜举溪岸图》中说："吴兴当元初时，有'八俊'之号，盖以子昂为称首，而舜举与焉。至元间,子昂被荐入朝,诸公皆相附取宦达,独舜举龃龉不合,流连诗画,以终其身。故二公之诗,各言己志,而子昂微有风意,览者当自得之也。"

这里提到的"八俊"乃是指吴兴八俊,《乌程县志》卷十三载:"张复亨……与赵孟頫、牟应龙、萧子中、陈无逸、陈仲信、姚式、钱选,皆能以诗擅画,号称'吴兴八俊'。"赵孟頫与钱选均为八俊中人物,亦可见他们当年交往较为密切。正如前所言,赵孟頫有时向钱选请教画理问题,到元至元年间,赵孟頫被举荐入朝为官,八俊中的一些朋友因为跟赵关系密切,也纷纷出仕,唯有钱选坚持气节,将所有精力用在绘画方面。朱谋垔的《画史会要》中也有相同说法:"钱选,字舜举,号玉潭,霅川人,宋景定间乡贡进士,及元初吴兴有八俊之号,以子昂为称首,而舜举与焉,及子昂被荐登朝,诸公皆相附取宦达,独舜举龃龉不合,流连诗画,以终其身。人物、山水、花鸟师赵昌,青绿山水师赵千里。"

看来后世认为钱、赵二人关系破裂,应当是本自"龃龉不合"四字,其实细品这句话,应当是指钱选不愿像其他人那样也借机入朝为官成为显达,并不是说他跟赵孟頫之间产生了矛盾。

关于赵孟頫向钱选请教的那段关于"戾家画"的对话,后人也有着不同的解读。赵孟頫向钱选请教何为士夫画,钱回答说士人画就是戾家画,子昂基本赞同钱选所言,同时认为唐代的王维,宋代李成、郭熙等人都是高尚的士大夫,他们的画作不应当被视为戾家画,而近代的一些士人画则画得很差。细品赵孟頫的回答,似乎他也赞同钱选的这种说法,文人画就是戾家画,而这种画远不如专业的画更为正统。

但是,这个观念后来发生了翻转,尤其经过董其昌的提倡,文人画的地位要远远高于正统专业的画派。何以出现了这样的翻转呢?这需要捋顺钱、赵对话的演变过程。明代唐伯虎在《唐六如画谱》中引用了钱、赵的对话：

> 赵子昂问钱舜举曰："如何是士夫画？"舜举答曰："隶家画也。"子昂曰："然，观王维、徐熙、李伯时，皆士夫之高尚画，盖与物传神，在尽其妙也。近世作士夫画者，其缪甚也。"

在这里，唐伯虎将"戾"字改为了"隶"，而后董其昌在《容台集》中，对此又做了更改：

> 赵文敏问画道于钱舜举："何以称士气？"钱曰："隶体耳，画史能辨之，即可无翼而飞，不尔，便落邪道，愈工愈远。然又有关捩，要得无求于世，不以赞毁挠怀。"吴尝举似画家，无不攒眉，谓此关难度，所以年年故步。

在这里，董其昌原话中的"士夫画"改为了"士气"，把"戾家画"改为了"隶体"。显然钱选所说的"戾家画"应当是指没有师承信手画来的外行画，与之相对者则是有师承并且是职业画师中画艺精湛者，这些人应当称为行家。因此"戾家画"乃是指非职业画家的画作。既然如此，那如何看待非职业画家中的文人画呢？这正是赵孟頫补充钱选所言之处，他认为唐代的王维，宋代的李成、郭熙等不应当归入戾家画，虽然他们不是专业画家，但他们的学养足以支撑其画作达到很高的水准。这种说法可由韩拙在《山水纯全集》中所言为证："今之名卿士大夫，自得优游闲暇之余，握管濡毫，落笔有意，多求简易而取清逸，出于自然之性，无一点俗气，以世之格法，在所勿识也。古之名流士大夫，皆从格法。南唐以来，李成、郭熙、范宽、燕公穆、宋复古、李伯时、王晋卿亦然。"

韩拙认为古代文人画中出现精品，也是因为绘画者遵守画规，方才受到后世看重，相对而言，那种缺乏技巧训练的士大夫信手所绘之作只能目之为墨戏。钱选所说的戾家画乃是指这一类未经过专业训练的画，但钱选也是位读书人，如果严格按照他所言，岂不也等于他将自己的画贬得一钱不值？因此，万青力在《由"士夫画"到"文人画"——钱选"戾家画"说简论》中总结说："钱、赵二人关于'戾家画'的争论是异中见同，两人都是轻'戾家'重'行家'。正因为有这样的共识，元代开启了由'士夫画'到'文人画'的另一历史阶段。"而对于钱选本人究竟属于哪类画家，万青力在文中的总结是："则可当得是'文人画'中第一个行家。"

关于士夫画和行家画的区分，到了明中期有了概念上的翻转，董其昌在《画旨》中称："李昭道一派为赵伯驹、伯骕，精工之极，又有士气。后人仿之者，得其工，不能得其雅。若元之丁野夫、钱舜举是已。"

在这里，董其昌直接将钱选归入北宗，认为钱选乃是北宗中的末流。这种评语跟钱选当年在绘画史上的地位近乎形如霄壤。明王世贞在《弇州山人四部稿》中也持这种看法："赵松雪孟頫、梅道人吴镇仲圭、大痴老人黄公望子久、黄鹤山樵王蒙叔明，元四大家也。高彦敬、倪元镇、方方壶，品之逸者也。盛懋、钱选其次也。"而他又在《钱舜举画陶征君归去来辞后》写道："吴兴钱选舜举画陶元亮《归去来辞》独多，予所见凡数本，而此卷最古雅，翩翩有龙眠、松雪遗意。"王世贞不但将钱选排在了元代名家的最后一位，甚至不顾年龄上的差异，认为钱选的画作有赵孟頫遗意。

这种情况的出现，显然是后世对钱选"戾家画"观念的误解所致。冯健民在《钱选"戾家画"说发微——评史上对"戾家画"的误读、曲解与过度阐释》一文中却另有说法，他首先谈到了曹昭《格古要论》

中的那段话句读点断有问题,接着如此解读了钱、赵的对话:

> 所谓"戾家画"者是钱选对"士夫画"的贬抑,而赵孟頫则是对"士夫画"的褒扬,双方观点鲜明,并无太多难解之处。奇怪的是后来却被一些人误读、曲解,将"士夫画""戾家画""文人画"混为一谈,并将赵孟頫对士夫画的肯定和褒举一股脑儿都算在"戾家画"头上,认同"戾家画"是对"文人画"的鼓与呼,更有人直接说钱选"倡导'戾家画'"。这就越发将对"戾家画"的理解引入歧途。

为什么会出现这种问题呢?冯健民认为,赵孟頫的回答正确句读应当是:"子昂曰:'然余观唐之王维,宋之李成、郭熙、李伯时,皆高尚士夫,所画与物传神,尽其妙也。近世作士夫画者,其谬甚也。'"对此,冯在文中解释道:"'然'和下文相连,这里只能作'但是'或'然而'讲,是表示不同意见的转折词,也就是说,赵并不同意钱的看法。这两种只差一个标点的句读,竟然表达出截然相反的意见。呜呼,能不慎乎?"

冯健民的解读视角颇为奇特,他在文中引用了"戾家"一词的来源,而后认为钱选乃是入元后第一个真正具有士气,真正具有士大夫精神的士人,那么相对者则是贬斥赵孟頫的仕元。冯健民甚至认为钱、赵二人的对话就是钱对赵的变相讽刺:"在'对话'中钱选所贬抑的士夫和士夫画并非泛指,而主要是指入元后屈服于元人而入朝为官的一批士林败类。当然,首当其冲的就是赵孟頫,而'戾家画'说就是对赵孟頫的变相讥讽。由于钱选和赵孟頫是亦师亦友的关系(钱比赵大十四五岁),赵不便发作,只好假装糊涂拉来唐宋前贤遮羞。而最后也不得不承认'近世作士夫画者,谬甚也!'以表示自己的惭愧之情。而

白露浥兰芳
蒲秋烟暝情
碧湖荡芳情
空谁氏媚首
赋卬顷倒
影山衔翠
欺霜槭槮
朱底泙枕
苇渡彼岸

《秋江待渡图》局部　故宫博物院藏

这些只有钱赵二人心中有数,外人是不容易参透的。"

关于这一点,前面已经论述,在此不再赘述。因为赵在仕元后仍跟钱有着密切交往,同时钱选的画在元代时就有着巨大的市场影响力,元柯九思在《题钱舜举花鸟十幅》中写道:"古人工花卉者,有黄筌之精研,徐熙之散逸,俱属神品,名冠今古,三百年来无有能似之者。至我元有钱舜举,能兼二子之长,盖其质秀才美,词翰并妙,绘事之技,止其绪余。若此数幅,又余事之余,而更清丽不凡,天趣独得,诚艺林中通材也。予闲居观此,不胜敬服,为之击节三叹。"

柯九思认为钱选的画十分清丽,可与黄筌、徐熙等大画家相媲美,并且认为钱选的绘画水平能兼黄、徐之长。明代黄姬水在《花鸟画三段图》中亦对钱选之画给予了很高的赞语:"吴兴谓钱选画、赵书、冯笔为三绝,而选画花尤长,盖不在花叶枝干之似,赋形生色,如化工自然,真绝艺也……今观选此作,当不在熙下矣。思重奉常,游心绘事,玄鉴精通,当自辨之。辛未九日获观因题,延州道人黄姬水。"

那么,钱选的画究竟算不算文人画呢?明屠龙在《画笺》中明确地将钱选列在真正的文人画中:

> 评者谓士大夫画,世独尚之。盖士气画者,乃士林中能作隶家。画品全法气韵生动,不求物趣,以得天趣为高。观其曰写,而不曰画者,盖欲脱尽画工院气故耳。此等谓之寄兴,但可取玩一世,若云善画,何以上拟古人而为后世宝藏?如赵松雪、黄子久、王叔明、吴仲圭之四大家,及钱舜举、倪云林、赵仲穆辈,形神俱妙,绝无邪学,可垂久不磨,此真士气画也。

如何调和钱选所言与其身后的定位,徐书城在《钱选画艺解读——元代文人画的别格》中称:"钱选,其美学的实质则属于文人

《幽居图》局部　故宫博物院藏

'写意'艺术的范畴。"钱选的画在其当世就十分畅销，元戴表元在《剡源戴先生文集》卷十八《题画》中写道："吴兴钱选能画、嗜酒，酒不醉不能画。然绝醉不可画矣，惟将醉醺醺然，心手调和时，是其画趣。画成，亦不暇计较，往往为好事者持去。"

既然如此，那钱选的画为什么在其身后越来越不受到重视呢？李永强在其文中总结为六点，其中有"无文集、诗集传世""无传派、无著名弟子""无功名，求隐居"等。其实钱选并不是没有相应著作，只是从宋入元后，他为了表示气节，将自己的作品全部烧掉了。元赵汸《东山存稿》中载：

> 钱公跌宕真率，格力优暇，无怨愤不平之意，要为不可及云。独其所谓经说者，不可得见。访其家，问诸其兄子国用，则曰："公尝著书，有《论语说》《春秋余论》《易说考》《衡泌间览》之目，后皆焚之矣。"盖当时同游之士，多起家教授，而舜举独隐于绘事以终其身。世之见其杜德机者，亦惟称其善画而已。呜呼，其真所谓轻世肆志者乎！向其掩抑藏遁，如是之深也。

因为钱选隐居不仕，又不似赵孟頫弟子遍天下，所以也没有什么人替他张目，而赵孟頫的声名经其弟子传播，逐渐成为了那个时代艺术界的第一人，这就更加掩盖了钱选的光芒。两人的境遇不同，也影响到了彼此的绘画观念，郑为在其专著《中国绘画史》中称："在赵应征出仕元朝时，钱选与他截然异趣，情愿'闲中消日月''一樽且向图画开'。他与赵孟頫的艺术观点虽然未必不同，但画风是截然异趣的，赵以秀雅中见淳厚，而钱偏重在清逸中见古拙。"尽管有这样的区分，但两人在题材选择上却有相近之处，郑为在专著中写道："钱选和赵孟頫在绘画科目的广泛涉及一点上是很相同的，无论山水、人物、花卉、禽鸟无一不能,也无一不精,草虫图卷,也是他写生方面的精彩之作。钱选的技法貌似仿古,而实质上他表现了自己的风骨,粗看好像有点稚拙,而实际却很新颖,线条好像很柔软,而整体坚实。读他的画,就像看西欧高更、塞尚和罗梭的作品,他的《山居图》大青绿设色,从表象看,很像仿隋唐展、李的山水画,但事实上无论山石还是树的结构完全不是展、李的味儿。"

既然如此,那为什么钱选的绘画没能于后世发扬光大呢?郑为的解释是:"艺术技法的继承本身,有可传可学与不可传不可学的情况区别。"不幸的是,钱选成为了后者,因为学习他的技法如果不到位,很容易表现得软弱无力,无法显现钱选画中独特的秀润。但即便如此,郑为也认为正是钱选的画开启了元代文人画之风:"因为钱选画的艺术,没有赵孟頫那样接近现实,说作品的内涵不若说潜在作者思想深处亦未必为作者自己所理解的意蕴更为实在,它是学养和神趣的偶然凑合。如果理解这一点,那么从绘画史的变革角度看,钱选的艺术对元代文人画的影响,也不在赵孟頫、高克恭之下,因为元代文人画的精神更实际接近于钱选。"

高居翰在其专著中写道:"在山水方面,他复兴了赵伯驹的青绿山水。赵自己也曾把青绿山水当作一种基于唐代大师们的复古主义风格来使用过。"就这点而言,亦与赵孟頫的观念相通,明张丑《清河书画舫》中录有赵的跋文:"作画贵有古意。若无古意,虽工无益。今人但知用笔纤细,傅色浓艳,便自谓能手。殊不知古意既亏,百病横生,岂可观也?吾所作画,近乎简率,然识者知其近古,故以为佳。此可为知者道,不为不知者说也。"

赵孟頫这句话的要点乃是强调画贵有古意,此语中提到的"今人"乃是暗指钱选一类的风格,然这种解读方式忽略了"今人"后面的"但知"二字,所以说从复古角度而言,钱、赵二人的观念是相通的,

《山居图》局部　故宫博物院藏

他们都强调在创作上既临摹古人又要独出己意。这正如钱选在其所绘《浮玉山居图》跋语中所言:"董元事江南李主,为北苑副使,米元章称其画在诸家之上,此卷今留王井西处,乃赵兰坡故物。余取其一二,摹以自玩。今复再见,如隔世然。骎骎老境,惟有浩叹耳!雪溪翁钱选重题。"而赵孟頫在此画的跋语中予以了高度的夸赞:"此卷虽规模董北苑,然又自成一家,可谓前无古人矣。赵孟頫书。"

对于钱选在中国绘画史上的重要作用,高居翰在其专著中认为:"钱选、赵孟頫、高克恭,以及他们的同代人,在中国画史上开创了一个新纪元。他们为了完成这一任务,在画风上肇发了一种革命。这种革命部分具有破坏性,包括抛弃陈旧而非同类的画法。他们宁愿牺牲

前两个世纪的许多成就,而把与传统的关联推溯到更远的北宋和北宋以前。"

高居翰认为钱选与赵孟頫都是开启中国绘画史新纪元的重要人物,故而李亚农在《论钱舜举在中国美术史上的地位》中称:"在我们看来,舜举在中国美术史上的地位,实在子昂上,钱舜举的名字应与黄子久、王叔明、吴仲老、倪云林并列,他实际上是第一个给文人画明确地下了一个定义的画家,他在文人画方面的技术既足以实现其见解,而他的人品又足以领袖群伦,他实是元及明清七八百年来占绝对优势的文人画的伟大先驱者。"

可惜的是,情感难以代替残酷的现实,因此明末清初的顾复在

湖州市博物馆正门

道路宽阔的名人园

《平生壮观》卷九中感慨："画苑既设,谬习相师,苑中人以讹传讹,而不知有作家士气者相将二百年。钱舜举能扫除谬悠而引入大雅,有功于画道不小,奈何天不以大任降之。子昂挺生不令其出人头地,伤哉!人乎?天也。是时程文海采人才而登朝,宁惟舜举甘心遗民终身。其题画不书年月,诗句郁纡不迫,以寄当歌当泣之深衷。呜呼,画家知士气,胜国得完人,非舜举其谁与归?"

尽管钱选在绘画史上有着开创之功,但因为赵孟頫名声太响,淹没了钱的光辉,这令顾复大叹"伤哉"。而钱选的气节令顾复更加感叹,视其为完人,同时认为后世画家所强调的士气,正是因为钱选的提出才得以成立。

2019年2月19日,我在湖州寻访。这天的寻访是在湖州市博物馆刘荣华书记的带领下,他还约来了《湖州日报》著名记者徐惠林先生。我们一同探访了费丹旭的家乡,而后回到湖州市博物馆门前的广场,因为我从网上查得,该广场上有钱选的雕像。钱选虽然在绘画史上有如此重要地位,但其家乡湖州却既没有他的旧居也找不到他的墓址,同时也未建造相应的纪念馆和美术馆,故我只能来此探看这尊雕像,以此表达对这位先贤的敬意。

前一天晚上,我跟刘书记通电话时,谈及了自己的寻访目标,他说这雕像乃是近些年所做,算不上文物。我向他请教如何能找到文物级的钱选遗迹时,他也说至今未曾发现。既然如此,那也只好在探访完费丹旭墓后,前来看这尊雕像。

湖州市博物馆处在一片新区内,这一带规划整齐,展眼望去,全是新盖的高楼大厦,区域的中心有一条宽阔的步行道。刘书记说,这一大片绿化带叫作湖州历史文化名人园,里面有很多组雕像,但因这些雕像都处在树丛之内,故他也未曾留意哪一尊是钱选。我们沿着路边一一往前探看,首先看到的是颜真卿,而我多年前曾在当地的公园

见到一组雕像，以赵孟頫为中心

内寻找到颜真卿著书之所，故此行的寻访单中没有他的大名。我向两位老师自嘲，自己的寻访颇具功利之心，而刘书记安慰我说，这样做能够提高效率。

名人园的中心是一条宽阔的水系，水系的两岸摆着一些奇石，种满了绿植，看上去既有规划上的统一，又有着别样的自然之态。江南雨水的丰沛使得这里的植物到冬天仍然显现出青色，而这个时段江南地区已经下雨四十多天，唯有当日雨停了，虽然天色还阴沉着，但却给寻访带来了很大的便利。

我们沿着水系边走边探看，刘荣华和徐惠林两位老师都对书画有研究，边走边听他们聊当地画家的故事，十分惬意。我们前行不远，看到的第二尊雕像是理学先驱胡瑗，多年前我也在湖州郊区的山上找到了胡瑗墓，还在江苏找到了他的讲学之处，今日于此相见如逢故人。

再往前走，眼前看到的是五人一组的雕像，这组雕像颇具画面感，

捻须而立的钱选

两位童子展开一幅画卷，后面有三个人在品评。刘书记说，这就是你要找的钱选。走到雕像前，台阶上的名牌上却写着赵孟𫖯，细读下面的小字，原来站在赵孟𫖯两侧的分别是钱选和管道升，想来两位被我误认为童子的则应当是王蒙和赵雍。介绍牌上分别标明了这五位大画家的生卒年，其中钱选的卒年为1300年，王蒙的生年为1308年，看来王蒙能跟钱选站在一起，也近似演绎了一出关公战秦琼，当然，这是我太过较真，而我的无趣也正在这里。

这组雕像虽然传神，但整个画面还是以赵孟𫖯为中心，钱选竟然成了其中的配角。如果历史记载不错的话，钱选乃赵孟𫖯之师，以赵那极高的修养，似乎不会对老师有这样不尊之举。捻须而站的钱选倒的确有一种风骨在，在身后竹林的衬托下，更显现其清高出尘。

拍完雕像后，又跟随刘书记进入博物馆，该馆的一楼正举办历代名画展，在一个展板上我找到了钱选。展板上展示着一幅他的画作。

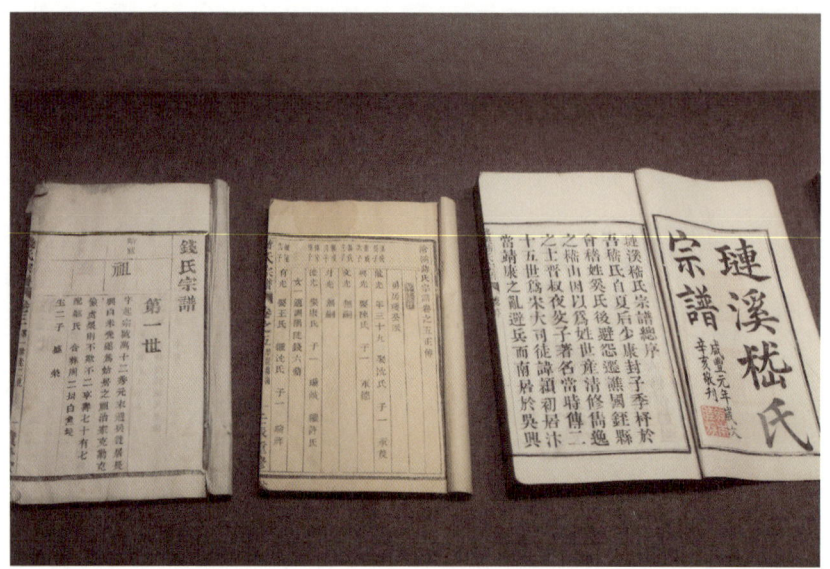

钱氏宗谱

刘书记遗憾地说，钱选虽然是湖州历史上的大画家，然其馆至今未能藏有他的真迹，故展板上的图画乃是复制品。我在博物馆内还看到了当地一些名人的家谱，其中之一就是钱氏宗谱，想来里面必然有钱选的大名。

高克恭（1248年—1310年）

尚书笔力惊千古

高克恭是元代著名的画家之一，与他同时代的许多大名家都对其夸赞有加。其中有位邓文原，当时极有名气，四库馆臣评价他所著的《巴西文集》时说："文原学有本原，所作皆温醇典雅。当大德、延祐之世，独以词林耆旧主持风气，袁桷、贡奎左右之，操觚之士响附景从。元之文章于是时为极盛，文原实有独导之功。"这样的一位引领坛坫的文豪，却为高克恭的画作题写过多首诗，可见其对高克恭之欣慕，比如其中一首《题高房山墨竹》：

人才有我难忘物，画到无心恰见工。
欲识高侯三昧手，都缘意与此君同。

房山乃是高克恭之号。邓文原还作有一首《题高尚书夜山图》，该诗的前几句为："吴山面沧江，中秋气飒爽。楼居谪仙后，公退谢尘鞅。孤月出海上，高怀一俯仰。佳哉高侯画，得意超象罔。"高克恭所绘的这幅《夜山图》后面，还有元代著名文学家鲜于枢的题画诗：

世人看山在山下，李侯看山向绝顶。世人画山画白日，高侯画山摹夜景。绝顶看山山更奇，夜景摹出人少知。远山苍苍近山黑，岩树历历汀树微。天高露下暮潮息，月明一片江寒迟。藏深乐渊潜，惊定安林栖。耳绝城市喧，心息声利机。古人无因驻清景，高侯有笔能夺移。容翁复作有声画，冥搜天巧为补遗。后来知有李侯之德高侯画，千年人诵容公诗。

相比较而言，赵孟頫对高克恭的夸赞之语最多，他在《夜山图》后也有题诗：

高侯胸中有秋月，能照山川尽毫发。
戏拈小笔写微茫，咫尺分明见吴越。
楼中美人列仙臞，爱之自言天下无。
西窗雨暗正愁绝，灯前还展夜山图。

除了这首诗作外，赵孟頫还在高克恭所画《山村隐居图》上书跋称："彦敬所作山水，真杜子美所为元气淋漓者耶。仁近得之，可为平生壮观也。"彦敬乃高克恭之字，赵孟頫把高克恭的绘画水平比作诗中之圣杜甫，如此评价之语可谓至高。

然而这样一位名显于世的画家，并且还在朝中做过尚书之职，却不知什么原因，《元史》中没有为他立传，他的生平事迹主要是记载于邓文原所撰的《故大中大夫刑部尚书高公行状》。到了民国年间，柯劭忞所撰《新元史》中方有《高克恭传》，然而此传的内容基本是本自邓文原所作的《行状》。白寿彝所撰的《回族人物志·元代分册》中也有《高克恭传》，其基本材料也是出自《行状》。故而研究高克恭的生平事迹，基本上都是从《行状》下手。

关于高克恭的家世，《行状》中称："曾祖某，祖乐道。父亨。公讳克恭，字彦敬。其先西域人，后占籍大同。谱牒散佚，莫迹其所始。

公之父嘉甫以力学，不苟媚事权贵，为六部尚书器重，归以其女，因奉母夫人翟氏居燕。时皆知名士，嘉甫朝夕讲肆，遂得大究于《易》《诗》《书》《春秋》及关洛诸先生绪言。缙绅交章论荐，世祖召见便殿，奏对皆经世要务，而嘉甫雅不乐仕，归老房山。生子五人，公其长也。"

看来邓文原也不了解高克恭曾祖的情况，因为他连名字也未打听到，但他知道高克恭的祖父名高乐道，父亲叫高亨，字嘉甫。邓文原说高氏家族原本是西域人，后来占籍在山西大同，因为高氏家谱失传了，所以他们家族的情况后人知之甚少。

高克恭的父亲高嘉甫努力学习儒家文化，为此被六部尚书所器重，将女儿嫁给了高亨，故高亨住到了北京。忽必烈听闻高亨对儒家经典研究很深，特意在偏殿召见了他。高亨虽然向皇帝提出了治国安邦之道，但他却对做官没兴趣，之后便隐居在了北京附近的房山县。高亨有五个儿子，其长子就是高克恭。

对于邓文原所撰的《行状》，后世多有研究，马明达在《元代回回画家高克恭丛考》中从各个方面做出了分析，比如《行状》一书中的"六部尚书"一词。从字面理解似乎是六个部的尚书都把女儿嫁给了高亨，这显然是不可能的事情，马明达认为"六部尚书"应当是"行六部尚书"，这乃是金朝末年朝廷为了在战争状况下统筹物资而临时设置的职务。蒙古立国之初，很多制度沿袭金朝，丁是也承袭了行六部尚书这个官职。

但《行状》中提到的这位行六部尚书是谁呢？马明达经过考证，他发现大蒙古国时期，担任此职者似乎只有一个人，那就是史秉直。《元史·史天倪传》附《史秉直传》中载："北京降，木华黎承制，以乌野儿为北京路都元帅，秉直行尚书六部事，主馈饷，军中未尝乏绝。"而更为重要的证据，则是史秉直的神道碑全称就是《故北京路行六部尚书史公神道碑铭》，可见正是这位史秉直将女儿嫁给了高亨。

史氏乃是那个时代的豪门。元太祖八年（1213），木华黎率蒙古大军伐金，所向披靡，史秉直考虑到兵力无法抵抗，于是率族人及军队出降，由此史家在元朝依然很显赫。史秉直能将女儿嫁给高亨，可见高亨的学问在当时的确受人瞩目。

也有人认为，《行状》中所提到的行六部尚书不一定就是史秉直。王颋在《元代回纥画家高克恭史事考辨》中说："定居在燕京路的王楫、西京路的李某，都有过相同的职衔。……除此之外，入元之际，犹见云南地方的行六部尚书。"然而，无论究竟是哪一位行六部尚书把女儿嫁给了高亨，都说明高克恭出身之不凡。也许正因为有着不凡的出身，高克恭在很年轻的时候就随父受到了忽必烈的召见。柯劭忞所撰《新元史》中称：

> 克恭传家学，于群经奥义，靡不研究。至元十二年，由京师贡补工部令史。江南平，选授行台掾。从御史大夫相威入觐，世祖顾问再三，曰："是高嘉甫儿耶？"赐钞二千五百贯。累迁河南道提刑按察使判官，改山东西道。二十五年，入为监察御史。是时，桑哥秉政，擢克恭右司都事，克恭棘棘不阿。明年，遣使江淮行省，考核簿书文法，吏多希旨，务从深刻，克恭独持以平恕。还，授兵部郎中。

高克恭对儒学也有很深的研究，因为父亲的关系，他在京任职，忽必烈在召见他时还专门问其是否为高亨之子，可见忽必烈对高亨有着颇好的印象，听到肯定的回答后，特赏赐高克恭二千五百贯的大元宝钞。关于这一点，也有的文献上说是二千五百缗，无论是哪种货币，这些都说明皇帝对高家人的看重。

邓文原在《行状》上说高亨有五个儿子，高克恭为老大，然而高克恭有一件传世的手札被定名为《眠食安好帖》，他在此札中写道：

> 克恭顿首再拜，仲实聘君先生阁下：别来伏想眠食安好为慰。区区辄有少渎。故乡刘光远先生饱学老成，今春留家兄子安处授徒，今江西何参政专书敦请到彼，拟廿四日卜行。特求大手作一序赠之。以见友谊。达望慨然，不胜感激。专容面谢。以既未间，仍冀为斯文自重。不备。克恭顿首再拜。九月廿二日董空。

高克恭的这封手札乃是请人为其代笔写序言，他在此序中明确地称有一位长兄叫子安。但有人认为，高家已经完全汉化，故在起名上兄弟之间也会按照汉人的习惯，而子安和克恭显然不合规律。马明达引用了明初曹昭在《格古要论》中的一段记载："高士安，字彦敬，回鹘人。居官之暇，登山赏览，喜湖山秀丽，云烟变灭，蕴于胸中，发于毫端，自然高绝。其峰峦皴法董源，云树学米元章，品格浑厚，元朝第一名画也。"

此处所说的"高士安"也是字彦敬，是一名回鹘人，后世许多学者也认为高克恭是回纥人，所以马明达据此认定高克恭原名高士安。如果这种推论正确的话，那么高克恭自称其兄为子安就变得顺理成章。但邓文原在《行状》中为什么又说高克恭是高亨的长子呢？马明达猜测说："高子安不一定是他的一母同胞，但可以肯定高克恭是有一位兄长。"

关于高克恭的民族问题，邓文原只说其先祖是西域人，其究竟是西域的什么民族，后世同样有着广泛的争论。元朱德润在《题高彦敬尚书房山图》中称："高侯回纥长髯客，唾洒冰纨作秋色。山南山北风景殊，妙写总能随笔墨。"朱德润在年轻时见过高克恭，他在《题徽太古所藏郭天锡画卷后》写道:"皇庆中,仆因受学于雪川姚子敬先生,先生谓:艺成而下,足以掩德,戒以勿勤画事。适彦敬高侯至,见仆弄翰,语先生曰:'是子画亦有成,先生勿止之。'由是日新月异,不觉堕于艺成。"

如此说来,朱德润对高克恭的形象描写显然出于亲见,他也直言高是回纥人。但回纥人究竟是不是今人所说的回族,这件事显然没有那么简单。对于那段纷繁的历史,陈垣先生在《元西域人华化考》中做了如下疏理:"五代时回鹘既衰,渐有改奉伊斯兰教者。元初诸人对此等外教多不能辨别,故统目之为回纥。长春西游记、刘郁西使记之所谓回纥,皆指伊斯兰教国。其后渐觉有不同,于是以畏吾、伟兀等代表昔日之回鹘,以回回代表奉伊斯兰教之回纥,凡元史所谓畏吾儿者回鹘也,其称回纥者回回也。王恽《玉堂嘉话》卷三云,'回鹘今外五,回纥今回回也。'元史太祖纪,汪罕走河西、回鹘、回回三国,是元人目中回鹘与回回二也。世祖纪卷十言回回人中阿合马才任宰相,而奸臣传则称阿合马为回纥人,是元人目中回纥与回回一也。"

对于民族名称的变迁,卫欣在其硕士论文《高克恭研究》中有如下疏理:

从字面上来看回鹘、回纥、畏吾儿、畏兀、辉和尔、瑰古、伟吾尔,均为回鹘语 Uighur 的不同音译,它们虽然是同一个词,但是它们在不同的历史时期所指代的对象还是有区别的。

回纥是唐代对袁纥与仆固、同罗、拔野古等的总称。贞元四年(788)自请改称回鹘,取"回旋轻捷如鹘"之意。

畏吾儿,亦作畏吾而、畏兀、畏吾、委吾等,是元、明两代对回鹘一词的异译。

回回,为宋辽之际"回鹘""回纥"之音的误传误读。

徐文静在其硕士论文《元代西域画家高克恭与其山水画研究》中则称:"高昌回鹘的后裔就是今天的维吾尔族。维吾尔族是由众多民族长期相互融合而形成的一个民族,其中包括唐中叶后,向西迁移的西州回鹘和葱岭回鹘,还有早就分布在天山以北和西部草原游牧的突厥语各部,以及居住在南疆地区操焉耆、龟兹、于田语的人,加上自西汉开始历代移居来的汉族人、唐代时迁徙来的吐蕃人等等,后来,这个民族共同体里又增添了契丹人、蒙古人的成分。他们自称'维吾尔'意思是'团结''联合'。不久,伊斯兰教取代了回鹘人原来信奉的萨满教和佛教。共同的信仰,使这个民族共同体进一步巩固下来。"为此,徐文静的结论则是:"从色目家族文化倾向的角度出发,将高克恭的族属归于维吾尔,而不是回族,或许更能顺理成章。"

高克恭出生于北京,他的父亲在儒学研究方面有着很深的造诣,受此影响,高克恭也酷爱儒学。他在年轻时并未从事绘画,好友赵孟頫在为高克恭所绘《墨竹卷》所题的跋语中称:"仆至元间为郎兵曹,秩满,彦敬与仆为代,情好至笃,是时犹未甚作画。后乃爱米氏山水,专意模仿,久而自成一家,遂能名世传后。"

至元二十七年(1290),高克恭取代赵孟頫任职兵部郎中,赵孟頫说那个时段他们两人关系十分密切,所以他知道此时的高克恭仍然没有在绘画上下功夫,直到后来高爱上了米芾、米友仁的山水画,才开始刻意模仿,最终成为了一代名家。

高克恭在绘画上有所成就应当是受到江南文人的影响,他曾两次到杭州为官,第一次不到一年,第二次在杭州任职达五六年之久。大德元年(1297),他又被任命为江南行台治书侍御史,治所在南京,也处于江南地区。大德三年(1299),他奉召入京任工部侍郎。这样算起来,他在江南第二次的停留时间差不多有八年之久。正是这个阶段,他跟很多江南文人成为了好朋友。

高克恭属于色目人,而在元代,朝廷把人分为了四等,色目人为第二等,南人为第四等,高克恭能与江南文人结为密友,这与其宽厚的胸怀有重要关系。比如《行状》中记载有如下一段故事:

> 元贞改元之明年,迁山南江北道廉访副使。时,畅公纯甫为佥事,公疏诣台,言不可居纯甫之上者有三。大概谓:纯甫自大师南征,即掾行省,扬历中外凡二十年,而某资历尚浅。纯甫文学行谊,复出伦辈,高风劲节,夙所景慕而不能及。况兄事纯甫,义则兄弟,情均骨肉,躐等居上,情实未安。明年,为大德元年,擢公江南行台治书侍御史,而纯甫亦他迁。

畅纯甫是当时著名的文人,高克恭对畅纯甫颇为崇敬。然他到江南任职时其职位在畅之上,高克恭得知情况后立即给朝廷上奏章,列举出三条理由来说明自己不应担任此职。高克恭的高风亮节赢得了时人的高度夸赞,元末时危素在《题高房山画》一诗中依然对其行为夸赞有加:

> 房山居士高使君,系出西域才超群。
> 中原文献绍遗绪,艺苑书画留清芬。
> 辞官巴蜀让僚友,此事今无古或闻。
> 北游易水访陈迹,但感宿草迷荒坟。

虽然危素在诗中搞错了高克恭辞官的地点,但他肯定了高克恭主动让贤的行为。更为难得的是,高克恭在江南任职期间还向朝廷推举了许多汉人,其中最有名的就是举荐了江南五俊,《行状》中载:"尝举江南文学之士敖君善、姚子敬、陈无逸、倪仲深于朝，皆官郡博士。敖、陈相继死，公每念子敬，贫且年逾五十，自刑部白之都堂曰：'荐贤非秋官职，然不敢以辟嫌后贤士。'宰相从其言，将官之七品，吏部厄以诠法，不果行。疾革，语及犹太息。文原自公为都有事使杭，首受公知，亦与在举中。"

正是在高克恭的举荐下，邓文原逐渐成为了一代名人。除此之外，他还替江南文人减轻税赋，《行状》中载："前是，籍户口，有司期会火急，文书旁午。濡士例蠲徭役，而故籍漫无可省，执政持论可否，期岁不能决。公主，则凡以儒籍占者，皆定为户。士得自拔于氓隶，皆感激泣下。"

正是这些所为，使得高克恭与江南文士结成了密切关系，例如柳贯在《夷门老人杜君行简墓碣铭》中说道："若予所识张君君锡、杜君行简，则以汴人而皆客杭最久。于时梁集贤贡父、高尚书彦敬、鲜于都曹伯几、赵承旨子昂、乔饶州仲山、邓侍讲善之，尤鉴古有清裁。二君每上下其议论，而诸公亦交相引重焉。"

由柳贯所记可知，高克恭与当时的著名文人大多都有交往，而江南文人大多喜欢书画，高克恭亦不免受到影响，再加上他为人之善，因此在江南时期，高克恭有机会看到许多的名家绘画，并且他个人也有收藏，著名的《韩熙载夜宴图》原本就曾经藏于高克恭家。而那幅多人题咏的《夜山图》，就是他为杭州名士李公略所绘。

高克恭的绘画师承未见史料记载，根据现存的一些题画诗及画跋可知，他除了临摹古人的画作外，只要有时间就会去观察自然，著名的《夜山图》就是他在月夜登阁，看到江山盛景后所绘。从这个角度而言，高克恭的绘画也算是师法自然。

高克恭临摹过许多名画，元夏文彦在《图绘宝鉴》中称：

> 高克恭，字彦敬，号房山，其先西域人，后居燕京。官至刑部尚书。善山水，始师二米，后学董源、李成，墨竹学黄华，大有思致。怪石喷浪，滩头水口，烘琐泼染，作者鲜及。

夏文彦认为高克恭最初是以二米为师，后来又学习了董源和李成，墨竹画法则是效仿王庭筠。但卫欣不这么看，其在论文中称："从艺术审美的角度来看，王庭筠的墨竹更接近苏轼，高克恭的墨竹更接近文同。两人的审美趣味不同，更不见明显的师承关系。"

除了山水画外，高克恭最为喜爱的题材就是墨竹，他曾经为周密画过一幅《竹石图》，此图后来为周密的外孙吴子静所藏，元末时钱惟善在吴子静处看到此图，上面有着高克恭的一段跋语："草窗出谬纸一幅，就破砚，浣僧笔，磨臭胶墨，命画竹。赖有红酒一尊，少助浩然之气。故有此君子不可转之妙态。校官仇山村、屠月汀、邓匪石。今归之吴子静。"

可见高克恭绘画时并不讲究笔墨精良，他有着"李白斗酒诗百篇"的气概，在酒酣之后，用秃笔臭墨依然能画出精彩的画作。高克恭对自己所绘的《竹石图》颇有信心，曾自称："子昂写竹，神而不似；仲宾写竹，似而不神。其神而似者，吾之两此君也。"

在这里，高克恭认为赵孟頫画竹的总体特点是神似而不形似，李衎画竹则形似而不神似，而他所绘之竹却可以兼而有之。对于他的这段自评之语，卫欣在其论文《高克恭研究》中说："其实在高克恭的山水画中，赵孟頫的'神而不似'象征着二米的画风，也就是所谓的逸家；而李衎的'似而不神'象征了李成、董源、巨然的画风，也就是所谓的行家；而高克恭似乎主张寻求其中的平衡，从逸、行的关系来看，高克恭属于兼逸行之妙者。"对于这段自评，徐建融在《元代书画藻鉴与艺术市场》一文中认为："高氏对赵、李的评语，与其说是一种批评,毋宁说是借以提出自己对于'神而似'的画学要求。"

可见,高克恭的自评之语并非单纯是一种自傲,他同时也是借此来表达自己的绘画观念。而事实是,他所绘的墨竹确实在当时极有名气,元柯九思为高所绘《竹石图》题诗云:"黄华澹游今已失,尚书笔力惊千古。月明风细晚凉生,环珮翛翛度湘浦。"柯九思的意思是,当时王庭筠、王曼庆的竹石图已经很难见到,而高克恭的墨竹图已成那个时代的最高成就。

除了墨竹图,对于高克恭所绘山水,时人同样给予了很高的评价,倪瓒评价他说:"房山高尚书以清介绝俗之标,而和同光尘之内,盖千载人也。僦居余杭,暇日杖策携酒壶、诗册,坐钱塘江滨,望越中诸山冈峦之起伏,云烟之出没,若有得于中也。其政事文章之余,用以作画,亦以写其胸次之磊落者欤!"而倪瓒在《跋黄子久画卷》中,则把高克恭与当时的著名画家进行了对比:"本朝画山水林石:高尚书之气韵闲远,赵荣禄之笔墨峻拔,黄子久之逸迈不群,王叔明之秀雅清新。其品第固自有甲乙之分,然皆余敛衽无间言者。此外则非余所知矣。此卷虽非黄杰思,要自有一种风气也。"

倪瓒在这段话中说,高克恭所画山水的成就不在黄公望、王蒙之下。元张羽在《临房山小幅感而作》中则写道:"近代丹青谁最豪,南有赵魏北有高。"张羽明确地说高克恭可与赵孟頫并列为南北第一。而虞集在《题高彦敬尚书、赵子昂承旨共画一轴》中写道:

> 不见湖州三百年,高公尚书生古燕。
> 西湖醉归写古木,吴兴为补幽篁妍。
> 国朝名笔谁第一,尚书醉后妙无敌。
> 老蛟欲起风雨来,星堕天河化为石。
> 赵公自是真天人,独与尚书情最亲。

> 高怀古谊两相得,惨淡酬酢皆天真。
> 侍郎得此自京国,使我观之三叹息。
> 今人何必非古人,沦落文章付陈迹。

高克恭曾与赵孟頫合作绘制一幅图画,虞集认为高克恭的水准乃是本朝第一,虽然他也夸赞了赵孟頫是"真天人",但在语气上还是认为高的绘画水准在赵之上。而赵孟頫本人对高也有许多的夸赞之语,高克恭去世十一年后,赵孟頫还在高克恭所绘的《墨竹》中写下了如下跋语:

> 盖其人品高,胸次磊落,故其见于笔墨间,亦异于流俗耳。至于墨竹树石,又其游戏不经意者。因见此二纸,使人缅想不能已已,书东坡《墨竹堂记》于其后。

从这段评语可知,与其同时代的人对高克恭的夸赞之语,很大一个因素是其人品高洁,颇有人正则笔正的味道。比如元王冕也有类似的诗作:"国朝画手不可数,神妙独数高尚书。尚书意匠悟二米,笔力固与常人殊。"

王冕也认为高克恭的绘画水准为元朝第一。但从后世的实际影响看,不仅是赵孟頫,甚至"元四家"的影响也都大于高克恭。这是因为有不少人认为高克恭的绘画主要是师法二米,尤其对米友仁的绘画下功夫较大,故其独创性较少。但是具体从着色角度来谈,高克恭的绘画与米氏山水也有着区别,王克文在《宋元青绿山水与米氏云山》中评价说:"米氏现存作品无一设色,而高克恭多设色,坡石赭石,山顶还用青绿横点,如其《春山晴雨图》,也为水墨淡彩,不全法米氏水墨形式。"而对于其绘画技法上与二米的区别,黄宾虹在《中国山水画

《春云晓霭图轴》 故宫博物院藏

今昔之变迁》中说道:"二米之画,最为善变。元之赵鸥波、高房山,及其叔季,有黄子久、吴仲圭、倪云林、王叔明,皆师唐、宋之精神,不徒袭其体貌,所为可贵。"

可见,高克恭并不仅师法二米,他在构图上与二米也有一定的区别,陈传席在《中国山水画史》中称:"米画存世不多,而且米画多是一排山头,过于缺乏'高下向背,远近重复'之趣,高氏的云山较之米氏为繁复,他第一个用米点法画高山大岭,给后人不少有益启示。"

虽然在当世受到了很多友人的夸赞和推举,但进入明代以后,高克恭的影响力渐渐衰弱了下来,尤其是董其昌提出尚南贬北的南北宗论之后,高克恭身为北人,名气更加式微。而董其昌在《画旨》中讲到文人画体系时,元代只列举出了"元四家"而并无高克恭,他在《画禅室随笔》中甚至说:"元季四家以黄公望为冠,而王蒙、倪瓒、吴仲圭与之对垒,此数公评画,必以高彦敬配赵文敏,恐非耦也。"

董其昌虽然明确表示,高克恭的绘画水准不能与"元四家"并提,但后来他又渐渐改变了自己的观念,在《题画赠徐道寅》中说道:

> 余尝见胜国时推房山、鸥波居四家之右,而吴兴每遇房山画,辄题品作胜语,若让伏不置者。顾近代赏鉴家或不谓然,此由未见高尚书真迹耳。今年六月,在吴门得其巨轴,烟云变灭,神气生动,果非子久、山樵所能梦见。因与道寅为别,访之容安草堂,出精素求画。画成此图,即高家法也。观者可意想房山规模于百一乎?

原来,董其昌能够改变此前的认定,是因为看到了高克恭的真迹,这时的他认为高克恭的绘画水准确实超过了黄公望和王蒙。

这样的改变显然有悖董其昌自己提出的南北宗论,他为什么有这样的改变呢？也许董其昌是客观地评价了高克恭的艺术成就。但从文献记载来看，也应当有其他的因素在。比如董在《画旨》中说到这样一件事："高彦敬尚书，载吾松《上海志》，元末避兵，子孙世居海上。余曾祖母则尚书之玄孙女也。今日诣竹冈先茔，宣三品赠诰，念余仕路遭回，未及貤恩曾祖父母，展拜之次，惭负高孺人在时摩顶悬记之语。且余好为山水小景，似亦有因。归舟写此，付孙庭收贮以见志。"

原来高克恭的后人在元朝末年为避兵乱移居到了上海一带，高克恭的玄孙女竟然是董其昌的曾祖母，会不会有这种因素，使得董其昌放弃了南北宗的分法，而对高克恭高看一眼呢？但他的确在《画旨》中对高克恭的绘画成就给予了很高的赞誉：

> 诗至少陵，书至鲁公，画至二米，古今之变，天下之能事毕矣。独高彦敬兼有众长，出新意于法度之中，寄妙理于豪放之外，此谓游刃有余，运斤成风，古今一人而已。

也许正是董其昌的提倡，使得明末清初很多画家开始模仿高克恭的笔法，比如石涛画过《临高尚书山水巨轴》、王原祁画过《仿高房山云山图轴》、王翚画过《设色仿房山山水轴》。对于这种现象，王克文认为："后人通过高克恭学米，较直接单纯学米，似变化为多。渗各家之长融汇一体，突出在加强了画面笔骨的造型这方面，对后学有启发之处，所以元以后学米派，离不开高。"而陈传席在《中国画山文化》中则说："高克恭山水画的影响，元明清至今一直不衰。不过后人学高往往归于米。其原因当然是米为独创，而高是继承发展。但是，米画没有高的继承发展，对后世的影响将小得多。"

关于高克恭的遗迹，清陆时化所撰《吴越所见书画录》中著录的《元高尚书青山白云图立轴》中有一诗："月射羊冈玉树材，山斋犹在白云深。牢藏秋月堂中稿,沧海骊珠不易寻。"该诗的小注中称:"高尚书坟,今在房山羊头冈下。"

查范文彦主编的《房山历代陵墓》一书,该书称:"至大三年(1310)二月,高克恭回到故里羊头岗。将朝拜之际,感风寒,久治不愈,九月初去世,葬于故里大都房山县羊头岗村即今北京房山区城关镇羊头岗村。元代晚期,中书左丞姚庸曾亲至羊头岗凭吊高克恭故居,留下'月射羊岗玉树林,画斋犹在白云深'的诗句。高克恭墓位于羊头岗村北,这一带林溪形胜,由于年代久远,墓地踪迹早已无。"清修《房山县志》卷三"古迹"载:"高克恭墓亦在羊头岗,今已无考。"

可见在元末时,高克恭后人的确迁居到了江南地区,因为没有后人的祭拜,他的墓冢渐渐没有了痕迹。然而对这位重要的画家,我还是希望能够在房山县寻找到他的遗迹。某天,我偶然在网上搜到曹蕾、史长义主编了一部《高克恭研究》,该书乃是《房山文化学·人物研究》中的一册,想来这册书内应当能够提供与高克恭遗迹有关的更多信息。然而我查过各种网站,均查不到该书哪里有售,于是想起了布衣书局的胡同先生,在微信上向他求援。胡同果然神通广大,他说在房山有位名叫栗景鸿的书友,他们已是多年的朋友,他请栗先生帮忙,不久我就收到了该书。

急忙翻阅该书,此书前附有几十帧照片,乃是编者探访高克恭墓的过程,他每走到一个标志点都会有一张图片。见此令我大感兴奋,这部书也成为了我寻访高克恭墓址的指南。2019年10月18日,我恰好到丰台去开会,在开会之余驱车前往房山区羊头岗村去寻找高克恭墓所在的馒头山。

跟着导航来到了羊头岗村文化活动站,此处大门紧闭,我只好站在路边向路人打问。有一位大爷知道馒头山的所在,在他的指点下,我驶入了该村,之后穿村而过。按照《高克恭研究》一书的记载,看

在村头看到了老水塔

左转过桥的路牌

到一个老水塔时，沿此转弯前行。我在路边见到了几位施工人员，又向他们打听馒头山所在，众人告诉我，沿水塔右边的路继续前行，看到一座小桥左转一路开下去就是馒头山。我在转弯处看到了路牌，这条小路名为羊头岗连村路。

沿此路行驶到了村北，在路边看到了基本农田保护区标示牌，在此牌前遇到一位推车的老人，我向他请教馒头山怎么走，他让我沿此路继续向前开行。又开出不到一公里，果然看见路边左右两座不高的小山，我把车停在路边，先登上右侧的小山，山顶上有一排红瓦房。走近此房时，里面有多条狗狂叫不已，而后出来了一位中年人，他警惕地望着我，我说自己是来寻找馒头山，其称这里不是，而后转身离去。

打听不到确切地点，只好走下小山，在路旁遇到骑车人，问过几次，均不知馒头山所在。我决定走到对面小山去探看情形，然田间之路无法通行，于是继续开车驶入了很窄的一条小径。这条小路若迎面有车行驶，完全无法错身，幸运的是我一直开到了前方的一个村落也未遇到相向而行之车。

小村处在一个土岗之上，我在村边遇到了一位正在维修大货车的司机，向他请问本村名称，他告诉我说，这里是羊头岗。看来我兜了一大圈又转到了该村的另一侧。这时我看到村后有一座小山，想来这里应该就是馒头山。我把车停到一个较为安全的地方，沿着旁边的小路一路向前走，在路边看到了几辆长期停放的拖拉机，其中几辆锈迹斑斑，看来当地人果然富裕了，对这些机械农具已到了随便丢弃的程度。

再往前走来到了村边的另一侧，这里有三个人在那里拆解旧电机，他们要把铜丝从线圈内拆下来，我看其拆解办法实在过于笨拙，于是忍不住指点了两句。其中那位年岁较大之人颇为厚道，他笑着说："你

远远看到一座山

踏着地埂来回转

的办法我们早试过了。"他看着我手里拎着的相机问我为什么要拍荒山,旁边的两位年轻人可能干活累了,没好气地说了句"城里人吃饱了撑的"。我笑笑并未回答,接着问他身后是不是馒头山,他们自称是外地人不知道此山之名。

无奈我开上车沿着此山兜起了圈子,希望能找到登山之路。穿过了一片收割完的玉米地,走到山的近前时却隔着一条水沟,无论如何也找不到跨沟之路。只好重新返回羊头岗村,在村中心遇到一位老人。他告诉我说,刚才我所访的正是馒头山,至于山上的高克恭坟,他们村内一直有着这样的传闻,但没有人见过此坟,只是称馒头山叫高家墓地。

看来高克恭墓的确难寻痕迹,而我在《高克恭研究》一书中看到了一篇名为《寻找元代画家高克恭墓迹》的文章,此文中有这样的段落:"沿曲折山路,绕废弃兵营,穿稀疏柳林,转坡下道,幼犬迎吠,问所从来。乡人遥指舍依高丘馒头山,曰:乃高克恭墓地'靠壁'。辗转丘前,杂树交织,犹如天棚。地阔亩许,居西荒坟二三,近年所为。村人示意高克恭墓地居一柳下,沉思若无知者,深信沉埋无际。枕地历经风雨,盗掘无算。垄间偶拾青砖,自忖高公墓遗物否?踏遍田头,余无所获。"

看来高克恭的墓确实没有了痕迹,但他在绘画史上的地位却让人不能忘记。

赵孟𫖯（1254年—1322年）、
管道升（1262年—1319年）
国朝名画谁第一，只数吴兴赵翰林

赵孟𫖯在书法和绘画方面都是元代成就最高者，他的书法已写入另文，此处仅谈他与夫人管道升在绘画方面的成就。元代顾瑛编《草堂雅集》中收录有书画家柯九思的诗作："国朝名画谁第一，只数吴兴赵翰林。高标雅韵化幽壤，断缣遗楮轻黄金。"

由此诗可知，赵孟𫖯的绘画成就在其当世就被推举为第一。柯九思说，只要是赵孟𫖯的画作，哪怕是一些残稿都会被人高价买去。元陶宗仪所撰《辍耕录》卷七有《赵魏公书画》一文，陶在文中评价说："魏国赵文敏公孟𫖯，以书法称雄一世，画入神品。"陶宗仪首先夸赞赵孟𫖯的书法成就，同时也认为赵在绘画方面的最高成就可以列入神品。赵孟𫖯的绘画作品流传至今者，应以《鹊华秋色图》最具名气，关于此图的来历及流传，有着许多有趣的故事。

赵孟𫖯有位关系密切的朋友名叫周密，周密原本是济南人，靖康之变时，其家族跟随高宗南迁，而后居住在了吴兴。周密很有才气，不但在书法绘画方面颇有成就，所填之词还能与吴文英并称。吴文英号梦窗，周密号草窗，故两人被后世并称为"二窗"。而周密的诗集《草窗韵语》宋刻本一直是后世藏书家追捧之物，南浔大藏书家蒋汝藻就是因为得到了这部宋刻《草窗韵语》，才将自己的堂号起为"密韵楼"，这个堂号乃是从周密的名字和《草窗韵语》中各取一字合并而成，可见其喜爱到了何种程度。

入元之后，周密隐居杭州，赵孟頫与之相见，两人在一起经常赏玩字画碑帖。后来赵孟頫到济南做官三年多，返回杭州时，向周密讲述济南的风土人情，周密虽然籍贯济南，却从未回过家乡。两人聊到济南的话题时，赵孟頫看到周密对家乡特别神往，于是就为周密画了这幅《鹊华秋色图》。赵孟頫在此图上题了一段话，讲述此图的来由：

> 公谨父，齐人也。余通守齐州，罢官归来，为公谨说齐之山川，独华不注最知名，见于《左氏》，而其状又峻峭特立，有足奇者，乃为作此图。其东则鹊山也，命之曰鹊华秋色云。元贞元年十有二月，吴兴赵孟頫制。

济南的北郊有两座山，一座是鹊山，一座是华不注山，赵孟頫正是把这两座山作为主景绘入画中。这幅画乃是赵孟頫的精心之作，受到后世广泛的夸赞。比如他的弟子杨载在给此图所作的跋语中称："羲之、摩诘，千载书画之绝，独《兰亭序》《辋川图》尤得意之笔。吴兴赵承旨以书画名当代，评者谓能兼美乎二公。兹观《鹊华秋色》一图，自识其上，种种臻妙，清思可人，一洗工气，谓非得意之笔可乎？诚羲之之《兰亭》、摩诘之《辋川》也。"

杨载认为，流传后世最有名的书法作品当属王羲之的《兰亭序》，最有名的绘画作品则是王维的《辋川图》，赵孟頫在书法和绘画上的成就不低于这两位大家，而这幅《鹊华秋色图》可谓是他的精心之作，成就不在《兰亭序》和《辋川图》之下。

《鹊华秋色图》能够成为赵孟頫在绘画方面的代表作，这件事跟乾隆皇帝弘历也有一定的关系。此画入宫之后，弘历给该画标出了画题，在上面钤盖了大量的印章，还在此画之上题了九则跋语，其喜爱程度

赵孟頫 《鹊华秋色图》局部 台北故宫博物院藏

超乎寻常。

弘历为什么喜爱赵孟頫的这幅作品呢？除了此图的艺术水准之外，另外的一个缘由则是弘历曾经看到过图中的实景。清乾隆十三年（1748），弘历巡幸山东时，在游玩过程中看到了鹊山和华不注山，猛然想起宫中藏有赵孟頫所画该图，于是他立即命飞骑赶往北京，将《鹊华秋色图》送至济南。弘历拿着这幅画跟眼前的景色进行核对，认为赵孟頫的这幅画的确画得很好，但画中却有着方位上的失误。因为赵孟頫在该画的题记中称："（华不注山）其东则鹊山也。"然而弘历眼前所见则正好与之相反。

这里且不论赵孟頫的画作在方位上是否搞错，这幅画的艺术成就确实很高。后世很多人认为赵孟頫的这幅画模仿了王维和董源。陈继儒在《妮古录》中称："《鹊华秋色卷》，赵子昂为周公谨作。山头皆着青绿。全学王右丞。"明末张丑在《清河书画舫》中也持同样的观点："予向见其《鹊华秋色》一卷，按题盖为周公谨作，山头皆着青

赵孟頫 《鹊华秋色图》局部 台北故宫博物院藏

绿,全师王维遗法。"

相比较而言,赵孟頫最喜欢的绘画题材是马,明宋濂在《题赵子昂马后》一文中引用了赵的自言:"幼好画马,每得片纸,必画而后弃去。"看来,赵孟頫年幼时得到一张小纸片,也会随手画一匹马上去。为什么对马这么喜爱呢?陶宗仪在《辍耕录》中引用了赵的自言:

> 又尝见公题所画马云:"吾自幼好画马,自谓颇尽物之性,友人郭佑之尝赠余诗云:'世人但解比龙眠,那知已出曹韩上。'曹、韩固是过许,使龙眠无恙,当与之并驱耳。"然往往阅公所画马及人物、山水、花竹、禽鸟等图,无虑数十百轴,又岂止龙眠并驱而已哉!

由这段话可知,赵孟頫对自己画马的水平颇为自负。陶宗仪则认为,赵的绘画水平确实不在李龙眠之下。

赵孟頫 《饮马图》 辽宁省博物馆藏

赵孟𫖯的夫人管道升在绘画上的成就同样令人瞩目。关于管氏一族的来由，赵孟𫖯在《管公楼孝思道院记》中写道："按《吴兴志》，齐管夷吾之后有避地于此者，人因名其地曰栖贤，今乌程栖贤山是也。其裔散处郡邑，迄于今不绝，吾妻仲姬所自出也。"可见管道升乃是管子之后。对于管道升家族的情况，赵孟𫖯在延祐六年（1319）所撰《魏国夫人管氏墓志铭》中称：

> 夫人讳道升，姓管氏，字仲姬，吴兴人也。……考讳伸，字直夫。妣周氏。管公性倜傥，以任侠闻乡间。夫人生而聪明过人，公甚奇之，必欲得佳婿。予与公同里闬，公又奇予，以为必贵，故夫人归于我。至元廿四年，世祖圣德神功文武皇帝召孟𫖯赴阙，自布衣擢奉训大夫、兵部郎中。廿六年，以公事至杭，乃与夫人携至京师。

管道升的父亲名管伸，母亲姓周，父亲是很有见识的一位乡绅，夫妇二人没有男孩，再加上管道升从小就很聪明，故他们将管道升当成儿子来认真培养，认为她将来必须要嫁给一位杰出的人，而那时的赵孟𫖯已很有名气，故管伸将女儿嫁给了赵，后来果真如愿。

关于赵、管结婚时的年龄，大多数资料都称当时赵孟𫖯三十六岁，管道升二十八岁。在那个时代，已然是晚婚。但也有人考证说，他们二人实际结婚年龄要比这个时间早，还有人从管道升的字和称呼上来分析，认为管道升应该还有一位姐姐。

赵孟𫖯曾给老泰山写过这样一封信："孟𫖯上覆丈人节干，丈母县君，孟𫖯一节不得来书，每与二姐在此悬思而已，伏想各各安佳，孟𫖯寓此无事，不烦忧念，但除授未定，卒难动身，恐二老无人侍奉。秋间先发二姐与阿彪归去，几时若得外住，便去取也。今因便专此上覆。闻乡里水涝，想盘缠生受，未有一物相寄，二姐归日，自得整理，一书与郑月窗，望递达，不宣。六月二十六日。孟頫上覆。"

信中所称"二姐"显然指的就是管道升，然而大姐是谁，早期史料未见记载。清光绪七年（1881）重修的《乌程县志·列女传》中却明确地称："道升姐姐道杲，适南浔姚氏，亦善书，当为道升题书，后有陈'自幼适南浔姚氏'，能书，有手书《观世音普门品》，孟頫题其后：'姚氏之妇世以书名，称为韵事'云云。"

这个说法本自何处，书中未做出注释，不能确认这种说法的真伪。然而管道升字仲姬，若以伯仲叔季来论，显然她的确是在家中排行老二，应该还有一位姐姐。

按赵孟頫在《管氏墓志铭》中所言，他在至元二十六年（1289）将管道升带到了大都，在京城期间，皇帝听说管道升在书法和绘画方面也很有成就，于是命其夫妇二人加上他们的儿子赵雍共同写出了书法作品和绘画。此事记载于《魏国夫人管氏墓志铭》："天子命夫人书《千文》，勒玉工磨玉轴，送秘书监，装池收藏。因又命余书六体六卷，雍亦书一卷，且曰：'令后世知我朝有善书妇人，且一家皆能书，亦奇事也。'又尝画墨竹及设色竹图以进，亦蒙圣奖，赐内府上尊酒。"

一家三口在艺术方面都受到皇帝的奖赏，这是何等荣耀之事。一家人其乐融融地过了一些年，随着年岁的增长，按照管道升的说法，有了年长色衰之忧，因为赵孟頫在大都任职，留在家乡的她就给丈夫画了一幅竹图，同时写下一首诗：

夫君去日竹初栽，竹已成林君未来。
玉貌一衰难再好，不如花落又花开。

那时的赵孟頫也有纳妾的想法，只是不好意思对管道升直言，于是给夫人写了这样一封信:"我为学士,尔做夫人。岂不闻陶学士有桃叶、桃根,苏学士有朝云、暮雪。我便多娶几个吴姬越女,无过分。你年纪已过四旬,只管占住玉堂春。"

诗中的"陶学士"被后世考证出应当是"王学士",因为桃根与桃叶乃是王献之的妾,苏学士当然指的是东坡,因为暮雪与朝云乃是其两位姬人。赵孟頫想效仿这些前人,便婉转地跟管道升说他想多娶几位妾室,因为管的年纪也不小了,他劝夫人只做正房就行了。

管道升接到此信后没有哭闹,只是效仿卓文君用《白头吟》劝解司马相如那样,给丈夫写了篇名为《我侬词》的白话诗:

你侬我侬,忒煞情多;情多处,热如火。把一块泥,捻一个你,塑一个我。将咱两个,一齐打破,用水调和。再捻一个你,再塑一个我。我泥中有你,你泥中有我。与你生同一个衾,死同一个椁。

这首诗极具名气,被学者们称为中国历史上第一首白话诗,然而这种说法似乎忽略了他的夫君"有错在先",因为赵孟頫写给夫人的那封信也应当是一首白话诗。不管谁先谁后,据说,赵孟頫收到此诗后果真打消了纳妾的念头。

管道升在绘画上的最高成就应当是墨竹,万新华在《柯九思墨竹艺术论》中说:"墨竹画发展到元代,可谓史无前例。倘若我们对元代画家作一初步统计,即会发现:从赵孟頫开始,整个画家群中,擅竹者将近三分之一。如果再算上对墨竹偶有涉及者,则达半数以上。风靡一时的文人墨竹画从内容和形式上赢得了一大批知音,如高克恭、赵孟頫、李衎、管道升、任仁发、柯九思、顾安等均为墨竹画的佼佼者,给墨竹画注入了新的生机。"

看来那个时代颇为流行画墨竹,而赵孟頫是画墨竹中的佼佼者,管道升也有这方面的特长,大多数论者都认为管道升乃是跟赵孟頫所学。安歧在《墨缘汇观》中称管道升墨竹:"作水墨竹枝,密叶劲节,不似闺秀纤弱之笔。"吴其贞在《书画记》中亦称:"管夫人《竹石图》粉壁一堵,在湖州瞻佛寺殿之东壁,高约丈余,广有一丈五六尺,画土坡上一巨石,做飞白勾衬,只有数笔,画识石之前、后、左、右数竿修竹,高有三四尺,是为晴竹,亭亭如生,使人望去,清风徐来,寒气袭骨,抑且用笔熟脱,纵横苍秀,绝无夫人女子之态,伟哉,古今一奇画也,为之神品……"

这些记载都说明管道升所画墨竹有丈夫气,故很有可能她是效仿赵孟頫。然而孙承泽在《庚子销夏记》中却说:"管夫人画竹,风格胜子昂,此帧凡三竿,极其苍秀。"在孙承泽眼中,管道升的墨竹在某些方面超过了赵孟頫。乾隆皇帝对管道升所画之竹也评价甚高,弘历在乾隆十三年(1748)所作《题管道升修竹幽兰图》中夸赞道:"袅袅猗

管道升 《墨竹图卷》 故宫博物院藏

猗绿水滨，幽香孤节自相亲。世间尽有丹青手，写照端须似此人。"

关于管道升墨竹风格所本，董其昌曾言："管魏国写竹，自文湖州一派，劲挺有骨，与宋广平作赋正相反。"可见董其昌认为，管道升的墨竹图乃是文同一派。而文同强调书画同源，这个观念也为赵孟頫所本，赵孟頫在《疏林秀石图》的自跋中写道："石如飞白木如籀，写竹还应八法通。若也有人能会比，须知书画本来同。"想来管夫人也是从赵那里接受了这种理念。更何况，管道升在书法方面也颇有成就，张丑在《管见》中称："仲姬作草书，得章帝、索靖、皇象遗意。"难怪皇帝命其书写《千字文》。而明郁逢庆在《书画题跋记》中载："管夫人《悬崖朱竹》。曹妙清题句云：夫人写竹如写字，不堕画家蹊径中。料得山房明月夜，翛然叶叶动秋风。"

看来前人已经留意到管道升用写字之法来画竹，然管在《修竹图自识》中自称："墨竹，君子之所爱也。余虽在女流，窃甚好学。未有师承，难穷三昧。及侍吾松雪十余秋，傍观下笔，始得一二。偶遇此卷闲置斋中，乃乘兴一挥，不觉盈轴，与余儿女辈玩之。仲姬识。"

管道升明确地说，她常常留意赵孟頫画竹之法，陆续看了十几年，于是也开始画竹。以此可证，管道升的画竹之法的确得自其夫君。

对于管道升绘画的评价，应以冼玉清在《元管仲姬之书画》一文搜集最为完备，文中引用了各种著录中的记载，比如《珊瑚网》及《式古堂汇考》中所著录的管道升所绘《竹石图》中的跋语，其中有释本明所题："竹兮修，石兮贞。木之茂，草之清。魏国作此赠以中，了无一点尘世情。风高露冷禅入骨，何如忉利天举似老摩耶，也教直下双瞳明。魏国夫人管氏深入禅定于富贵中，书经之暇，尤精于竹石。夫人长往又三白，而以中亦为之入寂。偶见此轴，□请著语，故不能忘言。幻住本明题。"而本图中另有释道联的题记："介然有守而不可转者，石也；劲然有节而不可屈者，竹也。古人以竹石比君子，其有旨哉。今观魏国夫人管氏所画竹石，甚得文敏公之笔法，可谓夫妇皆得君子之道。诗云：惟其有之，是以似之。德诚王生宝之如夜光明月，意必有所取焉。净慈住山释道联。"

释道联也认为管道升所画竹图颇似赵孟頫。而冼玉清文中录有管道升与赵孟頫合作的《竹蕙合作卷》，该图中有柯九思所写之跋："赵文敏公以书画擅当世之誉，魏国夫人习于见闻，亦时游戏翰墨。延祐间，上命中使取夫人书进入，上览之称善，仍命与文敏书并藏秘府，固一时之盛也。今观王成之所藏文敏夫妇所作二图，令人起慕，因及当时盛事云。鉴书博士柯九思书于锡训堂。"

可见，赵氏夫妇二人亦曾共同绘制《竹石图》。虽然管道升所绘之图留传至今者颇为少见，然历史记载中，她有很多画作曾传世。比如张泰阶《宝绘录》中著录有管道升所绘《竹窝图》，文徵明在该画的跋语中对此图大为夸赞：

> 右管仲姬画竹窝图，诚为佳绝。不独闺阁中弱质徒事女工者未能有此，即胜国诸大家之高风逸韵，妙墨英辞，冠绝当代，亦未易过此也。昔人谓赵松雪书画上下五百年，若仲姬是图，亦何忝于松雪哉？往岁友人古中静持至吴中索题，会余病未属片语，殊为欠事。距今已二十余载，未尝不往来于胸次也。吾友某兄近得之新安贾人之手，一旦出示余，不胜惊异。如渔父之再入桃源，刘阮更逢神女，欣然援笔识之。时嘉靖九年谷雨日，衡山文徵明书。

文徵明认为，赵孟頫的书画水平在上下五百年间都值得称道，而管道升所作墨竹水准不在其夫君之下。明濮宗在《无尘殿观管夫人画竹歌》中，对管道升的画竹水平不吝其词地予以了夸赞：

学书不学卫夫人，丹青那得曹将军？画竹不看管道升，闺中妙技谁与论？我来吴兴何所见？龙蟠古栋无尘殿。满壁云烟香雾中，宋元墨妙臻奇玩。干霄飞舞有奇气，萧森飒爽无穷势。柔指尤能挥巨毫，洒脱纵横道劲异。西壁何人画相似？笔致天然岂容易？东壁晴开江楚喷，枝枝生动披朝云。独有苍寒万竿玉，风雨不来声籔籔。老眼摩挲得看来，扫我胸中尘几斛。

其实管道升除了画墨竹外，也有其他题材的作品，比如她曾画过一幅《碧琅庵图》，并自题："素师玄雪，玉节落落，雅与余善。偶造其庵而契之。因写《碧琅庵图》以赠，并记。管氏道升识。"

某天，管道升来到了碧琅庵，与庵中尼师素雪言谈甚欢，于是画出了该图，并写了篇《碧琅庵记》，而素雪在题记中的末尾写道："感蒙魏国夫人之护法，并图庵中之寄兴。薪水殷殷，可为出生之慈航也。然此图宜珍藏之，不可轻视，而忽一点之义谛。至治三年岁朝，素雪自识。"该图中另有尼涤凡所写题记："承素雪大师出此图以示，余览之，始识魏国夫人手笔也。笔工墨妙，庵图两绝。寤寐永思，不能去念。聊赘鄙俚十二绝，以纪岁月云。至治五年秋九月，西蜀峨眉岚响庵女缁涤凡敬书。"

最有意思者，该图流传到明初，被帝师姚广孝看到，其在上面又写了段跋语："天地灵敏之气，钟于文士者非奇，而天地灵敏之气，钟于闺秀者为奇。管氏道升，赵魏公之内君。贞静幽闲，笔意灵异。跋兹图，捧兹记，真闺中之秀，飘飘乎有林下风气者欤？永乐二年七月二日题。"

以上这些跋语，乃是冼玉清摘录自《石渠宝笈》卷十四中。而冼在文中又写下这样一段按语："按此卷余曾于民国十九年观于天津宣统邸。图记墨气极佳，而两尼一僧之题跋，书法皆清秀拔俗。"

看来此画由溥仪带出宫，而后藏于天津，冼玉清曾亲睹此画，留意到该画的题跋乃是两位女尼和一位僧人，这是何等之奇妙。

赵孟頫与管道升均为浙江吴兴人，长期居住在京城，管道升有些不习惯，加上其晚年得了脚病，很想返回家乡，于是她画了一幅《渔父图》，在图上题了四首《渔歌子》：

> 遥想山堂数树梅，凌寒玉蕊发南枝。
> 山月照，晓风吹，只为清香苦欲归。

> 南望吴兴路四千，几时回去霅溪边。
> 名与利，付之天，笑把渔竿上画船。

> 身在燕山近帝居，归心日夜忆东吴。
> 斟美酒，脍新鱼，除却清闲总不如。

> 人生贵极是王侯，浮利浮名不自由。
> 争得似，一扁舟，弄月吟风归去休。

这四首词都是劝慰之语，她希望夫君能够看破名与利。赵孟頫也在该画上和了两首词：

> 渺渺烟波一叶舟，西风木落五湖秋。
> 盟鸥鹭，傲王侯，管甚鲈鱼不上钩？

> 侬在东南震泽州，烟波日日钓鱼舟。
> 山似翠，酒如油，醉眼看山百自由。

而后赵孟頫又在该画上写了如下一段跋语："吴兴郡夫人不学诗而能诗，不学画而能画，得于天者然也。此《渔夫词》皆相劝以归之意，无贪荣苟进之心。其与老妻强颜道'双鬓未全斑，何苦行吟泽畔？不近长安'者异矣。"

赵孟頫说其夫人无论学诗还是学画均属无师自通，而他从画与词中读懂了夫人的劝慰之意，由此而产生了辞官归乡的想法。几年之后，到了延祐五年，管道升已五十七岁，她的脚病再次复发。赵孟頫为其所写的《墓志铭》中提到："五年冬，旧所苦脚气疾作，上遣太医络绎胗视。六年增剧，闻于上，得旨还家。四月二十五发大都，五月十日行至临清，以疾死于舟中，年五十八……"

皇帝闻听管道升不适后，立即派太医前去诊治，但治疗效果不佳，转年病情更为严重，赵孟頫借此提出返乡的要求。皇帝批准后，他们立即返程，可惜走到山东临清时，管道升病逝于舟中。一个多月后，也就是元延祐六年（1319）六月二十八日，赵孟頫为亡妻超度之事给中峰明本写了封信："孟頫自老妻之亡，伤悼痛切，如在醉梦，当是诸幻未离，理自应尔。虽畴昔蒙师教诲，到此亦打不过，盖是平生得老妻之助整三十年，一日一哭之，岂特失左右手而已耶。哀痛之极，如何可言。"（赵孟頫《至中峰和尚·醉梦帖》）

赵孟頫将管道升葬在了家乡，若干年后他去世时与妻子合葬在一起。六年前，我曾往洛舍镇东衡村去瞻仰过他们的墓，而这里亦是他们二人的家乡。徐悼在《修竹美人图》的题记中写道："读松雪与中峰和尚札，知其伉俪之情极重。中有云：'伺东衡房屋修整。'又云：'求和尚一到东衡。'则东衡为松雪故居无疑。沈方平黄门乃东衡人，悼之墓田丙舍亦在东衡，时时往来其间，搜讨遗迹，仅得此画，心甚宝之。"

难得的是该村至今仍名东衡，位于浙江德清县。2019年2月19日，我再次前往湖州地区寻访，本次得到了湖州党校刘正武教授的大力帮助，这天我乘其车前往东衡村再去瞻仰赵孟頫、管道升墓。

在路上刘先生告诉我，他与该村的陈景超先生是朋友，而后向我讲述了陈先生奇特的经历。我们来到东衡村，这里与六年前已经有了较大的变化，村内盖起了很多的新房，不少的房屋都嵌入了与赵孟頫有关的元素。刘正武告诉我，本村的支柱产业乃是钢琴，因为多年前村领导很有眼光，高薪从上海聘请来了钢琴厂的技师，使得本村的钢琴质量大为提高，钢琴的畅销使得本村经济实力大增。

见到陈景超后，我们先去参观了他的藏书楼，随后由其家步行前往赵氏墓。陈先生家距离赵孟頫墓也就一百余米。这里的变化已难让我回忆起六年前的情形，因为在一片空地上盖起了一座现代化的建筑。陈先生介绍说，这是赵孟頫纪念馆，现在还未完工。

场馆的后广场为传统的建筑格局，看上去像是佛寺与庙堂的结合。正面的大殿上所悬匾额写着"赵公寺"，我记得上次来的时候这里还是

新建起的赵孟頫纪念馆

赵公祠变成了赵公寺

赵公祠。陈先生介绍说，这里原本是赵孟頫的故居，后来变成了祭奠他的祠堂，但因为无人维修，祠堂颇为破烂，村中又难以筹集到维修资金，他们曾经向宗教局申请资金，但对方要求将此处改成寺院方能得到维修资金，于是赵公祠就变成了赵公寺，并且宗教局还派来了一位僧人管理此寺。

走入寺中，这里的格局与前些年变化不大，只是香炉所插之香都挂着一些人名牌，这是与其他寺庙之不同处。陈先生介绍说，烧香的人大多是来自上海，因为前些年有几位家长带着孩子来此游览，无意间转到此寺，回去后他们的学习水准进步神速，都考上了好学校。有了这样的口碑，使得前来烧香的人络绎不绝。不知道这是不是赵孟頫的法力，但心诚则灵却是很好的解释。

寺中的侧殿则为财神殿，有一些老年妇女坐在那里聊天，看来财神是人人喜爱之神。参观完赵公寺，我们前去瞻仰赵、管合葬墓。墓

学子的心愿

前的石牌坊已经立起，但总体上感到依然尚未完工。墓碑跟墓丘的形制也与几年前略有变化，新做的墓碑上刻着"元魏国公赵孟頫、魏国夫人管仲姬墓"。这样刻的原因，是元延祐四年（1317），仁宗皇帝册封赵孟頫为魏国公，同时册封管道升为魏国夫人。而本次我留意到，墓丘之上有几棵颇为粗壮的树被砍掉了。我曾在司马迁的墓上看到长有粗壮的柏树，未曾有被砍之痕迹，为什么此处要砍掉墓上之树呢？陈先生向我解释说，这不是风俗问题，因为墓围用石条砌就，树在生长的过程中容易将墓围胀裂，所以管理者将树伐掉。

我们又转到墓的侧旁，在这里看到了其他几块文保牌，但这些牌子放得东倒西歪。陈先生说，这里已经升格为国家级文保单位，省市级的文保牌重要性就不大了，他猜测这些牌子就是因为这个原因扔在了旁边。赵、管合葬墓的神道也是用青石重新铺就，两旁的绿地内有几个石像生，从石面的风化程度看，应当是当年之旧物。

国家级文保牌

合葬墓全景

墓碑

墓丘上的树被伐掉了

生前爱竹,身后伴竹

省市级文保牌堆放于此

神道

立在墓地中的石像生

黄公望（1269年—1354年）
元四大家，首推重焉

元代绘画乃是中国艺术史上颇为重要的一个组成因素，为此潘天寿在《中国绘画史》中做了颇为详细的分析。元朝的统治者大多对艺术并无多少兴趣，故于宫廷绘画方面乏善可陈，因此潘天寿说："元代之于画事，实无所注意与提倡也。"

因为元朝政府对文化的不重视，使得许多文人雅士把性情寄托于绘画之中，他们将自己生不逢时的心态以绘画和诗歌的形式予以表达，这使得元代绘画渐渐形成了独特的风貌。潘天寿在其专著中称："然当时在下臣民，以统治于异族人种之下，每多生不逢辰之感；故凡文人学士，以及士夫者流，每欲藉笔墨，以书写其感想寄托，以为消遣。故从事绘画者，非寓康乐林泉之意，即带渊明怀晋之思。故所作，以写愁怀者，多郁苍，以写忿恨者，多狂怪，以鸣高蹈者，多野逸，凭作者之个性，与不同之胸怀，或残山剩水，或为麻为芦，以达其情意而已。既不以技工法式为尊重，亦不以富丽精工为崇尚，任意点抹，自成蹊径。"

那么元代绘画的特点是怎样的呢？潘天寿认为："故有元一代之绘画，全承宋代绘画隆盛之余势，以元人治华之环境，一任自然发展而成之者。故无论山水、人物、花鸟、草虫，非特不重形似，不尚真实，凭意虚构，用笔传神，乃至于不讲物理，纯于笔墨上求意趣，实为元代画风之特点。"这种作品在中国绘画史中有着怎样的独立面貌呢？潘天寿则认为："故以技工论，元人不能以草草之笔，得唐、宋繁密工整之长。以笔墨论，元人能以简逸之韵，胜唐、宋精工富丽之作。俗云：'元画尚意。'又不失为吾国绘画史上之又一进步焉。"

既然元代绘画有着如此的独立面目，那么有哪些画家可以代表元代绘画的最高成就呢？俞剑华在《中国绘画史》中称："赵孟頫之画，非不精妙，然以之结束宋画则有余，以之代表元画则不足，因其面目犹是北宋气息也。其足为元代山水画之代表，且对于后代山水画有绝大之影响者，厥为黄公望、王蒙、吴镇、倪瓒，世称元季四大家。"

赵孟頫乃是由宋入元的顶尖艺术家，而俞剑华认为，他只能算是宋代画风的终结者，并不能代表元代绘画的最高成就，这源于赵孟頫的画风仍然有着强烈的北宋风貌，能够代表元代绘画风貌的人物，则是元代四大家。为什么给出这样的论断呢？俞剑华在专著中做出了如下解释："四人虽亦上追董、巨，不离古人法度，然能自具面貌，取古人之神，而不泥古人之形，又能饱游饫观，日徜徉于名山之间，而文章道德，又皆加人一等，故其所作，自异凡响。水墨渲淡与浅绛著色一派乃底于大成，明、清数百年之山水画，除浙派外，能出四家之范围而能独树一帜者，殊不多见。"

由此可知，元四家堪称元代绘画的代表性人物，而四家中的第一家就是黄公望。俞剑华在论述黄公望的绘画面目之后，称其为元四家中的最高成就者："黄公望虽学董、巨，而格法实从写生中得来，今观其所画，固俨然七里泷景物也。每出，必袖携纸笔，凡遇景物，辄即模记。居富春山即写江山钓台之胜，居常熟即写虞山、尚湖之景，得于心而形于笔，所画千丘万壑，重峦叠嶂，愈出而愈无穷，在当时已为四家之冠，在后世尤为不祧之祖。自董其昌而后王时敏、王鉴、王原祁辈，咸拜伏于公望门下，清朝山水画几于'家家一峰，人人大痴',势力之大,至今未已。"

而早在元代,夏文彦在《图绘宝鉴》中就明确地给元四家排出了座次:"黄公望字子久……元四大家,首推重焉。"清初时的王时敏延续了这样的论断,《西庐画跋》载:"昔董文敏尝为余言,子久画冠元四家,得其断楮残缣,不啻吉光片羽。而生平所最力作,尤莫如《富春山居卷》。盖以神韵超逸,体备众法,又能脱化浑融,不落笔墨蹊径,故非人所企及,此诚艺林飞仙,迥出尘埃之外也。"

俞剑华认为黄公望的画风本自董源、巨然,这个论断应当是本自明代的董其昌。董在《画禅室随笔》中称:"倪云林、黄子久、王叔明,皆从北苑起祖,故皆有侧笔。"董其昌的这个论断在后世得到广泛认同,比如清初王翚在《清晖画跋》中就认为元四家的绘画风貌其实都是本自董源:"元四大家,皆代有师承,各标高誉,未闻衍其余绪,沿其波流。如子久之苍浑,云林之澹寂,仲圭之渊劲,叔明之深秀,虽同趋北苑,而变化悬殊,此所以为百世之宗而无弊也。"

董其昌的论断其实比这些走得更远,他甚至认为:"文人之画,自王右丞始。其后董源、僧巨然、李成、范宽为嫡子;李龙眠、王晋卿、米南宫,及虎儿,皆从董巨得来;直至元四大家黄子久、王叔明、倪元镇、吴仲圭,皆其正传。"

以上是历代艺术家对包括黄公望在内的元四家进行的整体评价,而黄公望本人对此有着怎样的看法呢?黄公望在其所著《写山水诀》的最后一篇《论画山水》一文中称:

山水之作,仿自汉唐,古笔遗墨,不复多见。米南宫评品称董北苑无半点李成、范宽俗气,一片江南景也。厥后僧巨然、陆道士皆宗其法。陆笔罕见,然笔往往有之,亦有逼于董者。其有学于然者曰:"江贯道用墨轻淡匀洁,树木林叶,排列珠琲,宋人亦珍视之,然则大有径庭矣。"作山水者,必以董为师法,如吟诗之学杜也。

由这段话可知,黄公望对董源极其推崇,他把董源山水画的成就等同于诗学中的杜甫。而杜甫有"诗圣"之名,以此推之,董源当为山水画中的"画圣"。取法乎上,故陶宗仪在《辍耕录》中明确地说:"(黄公望)画山水宗董、巨,自成一家,可入逸品。其所作《写山水诀》,亦有理致,迩来初学小生多效之,但未有得其仿佛者,正所谓画虎刻鹄之不成也。"

关于黄公望的生平履历,以元代钟嗣成在《录鬼簿》中的记录为最早:

黄公望字子久,乃陆神童之次弟也,系姑苏琴川子游巷居,髫龀时螟蛉温州黄氏为嗣,因而姓焉。其父年九旬时,方立嗣,见子久,乃云:"黄公望子久矣。"

钟嗣成称,黄公望本姓陆,居住在常熟城内子游巷,幼年过继给一位姓黄的老人,这位黄翁年逾九十岁,因膝下无子就收小陆为义子。有的文献称小陆名叫陆坚。黄公过继陆坚的时候,说了句:"我老黄希望有个儿子已经很久了!"于是就给陆坚改名为黄公望,字子久。

这样将一句话拆分为名和字,显然很有趣,故后世在谈到黄公望名与字的来由时,不断引用《录鬼簿》中"黄公望子久矣"这句话。但也有人认为,这句名言其实另有所本,胡晓明在《从严子陵到黄公望:富春江的文化意象——〈富春山居图〉的前传及其展开》一文中引用了《汉书》颜师古注中的一段话:

> 师古曰：望，谓太公望，即吕尚也。钓于渭水。文王将出猎，卜之，曰：所得非龙、非螭、非豹、非罴，乃帝王之辅。果遇吕尚于渭阳，与语，大悦，曰：吾太公望子久矣！故号曰太公望。

看来这句话的发明权不是黄公望的父亲，既然如此，那么黄老先生是否知道这个典故呢？胡晓明认为他肯定知道："这是一个极其普通的典故，黄公望的父亲为他取名，不可能不知。为什么志书与画史皆不提？细思之，太公望著《六韬》，'多兵权与奇计，故后世之言兵及周之阴权皆宗太公为本'（《史记》）；又，太公望不是一般的帝王师，而是助文武夺取天下的人物，此种身份，恐怕完全不合于蒙元统治时期的一般汉族读书士子之人生规划，或因此而易遭忌受害，故一般人缄口不提，或代以九十老父之说，就合理自然了。然而，黄公望之得名，其父必知《汉书》此典，因而赋此名也必有重大期望，则是可以肯定的。"那么，黄老先生是否说过这句话呢？胡晓明觉得这句话有可能是黄公望自己编造出来的："我怀疑黄公望的父亲'望子久矣'的说法，是画家自己制造出来的烟幕：他决然否定了他的名字中渭水滨的那个渔人，而选择了富春江中的另一个渔人。"

关于黄公望绘画的师承，元夏文彦在《图绘宝鉴》中未曾提及：

> 生而神童，科通三教，善山水，居富春，领略江山钓滩之概，性颇豪放，袖携纸笔，凡遇景物，彻即模记。后居常熟，探阅虞山朝暮之变幻，四时阴霁之气运，得于心而形于笔，故所画千丘万壑，愈出愈奇，重峦叠嶂，越深越妙。其设色浅绛者多，青绿水墨者少，虽师董源，实出于蓝。所撰《画诀》，注论最详，乃后学之由径也。元四大家，首推重焉。

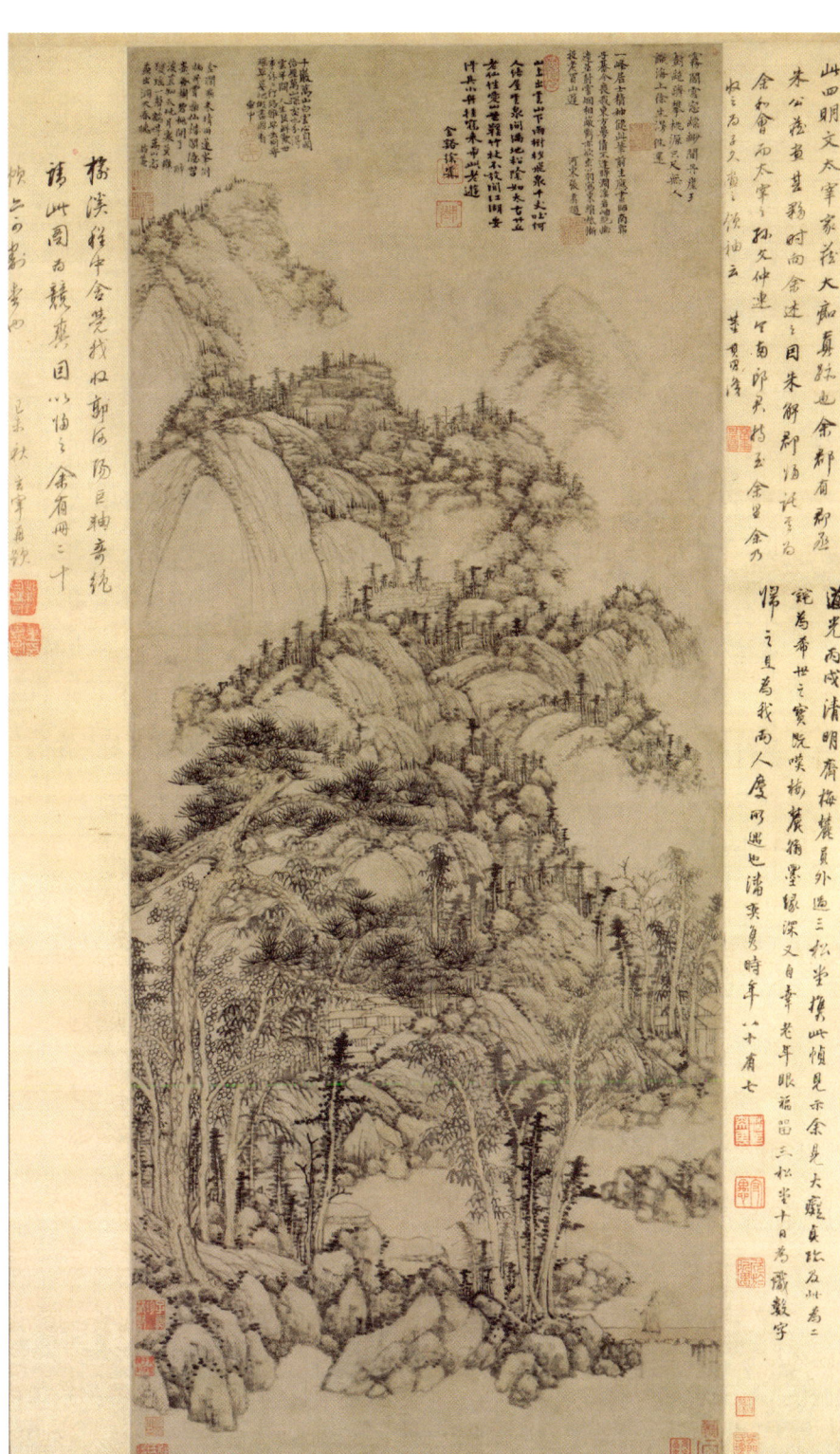

《丹崖玉树图轴》 故宫博物院藏

黄公望是位神童，想来他的绘画也有无师自通之处，然而夏文彦称，黄公望有着很好的写生功底，无论到哪里身上都携带着纸和笔，看到奇景随手画之，所以他的绘画水准超迈同侪。夏文彦还认为黄公望虽然从模仿董源的画风起手，最终的成就却在董源之上，这是典型的青出于蓝而胜于蓝。

姚宗仪所辑《万历常熟县私志》中谈到黄公望时称："沈鹜云：大痴，赵松雪甥，画品亦神，无忝此舅。赵复善琴，大痴学琴舅氏，初未得其传，知舅将鼓，匿床下，记其指法，鼓竟而弦中亦觉有人窃听也。"这里引用了沈鹜的观点，认为黄公望是赵孟頫的外甥，而事实上黄公望并不是赵孟頫的外甥。对于黄公望的死因，该书中还有着离奇说法："又云：大痴居虞山湖桥，水光山色，足供点染。携瓶酒登桥酣啸，酒尽辄投瓶于水。后人发其瓶，殆盈舟焉。因月下发狂大叫，声撼林木，虎从林中出，寒风飕飕，咆哮与啸声相和，大痴不知虎在侧，而竟为所咥。今小山有黄氏是其裔。旧志终于寿，云死于虎，未知何据。"

黄公望竟然是被老虎吃掉了，这种说法在其他资料中未见记载。李烨先生在《黄公望若干问题探讨》一文中也引用了《万历常熟县私志》中的这段记载，而李烨也称，黄公望被虎所吃的这个说法"更是闻所未闻，且当作一说"。黄公望是否被老虎吃掉这件事难以证实，然而他跟赵孟頫学过画倒确有其事，黄公望在赵孟頫所书《千字文卷》之后题过这样一首诗：

经进仁皇全五体，千文篆隶草真行。
当年亲见公挥洒，松雪斋中小学生。

在这里，黄公望明确地说，他亲眼看到赵孟頫绘画和写字的过程，并且自称是赵的"小学生"。

李烨在其文中对黄公望的籍贯也有着深入的探讨,详列出不同文献所载黄公望籍贯的九种不同说法,而后进行详细推论,最终的结论仍然是黄公望为常熟人。

关于黄公望学画的年龄,温肇桐在《黄公望年表》中称:"五十岁始作画。"然而谢成林在《黄公望生平事迹考》一文中分别引用了明汪珂玉《珊瑚网》、清陆时化《吴越所见书画录》、清吴其贞《书画记》三书中对黄公望画作落款时间的记载,由此而认为:"根据三图自识,辛丑(大德五年)、壬寅(大德六年)、甲辰(大德八年)这三个干支纪年,在黄公望一生中皆只遇到过一次,其时公望分别是三十三岁、三十四岁和三十六岁。这样,可以肯定黄公望三十岁时起已经常作画,至于他绘画的启蒙和初学阶段,应在少年时即开始了。"

既然如此,后世为什么认为黄公望是在晚年才学画的呢?其实这种误解大多源自与黄公望时代相近的画家唐棣在题大痴为廉夫所画《铁崖图》中所言:"一峰道人晚年学画,山水便自精到。"对于唐棣的这段话,谢成林在文中引用了徐邦达先生的观点:

> 我所见到的子久真迹,题年款的却以此幅《天池石壁图》为最早(七十三岁),这倒真是奇事。我想子久决不是晚年开始学画,像后来的金冬心、吴昌硕那样,因为从他的画里,看出来是有累积极深的功力,并不是个"半内行"。可能中年有一个时期较少动笔,所以留存作品也多是晚年之作。唐子华的话,大概也对也不对。

关于黄公望的绘画理论,后世研究者大多是从他的《写山水诀》来着手,该文乃是黄公望绘画创作的经验总结,比如他在谈到如何画石头时称:"画石之法,先从淡墨起,可改可救,渐用浓墨者为上。"

《富春山居图》局部　台北故宫博物院藏

对于绘画的透视法，他总结出如下凝练的观点："远山无湾，远人无目。"而对于山的画法，他的总结是："山头要折搭转换，山脉皆顺，此活法也。众峰如相揖逊，万树相从，如大军领卒，森然有不可犯之色，此写真山之形也。"虽然这些所谈只是画理和绘画技巧，但黄公望认为绘画不仅仅是自然景物的客观描绘，也会融入人生价值观："松树不见根，喻君子在野；杂树喻小人峥嵘之意。"

黄公望身为元代第一流的大画家，对于其绘画成就，后世夸赞之语多如牛毛，对于他的代表作，则公推《富春山居图》。明张丑在《清河书画舫》中称："大痴画格有二：一种作浅绛色者，山头多岩石，笔势雄伟；一种作水墨者，皴纹极少，笔意尤为简远。近见吴氏藏公《富春山居图》卷，清真秀拔，繁简得中，其品固当在松雪翁上也。而云林生云：'黄翁子久虽不能梦见房山、鸥波，要亦非近世画手可及。'岂元人所重者，顾在沉着痛快耶。"

黄公望所绘《富春山居图》可谓精心之作，清王原祁在《麓台题画稿》中称："古人长卷，皆不轻作，必经年累月而后告成，苦心在是，适意亦在是也。昔大痴画《富春》长卷，经营七年而成，想其吮毫挥笔时，神与心会，心与气合，行乎不得不行，止乎不得不止，绝无求工求奇之意，而工处奇处斐然亶于笔墨之外，几百年来，神彩焕然。"

一幅画作的完成竟然耗时七年之久，可见黄公望对于该画的创作付出了怎样的心力。该画在明成化年间传到了沈周之手，自此之后，此画出现了多个摹本。明万历年间，董其昌在北京购得了《富春山居图》真迹，对该画可谓顶礼膜拜，在该画的题跋中惊呼："吾师乎！吾师乎！"然而不知什么原因，后来董其昌还是将此图卖给了宜兴收藏家吴正至。

吴正至去世后，此图到了他的儿子吴洪裕手中。吴洪裕也有藏画之好，在其珍藏中，其最为喜爱的除了这幅《富春山居图》，则是智永的《千字文》。吴洪裕去世前交代家人说，必须要将这两件宝物火焚殉葬。家人无奈，先将《千字文》丢入火中，而《富春山居图》扔进火中时，吴洪裕的侄子吴静庵实在不能忍受这件宝物化为灰烬，于是从火中抢了出来。清王廷宾在《题剩山图》中记载此事：

> 《剩山图》者，盖黄大痴先生所作《富春图》前一段也。自《富春图》出，脍炙天下人口，久推为名家第一。向为宜兴吴子问卿氏珍藏，顺治庚寅，问卿且死，爱不能割，直焚以为殉，其从子子文，不忍以名物遽烬之劫灰，遂乘其瞶乱，旋投以他册易出之，而已焚去其十之三四矣。是此图已不能复为全璧，题之曰"剩山"，悲夫！然犹幸其结构完全，俨然富春山在望。其后段所存者，亦尚有延袤数纸，然仅属矣。

虽然吴静庵抢出了宝物，却已经被烧为了两段，后世将其中一半称为《剩山图》，另一半称为《无用师卷》，后者辗转到了乾隆皇帝手中。关于此画入宫的过程，弘历在该画的跋语中有如下记载：

> 越明年丙寅，安氏家中落，将出所藏古人旧迹求售于人。持《富春山居卷》并羲之《袁生帖》、苏轼二赋、韩幹马、米友仁《潇湘》等图，共若干种，以示大学士傅恒。傅恒曰："是物也，饥不可食，寒不可衣，将安用之。"居少间，恒举以告朕，朕谓或者汝勿识耳，试将以来，剪烛粗观，则居然黄子久《富春山居图》也，五跋与德潜文吻合。……丙寅长至后一日，重华宫御（乾隆）识并书。

看来傅恒是不解风情之人物，见到这件宝物，居然认为不能吃也不能穿，乃是无用之物，好在他把这个消息告诉了乾隆皇帝，最终使得《无用师卷》进入清宫。到1948年底，此物入藏了台北故宫博物院。而《剩山图》则到了大收藏家吴湖帆的手中，1949年后，沙孟海与吴湖帆多次商洽，到了1956年，《剩山图》最终捐献给了浙江省博物馆，成为了该馆的镇馆之宝。

正是因为对黄公望的喜爱，吴湖帆曾前往常熟去瞻仰黄公望之墓，而后写了篇《访虞山黄子久墓记》，该文中首先描绘了黄公望墓的状况：

元高士黄大痴之墓，在常熟虞山西麓，由西门循山塘而上，至宝岩寺，取道至小石洞，山径约二里，道旁有一石碣文曰："元高士黄大痴墓道。"碑脚一部分已陷土中，"墓道"二字，非细审不易辨。羊肠小径，迤逦深入百数步，山冈蜿蜒，痴老之墓在焉。一抔而外，荒凉寂寥，濯濯无寸树。墓后又一碑，曰："元高士黄一峰之墓"（"高士"二字并书），墓碑不立诸墓前，而树于塚后，盖虞地习俗也。

2012年6月3日，我也前往常熟去寻找黄公望之墓。黄公望墓位于江苏省苏州市常熟虞山。这一天沿虞山环山公路逆时针走，墓道前有一纪念馆，馆很小，约二十平方米，上锁无人。墓离路边五六十米，建造方式与言子墓相同。墓后石墙嵌有一大一小两块碑，大碑上书"元高士黄大痴先生墓"，字迹涂黄漆。小碑上书"元高士黄一峰公之墓"，字涂黑漆。墓前摆着三个破败的花篮，花篮上的红飘带已看不清字迹，不知何人所献。此前的一年，《富春山居图》海峡两岸合璧展出，成为很长一段时间的文化热点话题，可能人们又想起了这件大事，

虞山上的黄公望纪念馆

指示牌

石牌坊

文保牌

于是有人来此给他敬献花篮,当然这只是我的猜想。

从常熟归来之后,我仍然留意着黄公望的资料,无意间得知浙江的富阳县也有一座黄公望墓。此墓在前些年刚被发现,然该墓究竟是否为黄公望的真墓,当代学者各有各的说法,既然没有定论,那么也有可能是真墓,因此我还是决定到当地一访。该墓位于富阳县的庙山坞,而今这里已经改名为黄公望森林公园。

从杭州乘出租前往该处,我在这里找到了新建的黄公望纪念馆。我向工作人员打听新发现的黄公望墓所在之处,一位工作人员告诉我,黄公望墓在景区的最里处,乘景区浏览车至终点后,还需步行上山约二十余分钟,才能到达。景区售票员坦白告诉我说,其实前往黄公望墓的路并未铺好,需要一步步走上去。我想那或许就是尚未铺好台阶,需要攀登之意。售票员接着又说:"走路上去大概要二十多分钟吧,那还是平时天气好的时候,现在山上都是雪,我建议你也不要上去了,路很不好走,怕出危险。再说,已经封山了。"

既然上不了山,我只好拍摄一下黄公望纪念馆,然亦需按规定购买景区的全套游览票六十元。付费进入景区,黄公望纪念馆就在景区大门不远处。一座单层展厅,映于白雪皑皑之山下,风景的确很美,难怪当年黄公望要隐居于此。馆内有黄公望塑像一座,拄杖闲坐望远,背景是长幅浮雕,颇见用心。纪念馆背山临水,冬日清秀,尽在其中,忍不住多拍了几张山景,以作留念。

既然不能亲眼目睹新发现的黄公望墓,就只能通过他人的文字来了解该墓的情况。浦仲诚主编的《黄公望文化研究》一书中收录有《黄公望墓考证》一文,该文作者浦仲诚曾经亲往该处探看,而后在文中记载了看到的情形:

"疑似黄公望墓",是在庙山坞"小洞天"茅庐后约五百米的

黄公望墓全景

黄公望墓墓碑

山上。在攀爬了四百五十多级台阶后，才攀到靠近后山一处人迹罕至的石崖上。我们在石崖上一呈斜坡状平台的荒芜处，瞧见了这座古墓。这是一处以许多尺许大小碎石块垒圈成的一条圆弧形简陋坟围，一个泥坟位居围中的山间土墓。在土坟正后、圆弧形坟围面外的正中处，嵌有一块条状石灰岩充作的墓碑。

然而这座古墓没有找到墓志，墓碑上的文字也无法辨识，因此浦仲诚推论，他眼前所见者不太可能是黄公望之墓："因此我推测，在黄公望死后，其子孙是绝不会把黄公望遗体抬到这个数百米高的荒芜山崖上，草草地埋进这个土坟的。"如此比较起来，虞山的那座墓应当更像黄公望的真墓。

尽管有人对于黄公望墓的真假提出质疑，但是对于黄公望在绘画史上的重要地位，却无人提出异议，尤其是黄公望的绘画风格对于后世的重大影响。明代姜绍书在《韵石斋笔谈》中提到黄公望的画风对沈周、董其昌等人所产生的巨大影响，他甚至认为，赵孟頫虽然是黄公望的前辈，但在文人画的创作方面，唯有黄公望独树一帜：

> 国朝绘事，不啻家骥人璧矣。至于气韵生动，应推沈石田、董玄宰，溯两公盘礴之源，俱出自黄子久。子久画秀润天成，每于深远中见潇洒，虽博综董、巨，而灵和清淑，逸群绝伦。即云林之幽淡，山樵之缜密，不能胜也。当时松雪虽为前辈，惟以精工佐其古雅，第能接轸宋人，若夫取象于笔墨之外，脱衔勒而抒性灵，为文人建画苑之帜，吾于子久无间然矣。

曹知白（1272年—1355年）

笔意古淡，有摩诘之遗韵

曹知白是元代著名画家，与倪瓒、顾阿瑛并称为元代江南三大名士。关于他的绘画成就，明何良俊在《四友斋丛说》中称："吾松善画者，在胜国时莫过曹云西。其平远法李成，山水师郭熙。盖郭亦本之李成也。笔墨清润，全无俗气。张梅岩画尊老，得吴道子笔法，任水监画马，有龙眠遗意。此三人传派最正，可称名家。"

何良俊把曹知白视为元代松江第一大画家，并称其山水绘画之法乃是本自李成和郭熙，同时将其与张梅岩、任仁发并提，认为他们三人传承了正统的绘画观念。

对于曹知白的绘画成就，董其昌《画禅室随笔》中有《题曹云西画》："吾乡画家，元时有曹云西、张以文、张子正诸人，皆名笔，而曹为最高，与黄子久、倪元镇颉颃并重。曹本师冯觐、郭熙，此帧则仿巨然，尤异平时之作，藏此以存故乡前辈风流。以文画，乃有绝肖大痴者。予得之长安，今合此，乃双美也。"

在这里，董其昌将曹知白与元代松江画家张以文、张中并提，认为这三位画家中以曹知白的成就最高，同时认为曹知白的绘画成就可与黄公望、倪瓒相比肩，并且说曹知白师承冯觐和郭熙的画法。而李日华《味水轩日记》卷五录有王世贞题曹云西《听秋轩图》长卷云："曹知白画，世已绝少。人见其师冯觐，遂以笔墨缓弱病之，不知南渡

《溪山泛艇图轴》 上海博物馆藏

已后，悉尚裱丽，有能脱去町畦，独存清致者，则不当以平格迂求之矣。"可见王世贞也认为曹知白以宋代著名画家冯觐为师。关于冯觐的情况，董其昌《画评》中又称："曹云西，吾郡人，与倪迂同时，以画相倡和。山水师冯觐。觐，宣和时宦官，大都似右丞之娟秀。"

董其昌说曹知白跟倪瓒有密切交往，相互间以画倡和，而曹知白在山水方面以冯觐为师，冯觐则是宋宣和年间的宦官，其绘画风格似王维的娟秀。如此说来，曹知白的绘画也属南宗风格。高居翰在《隔江山色：元代绘画》中引用了《图绘宝鉴》中所载曹知白的师承"画山水师冯觐"，而后接着说："冯觐是十二世纪初李郭派的画家"，正因为如此，"后世的著录则直接说他宗李成、郭熙"。

对于曹知白的绘画风貌，清潘正炜《听帆楼书画记》卷一中有王翚《跋曹云西山水》其中谈及："此幅初无名氏，余以为云西老人笔也。其岩壑位置，郁然深秀，与向所见《寒林激湍》《清溪高士》诸图纤悉无异，或以为朱泽民，实非也。未知善鉴者以为何如？丁丑四月浴佛日，耕烟散人王翚观，因题。"

王翚对曹知白的绘画风格颇为夸赞，他能认定所见之画必出曹知白之手，而王翚自己也有一些画作乃是本自曹知白笔意。方闻所著《心印：中国书画风格与结构分析研究》中引用了白门柳堉在跋语中所言："石谷子画，余尤爱其摹倪黄及曹知白一派。"

关于曹知白的身世，清王昶在《蒲褐山房诗话》中称："吾邑曹氏有三支：一在元延祐年间居咸鱼港，僧正印《众福院记》所谓宣慰曹公及其于提举日照是也；一在明天顺年间居广福林，曹时和、时中、时信三兄弟是也；一亦在元时居于小蒸，则曹应符知白及其孙永、曾孙炳是也。三家皆雄于赀，各以田园第宅称。至于风流文采，宣慰提举无闻焉。定庵之后，迄今亦蔑有传者。唯小蒸一支，士食旧德，农服先畴，时有人起而继之。虽园馆久芜，而青矜弦诵，阅四百年如故，汹为衣冠盛事已。"

由此可知，曹知白乃松江三曹之一，其家住在松江的小蒸，乃是当地的富豪。明叶盛《水东日记》言："松江曹云西善诗画，家富盛极一时。其孙幼文号雪林，客授孙至德家。言乃祖盛时，尝筑台，以锡涂之，月夜携客痛饮，称瑶台云。其侈靡至是，盖元氏习俗也。一乡时惟常州倪云林、昆山顾玉山可相伯仲。他赀富有余而文才不足者，不与焉。"

曹知白的孙子曹幼文曾讲到祖父的奢豪，称曹知白曾经筑一高台，而后以锡来包裹此台，在月圆之夜，呼朋唤友在台上豪饮。在当时，这份自在只有倪瓒、顾阿瑛两大富豪可相媲美。沈曾植的《海日楼札丛》中有"元曹云西山水卷跋"两篇，其中引用了汪世贤的画跋："云西山水师冯觐，亦似郭河阳，家富盛，而文彩有余，尝筑台以银涂之，名瑶台，月夜携客狂饮其上。倪、黄诸名士，时为下榻，以书画相赏会。"

汪世贤亦称曹知白为当地富豪，称他所筑之台名叫瑶台，曹知白在瑶台上涂装的不是锡而是银。不知道哪种说法更接近事实。汪世贤说曹知白时常邀请倪瓒、黄公望去其家中品评和探讨绘画之理，以此可见，曹知白画友水准之高以及眼界之开阔。沈曾植在画跋中又引用了梧溪长老所题之诗："世治多福人，时危多贵人。贵人乃鬼朴，福人自天民。缅维曹云西，生死太平辰，高秋下孤鹤，想见美丰神。菀菀露桦间，幽幽水石滨，桨打甫里船，角垫林宗巾，往访赵松雪，满载九峰春（酒名）。斯图作何年？援笔为嘅呻。池废余野鹤，井渫摇青苹。"

由此诗的描绘，可以想见曹知白优哉游哉地生活于乱世，经常乘着船到处游览，还曾经前去拜访赵孟頫。如此生活方式，足令人叹羡。对此，沈曾植写下了这样的按语：

云西画不甚显称于有明中叶,自经香光提倡而后盛行。汪砢玉所收至多,考述亦最详。味前两题,其品格殆与顾阿瑛相类,其卒年当在庚申。梧溪诗谓"往访赵松雪",则其壮游盖及至治以前,行辈先于倪、王也。此卷岩壑俊拔,似河阳;笔锋超秀,则似摩诘。冯觐者,宣和内臣,《画谱》称其善学摩诘者。沿流溯源,一酌知味可矣。

沈曾植称,早年的曹知白画名并不显于世,自经董其昌极力推举松江前贤,人们才了解到曹知白的绘画成就。沈曾植又考证了曹知白的生卒年,夸赞曹知白所绘疏林寒色图册在绘画风格上颇具王维特色,也谈到了冯觐为宣和时的宦官。按照《宣和书画谱》所言,冯觐是学习王维笔意,故沈曾植以此推论,曹知白的绘画风格也具王维面目。

关于曹知白的家况,明初陶宗仪在《曹氏园池行》中称:"浙右园池不多数,曹氏经营最云古。我昔避兵贞溪头,杖屦寻常造园所。炳也款语愔从容,其先来自温许峰。裕垂系胤二百载,发于乃祖云西翁。翁之交游皆吉士,赵邓虞黄陈杜李(赵文敏、邓文肃、虞文靖、黄文献、陈监丞、杜待制、李文简、李昭文)。或铭或记或篆颜,华构翚飞耀闾里。"

由此可见,曹知白家的庄园在明初就极具名气,而曹本人堪称谈笑有鸿儒,往来无白丁,交往之人全是一代名流。可能是因为这个原因,周锡山在《元代浙江大家对上海美术史的重大影响和巨大贡献》一文中认为曹知白乃是赵孟頫的入室弟子:"元代朱德润、曹知白、姚彦卿、唐棣等多位著名画家,都是他的入室弟子。孟頫的弟子中有不少是华亭或寓居松江的人士,其中对其亲传弟子松江著名画家曹知白和明代松江派领袖董其昌的影响最大。"

对于这种说法,我未查得相关文献,然曹知白确实与赵孟頫有交

《疏松幽岫图轴》 故宫博物院藏

往，并且赵孟𫖯还与曹知白的族弟曹和甫有交往。《钦定续通志》中称："大德二年戊戌，方回撰《居竹记》，赵孟𫖯书。"《居竹记》这篇文章，就是为曹和甫所写者。赵孟𫖯之妻管道升也是小蒸人，与曹知白同乡，赵孟𫖯回妻家时也会到曹知白的庄园去游玩。而陶宗仪未曾点明曹氏庄园的名称，清赵宏恩等监修的《江南通志》卷三十一《厚堂记》中载："云间有君子曰曹君贞素，名其堂曰厚。美哉厚之为言也，风不厚不足以举羽；水不厚不足以胜舟；云不厚不足以致雨；土不厚不足以生物。"

以此可知，厚堂乃曹知白的堂号之一。按此记中所言，厚堂之名应是本自庄子的《北冥有鱼》："且夫水之积也不厚，则其负大舟也无力。"《厚堂记》中又描绘了曹知白为人之宽厚，想来厚堂又有儒家"温柔敦厚"之旨，故贡师泰《玩斋集》卷十《贞素先生墓志铭》写道："至正十五年春二月五日壬戌，贞素先生曹氏卒，踰月己酉，葬于修竹乡干山之原。先生讳知白，字又玄，号云西……年八十有四，风日清美，犹杖屦闾里间，乡人士爱敬之，皆迎谒环拥，欣欣有喜色。"以此可见，曹知白虽是松江富豪，但直到其晚年，对待乡里乡亲也都十分宽厚，每当其出行时，总会有很多人围上来嘘寒问暖。

贡师泰所作《贞素先生墓志铭》中又称："己亥，丁母艰，哀毁尽礼。服除，以大府荐，教谕昆山，意甚不乐，遂辞去。尝游京师，王侯巨公多折与之交。章辟屡上。先生悉辞，谢曰：'吾闻燕赵多奇士，庶几见之，岂踧踖望求官者比耶！'即日南归长谷中，隐居读《易》，终日不出庭户。尤喜黄老氏之学。扁其居曰'常清净'、曰'洼盈'、曰'厚堂'、曰'古斋'。盖于是超然有所得矣。"

看来曹知白另有"常清净"等堂号。明长谷真逸撰《农田余话》卷上中称："予外族曹云西处士，风流雅尚，好饰园池。有轩花木水石间，曰'洼盈'，曰'洁芳'，小楼曰'听春雨'。有亭竹树阴森中，曰

'息影',梅间曰'索笑',近水梅轩曰'清浅',橘中曰'楚颂',花木间有亭曰'遂生',花竹间有桥曰'蹑虹'、曰'霞川'、曰'月窦'、曰'爱莲'。命名皆清标不凡。"

由贡师泰所撰《墓志铭》中可知,曹知白曾任昆山教谕,后来因故辞职返乡,他还到过京城,与很多名士均有交往,有人推举他入朝为官,他坚决推辞,返回故乡后优哉游哉地生活在庄园中,吟诗作画。他在松江的庄园内接待过许多名士,《松江府志》卷六十二《寓贤传》中载"(倪瓒)寓松,在曹知白家最久",而《松江府志》中谈到黄公望时则称"(与)曹知白最善,多留小蒸"。黄公望在题《曹知白画卷》中亦称:"云西与余,有交从之旧,别来四年,心甚念之。"一直到黄公望八十一岁时,还在曹知白的画作上写下题跋,对曹的绘画水准大为夸赞:"云老与仆年相若,执笔濡墨,既有年矣,老而益进,于今诸名胜善,画家求之,乃画者甚多,至于韵度清越,则此翁当独步也。"

而黄公望在《群山雪霁图》中,尤为夸赞曹知白绘画有王维遗意:"云翁为西瑛作此,时年七十有九而目力瞭然,笔意古淡有摩诘之遗韵,仆之点染不敢企也。"

对于曹知白的《群山雪霁图》,方闻在《王翚·画之双翼》中做了如下比较:"台北故宫所藏的曹知白《群山雪霁图》上,有黄公望1350年题的跋,该图中景拓宽的山峦沿着一个连续退缩的地面斜向后方伸入空间;曹的空间处理确实很接近黄公望在《富春山居图》上的做法。"而陆心源在《穰梨馆过眼续录》卷四著录了"曹云西山水轴"画家的自题:"余既爱其画,兼爱其诗,归而摹之。"曹知白明确地说,他喜爱黄公望的画与诗,故极力追摹之。此画著录于张葱玉《木雁斋书画鉴赏笔记》:

纸本。高一二九点七公分,宽五六点四公分。水墨。画崇楼水阁,下抚寒溪,屋后坡上小亭翼然,枯林松树点缀于山冈之间,其冈愈上愈高大,层次井然,最后则远峰巍然,积雪皑皑,流泉屋宇点缀得宜,左下一坡上有乔松两三株,蟹爪树两株。其款小行楷书二行,即书于坡上,图名四字,则书于右上角。按此图大痴题,知为云西晚年之笔。今世所传云西之画,笔墨构图皆无出此上者,宜命为第一。

张葱玉描绘了该画的构图,认为这幅画作乃是曹知白晚年手笔,并且是流传后世的曹知白画作中最高水准者。高居翰在《隔江山色》中则重点讲述了曹知白所绘《双松图》,文中首先描绘了此幅画作的构图及寓意:"在曹知白的画中,在长松的上方与下方有些疏枝枯木,枝干错综交缠,墨色与前排长松轻重有别,清清楚楚地安排在后方浅浅的空间中,好像一张网,前方笔墨浓重的松木在这种背景映衬之下,笔直的树干益发鲜明。松树所代表的象征意义再明显不过了,至少对中国人而言是如此;松树高高地矗立,像是刚毅不屈的君子,俯视着下方一到冬天便落叶飘飘的草木。"

而后高居翰又评价该图无一败笔:"当然这种题材一般都有这种含义;但是也时常因为画家异想天开的更动,或工巧俗丽的露骨表现,而糟蹋了原本的韵味。曹知白这幅画完全没有这些缺点;画中的松树平实谦和、浑然天成,正是这种'寒林图'的精神。曹知白的用笔几乎不带任何习气;柔畅而机敏,很能捉住松树的形貌。枝桠编排的样式虽然一再重复,却也烘托出了全画有条不紊的结构,但是绝非刻意突显,所以并没有抵消枝桠自然纠缠的姿态。"

通过这幅画,高居翰对曹知白的绘画心理有如下解读:"后来有些学李成的画家,若以'人如其画'的观点来看,必定可以戴上一个装

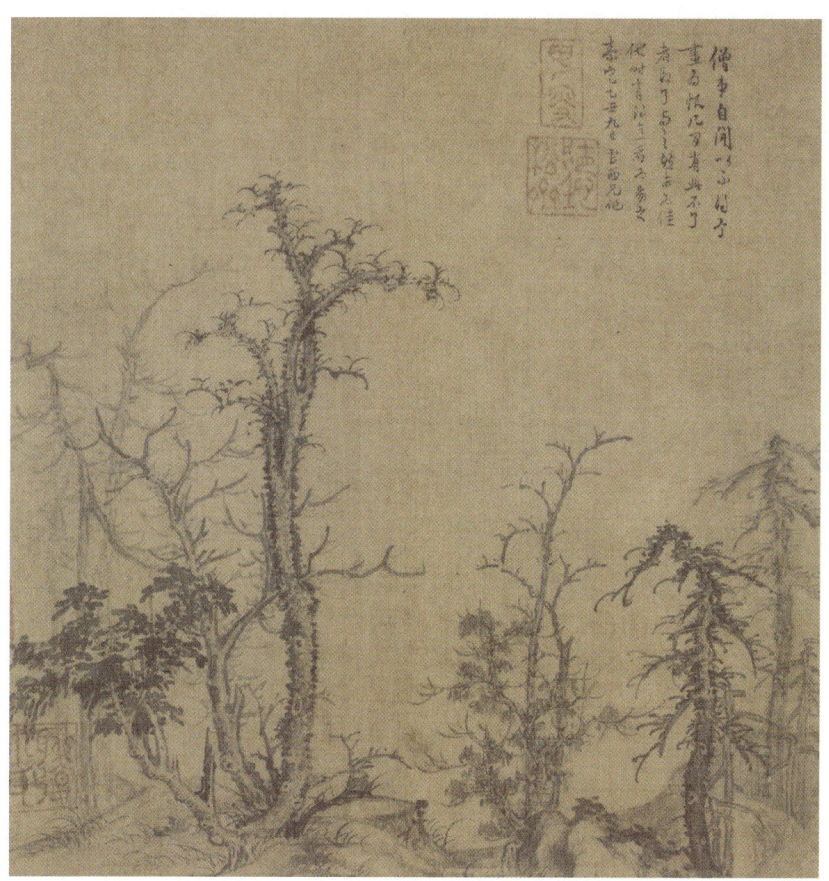

《寒林图页》 故宫博物院藏

腔作势的帽子。曹知白则不然,他始终忠于这种风格原始的旨趣,以非常严肃的态度处理题材,对笔下的一景一物都有一份同情心,甚至是一种悲悯的情怀。画中扣人心弦的不是画家展露的精彩笔墨表现,而是这些树木苔痕点点、平实无华的风姿。"

然而张卉在《对师法李、郭派画家的认识——以曹知白、朱德润、唐棣、姚彦卿等画家为例》一文中则称:"曹知白山水画有两种风格,早期和晚期画风不同,有改变。早期画作学李成、郭熙之法,笔

《雪山图轴》 故宫博物院藏

墨略显粗实腴润。晚期作品虽然有李成、郭熙之意,但已经不明显,用笔用墨细淡干枯,疏落简洁而苍秀。"

之后,张卉在文中举出了曹知白所绘《雪山图》,认为该图是作者的早期作品。对于该画的笔法,张卉认为:"这幅画的画风很明显是学习郭熙之法,山石的画法是先用浓墨勾勒外形轮廓,然后再加淡墨皴。山坡是横皴笔法,这种笔法在郭熙的《幽谷图》中出现过,很相似,可见曹知白画山坡的笔法来源于郭熙之法。树的画法和关仝、郭熙之法都有相似之处,树干双钩,小枝多,没有大枝,用淡墨皴。这幅画前景空旷,借地为雪,远景深邃,远山线条淡,就勾一线,留大量空白,天空颜色也很淡,用淡墨烘染。"

关于曹知白的用笔方式,清郑绩在《梦幻居画学简明》中有如下解读:

> 曹云西写牛毛皴,多用水墨白描,不加颜色。盖牛毛皴干尖细幼,笔笔松秀,若加重色渲染,则掩其笔意,不如不设色为高也。有时或用赭墨尖笔,如山皴纹,层层加皴,不复渲染,作秋苍景;或用墨绿加皴,作春晴景。如此皴法,玲珑不为色掩,亦觉精雅,所谓法从心生,学毋执泥。

曹知白的绘画风格对后来的松江画派有重要影响。如前所言,董其昌对其颇为推崇,并且似乎一直借鉴着曹知白的画风,故苏利文在《山水悠远:中国山水画艺术》中认为:"曹知白应当被放到元代大师的行列中,他们征服了自己的时代,并以其热情对以往历史中被他们发现的精华重新做了解释,为未来的人们创造了新的艺术。"

关于曹知白的遗迹,民国《青浦县续志·寺观》中载有吴骐在清康熙元年所撰《芦花庵记碑》,该文中称:"芦花庵去洙泾约四十里。

洙泾在泖南，芦花庵在泖北，一水浩淼，洲渚丛杂。唐会昌时，船子诚禅师隐于洙泾，寄迹钓舟，吟咏传于世者数十篇。……元世贞溪大姓曹云西，博学好古，惧旧迹湮没，始建庵于洲上，颜曰芦花庵。"可见芦花庵原本建于唐代，到元代时曹知白于旧址之上重建此庵。

该碑记后有杨瑄所书跋语："芦花庵者，唐船子大师故常往来处。而元高士曹云西为之规创者也。……贞溪曹氏世有长者称，尝偕诸同志指近庵田若干亩，一供斋厨，一营忏事，悔岁中元，洁诚顶礼，上报重恩，世出世间，两俱无漏。船子宗风、云西高躅，将永永不坠矣。"这段话亦提及芦花庵乃是曹知白带人所创建者。

到了清代，曹知白的第十八世孙曹建中在该《碑记》的跋语中又称："从来名胜之地因人而传，亦以文而著。柳州去兰亭不遭右军，则清湍修竹芜没空山矣。贞溪东市之秒有小钓滩者，唐船子和尚钓游处也。余十八世祖云西公建庵于其上，与杨铁崖、陶九成、倪云林诸君联社赋诗，为一时盛衰。阅今几四百年，而旧迹依然，流风宛在。康熙壬寅，勒记于石，乃曰千吴先生撰，阁学杨公书也。将见高僧轨躅，当代人文后先辉映，并垂不朽矣。"

这些记载都说明曹知白跟芦花庵有着密切的关系，幸运的是，该庵至今仍有遗迹在。我查得的具体地点在上海市青浦区练塘镇，老松蒸公路与芦周路边，该地旧属小蒸镇。2019 年 2 月 21 日，蒙上海文艺出版社社长陈徵先生安排，由该社发行中心张守栋先生及刘晶晶老师带我前往该地寻访。由于没有门牌号，故只能按照从网上搜得的图片边走边探看，果真在路边的一片空地上看到了一座小庵，与网上图片对比，正是我们要寻访的目的地，于是请张先生将车倒回，跨过一座小桥，停在了某个院落的门口。

这天一直下着雨，路上行人稀少，从停车处走到芦花庵前有一段很窄的水泥路，路面虽湿好在并不打滑，撑伞走在路上，能听到雨点

老松蒸公路

在路边看到一座小庙

打在伞上的声音。猛然间听闻到一声嘹亮的鸟鸣，循声望去，一只美丽的大鸟在水面上飞翔，这样的景致顿时令人见之忘俗，若曹知白在世，定然又是一幅杰作。

复建的芦花庵很小，仅有一间小殿，大门上着锁，好在透过铁栅栏可以看到里面的情形。从外观看上去，该庵乃近年复建，前檐立柱上刻着的对联为"救苦救难大慈大悲，利物利人少病少恼"。字句虽然读上去略显拗口，但文意却不错，只是可惜用的是电脑体。匾额却为手书体，落款为释隆德敬书，不知此人是否为该庵的住持。芦花庵无门，透过门洞可以看到里面有一尊金色的佛像，然而幔帐遮住了佛像的脸，想来莲花座上的应当是佛祖。

芦花庵院内仅有两尊新刻的石狮子，余外则在墙上看到了"回收蜡烛油"的涂鸦。庵前路边有一块平地，上面摆着香炉，我不清楚收此油用来制作何物。张守栋先生则想起，他前些年曾陪着母亲来过此

芦花庵外观

隔铁栅栏门探望

匾额不知是否出自住持之手

回收蜡烛油

庵前空地上的香炉

四周成为了烂泥塘

庵,他告诉我说,回收蜡烛油乃是为了重新制作蜡烛。这倒是一种环保思想,只是回收者随意将广告写在芦花庵的墙上,似乎有失恭敬。

我们在此庵的左右探看一番,希望能找到进庵的联系电话,可惜未果。庵的四围有着近十亩地大小的空地,如今这块空地成为了烂泥塘,想来这是当年芦花庵的旧有用地,看样子这里要恢复该庵的规模。空地中唯一一棵古树,从树龄上看,这棵树无法追溯到元代。

沿着进村之路边走边探看,而后又穿过了一座南圩港桥,隔河看到一个路牌,上书"芦花庵江"。眼前所见之河实在离"江"字相去甚远,但其以芦花庵来命名,亦可见该庵在当地很有名气。江边一个院落的门牌号为"芦周路23号",院中看到了一棵古松,不知道这是否属于芦花庵旧物。

竟然叫芦花庵江

庵后的院落

吴镇（1280年—1354年）
北宋高人三昧，惟梅道人得之

"元四家"素有两种说法，明王世贞《艺苑卮言》中的四人分别是赵孟頫、吴镇、黄公望和王蒙，同样是明代的董其昌《容台别集》中则是黄公望、王蒙、倪瓒和吴镇，然而无论哪种说法，其中都有吴镇一席。吴镇酷爱梅花，在其家周围种了许多，自号为梅花道人，有时也自署梅花和尚、梅道人、梅沙弥等。对于他的生平，历史记载不多，有些文献称其家境贫寒，只能靠算卦和卖画为生，然而从《义门吴氏谱》来看，其实吴镇出生在巨富之家。

按照《义门吴氏谱》中所载，吴镇的祖父叫吴泽，父亲名吴禾，其祖、父两代皆经营海运，有"大船吴"之称，家资巨富。吴家何以从事海运业呢？这跟其家的出身有一定的关系，吴禾的先人做过南宋转运司和水军官司员，这样的家庭放在今天同样也是有钱人，更何况早在元代，能够航海做贸易者绝非普通人。

那为什么后世又有吴镇穷到算卦卖画为生的传闻呢？其实这是一种误解。吴镇有位哥哥名叫吴瑱，光绪版《嘉兴府志》上称："兄瑱，字元璋。尝从毗陵柳天骥讲天人性命之学，以易数推人休咎，多警世，有严君平之风。"

看来，吴瑱曾经拜师学习过推步，而《义门吴氏谱》中则称，吴瑱是带着弟弟一并学习这门特殊的技艺："闻毗陵柳天骥讲天人性命之学,与弟仲圭往师之,得孔明、康节之秘,精易理奇门之数。尝卖卜于崇德,日止一课,得钱米酒肉与人。吕翁授丹金四十万,散宗戚乡里之贫者,迹遍四海,言多验,天下驰名'玄都吴先生'。本字元璋,临化,将生平所著之书,凡纪'元璋'二字者,特改'元'为'原',改'璋'为'埻',人无解者,至今乃知公预避吾明太祖御讳也。有《奇门大易》《天文地理》《医方》诸秘传。后预示死期,竟尸解。"

吴氏兄弟二人从柳天骥那里学会了奇门遁甲,而后就到今天的桐乡县摆摊算卦,这应当就是史称吴镇靠算卦为生的说法来由。从这段记载来看,算卦之事为实,以之为生则未必。因为这段记载明确地说,他兄弟二人每天只给人算一卦,所得到的酬劳则买来食物送给他人。由此看来,兄弟二人算卦并不是为了生活,也许更多的是想将学到的理论付诸于实践。

从这段记载看,至少哥哥吴瑱算卦很准,因为他在临去世前,更改了自己著作的署名,当时的人们不明白他为什么修改这两个字,等到后来元朝灭亡明朝建立,而明朝的开国皇帝就是朱元璋,人们才知道,吴瑱在生前就已经预测到朱元璋会夺取天下,到那时"元"和"璋"字都会成为避讳字,如果不避圣讳,自己的著作就会被列入禁书,所以他提前更改了这两个字,以便让自己的著作得以传世。仅凭这一点就可以看出,吴瑱在算卦方面水平的确高超。

对于这种情况,潘天寿在《中国绘画史》中说得颇为公允:

吴镇,嘉兴魏塘人,字仲圭,号梅花道人,尝自署梅沙弥,自题其墓曰:梅花和尚之塔。博学多闻,藐薄荣利,村居教学以自娱,参易卜卦以玩世。遇兴挥毫,非酬应世法也,故其笔端豪迈,墨汁淋漓,无一点朝市气。师巨然而能轶出畦径,烂熳惨淡,自成名家。盖心得之妙,非易可学,北宋高人三昧,惟梅道人得之。兼工墨花,写像亦极精妙。

在这里潘天寿明确地说,吴镇仅是"参易卜卦以玩世"。吴家兄弟不靠卖卦为生,那么他们靠什么来生存呢?史料未见记载。既然他父亲是当地的巨富,想来兄弟二人也不会缺钱花。余辉在《吴镇世系与吴镇其人其画——也谈〈义门吴氏谱〉》一文中给出了这样的结论:"根据现存有关吴镇的史料,吴镇的经济来源不是他的画业,也不是卖卜为生。笔者以为,没有较为稳定和持续性的收入是难以维系其家业的,那么,这种收入很可能就是其父吴禾留给他和其兄吴瑱的商船,尽管他们不亲自出海,但封建的租赁制度仍可保障他们的财源。容易使后人迷惑的是,吴镇的卖卜活动极易被误认为是生活所迫,他的卖卜行为,关键是要表明他已入道,同时也亲身体验了道徒的生活,想必吴镇卖卜活动的要旨与其兄相去不远。"

吴镇从哪里学到的绘画技巧,同样也未见资料记载。对于吴镇在绘画方面的记载,应该以元夏文彦在《图绘宝鉴》为最早:"吴镇,字仲圭,号梅花道人。嘉兴魏塘镇人。画山水师巨然。其临模与合作者绝佳,而往往传于世者,皆不专志,故极率略。亦能墨竹墨花。"

夏文彦也没有说到吴镇是向谁学习的绘画,只称吴镇的山水画乃是模仿巨然。看来,吴镇的绘画有可能属于自学成才,因为其家中富裕,故而有可能家里面收藏有许多历代绘画真迹,于是吴镇以古人为师,通过临摹这些作品,而后渐渐变化出了自己的风格。

对于吴镇的绘画风格来自于巨然这件事,清初大画家王原祁也有类似说法,王原祁在《题仿墨道人》中称:

北宋高人三昧,惟梅道人得之,以其传巨然衣钵也。与盛子昭同里闬而居,求盛画者填门接踵,庵主惟茅屋数椽,闭门静坐，人有言者，笑而不答。五百年来重吴而轻盛，洵乎笔墨有定论也。然人但知淋漓挥洒，不知其刚健而兼婀娜之致，亦未思一笑之故耳。

王原祁认为，元代的几位大画家，唯有吴镇能够体味出北宋一流大画家的精髓。然而也正因为如此，吴镇的绘画风格不受时人欣赏，与他相邻的一位名叫盛子昭的画家看来做到了与时俱进，所以向盛求画的人络绎不绝，吴镇这边却是门庭冷落。有人忍不住问吴镇怎么看待这种问题，看来吴对自己的绘画水平很有信心，对这种问话只是笑而不答。结果五百年后，人们都看重吴镇的绘画作品，而少有人再提到盛子昭，看来冥冥中也是有定数的。

其实，王原祁在文中所提到的问吴镇话的人，就是吴妻。董其昌在《容台集》中记有："吴仲圭本与盛子昭比门而居，四方以金帛求子昭画者甚众，而仲圭之门阒然，妻子颇笑之。仲圭曰：'二十年后不复尔。'果如其言。"

吴镇跟盛子昭比邻而居，盛家热闹非凡，而吴家却没人光顾，这种状况显然令吴镇的妻子不满，她笑话自己老公绘画水平太差，而吴镇很有信心地跟妻子说："二十年后你再看，就不会是这样了。"

但后世学者考证，董其昌的这段话说得没有来由，有人质疑董其昌怎么会知道这么回事呢？为何又有这样的质疑呢？这正是出于吴镇的自号，因为他自称梅花道人、梅花和尚等，无论是道人还是和尚，似乎都应当无妻无子。对于吴镇的这些自号，王伯敏写过一篇《吴镇自号"道人""和尚"浅释》，该文中称："在元、明、清时代，文人画家如吴镇那样的亦道亦佛，并非个别。自十二世纪来，文人画家的审美要求和审美情趣，代表着大多数士大夫的文艺思想，形成这种文艺思想的其中一个重要原因，就由于在特定的封建社会中所产生的一种

'儒家道释观'。"

王伯敏只是说,这样的亦佛亦道只是一种社会风气。但吴镇是否真的出家,却未能寻得文献记载。陈华宗在《吴镇身世考辨》一文中做出了这样的推论:"到了至正七年(1347),吴镇开始侨寓醉李(嘉兴)春波门外。是年冬十月为元泽作《草亭诗意图》时才首次用'梅沙弥'署画。已知署沙弥款的吴镇画共有四件,都集中在至正七年到十年(1347—1350)之间。这四年恰好是吴镇在嘉兴客居期间。侨寓嘉兴与自号梅沙弥,这两者之间是偶然的巧合还是确有因果关系?目前尚不能肯定,但从迹象推理,有可能吴镇去嘉兴是为了在一所理想的寺院里接受禅宗'十戒',准备从此斩断尘缘的。"

但是,从署名的顺序来看,吴镇先署梅道人,而后又改成梅花和尚,并且他在去世前给自己写好的墓碑也是"梅花和尚之塔"。对于这件事,黄怡佳在《吴镇其人其画》一文中引用了清康熙《杨志》卷上的记载:"吴镇将殁,命置短碣冢上,曰:梅花和尚之塔,人或怪之,曰:久当自验。未几,髡毁掘江南诸坟,以碣所署,疑为缁流,竟免,明正德中,县丞倪玑作亭覆之。"

吴镇在生前就把自己的墓碑写成"梅花和尚之塔",这当然引起了时人的好奇心,有人问他为什么要这样自书墓碑,吴镇不正面回答,只说以后你们就明白怎么回事了。果真吴镇去世后没多少年,杨琏真迦开始在江南地区大肆挖坟掘墓,然而杨琏真迦尽管挖坟无数,但毕竟自己也算僧人,因此挖坟过程中并未破坏和尚墓塔,也正是因为这个缘故,吴镇的墓未曾破坏。由这点更可看出,吴镇像他哥哥吴瑱那样,也学得了算卦的精髓,能够预知身后事,否则如果他的墓碑署名是梅道人墓,恐怕早被杨琏真迦的手下挖平了。

吴镇名列元代四大画家之一,那么元代绘画在整个中国艺术史上有着怎样的地位呢?潘天雄在《试论吴镇在元代山水画变革中的作用和地位》一文中说道："中国山水画萌芽于六朝，成于隋唐，旺于两宋，至元代出现了一次大变革，其一是作画的材料由绢素代之以纸张。使作者更易在能洇化的宣纸上发挥水墨淋漓的效用。其二是改变前朝过多地崇尚理法，对自然景物的刻意求工，而寄心迹于笔墨。元代士人已把绘画作为移情寄兴的手段，借以表露画家的自我人格和个性。其三是绘画更加书法化，并把书法、诗词、题识等融进书画中而成为一体。元画主要追求以高尚、放逸的文人抒情写意一格，成为我国文人写意山水画的最高峰。……其中以黄公望、吴镇、王蒙、倪瓒四家成就最高，成为有元一代文人山水画变革的主流。"

既然这四大画家成就最高，那么他们各自在绘画技巧方面有何独创呢？潘天雄在文中说道："在山水皴法方面，黄在董巨基础上创意笔披麻皴；王创细密牛毛皴；倪创简淡折带皴，而吴镇在董巨南宗画派的基础上融北宗继承者李唐的画风创立新的皴法。"中村不折等在《中国绘画史》中则称："这四大家皆以渴笔的抹擦与淡墨的渲染、烘染为画调，其简淡高致的画风，为一改宋朝风格而形成元朝画风格的，同时有利于启发在明清的南宗画的典型。"陈师曾在《中国绘画史》中也有这样的论述："元代以前，画山水多用湿笔，所谓水晕墨章，自唐及宋皆然。至元季四大家始用干笔，就中倪云林、吴仲圭二家尤重墨法，其他则以浅绛烘染为主。"

以上是对元四家整体的论述，具体到吴镇，潘天雄在文中说："吴已把董的短促而略带弧形的短披麻皴线条和巨的长而交互的带弧形的密集线条凝炼成厚重、坚实、浑穆的笔墨组织。邵洛羊先生在《中国名画鉴赏辞典》中曾命之为'括铁皴'。"

关于吴镇绘画技法上的特点，吴历在《墨井画跋》中说："梅道人深得董巨带湿点苔之法。"对于吴历见到的具体画作，其又评价说："溪山无尽，万里长江两卷，梅道人法巨然，笔下清雄奇富，变态无穷，出

《渔父图轴》 台北故宫博物院藏

新意于法度之中，寄妙理于豪放之外，浑然天成，五墨俱备也。"

就综合评价而言，郑昶在《中国画学全史》中对吴镇的画作有如下概括："鹿门柴氏云：'……仲圭山水师巨然，笔力古劲，气韵若苍苍茫茫，有林下风致，故虽同学董、巨，亦各自有径庭'云云。云林尝自谓：'仆之所谓画者，不过逸笔草草，不求形似，聊以自娱耳。'仲圭亦谓：'画事为士大夫词翰之余，适一时之兴趣。'则其画法虽稍有别，而以为寄兴之作，纯受文学化者则一也。盖此数家之画法，皆以渴笔之皴擦，与水墨之渲染，其简淡高古之画风，实能变宋格而为元格，且已启发明清二代南宗画之大辂。"

关于吴镇画作的表现题材，后世较为关注他所绘的竹子。吴镇在画竹方面有其独特的技法在，并且撰有《竹谱》，其中谈道：

> 墨竹之法，作干节枝叶而已，而叠叶为至难。于此不工，则不得为佳画矣。昔见于息斋学士《谱》中，谓须宗文与可。下笔要劲，节实按而虚起，一抹便过，少迟留则必钝厚不铦利矣。法有所忌，学者当知：粗似桃叶，细如柳叶，孤生并立，如又如井，太长太短，蛇形鱼腹，手指蜻蜓等状，均疏均密、偏重偏轻之病，使人厌观。必使疏不至冷，繁不至乱，翻正向背，转侧低昂，雨打风翻，各有法度，不可一例涂去，如染皂绢然也。汝求余墨竹以为法，切不可忘吾言之谆谆。

吴镇在画竹方面有着这么多的心得，难怪后世看重他的这类题材。比如清李佐贤在《石泉书屋类稿》中录有《跋吴仲圭〈竹木卷〉》："仲圭写竹卷，每书画分段，所见不一。此二段，一竹一木皆属残缣不完。余合装成卷，虽吉光片羽，弥足珍重。"李佐贤甚至认为，吴镇不仅竹子画得好，在书法上的成就也达到了妙境："微论画笔之超妙，即

《竹枝图轴》 故宫博物院藏

题字亦属无上妙境。元时书名松雪最重,然松雪学王书得其圆润,仲圭学王书得其超拔。其凌厉无前之概,惟唐之孙过庭、宋之米元章可与抗手,松雪固未能肩随也。"

清代大收藏家潘世璜也对吴镇所绘之竹特别偏爱,他在《须静斋云烟过眼录》中写道:"二十六日,至孝友。外舅出示吴仲圭《墨竹》真迹,横卷一,立轴一,俱有自题句。着墨不多,自然苍秀,书法波磔天成,变化超忽,不失规矩,是深得怀素神髓者。较竹坪所藏。迥然不同。彼为赝本无疑矣。"

吴镇有着如此高超的绘画技巧,那么元四家之间相互比较,又会是怎样的结果呢?嘉兴人张庚在《图画精意识·画论》中做出了如下的比较:"即有元诸家论之,大痴为人坦易而洒落,故其画平易而冲濡,在诸家最醇。梅花道人孤高而清介,故其画危耸而英俊。倪云林则一味绝俗,故其画萧远峭逸,刊尽雕华。若王叔明则未免贪荣附热,故其画近于躁。"

张庚的说法没有倾向性,认为这四位各有特色在,难以排出座次。但藏书家叶德辉却没有这份平和,他在《观画百咏》中说:"元四家画品题次序,各有后先,大抵意为爱憎,非定论也。四家之中,吴仲圭终于元,子久、云林、叔明入明始卒,似不得目为元人。以画品论,云林固高,要不足以包括元画;子久则不免恽南田景碎之议。叔明源出松雪,学有渊源,然仕明,为泰安州知州,卒以胡维庸案被逮,卒于狱。揆之明哲保身之义,亦殊缺然。惟仲圭人品、画品,皆独完全。"叶德辉在这里是将人品与画品一并来评论,认为元四家中唯有吴镇可谓完人。

元顺帝至正十四年(1354),吴镇去世,时年七十五岁,就葬在了旧居院中。到了明万历年间,当地的父母官谢应祥重新修整了吴镇墓,并重题墓碑为"此画隐吴仲圭高士之墓"。明泰昌元年(1620),邑令

吴镇纪念馆入口

这么多单位在此办公

吴镇坐像

院中之院

梅花庵

梅花亭

吴镇墓园

墓园内的水井

吴旭如和举人钱士升又集资重修吴镇墓,同时增建了梅花庵。董其昌题写了庵名,陈继儒则写了篇《修梅花庵记》。可见,后人对其是何等之看重。

吴镇墓与吴镇纪念馆位于浙江省嘉兴市嘉善县魏塘镇花园路178号。2012年12月31日,这是2012年的最后一天,大家都在准备进入新年,我还是拉着范笑我先生,让他带我在嘉兴地区寻访。我告诉他赶上这个日期了真不好意思,他笑着回了我一句:"没什么,朋友就是拿来利用的嘛。"上午范笑我请其朋友开车前去探访了曝书亭,下午赶上那位朋友有急事,于是我跟范笑我打上一辆出租车前往吴镇纪念馆。

纪念馆的位置就处在魏塘镇的闹市区,大门的制式是传统的高透砖雕,上面刻着"吴镇纪念馆",门两旁立着浙江省的文物保护牌,以及嘉兴市嘉善县博物馆和文保所的铭牌,看来两个单位都在这个院内办公。门的两侧还挂着喜庆的欢庆牌,左边是"迎新年,举国同庆

千虹阁门前

十八大",右边是"庆元旦,科学发展建和谐"。尤其少见的是,门口的右侧有一块墙上,竟然挂着三十多块不同名称的金属牌,这些牌子除三块外,其余都是黄金色,密密地排在一起,远远望去,金光闪闪的一片。

惭愧的是,如今当我写这篇小文时,已经距离十九大仅有六天,时光真是如梭般飞快。虽然我当时写下了寻访笔记,但过了近五年的时间,还是有些细节回忆不起,于是给范笑我兄打电话,他果真把那个时段的情形说得详详细细。他告诉我说,当天上午开车带我二人寻访的朋友名叫吕家平,他还记下了出租车司机的名字叫陈利明。如此仔细的人,真应当向他学习。

好在我还记得,那天进入院内,迎面看到的是吴镇的坐姿雕像,但我觉得开脸有点像关公。雕像后面是林泉居,很雅静的一个仿古四合院,院墙上嵌着三排法帖原石,全都封上了玻璃罩,旁边的说明牌写着"仁本堂墨迹刻石",是清乾隆年间所刻,然而它们镶嵌在这里,似乎跟吴镇没什么关系。

梅花庵在故居的右手边,是独立的一个小院落,进门即是梅花亭,梅花亭的正前方就是吴镇墓,墓围同样是一圈石墙,墓顶为裸露的黄土,墓碑的两侧各摆着一棵铁树,墓后是一丛翠竹。在墓的正前方三米处有一口水井,旁边没有说明牌,不知这口井的来源与寓意,说不定这就是当年吴镇家使用的水井。

纪念馆内还有千虹阁,旁边的说明牌写着,这是1931年张大千、黄宾虹同游此园时所命名。范兄介绍说,那个时期市场上哄传张大千造假画,他对外说自己回四川老家了,实际上却偷偷躲在了此处。

倪瓒（1301年—1374年）

富于疏淡简劲之趣，最难学

关于倪瓒的生平，郑昶在《中国画学全史》中做了如下简述："明初，被召不起，人称无锡高士。山水不着色，亦无人物，枯木平远竹石，景以天真幽淡为宗，称逸品，为元季大家。生平不喜作人物，亦罕用图章，故有迂癖之称。"

倪瓒乃是元末明初时的人物，然后世将其与黄公望、王蒙、吴镇并称为元代绘画四大家。就性格而言，倪瓒也属于狷介一类，与另外三家有着相似之处。郑昶在《全史》中又写道："家故饶于资，轻财好学，尝筑清秘阁，藏古书画于中。攻词翰，皆极古意。书从隶入手，翰札奕奕有晋人风气。性狷介好洁，极类海岳翁。尤喜自晦匿，至元初，海内无事，忽散其资给亲故，人咸怪之，未几兵兴，富家悉被祸，而瓒扁舟独坐，与渔夫野叟混迹五湖三泖间，又类天随子。"

就性格狷介而言，郑昶认为倪瓒跟米芾类似，然而倪瓒的洒脱似乎远在米芾之上，并且倪瓒虽然是一位画家，却对社会有着清醒的认识。在元至元初年，虽然天下太平，但倪瓒已经预感到天下将要大变，于是散尽家财乘桴于海，那些亲朋故友突然间得到了倪瓒的大笔馈赠，当然欣喜异常。后来没过多久就赶上了元末兵燹，富人们纷纷倒霉，只有倪瓒依然悠闲地浪迹于扁舟之中。

可能正是因为倪瓒的人生阅历，以及他对世事惊人的预见性，使得他的绘画表现出前人未曾有过的面目。关于倪瓒的绘画风格及其水准，明董其昌在《画禅室随笔》中给出了这样的评价：

> 迂翁画在胜国时可称逸品。昔人以逸品置神品之上，历代惟张志和可无愧色，宋人中米襄阳在蹊径之外，余皆从陶铸而来。元之能者虽多，然承禀宋法，稍加萧散耳。吴仲圭大有神气，黄子久特妙风格，王叔明奄有前规，而三家皆有纵横习气，独云林古淡天然，米痴后一人而已。

董其昌称倪瓒绘画的水准为"逸品"，而逸品是怎样的等级，董其昌引用了前人的话，称逸品比神品还要高。对于元四家的风格，董其昌还用简洁的语言予以了点评，而后总结出：只有倪瓒的绘画风格"古淡天然"，其余三家都达不到这样的境界。董其昌甚至进一步说，在倪瓒之前，仅米芾有这样的风格，米芾之后则唯有倪瓒了。

董其昌为什么把倪瓒的绘画归为逸品呢？其实不仅是董有这样的看法，后世也大多对倪瓒的画有着这样的归类，究其原因所在，应当是本自倪瓒说过的两段话，第一段话出自倪瓒给朋友张以中所绘竹子上的题记：

> 以中每爱余画竹，余之竹聊以写胸中逸气耳，岂复较其似与非，叶之繁与疏，枝之斜与直哉！或涂抹久之，他人视以为麻为芦，仆亦不能强辩为竹，真没奈览者何，但不知以中视为何物耳。

张以中喜爱倪瓒所绘之竹，多次让倪瓒画这个题材，而倪瓒也确实有这样的偏好，他明确地说自己喜好画竹的根本原因，乃是为了抒发胸中的"逸气"，所以不在乎自己所画之竹呈现出的形象与实际植物

《梧竹秀石图轴》 故宫博物院藏

是否相像，即使别人把他画的竹子看成了麻或者芦苇，他也没有兴趣跟对方去争辩。

倪瓒的这段自叙受到了后世艺术评论家广泛的重视，因为后世将这段话视为其本人的绘画理论。另一段受到后世广泛引用的话，则是倪瓒所写的《答张藻仲》一函：

> 瓒比承命俾画《陈子桱刬源图》，敢不承命唯谨。自在城中，汩汩略无清思，今日出城外闲静处，始得读刬源事迹。图写景物，曲折能尽状其妙趣，盖我所不能。若草草点染，遗其骊黄牝牡之形色，则又非所以为图之意。仆之所谓画者，不过逸笔草草，不求形似，聊以自娱耳。近迂游来城邑，索画者必欲依彼所指授，又欲应时而得，鄙辱怒骂，无所不有，冤矣乎。讵可责僧人以不髯也！是亦仆自取之耶？

倪瓒在这封信中又说了类似的话："仆之所谓画者，不过逸笔草草，不求形似，聊以自娱耳。"在这里倪瓒又谈到了"逸"字，并且强调绘画不要讲求形似，只是草草几笔，能够让自己快乐就可以了。

对于倪瓒的这番论述，后世评价呈现出针锋相对的两极态度。李德仁专有一文研究倪瓒的逸气，该文的题目为《倪瓒逸气说及其源渊与美学义蕴》，对于倪瓒在《答张藻仲》一函中所言，李德仁评价说："这里所谓'逸笔草草，不求形似，聊以自娱'，亦是'逸气'说的继续申述，他的艺术创作，不愿像宋人传统那样'图写景物，曲折尽状其妙趣'，他所追求的是'草草点染，遗其骊黄牝牡之形色'的创作道路。"

接下来，李德仁在该文中引经据典，从《说文解字》对"逸"字的解释讲起，而后引用了《左传》《国语》《论语》《后汉书》《三国

《疏林图轴》 日本大阪市立美术馆藏

志》等等大量历史典籍中对于"逸"字的不同使用方式,以此来说明唐代所提倡的"逸品"乃是本自《梁书》中所载梁武帝所言:"六艺备闲,棋登逸品。"而到了盛唐,张怀瓘在其所著《书断》和《画断》两书中,首次把书画作品分为神品、妙品和能品。晚唐朱景玄在其所著《唐朝名画录》的序言中,在张怀瓘的三品之外又添加了逸品。

然而逸品与另三品相比是高还是低呢？朱景玄没有明说。到了五代、北宋时期，黄休复在《益州名画录》中第一次将"逸格"列于"神""妙""能"三格之上。其在该录中称："画之逸格，最难其俦。拙规矩于方圆，鄙精研于彩绘。笔简形具，得之自然。莫可楷模，出于意表。故目之曰逸格尔。"

李德仁先生经过这番疏理，而后得出的结论是："对于'逸'的崇尚，魏晋时代是第一个高峰，晚唐五代可以说是一个重要的过渡时代，元代则是在艺术领域几乎超越魏晋的第二个高峰。在元代这个高峰期中，倪瓒是最为典型的代表。"

早在清初，大画家恽寿平在《南田论画》中就对"逸品"给予了高度赞誉："逸品其意难言之矣。殆如卢敖之游太清，列子之御泠风也。其景则三闾大夫之江潭也。其笔墨如子龙之梨花枪、公孙大娘之剑器，人见梨花龙翔，而不见其人与枪剑也。"

对于倪瓒的这两则画论，潘天寿在《中国绘画史》中做出了这样的评价："元人对于绘画，全以寄兴写情之意旨，以求神逸气趣之所在，与宋人之以理意为立脚、以求神情气韵之所到者殊有不同。故元人作画之态度，对于有合物理与否，既每不屑顾及；对于形似之追求，尤为反对。此种断片之论画殊多，如倪云林云：余画竹……"

潘天寿首先总结了元人绘画的总体特征，而后将元画、宋画进行比较，以此显现两者之间的不同。他明确地说，元人反对形似，而后引用了倪瓒的题记，对于这段题记，潘天寿只是做了客观的描述与总结，未置臧否。周积寅在《倪瓒绘画美学思想》一文中先引用了倪瓒的这两则画论，接下来又引用了多家对于倪瓒这段话不同角度的评论，除了潘天寿的那段论述之外，还引用了温肇桐的评语："总的说来，倪瓒是反对艺术上的自然主义才这么说的。"而胡蛮在《中国美术史》中则称："他的艺术理论也是主观主义的。"

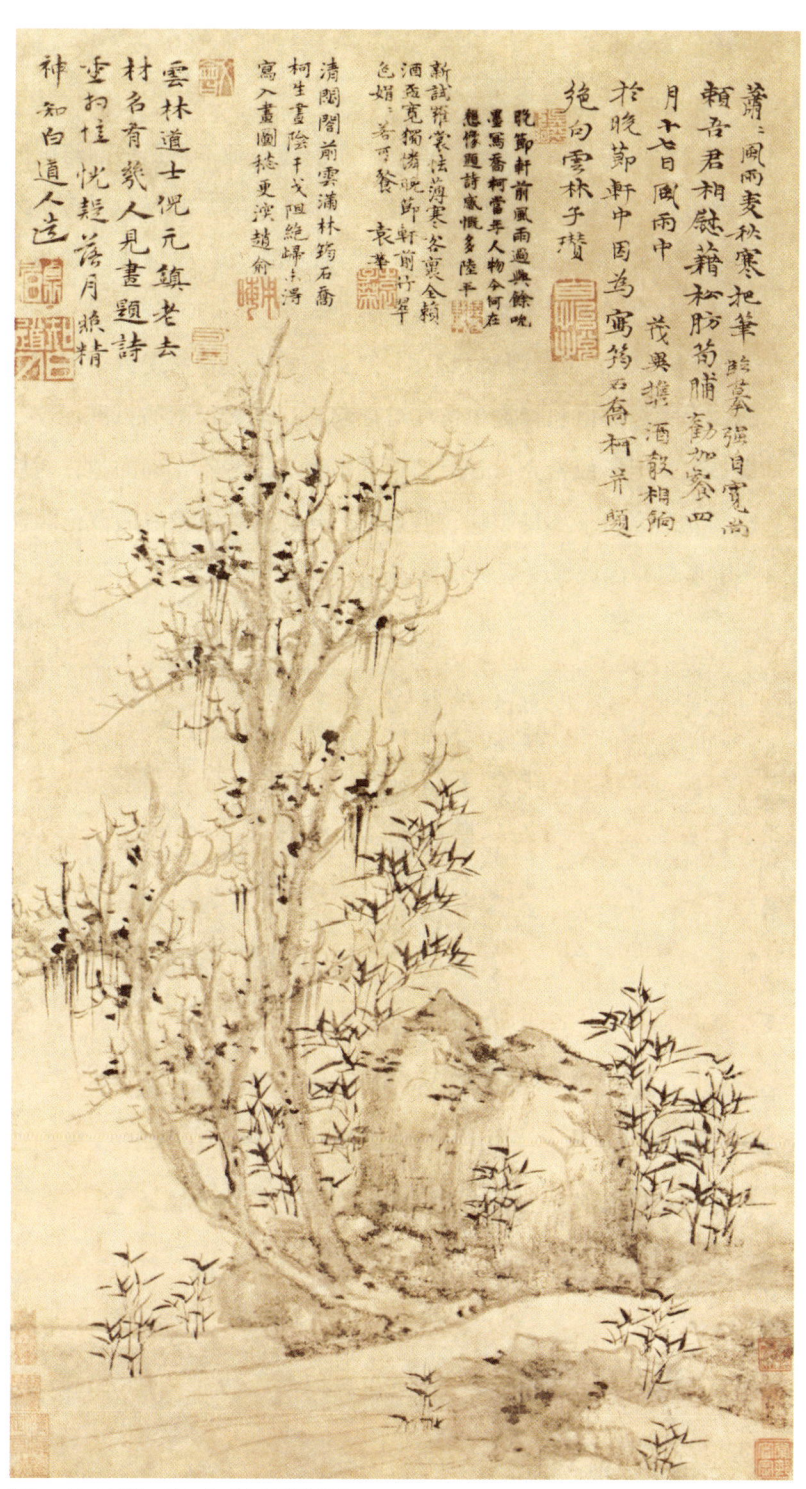

《筠石乔柯图轴》 美国克利夫兰博物馆藏

阎丽川在《中国美术史略》中对倪瓒这种不求形似的绘画风格持批判态度："试看这种精神贵族老爷的傲岸态度,试听这种苏、米以来'不求形似'的游戏腔调,加上'写胸中逸气'的自我表现和'聊以自娱'的自我欣赏,如此高逸,不可容忍。"黄纯尧在《中国美术史》(油印本)中的观点则较为折中:"从他的理论本身来讲,问题是存在的:一、把形似和抒胸中逸气对立起来;二、绘画的目的仅仅在于自娱;三、把形似抛弃,是芦是竹都不管。这些不正确的地方对后世某些文人画家留下不良影响。但是倪云林的画并不像他的理论那样——不求形似,因此深受后世推重。"

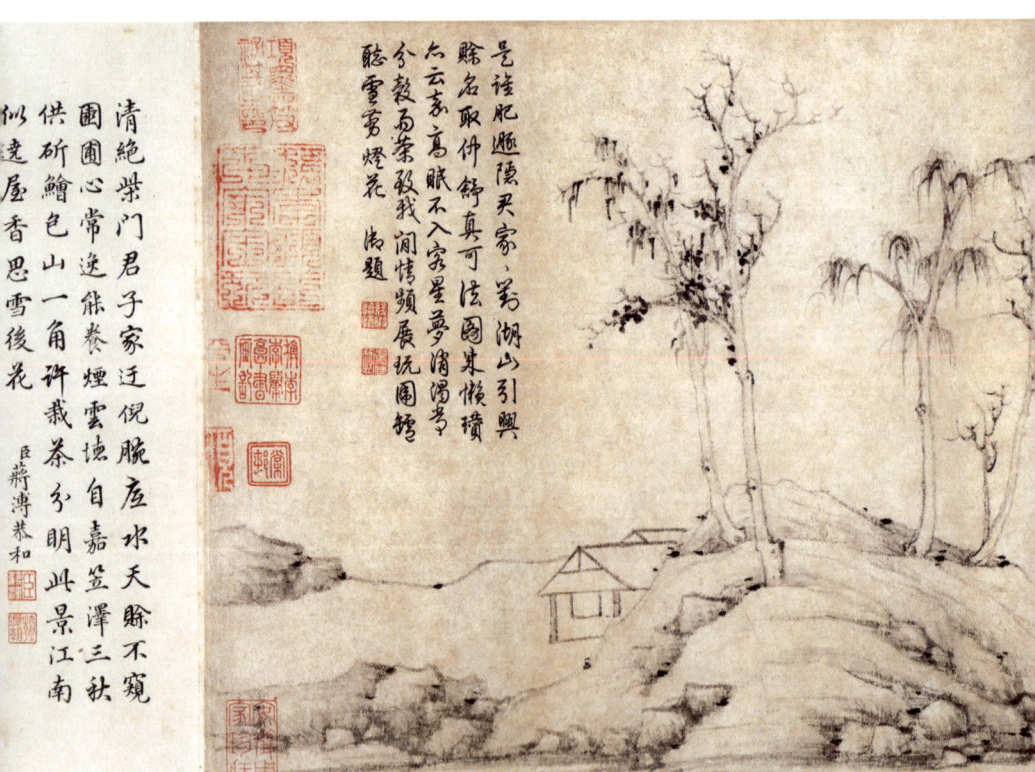

《安处斋图卷》 台北故宫博物院藏

那么究竟应当怎样看待倪瓒这种不求形似的绘画风格？俞剑华在《中国绘画史》中做了如下比较："王蒙以繁复胜，倪瓒以简洁胜，王蒙之境不易到，倪瓒之境尤不易到。因王蒙尚可以人力到，而倪瓒则人力弥工弥远，非天资清高，无一毫尘俗气者，未易著笔。"

在这里俞剑华拿倪瓒跟王蒙相比，而后得出结论：倪瓒的水准高于王蒙。既然如此，倪瓒的高明之处在哪里呢？俞剑华又在该专著中写道："因倪瓒之画，虽由董源筑基，但其目的非以作画，只为写其胸中逸气，画之似不似，并不在注意之列，真可谓主观之画，而表现个性最强烈者也。后人无此逸气，强欲学之，其何能济？"

俞剑华也讲到了倪瓒的逸气，他说倪瓒的绘画不是为了画而画，只是想抒发自己胸中的逸气，所以画面所呈现的图像是否与实物相符，倪瓒完全不在意，所以他认为倪瓒的画可以称为主观之画。也正因为如此，倪瓒的画风他人难以模仿。既然如此，那倪瓒的绘画水准可否称为古代的大家呢？俞剑华在文中给出了否定的答案："惟其画，布置单纯，树石寥落，房屋稀少，人迹绝无。虽有幽淡清远之趣，终乏丰富变化之妙，如小家碧玉，非不楚楚可人，究嫌无大方气象，是名家非大家也。"

至少俞剑华认为，倪瓒的画风虽然很独特，然而缺少变化，画面无法呈现大家气象，所以俞剑华认为倪瓒应属名家而非大家。

对于倪瓒的不求形似，当今的学者仍然有着不同的意见，比如薛永年在《书画史论丛稿》中也引用了倪瓒写给张藻仲的那封信，而后评论说："通读全信可知，倪瓒信中的'不求形似'，并非什么理论主张，只是一种谢绝索画者的托词。他极言'不求形似'，是'有以取之'的，换言之，是基于具体原因的，亦即有特殊针对性的。针对者何？'必欲依彼所指授，又欲应时而得'，甚至对画家'鄙辱怒骂'有加的'索画者'也。就此看来，倪瓒所谓的'不求形似，聊以自娱'，关键并不在于'不求形似'，而在于'自娱'。"

为什么倪瓒要在此信中强调他的绘画只是为了自娱呢？薛永年接着说道："至于他所以强调'自娱'，说穿了，也主要是对强行命题索画，不懂'能事不受相促迫，王宰始肯留真迹'道理的人们。这些索画者为了自己高兴，不惜加辱于画家，所以导致了云林的'自娱'之论。"而后，薛永年又在文中引用了倪瓒给张藻仲的画竹题记，经过一番论述，薛永年的结论是："综上所述，倪瓒的'逸笔草草，不求形似'的说法，并不意味着他主张舍弃形似，这在很大程度上是针对着无理索画者与不谙画理者的一种搪塞推托之词，也是继承五代宋以来传统画论的精神实质，在重神似的基础上提倡神完意足的一种表述方式。基于此，他对形似的要求已非'贵似得真'，而是主张比宋人更简约，更洗炼，更概略，更有助于洗发神髓、体达心境，更有助于观者忘形而得意。但是，倪瓒还没有达到主张变形的地步。在中国的山水兰竹画里有意识地追求变形，恐怕还是明清以后的事，但也一直没有走到解散形体重新组合的地步。"

其实，倪瓒的画论不仅是以上那两段引文，《云林画谱》中还记载他说过这样的观点："若专讲士气，非初学入门道也。""松最易工，最难士气。"针对倪瓒的这两句话，周积寅在其文中评价说："（士气）是区别于文人画与非文人画的重要标志。"

那什么是士气呢？明代董其昌在《容台集》中记载了这样一段事："赵文敏问画道于钱舜举：'何以称士气？'钱曰：'隶体耳。画史能辨之，即可无翼而飞，不尔，便落邪道，愈工愈远，然又有关捩，要得无求于世，不以赞毁挠怀。'吾尝举似画家，无不攒眉，谓此关难渡，所以年年故步。"

赵孟頫也没弄明白什么叫士气，于是向钱选请教，钱选解释了一大堆，还是让人难以明确士气究竟做何解。因为钱选说：士气就是隶体。那隶体又是什么呢？清钱杜在《松壶画忆》中解释说："（隶体）有异于描，故书画皆曰写，本无二也。"钱杜也未说清楚"隶体"二字的真实含意，只是说隶体与临摹有区别。如此说来，文人画应当就是隶体，而工匠画则可称为描。所以，文人画画不能称为"画"，而要称为"写"。这样推论起来，士气可以理解为没有匠气的文人画。

看来，使自己的绘画风格中不带有匠气，乃是倪瓒刻意追求的。明沈颢在《画麈》中载有如下一段话："（倪瓒）一日灯下作竹树，傲然自得，晓起展观，全不似竹。迂笑曰：'全不似处，不易到耳。'"

某天晚上，倪瓒在灯下画竹，第二天早上起来看到自己的画作，

《紫芝山房图轴》 台北故宫博物院藏

山房临璜海……紫芝
荣堂上飞龟鸟林月
中開鳳笙木烟生石
窟竹雪澗前檻雜見
陳高士凞卖善養生
茱山房渴井賦五言讚
八月廿日為卅平畫紫

发现所绘之物根本不像竹子，连倪瓒都自己笑了起来，他说画得完全不像，这真不是容易到达的境界。对于倪瓒的这种追求，周积寅在其文中评价说："所谓不求形似、全不似、不似之似、不似之似似之，绝非以描写对象的形似为满足，而是为了达到更高层次的追求——神似，即画家感情的抒发，也就是倪瓒所说的'写胸中逸气'。"

正是这样的刻意追求，使得倪瓒的绘画有了独特的风格，具体到他的绘画技法，方闻著、尹彤云译的《宋元绘画》一书中有如下论述："倪瓒早年师法董、巨风格。《六君子图》中可以看到柔和的'披麻皴'，中锋藏笔，笔锋圆润。然而，在倪瓒去世前两年所作的《虞山林壑图》中，笔法轻快，多用侧锋，画家在用笔时笔锋倾斜于纸面，笔法位于笔画的侧方。积染的山石不再有董、巨传统中平行的'披麻皴'法；相反，石块由一系列复杂而带有角度的笔墨自左上到右下，皴擦而成，表现出五代北宋时期荆浩和关仝山水画传统中结晶质的山石肌理。"

方闻也引用了倪瓒在画竹题记中的那段话，而后评论称："但是，正因为倪瓒在山水画上已经如此彻底地掌握了对视觉感知的表现，他方能对再现技巧的问题举重若轻，转而专注于'写胸中逸气'。"

倪瓒的绘画目的确实是为了抒发自己胸中的逸气，而正是这样的绘画目的产生出了独特的绘画风格，这也是他的画作后人难以模仿之处。中村不折、小鹿青云所著《中国绘画史》中称："古来以倪云林的画富于疏淡简劲之趣，最难学。"正是这份难学，才有了后世对倪云林的独特评价及其看法。

倪瓒墓位于江苏省无锡市锡山区东北塘街道芙蓉三路与梓旺一路交界处东北隅，芙蓉山南麓。乘车前往此处，车上的导航却把我带到一处寺院的门前，在此处门口遇到了一位过路的老农，向其请问倪瓒墓所在，其回首向身后一指，果真前方不远处有一座高高的雕像。驱

广场正中的倪瓒像

侧墙上是倪瓒所作之词

前方的石牌坊

倪瓒纪念馆

车奔雕像而去，驶入了一个面积较大的广场，广场的中央正是倪瓒像。

停车之后，先在广场上四处探看，此广场的正前方有一座小山，山虽不高，然而放眼望去，眼光所及仅有这一座山峰矗立在平原之上。想来，若登上山顶四望，应该会有"不畏浮云遮望眼，只缘身在最高层"的豪迈感。广场外围是大片的农田，这一带遍种油菜花，而今正是盛开的季节，满眼都是鲜嫩的黄色。广场的周边还筑了一些矮墙，每一段矮墙上都嵌有题诗之壁，大略看过去，基本上是倪瓒的诗词，以此显现出他多方面的才能。

雕像的正前方有一座石牌坊，走进细看，上面刻着"云林遗韵"四个字。牌坊的后侧有一座仿古建筑。走到近前，方知此为倪瓒纪念馆，而纪念馆锁着门，门旁贴着联系电话。打电话问之，对方称在外办事，过一会儿才能来给我开门。这位接电话的女士颇通情理，建议我先去看旁边的倪瓒墓，她告诉我说，倪瓒墓就在纪念馆的左侧。

倪瓒墓园入口

竹径

文保牌

窄长形的墓园

一路探看

地面塌陷

桃花盛开

从纪念馆向寺庙方向走去，不足三十米有一个独立的院落，院门上刻着"元高士倪瓒墓"。此院无门，在院落的侧旁有着一片茂密的竹林。倪瓒最喜画竹，后人在这里栽种如此多的绿竹，想来倪瓒在地下也颇为欣慰。然其画竹又不愿似竹，因此也难以揣测他是否欣赏墓园内这些翠竹的品种，而这些竹林长得实在是茂密。

走进墓园，眼前所见是长长的神道，墓园的形制呈窄长形。沿着神道一直向内走，见左右两旁各有一碑亭，进内视之，其中一碑亭的地面已经塌陷，碑刻的内容模糊不清。从碑亭返回神道继续向里走，看见两树桃花正在怒放，而桃树后方的几棵银杏却光秃秃的未曾发芽，这种景象颇符合倪瓒的画风。

倪瓒墓处在一片树林之中，墓丘及墓的周围做过仔细修整，墓丘全部由石条砌就，墓前仅有一碑，上刻"元高士倪瓒之墓"，墓碑下方有一束鲜花，从其枯萎程度看，大约在十天前有人来拜祭过。除入口外，墓丘的另三面有一米多高的墙围，而墙围呈正圆状，附近也没有历代的碑刻。我站在墓前，唯一听闻到的是隔壁寺院内传出的梵呗之音。

拜祭完倪瓒墓，沿原路退出，我再次回到了倪云林纪念馆门前，这里仍然大门紧闭。我再次打电话询问，工作人员说她有事耽搁了下来，一时不能返回。而我想到自己在太阳落山前，还有其他的寻访之点，只好在电话中告诉对方："不必要匆忙赶来，我下次来此地时再参观这处纪念馆吧。"

倪瓒墓

隔壁寺院内传来梵音

王蒙（1308年—1385年）

王侯笔力能扛鼎，五百年来无此君

王蒙乃是中国绘画史上著名的"元四家"之一，就年龄论，王蒙是元四家中最小的一位，然而就画风的多样性而言，却是"元四家"中最丰富的一位。陈传席在《中国山水画史》中对王蒙画法的形成及特色给出了这样的总结："王蒙广泛地研究元代前各家各派画法，他接受了赵孟𫖯的影响，特别对董、巨和郭熙的画法吸收较多，但最终都脱离了他们，而形成了自己以画重峦复岭、千岩万壑和以繁复苍郁为长的面貌。在'元四家'中，王蒙的技法最为全面、纯熟，面目也最为多样。"

元代四大家在绘画上各有成就，明何良俊在《四友斋丛说》中对元四家各自的特点给出了如下总结："子久、叔明、仲圭皆宗董巨，而云林专学荆、关。黄之苍古，倪之简远，王之秀润，吴之深邃，四家之画，其经营位置气韵生动无不毕具，即所谓六法兼备者也。"王翚在《清晖画跋》中亦有类似说法："子久之苍浑、云林之淡寂、仲圭之渊劲、叔明之深秀。"可见，王蒙绘画作品的主要特色被后世总结为秀润或者深秀。总之，"秀"乃是王蒙绘画的主要面目。

然而董其昌在《画禅室随笔》中却说："王叔明为赵吴兴甥，其画皆摹唐宋高品，若董、巨、李、范、王维，备能似之。若于刻画之工，元季当为第一。"就绘画的工致程度而言，董其昌认为王蒙乃是元四家中的翘楚。董在这段话中也谈到了王蒙学画的渊源，他说王蒙乃是赵孟𫖯的外甥，持这种说法者不在少数。元顾瑛在《草堂雅集》中称："王蒙，字叔明，赵文敏公之甥，强记力学，作诗文书画尽有家法，尤精史学。游寓京师，馆阁诸公咸与友善，故名重侪辈。"清朱彝尊在《曝书亭集》中有《王蒙传》："王蒙，字叔明，湖州人，赵孟𫖯之甥也。敏于文，不尚矩度。工画山水，兼善人物。少时赋宫词，仁和俞友仁见之，曰：此唐人佳句也。遂以妹妻焉。元末，官理问。遇乱，隐居黄鹤山，自称黄鹤山樵。洪武初，任泰安州事。蒙尝谒胡惟庸于私第，与会稽郭传、僧知聪观画，惟庸伏法，蒙坐事被逮，瘐死狱中。"

这两处均称王蒙是赵孟𫖯的外甥，而朱彝尊所撰的《王蒙传》竟然跟《明史》中的《王蒙传》一字不差。董其昌在《画旨》中也说赵孟𫖯是王蒙的舅舅："王叔明画从赵文敏风韵中来，故酷似其舅，又泛滥唐宋诸名家，而以董源、王维为宗，故其纵逸多姿，又往往出文敏规格之外，若使叔明专门师文敏，未必不为文敏所掩也。"然而明朱存理的《铁网珊瑚》中所录王蒙在《三马图》上的题记却另有说法：

> 右湖州路总管赵公仲穆其子莒州知州赵彦徵所画三马，气韵精神，各得其妙。总管（赵仲穆）笔法，得曹将军为多，知州（赵彦徵）笔法得韩干为重，独文敏公（赵孟𫖯）兼曹韩而获其神妙，此所以名垂千古，无愧前人。雪庭禅师与总管公为心交，父子之间同为知己。王蒙在文敏公为外祖，总管为母舅，知州为表弟，岂敢品题哉，实识悲感之诚耳，王蒙谨书。

王蒙明确地说，赵孟𫖯是他的外祖父，这种自道当然最有说服力。故而寿勤泽在《丹青圣手——王蒙传》中说道："《龟巢稿》卷六《王叔明〈云峰图〉》谓王蒙'笔法似舅松雪翁'。《图绘宝鉴》亦谓王蒙是'赵文敏甥',这是有误的。王蒙父亲王国器是赵孟頫之婿。与王蒙同时代的好友杨维桢《题王叔明画〈渡水僧图〉》谓:'叔明乃松雪外孙,国器,松雪婿。'倪云林《寄王叔明诗》:'允尔英才最,居然外祖风。'倪瓒是王蒙的好友,经常在一起吟诗作画,对赵孟頫和王蒙的关系最为清楚,应该是比较可靠的。黄公望出入赵孟頫家,与赵家上下都很熟悉,他《跋王叔明〈竹趣图〉》称:'叔明公子,文敏公之外孙也。'和王蒙同时代的大儒方孝孺《题王叔明墨竹为郑叔度赋》亦谓:'吴下王蒙艺且文,吴兴赵公之外孙。'前引王蒙题赵彦徵《三马图》文中更清楚地说明赵孟頫是自己的外祖父。综合以上史料,基本上可以断定王蒙为赵孟頫与管道升的外孙。"

王蒙能有这样的外祖父,再加上他的家族里有多位绘画高手,这种相互影响造就了王蒙在艺术上的成就。富路特、房兆楹等主编的《明代名人传》中讲到了这一点;"王蒙(字叔明,号黄鹤山樵),自十六世纪以来一直被绘画评论界誉为'元四家'之一。王蒙生于浙江湖州,出身于画坛世家,其家庭背景极为显赫,外祖父赵孟頫(1254—1322)是元初最具影响力的大画家和大书法家,为元初画坛领袖,外祖母管道升(1262—1319)也是一位书画家,尤其以善画竹兰而闻名。这个书画世家还有很多其他著名人物,包括赵孟頫的儿子赵雍(1289—约1360)、孙子赵麟(14世纪中期),以及外曾外甥崔彦辅(14世纪中期)等都是著名画家。"

按照董其昌所言,王蒙绘画风格的形成,很大程度上是受到了赵孟頫的影响,俞剑华在《中国绘画史》中也本持着相似观点:"以孟頫提倡复古势力之伟大,而为之甥者,既亲受其指授,而终能不为舅氏所范,不为古人所囿,岸然自成一家,蒙可谓豪杰之士矣。"黄宾虹在《古画微·元四家之逸品》中也说到了这一点;"王蒙为赵子昂之甥,画法从鸥波风韵中来,故神似其舅。又泛滥唐右丞,得董源、巨然墨法。其用笔亦从郭熙卷云皴中化出,秀润可喜,临摹细密者尤佳。至于峰峦叠巘,蹊径纡回,山居茅屋,悉具村妆僮妇;水渚舟航,多写朱衣渔叟,其一种文士气,冠绝古今。生平极重子久,奉为师范。"

虽然王蒙的一些画作有神似赵孟𫖯的地方,但他的眼界却跨过外祖父,上溯到文人画的初祖王维那里,又融合了董源和巨然的笔法,渐渐形成了自己的特色。就同代人而言,王蒙最崇拜黄公望,而他本人在绘画上还得到过黄公望的指点。

从王蒙的早期绘画风格看,他确实受赵孟𫖯影响较大,元谢应芳在《王叔明〈云峰图〉》一诗中点到了这个问题:"王郎多学画最工,笔法似舅松雪翁;松雪之书妙天下,以书为画妙亦同。想当洒墨成云峰,豪气压倒陈元龙;层巅崒嵂摩苍穹,咫尺可论千万重。岚光翠滴天无风,若有微籁鸣杉松;此时此画谁复有,我为此甥怀此舅。"明朱存理在《珊瑚木难》中有着同样的认定:"王蒙字叔明,吴兴人,号黄鹤山樵,赵松雪之外孙。素好画,得外氏法,然不求妍于时,惟笔意以寓其天机之妙,为文章尚矩度,顷刻数千言可就,君子咸以豪士目之。"

但如前所言,王蒙有些画风乃是直追唐代的王维,而董其昌在《容台集》中说:"王叔明为松雪甥,居吴兴,最近太湖,屡游东西洞庭两山。尝见其《溪桥玩月图》,又名《具区林屋图》,皆摹王右丞。石穴嵌空,树枝刻画,为未变唐法也。原之精于绘理,自出笔意,一洗黄鹤老人气习,苍莽秀润,君家顾长康真有种耶。"

关于王蒙绘画成就的赞誉之辞,无过于他的朋友倪瓒在《岩居高士图》中所题之诗:

笔精墨妙王右军,澄怀观道宗少文。

《具区林屋图》 台北故宫博物院藏

王侯笔力能扛鼎，五百年来无此君。

元四家的生平史料以王蒙为最少，后世对他的了解只能是通过古人的一些诗作和画跋。寿勤泽先生为撰写《王蒙传》，汇集到了大量与王蒙有关的诗作，比如关于王蒙长相的描写，有袁华所作之诗《谢伯诚所藏王叔明〈狼山图〉》："江南有客颀而长，梦觉池塘春草芳。生平爱画久成癖，题诗缄封遥寄将。千古风流犹未弭，翩翩王谢佳公子。日暮相思江水深，独立汀洲折兰芷。"

由此诗看来，王蒙又瘦又高，风流倜傥，对于画的爱好乃是出自天然。袁华在这里把王蒙描绘成一位翩翩公子，而杨基所撰《王叔明长史画》一诗，则把王蒙刻画成一位看破红尘的隐士："白云英英山簇簇，绿萝阴垂树如屋；鸣琴弹罢坐碧藓，手摇羽扇坦其腹。南风徐来生晚凉，衣裳飒然荷染香；世间万事若流水，呼吸湖光醉一觞。"

从有限的记载来看，王蒙虽然长时间地隐居，但在元朝、地方割据政权、明朝这些不同时段均做过官。《明代名人传》中写道："元朝时期王蒙曾一度任官，担任理问。理问是元朝的地方审查官司案件的小官，职位很低。王蒙任职的时间非常短暂，很快便弃官隐居，大约从1340年起开始隐居于杭州附近的黄鹤山，并自号'黄鹤山樵'。"

公元1340年乃是元至元六年，《明代名人传》中称，王蒙从这一年开始隐居到了黄鹤山。而胡光华、冯晓贞所撰《从"更爱山居写白云"到"如今老作江南客"——王蒙身世与其艺术历程》一文则称："至迟在1341年（至正元年），王蒙已隐居浙江余杭黄鹤山，开始潜心作画。"

此文用了"至迟"二字，但在具体的年份上比《明代名人传》中所言晚了一年。而杜哲森在《中国绘画断代史》中则说："有关他的生平文字很少，从可见的资料中，知道他是浙江吴兴人，约生于元大德二年，先是出仕过元朝的理问，因有感于'世乱'，于至正二年（1342）便弃官隐居到黄鹤山中。"

这段话给出了至正二年的年份，将王蒙隐居之年又往后推了一年。但无论这三年中的哪一年，都说明王蒙在元末时期隐居到了黄鹤山。关于其隐居此山的时间，王伯敏在《中国绘画通史》中称："元末，做过清闲的'理问'小官，惠宗至元间，隐居黄鹤山，还以此为号……那时，王蒙的年纪还不到四十岁，竟是芒鞋竹杖，漫步于山径……这位画家，就是这样的生活，这样的心态，这样的兴趣，在这黄鹤山中度过了三十个春秋。所以，他在四十岁以后的作品，都是以他的那样生活感受作为抒写山川的基础。"

王蒙竟然隐居在黄鹤山达三十年之久，而这正是他年轻力壮之时，在这个阶段他创作了大量的画作，有不少的朋友前来黄鹤山看望他，他也时常出山去云游会友。比如他的朋友王汝玉就前往黄鹤山去看望王蒙，而后写了首《题王叔明黄鹤山图为喻彦行赋》的诗：

> 我昔曾游黄鹤山，山人留我闭松关；山中风雨经十日，万壑千岩空翠间。别来浪迹游湖海，岁月茫茫不相待；回首东南频梦飞，山空鹤去人何在？画里依稀记往年，水光山色自依然；寻游尚有山中客，挥手何招鹤上仙。竹阴深锁秋窗曙，疑是山人吟啸处；人生行乐付东流，万事浮云总何许。我欲山中访旧游，酒船横渡洞庭秋；长歌黄鹤归来曲，洗尽胸中今古愁。

王蒙与陶宗仪有着密切的交往，某次王蒙去到陶宗仪那里，当他返回之时陶写了首《送王蒙、赵廷采别南屯还黄鹤山中》的诗："黄鹤山中凤著声，丹青文学有师承。前身直是王摩诘，佳句还宗杜少陵。"

陶宗仪夸赞王蒙的画作直追王维，诗作则是学习杜甫。由此诗的题目也可看出,王蒙隐居黄鹤山期间还有其他朋友相伴。而王蒙在绘画之余也创作一些诗词,比如他写过一首《忆秦娥》:"花似雪,东风夜扫苏堤月。苏堤月,香销南国,几回圆缺。钱塘江上潮声歇,江边杨柳谁攀折。谁攀折,西陵渡口,古今离别。"这首词虽然写得略显直白,但却有着高古之意。

王蒙在隐居期间画了一幅《青卞隐居图》,此图堪称王蒙留传至今的代表作品,现藏于上海博物馆。画的上方有董其昌所题"天下第一王叔明画",可见董其昌对该画的喜爱程度。陈传席在《中国山水画史》中认为该画"景全而繁,应有尽有,这是王蒙画的一个特点"。这应该就是董其昌将其视为王蒙代表作的原因所在吧。对于该画的绘画技巧,陈传席在文中用了很大一个段落做了相应的解析,我仅节选其评语的上半段如下:

> 所画山石似无明确轮廓线,略乱的披麻皴,加解索皴。较之董、巨的披麻皴细而柔,密而松。墨法干湿互用,先用干而松的墨笔皴勾,再用润而淡的墨覆皴加染,再以少数焦而枯的破笔强调之。在一堆石中,前后上下的重叠,其线皆不分浓淡,而是靠皴笔的密、疏、有、无,来显示的。画高耸的山峰和山腰以及彼岸的皴法又略有变化,山中部有的用解索皴,但仍是从披麻皴中变出,变得更细更密,用笔也更随意而已。大石壁皴笔按纹理或密或稀,总的效果是稀朗的。皴后以淡墨烘然。再高处用一些横皴笔……也有点斧劈皴的意思。山峰用小披麻夹雨点皴,衬托出无数的矾头。山石的结构线处,皆着重苔点,或用焦枯的破笔戳出松蓬蓬的重墨痕,显得异常的苍郁茂朴。

以上引文仅是谈《青卞隐居图》的绘画技法,而对于该画的价值,

《青卞隐居图轴》 上海博物馆藏

陈传席在文中给出了这样的总结:"综而观之,王蒙此图用解索、披麻和焦墨枯笔的苔点,以丰富多变的笔势表现出林岚郁茂、气势苍茫的意境,望之郁然深秀,其画法和表现出的精神状态是元代以前所不曾见的,在其本人作品中也堪称杰作。"

在元末时期,因为战乱形成了一些军阀割据。至正十三年(1353)泰州张士诚在高邮起兵反元,建国号大周,年号为天祐,后来以苏州为首都形成割据局面。张士诚为了壮大声势,招引许多文士入其政权为官,《明实录》中称:"然士诚迟重寡言,欲以好士要誉,士有至者,不问贤、不肖,辄重赠遗,舆马居室,无不充足。"张士诚的部下陈基写信给王蒙,于是王蒙走下黄鹤山,到张士诚的政权出任长史一职。至正二十三年(1363),张士诚攻破安丰,杀死了红巾军领袖刘福通。至正二十六年(1366),朱元璋的部队包围苏州围攻张士诚,一年后苏州城破,张士诚被俘,而王蒙又再次隐居到了黄鹤山。

至正二十八年(1368),元顺帝放弃大都逃入沙漠,朱元璋登基建立大明,王蒙再次出山到明王朝政权中担任官职。《浙江通志》称:"(王蒙)洪武初,为泰安州知州。"王蒙在泰安任职期间,仍然在搞创作,徐沁所作《明画录》中称:"王蒙知泰安州,面泰山作画,三年始成。惟允过访,适大雪,遂用小弓挟粉笔弹之,改为雪景,成《岱宗密雪图》。"

这个时段王蒙以泰山为蓝本,用三年时间画了一张泰山图,他的朋友陈汝言前去探望时正赶上下大雪,于是王蒙就用特殊的技法,把已经画好的泰山图改为了雪景。为什么要有这样的改变呢?徐沁在文中并未述及。然而姜绍书在《无声诗史》中却将这个过程记录得十分详细:

洪武初为泰安知州,斫事后正对泰山,叔明张绢素于壁,每兴至即著笔，凡三年而画成，傅色都了。时济南经历陈惟允与叔明俱妙于画，且相契厚。一日胥会，值大雪，山景愈妙，叔明谓惟允曰："改此画为雪景如何？"惟允曰："如傅色何？"叔明曰："我姑试之。"即以笔涂粉，然色殊不活。惟允沉思良久曰："我得之矣。"为小弓夹粉，张满弹之，粉落绢上，俨如飞舞之势，皆相顾以为神奇。叔明就题其上曰：岱宗密雪图。自夸以为无一俗笔，惟允固欲得之，叔明因缀以赠。陈氏宝此图百年，非赏鉴家不出。松江张学正廷采，好奇之士，亦善画，闻陈氏蓄此图，往观之，卧其下两日不去，以为斯世不复有是笔也。徐武功尤爱之，曰："予昔亲登泰山，是以知斯图之妙，诸君未尝登，其妙处不尽知也。"后以三十千归嘉兴姚御史公绶，末几姚氏火，此图遂付煨烬矣。叔明元末人，在元已称四大家之一矣，以其仕明，因载之。

看来是王蒙自己提出要把此图改为雪景，而陈汝言同样是杰出的画家，他认为已经画好的作品再改成雪景不容易下笔。王蒙尝试了一下，效果并不好，经过一番思索后，他决定改用一种小弓来蘸着白色的颜料弹落到画作上，没想到效果意外的好。可惜的是，这幅得意之作后来毁于火中。

王蒙是如何用小弓蘸着颜料弹到画作上的呢？古人没有录像技术，故难知其具体操作方法，然而他的这种创作手段显然有人想效仿。明王绂在《书画传习录》中称："山人曰：黄鹤山人，原出李昇，品在子久子昂之间，落笔精微，林深石润。观其三年而成一图，又何减左太冲十年而成三都赋也。弹粉之法，事出新奇，学者当师其意，神而明之，毋徒规规焉刻舟以求剑也。"王绂认为王蒙发明的这种绘画技巧的确很神奇，但若想效仿并不容易，因为效仿者的行为类似于刻舟求剑。

姜绍书在《无声诗史》中还称，王蒙画的这幅泰山图不是纸本乃

《夏山高隐图》 故宫博物院藏

是绢本，因为他在文中说道："粉落绢上。"可是俞剑华在《中国绘画史》中却称："其画生平不用绢素，惟于纸上写之。"潘天寿在《中国绘画史》中也本持同样的说法，然而陈传席在《中国山水画史》中却说王蒙画在绢本上的山水与纸本又有区别。而后举出了故宫博物院所藏的《夏山高隐图》，此画正是绢本。对于这幅画的技巧，陈传席在专著中写道：

> 山石的皴笔较之王蒙纸本画光、阔、润、湿，有的笔松而虚，大多数笔紧而实，有些类于明代沈周的墨法。大片的树叶用湿墨点出，较少变化，亦少层次，其他树叶或圈或勾，然后填色，树树不同。天空染蓝色，略见笔。王蒙的绢画，不若纸画，不像纸画那样更具有元画的特殊性格。总的来说，绢画笔墨湿润一些，线条光阔一些，气势依然是非常惊人的，设景用墨依然是十分繁复的。

看来王蒙的绢画不如纸画更能表现出技法，而关于王蒙独特的技法，钱杜在《松壶画忆》中写道："山樵皴法有两种，其一世所传解索皴，一用淡墨勾石骨，纯以焦墨皴擦，使石中绝无余地，望之郁然深秀。此翁胸具造化，落笔岸然，不顾俗眼，宜乎倪元镇有扛鼎之誉也。古来诸家，皆以善变为工，惟画亦然，若千篇一律，有何风趣，使观者索然乏味矣。余谓元明以来，善变者莫如山樵，不善变者莫如香光，尝与蓬心兰墅论之。"

钱杜认为正是多变，王蒙才受到后世的夸赞，所以倪瓒把王蒙视之为五百年来第一人。黄宾虹在《鉴古名画论略》中也赞赏这样的评价："倪云林谓为'五百年来无此君'，称赏至矣。垢道人言：黄鹤山樵画法纯用荒拙，以追太古，粗乱错综，若有不可解者，是其法也。盖能纯以草隶作画，笔力劲利，而无怒张之态，墨气酣厚，而无痴肥之病，于奇峭之中，得幽深高淡之趣，诚古今绝作。"

然而，对于王蒙画作的评价，也不全是褒奖之语，比如清张庚在《浦山论画·论性情》中对多位画家给出了这样的评语："大痴为人坦易而洒落，故其画平淡而冲濡，在诸家最醇；梅道人孤高而清介，故其画危耸而英俊；倪云林则一味绝俗，故其画萧远峭逸，刊尽雕华；若王叔明未免贪荣附热，故其画近于躁；赵文敏大节不惜，故书画皆妩媚而带俗气；若徐幼文之廉洁雅尚，陆天游、方方壶之超然物外，宜其超脱出尘，不囿于畦珍也。"

张庚说王蒙的画作"近于躁"，从字面意思来解，这句评语较差。但是，王克文却对此有着另外的解读，他在《中国名画家全集》中称："如果从字面上，似可以浮躁、急躁等意思解说。但从艺术境界方面去体会，王蒙追求画面不同类型、浓淡干湿的节奏对比，来构成富有动势的稠密的形态，因此在空间结构、整体感上，不如其他三家，特别是倪瓒来得清寂、静穆。古人讲：'人主静漠而不躁。'和艺术上用笔宜检静而不浮躁含义不同。对王蒙'画近于躁'的理解，实非贬义之词。"

虽然有着这样的解释，但张庚在评价王蒙时还有一句"未免贪荣附热"，这里的所指应当是王蒙晚年几次出山到不同的政权任职之事。而正是他最后一次出山任职，给自己招来了杀身之祸。《明史·文苑传》中称："洪武初，知泰安州事。蒙尝谒胡惟庸于私第。与会稽郭传、僧知聪观画。惟庸伏法，蒙坐事被逮，瘐死狱中。"

胡惟庸乃是朱元璋手下的干将，很有才能，明代建国之初被任命为右丞相，成为了左右朝政的重要人物，中书省几乎全在其掌控之中。胡惟庸的权势大到威胁到了朱元璋的皇权，于是朱元璋大开杀戒清理胡惟庸余党，从洪武十三年（1380）到洪武二十三年（1390），朱元璋几乎清理了所有跟胡惟庸沾边的人物，并借此机废除了中书省和丞相

《太白山图卷》 辽宁省博物馆藏

制,将军权和相权集于一身。这种形式被后来的清朝予以效仿,可见该事影响之大。

在元末明初王蒙的画名已经传播开去,胡惟庸掌权后,曾请王蒙到家中来观赏他收藏的历代名画,正是因为这一面之缘,王蒙也被捕入狱。洪武十八年(1385),王蒙病死于狱中,他的好友陶宗仪听闻到这个消息后,写了一首名为《哭王黄鹤》的诗来纪念他:

> 人物三珠树,才华五凤楼。
> 世称唐北苑,我谓汉南州。
> 大梦麒麟化,惊魂狴犴愁,
> 平生衰老泪,端为故人流。

王蒙虽然隐居多年,入仕之心却一直未曾熄灭,他为什么几度出山为官?相应史料未见记载,也许是生活所迫,也许是功名欲使然,但这个决定却让他卷入了政治斗争中,最终成为了牺牲品。关于他去世后的葬地,寿勤泽在文中写道:"一代大画师,死后归葬于他生前生活过数十年的余杭黄鹤山。"

从现有的史料上,我完全查不到王蒙墓的具体位置。然而他的隐居之处却多少有一些信息,正是因为这一点,我在 2018 年 5 月 28 日

的第一站就是去寻找他的隐居之地。

此次寻访得到了当地书友盼盼的大力协助，一早盼盼开车到酒店来接我，从她的停车方式，我感觉她应该是新手司机，于是改为我开车她导航，直奔浙江余杭的皋亭山而去，如今这里已经被划归为杭州市江干区。

那日天气不错，不到一小时就开到了江干区的黄鹤山，跟着导航开到了山下的一个公墓入口，显然这不是我们要找的去处，公墓的侧旁是一片别墅区，在别墅区内兜了一圈还是未能找到皋亭山景区客服中心。盼盼告诉我，她已经通过自己的同学，找到了该景区内的一位工作人员，此人已经安排好了我们登山的电瓶车。因为盼盼也没有来过此处，故我们在这一带兜了几圈也未能找到客服中心，后来在路人的指点下原路返回，原来游客服务中心跟景区隔路相望，这样的安排方式在他处还未曾见过。

在服务中心内，我们找到了王郸女士以及景区管委会综合科科长卢建新先生，卢科长请王郸给我们做介绍，于是王郸站在导览图旁向我二人介绍皋亭山景区的全貌。我边听介绍边看着这幅形象的导览图，在上面果真看到了"王蒙山隐"的字样。能够有这样一个可寻访之地，原本悬着的心终于落了回来。

介绍完毕后，卢科长请王郸女士和另一位工作人员带我们上山探访。工作人员开着一辆电瓶车载着我们穿过宽阔的大马路而后驶入了皋亭山。

从服务中心到皋亭山大约有一公里的路程，沿途的标牌清晰明了，还未到路口我就看到了"王蒙山隐入口"的指示牌。然而行驶到山坡下，眼前的路满是泥水，开车的工作人员踌躇了一下，她说没有想到是这样的路况，但若停在这里，这种路走在上面很容易滑倒，于是工作人员一咬牙又开入了泥水路上。好在几百米后停在了一片空地之上，如今空地上种着一些植物，看样子这里应当是登山前的最后一个停车场。

把车停在这里后，我看到登山的步道依然写着"王蒙山隐入口"的标牌，好在脚下的路变成了木头制作的台阶，于是我兴冲冲地向上走去。边走边拍摄两侧的植物，这里植被茂密，走在树丛中大感惬意。然而越走越远，路途也越登越高，走到岔路已经没有王蒙山隐的指示牌，我问王郸王蒙山隐究竟在哪里，她告诉我说："王蒙当年隐居在黄鹤山，其建房之处到现在也没有找到房基，但他隐居的大概位置可能就是我们停车之处。"

既然如此，那为什么指示牌依然说向上攀登才是入口呢？王郸说，当年景区建设时，原本要在这里复建一座王蒙隐居的房子，但皋亭山属于林地，动土搞建设要层层审批，至今手续还没有批下来。如此说来，指示牌中所标线路并无可探寻之处，可是刚才我一路向上走，为何不提示我王蒙山隐就在停车处呢？王郸笑着说，因为这段路很好走，可以让我游览一下皋亭山景区，而王蒙在这里住了几十年，想来这一带也是他流连和徘徊往返之地。经她这么一解释，我倒是觉得，自己此行没有白来：说不定我哪一脚就踏在了王蒙的脚印之上。

关于王蒙的隐居时间，前文中已经提及，而寿勤泽也持至正二年这样的说法："看王蒙画迹，如其《秋山溪馆图》，是在至正二年

王郸女士做景区介绍

（1342）九月所画，且款署'黄鹤山人王蒙'。可见王蒙的隐居，在至正二年之前的'遇乱'时期。王蒙隐居黄鹤山，是在公元1338年至1341年之间，此时王蒙正是四十岁左右的年纪。"关于黄鹤山的情况，寿勤泽在文中又有这样的描绘："黄鹤山在现在的杭州东北临平山一带，旧属仁和县管辖，在今余杭区星桥乡。黄鹤山一带，属天目山脉的余脉，山地由火山岩、砂页岩、侵入岩组成，曲折延伸，山间有缓坡地，土层深厚，自然植被为松、杉、竹等，山顶多为茅草、灌木等。"

正是这样的美景，才让王蒙流连忘返，在这里隐居了几十年，而后又归葬于此。如今我来到这黄鹤山上，却找不到他的墓，而他的故居也不知到哪一年才能复建出来。我边走边拍照，望着这郁郁葱葱的山林，想象着王蒙在这里作画的情形，随后我又重新回到了电瓶车旁，上车向山下驶去。

看到的第一块王蒙山隐入口指示牌

    车行到山底后，我在一个村庄的右侧看到了一个井亭，上写"山羊坞井亭"。王郸介绍说，此井在当地叫王妃井，而后给我讲了吴越王钱镠王妃的故事。可惜吴越王的朝代距王蒙有些远，但说不定王蒙也用过此井。只是这样的猜测难以得到资料佐证。对于景区的建设，王郸建议我去向卢建新科长了解，于是我们再次来到了景区服务中心，王郸带我进入了景区建设委员会的办公场所。于此，又见到了卢建新科长。

    我向卢科长抱怨说，在山上找了一圈却未能看到我要寻找的王蒙山隐，但这里的做法也有可夸赞之处，那就是沿途标牌十分清晰明了，而王蒙山隐的标牌从三百八十米标起，最后一块标牌则称前行五十米，既然有这么明确的指示，为什么完全找不到要访之处呢？卢科长很有耐心，他首先告诉我，景区管委会成立于2012年4月1日，皋亭山景区在十几年前由丁桥镇街道建造，现在归江干区政府直管。当初在景

车停在了一片空地旁

王蒙山隐入口处

舒适的木道

区建造之时,他们已经规划要复建王蒙旧居,而后卢科长请一位工作人员拿来了景区规划图纸,果真在效果图上看到了王蒙山隐字样。但卢科长也说,因为这是林地,在这里搞建设要报国务院审批,故何时能批下来,他也难说。

我提到了那块停车的平地,我说那里既然是一个空场,在那里建一处简易房屋应该不用审批。卢科长却告诉我说,那块空地原本是一个水塘,根据他们的推论,王蒙故居应当就在水塘的边上,但现在风景区内还涉及两个村庄,那块地归某村所有,有人在两三年前把水塘填平了,于是就成了空地。

情况竟然如此复杂,让我听来感叹不已。于是,我建议先在那块空地的侧旁立一块景观石,刻上"王蒙山隐"几个字,这至少让访古之人有个目的地。否则的话,众人沿着标牌一路走下去,岂不有上当之感?卢科长却跟我说,景区内的景点虽然很多,但王蒙山隐显然是

转身下行

指示标牌上写明,山隐在下方五十米

又回到了停车处

亭名

王妃井

重点,所以他们早晚会恢复,至于如何恢复他们还在想办法。而我也期待着此处建设的最终完成。

对于王蒙在绘画史上的地位,《明代名人传》中还说过这样一段话:"王蒙在其生前及死后不久,其画名并不十分突出,但他的确影响了苏州一带的很多画家,如徐贲、王绂。王蒙能够被列入'元四家',可以说应当归功于吴派画家对其作品的推崇。沈周在早期曾经学习模仿王蒙的作品,文徵明则将王蒙的绘画风格和艺术特色推崇发挥到极致,文徵明的绘画主导了整个十六世纪苏州画坛。正是由于文徵明及其后世追随者的推崇,才造就了王蒙作为中国古代著名绘画大师的英名。"

看来明代人颇为推崇王蒙的画风,只是他的绘画风格太过繁密,少有人会效仿他的这种绘画方式。王世贞在《艺苑卮言》中说:"山水至大小李一变也,荆关董巨又一变也,李成范宽又一变也,李刘马夏

来到了建设委员会

又一变也,大痴黄鹤又一变也。"

如此说来,王蒙的绘画成就也是中国画史上一个重要的转变期,仅凭这一点,就可看出他在绘画史上的地位,而他的画作到如今更受追捧。2001年北京保利春季拍卖会上,王蒙所绘《稚川移居图》以4.025亿元成交,成为了中国古代书画作品中在拍卖会上的第二高价作品。这个价格也正说明了他的艺术水准是何等受今人之肯定,既然他有这么大的名气在,我当然希望他的隐居之地能够早一天建成,以便让崇拜他的人有一处可祭奠之地。

王冕（约1310年—1359年）

善写梅，自成一家

王冕与杨维桢、陈洪绶并称为"诸暨三贤"，他所绘的梅花最受后世看重，其独特的绘画方式也对后世产生着很大影响。寿勤泽先生在其点校的《王冕集》前言中总结道："他所画的《墨梅图》，神韵秀逸，令人叹赏不已，对明清画坛产生了十分深远的影响。明代画梅高手刘世儒、陈宪章、王谦、盛行之都是他的衣钵传人。在他的影响下，徐渭开创并发展了大写意画的新画风。清代的扬州八怪，如罗聘、金农、李方膺、汪士慎等人都深受他的影响，如金农学他的千花万蕊，罗聘学他的圈白头花，李方膺学他的水墨淋漓，各有创获，从而丰富与发展了民族绘画艺术。"

虽然王冕在梅花的绘画技巧方面有着如此深远的影响，但他并不是最早画这类题材的人。正如魏骥在《书〈竹斋先生诗集〉后》中所言："予又闻之，先生善写梅，自成一家，其法则出入扬无咎。"在这里魏骥也说王冕善画梅花，并且有了自己独特的风格，然而他的绘画风格却是本自扬无咎。

扬无咎乃是南宋著名的画家，在梅花技法方面颇具独创性。宋范成大在《范村梅菊谱》中说："近世始画墨梅，江西扬补之者尤有名，其徒仿之者实繁，盖吴仲圭、王元章皆拥其法。"补之乃是扬无咎的字，范成大明确说，扬无咎以画墨梅名于世，有很多人学习他的画法，其中也包括吴镇和王冕。然而范成大是宋人，王冕为元人，他们两人之间相差一百年，范成大是如何得知一百余年后的王冕学习了扬无咎的画梅方法？这显然在时间上难以吻合，由此而推论起来，《范村梅菊谱》中记载王冕画梅之事，乃是后世增添的内容。

清代的金农在《冬心先生画梅题记》中也有这样一段说法："扬补之甥汤叔雅，宋开禧间与弟叔用皆工墨梅，各出新意，谓之倒晕花枝。时有茅进士汝元亦擅名当世。叔雅画梅，曾见于吾乡梁少师艿林家，不愧逃禅叟（扬补之）。而叔用及汝元之疏枝瘦萼未尝睹者。"可知扬无咎所画梅花确实对后世有较大影响，以至于他的外甥等都开始学画墨梅。然而，扬无咎的墨梅虽然很有名气，皇帝却并不欣赏，比如宋徽宗就不喜欢扬无咎墨梅中所表现出的"逸气"，因为这种画法与当时的宫廷画梅方式相去甚远，所以宋徽宗嘲笑扬无咎所画墨梅为"村梅"。看来在宋徽宗眼中，扬无咎的梅花没有一丝的高雅，看上去像个村姑。

哪怕是讥笑之语，既然是出处自皇帝，那就是金口玉言，扬无咎索性以此来作为招牌，将自己所画梅花称为"奉敕村梅"。然而墨梅也不是扬无咎所创，因为第一位以墨画梅者乃是北宋的释仲仁。吴太素在《松斋梅谱》中称："以墨写梅，自宋华光仲仁起。"《图绘宝鉴》中也记载仲仁"以墨晕作梅，如花影然，别成一家"。而赵孟𫖯也明确地说："世之论墨梅者，皆以华光为称首。"

看来，释仲仁才是以墨画梅的创始人。如此推论起来，仲仁创造了墨梅，而后扬无咎继承他的画法，并且有所发扬，此后王冕在扬无咎的基础之上，又有所创新，最后形成了自己独特的画梅风格。清朱方蔼在《画梅题记》中称："宋人画梅，大都疏枝浅蕊，至元煮石山农始易以繁花，千丛万簇，倍觉风神绰约，珠胎隐现，为此花别开生面。"这里所说的煮石山农就是王冕的号。

朱方蔼的这段话说得很明确，宋人的梅花画面大都很疏朗，到了王冕这里，他一改这种风格，将梅花画成了繁花似锦的局面。而在具体笔法上，吕雪在《只留清气满乾坤——元代画家王冕的墨梅风格渊源探析》一文中亦称："他首创'密梅'画法，即枝叶繁密之梅，花瓣以淡墨轻染，仅花蕊处重加墨点，用笔简练，风格清绝，使画意空灵萧散。"

王冕的画梅方式被后世称为"密梅"，对于密梅的画法，吕雪在文中又称："他又创'以胭脂作没骨体'。胭脂是一种红色颜料，'没骨体'则是写意画的技法之一，自南梁张僧繇始用，不用墨，直以彩色图之，这样画的梅花，巧夺天工、光彩照人。"原来王冕在画墨梅之外，也同样画红梅，其画红梅的方式，不是用墨勾边，而是直接以红色颜料来画梅花瓣。对于他的这两种画法，明代姚涞在《雪湖梅谱》中写了这样一首诗：

> 画梅用墨不用色，华光从来有笔力。
> 纷纷作者俱不同，貌得仙葩似荆棘。
> 补之叔雅师此老，各占花枝互有得。
> 前元博士柯九思，爱将脂粉染梅枝。
> 王家元章传墨法，雪月风烟种种奇。

后世对王冕的熟悉，大多是本自吴敬梓的《儒林外史》。这部小说在社会上有着广泛的影响力，该书第一回的回目是《说楔子敷陈大义，借名流隐括全文》，由回目可知第一回乃是《儒林外史》全书总的宗旨所在，而这第一回中所谈的故事，全部是跟王冕有关。

后世皆知，王冕是以画梅名于世，然而不知出于怎样的心思，吴敬梓在书中把王冕画梅改为了画荷花，王冕何以喜欢上了画荷花，《儒

《墨梅图卷》局部　故宫博物院藏

林外史》是这样描绘的：

> 那日，正是黄梅时候，天气烦燥。王冕放牛倦了，在绿草地上坐着。须臾，浓云密布，一阵大雨过了。那黑云边上镶着白云，渐渐散去，透出一派日光来，照耀得满湖通红。湖边山上，青一块，紫一块，绿一块。树枝上都像水洗过一番的，尤其绿得可爱。湖里有十来枝荷花，苞子上清水滴滴，荷叶上水珠滚来滚去。王冕看了一回，心里想道："古人说'人在画图中'，其实不错。可惜我这里没有一个画工把这荷花画他几枝，也觉有趣。"又心里想道："天下那有个学不会的事，我何不自画他几枝。"

看来吴敬梓也认为王冕是位天才，因为他无师自通竟然画出了名气："自此聚的钱不买书了，托人向城里买些胭脂铅粉之类，学画荷花。初时画得不好，画到三个月之后，那荷花精神、颜色无一不像，只多着一张纸，就像是湖里长的，又像才从湖里摘下来贴在纸上的。乡间人见画得好，也有拿钱来买的。王冕得了钱，买些好东好西孝敬母亲。一传两、两传三，诸暨一县都晓得是一个画没骨花卉的名笔，争着来买。到了十七八岁，不在秦家了。每日画几笔画，读古人的诗文，渐渐不愁衣食，母亲心里欢喜。"

王冕画荷花仅练习了三个月，就画出了名气，自此之后就不再愁衣食，也用不着替别人放牛，因为他仅靠画荷花就可以供养老母亲了。

如果吴敬梓把王冕写成画梅花来供养老母，不也一样没问题吗？他为什么要有这样一个转换呢？有人认为宋元间理学盛行天下，而周敦颐的《爱莲说》成为了理学家最为看重的文章之一，可能吴敬梓觉得把王冕由画梅花改为画荷花，更能体现出王冕出淤泥而不染的高贵品性，因为《儒林外史》一书把王冕描绘得颇为完美，由此而衬托出以后章节中那些文人们的无行。

从历史记载来看，王冕确实是一位有志之士，同时也是一位奇才。宋濂在《王冕传》中称：

> 王冕者，诸暨人。七八岁时，父命牧牛陇上，窃入学舍听诸生诵书，听已辄默记，暮归，忘其牛。或牵牛来责蹊田，父怒，挞之，已而复如初。母曰："儿痴如此，曷不听其所为？"冕因去依僧寺而居。夜潜出，坐佛膝上，执策映长明灯读之，琅琅达旦。佛像多土偶，狞恶可怖，冕小儿，恬若不见。

看来王冕的确是位奇才，小的时候因为家穷上不起学，父亲让他出外放牛，他路过学校时在外面窃听学生的读书声，竟然可以通过这种方式背下一些文章，而他的专注导致时常把牛忘在了田野中，有时还放任牛去践踏别人家的庄稼，以致让人找到王家来讨说法。这一切都让王冕的父亲十分生气，但即便父亲责打王冕，王冕过一段时间后仍然会这么做，他的母亲只好劝父亲称，这个儿子既然如此痴迷，那就随他去吧。

王冕离开家住进了寺庙里，晚上借着长明灯来读书，荒村野庙中的那些佛像很多都面目狰狞，王冕却一点都不胆怯，正是这样的向学之心，使得当时一位叫韩性的名家将其收为弟子。宋濂在《王冕传》中接着写道："安阳韩性闻而异之，录为弟子，学遂为通儒。性卒，门人事冕如事性。时冕父已卒，即迎母入越城就养。久之，母思还故里，冕买白牛，驾母车，自被古冠服随车后。乡里小儿竞遮道讪笑，冕亦笑。"

韩性对王冕悉心教导，让这位弟子成为了通儒，以至于韩性去世后，他的门人都把王冕视为老师的继承人。父亲去世后，王冕把母亲接入城中赡养,当母亲思念家乡时,王冕就穿着古人的衣冠驾着牛车送母亲回到家乡。然而不知什么原因,王冕却不愿意出外做官,宋濂写道:"著作郎李孝光欲荐之为府史,冕骂曰:'吾有田可耕,有书可读,肯朝夕抱案立庭下备奴使哉!'每居小楼上,客至,僮入报,命之登,乃登。部使者行郡,坐马上求见,拒之,去,去不百武,冕倚楼长啸,使者闻之惭。"

有人推荐王冕做官,他却痛斥对方,说自己生活得很自在,为什么要到官衙里去为奴听人使唤,有时候官员来见他,他也照样拒而不见。看来王冕是坚决不与朝廷为伍。宋濂在《王冕传》中有如下说法:"北游燕都,馆秘书卿泰不花家。泰不花荐以馆职,冕曰:'公诚愚人哉!不满十年,此中狐兔游矣,何以禄仕为?'即日将南辕,会其友武林卢生死滦阳,唯两幼女、一童留燕,怅怅无所依。冕知之,不远千里走滦阳,取生遗骨,且挈二女还生家。"

这段话中的"泰不花"在《元史》中写作"泰不华",此人做过礼部尚书,并且当过台州路达鲁花赤,可能是在这个阶段王冕与之相识,后来王冕游北京时就住在泰不花家。泰不花认为王冕满腹经纶,有意把王冕举荐给朝廷。但王冕却斥责泰不花说:"你的想法太愚蠢了,过不了十年这里就会变成残垣断壁,哪有什么富贵荣华。"于是他就起程返回故乡,同时还特意绕道去照看了朋友的后代。

王冕为什么坚决不出仕呢?如果按照宋濂以上的说法,则是他能够看透世事,认定天下必将大乱,所以绝不踏入仕途。可是,元代徐显在《稗史集传》中所写的《王冕传》却有着另外的说法:

> 王冕,字元章,绍兴诸暨人也。父力农,冕为田家子。少即好学,长七尺余,仪观甚伟,须髯若神。通《春秋》诸传,尝一试进士举不第,即焚所为文。益读古兵法,有当世大略。着高檐

帽,被绿蓑衣,履长齿木屐,击木剑,行歌会稽市,或骑黄牛,持《汉书》以读,人或以为狂生。

这段记载里的王冕,年轻时仪表堂堂,对《春秋》三传研究得很透彻,也曾参加过科举考试,然而他考运不佳,铩羽而归之后,就烧掉了自己的文章,从此不再参加科举,并掉转头开始研究古代兵法。看来他认定只有通过研究兵法,才能在乱世中建功立业。为什么会有这样的想法呢?徐显在《王冕传》中写道:"至正戊子南归,过吴中,谓予言:'黄河将北流,天下且大乱,吾亦南栖以遂志。子其勉之!'于是择会稽山九里,买山一顷许,筑草堂,读书其中。服古衣冠,或乘小扁舟曰'浮萍轩',自放于鉴湖之曲。好事者多载酒从之。"

王冕跟徐显是很好的朋友,王冕在路过吴中时见到了徐显。他跟徐显说,黄河将会倒流,天下也将大乱,所以他将躲入山中不问世事。徐显跟王冕是不错的朋友,这种亲闻亲见的记载应该更为真实。

对于王冕南归的原因,在朱彝尊所撰的《王冕传》中另有说法:

……燕京贵人争求画,乃以一幅张壁间,题诗其上,语含讽刺,人欲执之。冕觉,乃亟归。谓友曰:"黄河北流,天下且大乱矣。"携妻孥隐会稽之九里山,号煮石山农,命其居曰"竹斋",题其舟曰"浮萍轩",自放鉴湖之曲。太祖既取婺州,遣胡大海攻绍兴,屯兵九里山。居人奔窜,冕不为动。兵执之,与俱见大海。大海延问策,冕曰:"越人秉义,不可以犯;若为义,谁敢不服?若为非义,谁则非敌?"太祖闻其名,授以谘议参军,而冕死矣。

朱彝尊称当时京城里的贵人们纷纷向王冕求画,某次他将一张画挂在了墙上,上面题了一首语含讽刺的诗,这件事被别有用心的人抓住了机会，想要把王冕抓起来，王冕感觉到了处境不妙，立即起程回乡，隐居在了当地的九里山，自此号为"煮石山农"。后来朱元璋攻下了婺州，又派胡大海去攻打绍兴，胡大海的部队布置在了九里山，山里的居民全都逃走了，王冕却留了下来。士兵们押着王冕去见胡大海，胡大海问他平定绍兴的计策，王冕对他晓以大义。再后来朱元璋听闻到王冕之名，于是给王冕封了个参谋，然而王冕还没有任职就去世了。

朱彝尊的记载比较详细，比如王冕是因在梅花图上题讽刺诗而逃回南方，以及王冕对胡大海说的一段话。徐显所撰的《稗史集传》中却未点出胡大海之名："岁己亥，君方昼卧，适外寇入，君大呼曰：'我王元章也。'寇大惊，重其名，与君至天章寺。其大帅置君上坐，再拜请事。君曰：'今四海鼎沸，尔不能进安生民，乃肆虏掠，灭亡无日矣！汝能为义，谁敢不服？汝为不义，谁则非敌！越人秉义，不可以犯，吾宁教汝与吾父兄子弟相杀贼乎？汝能听吾，即改过以从善，不能听，即速杀我。我不与若更言也。'大帅复再拜，终愿受教。明日，君疾，遂不起，数日以卒。众为之具棺服敛之，葬山阴兰亭之侧，署曰'王先生墓'云。"

徐显在这里把朱元璋的部队称为寇，这些强盗冲入王冕家时，王冕报出了自己的大名，没想到这些强盗竟然听说过王冕的大名，于是带着王冕去见大帅。写到这里，徐显仍然未点出大帅的姓名，只记录了王冕是如何劝这位大帅要行仁义之师，在徐显的记载中，转天王冕就得了病，几天之后就去世了，于是这些人把王冕葬在了山阴兰亭的旁边，墓碑上仅刻"王先生墓"这几个字。按照古人的习惯，若死者曾做过官员必然会刻上他的头衔，而此墓碑却并无官衔，说明王冕并未被朱元璋封官。

然而，宋濂的《王冕传》中却说过这样一段话："未几，汝颖兵起，一如冕言。皇帝取婺州，将攻越，物色得冕，置幕府，授以谘议参军。一夕，以病死。冕状貌魁伟，美须髯，磊落有大志，不得少试以死，君子惜之。"

宋濂明确地称王冕是先被授以谘议参军之职，而后才得病去世。既然如此，那为什么王冕去世后的墓碑上却没有写上这个官衔呢？而关于王冕是如何去世的，所有的资料都语焉不详，他的死因真可谓扑朔迷离。

清顾嗣立《元诗选·二集》中给王冕所写的小传里面，提到了王冕见到胡大海的事，而后称："明日疾，遂不起。"按照这个说法，王冕见到胡大海的转天，就去世了。但接下来顾嗣立又引用了宋濂所写《王冕传》中的说法，以及朱彝尊的说法等等，他将这些不同的说法罗列在这里，并未给出断语，即此说明顾嗣立也无法确定王冕是什么原因而去世者。虽然《明史·文苑传》中也有王冕的传记，但其内容也是本自宋濂，并未给出进一步的细节。

王冕为什么坚决不出外任职呢？吴敬梓在《儒林外史》中有着另外的说法："又过了六年，母亲老病卧床，王冕百方延医调治，总不见效。一日，母亲吩咐王冕道：'我眼见得不济事了。但这几年来，人都在我耳根前说你的学问有了，该劝你出去做官。做官怕不是荣宗耀祖的事，我看见这些做官的，都不得有甚好收场。况你的性情高傲，倘若弄出祸来，反为不美。我儿可听我的遗言，将来娶妻生子，守着我的坟墓，不要出去做官。我死了，口眼也闭！'王冕哭着应诺。他母亲奄奄一息，归天去了。"

前面传记提到过，王冕是位孝子，父亲去世后，他全心全意地照顾母亲。《儒林外史》写母亲离世前留下遗言，不让王冕出外做官，王冕只好答应了母亲的要求。但是，吴敬梓怎么知道王冕跟母亲有这样一段对话？当然《儒林外史》是小说，作者在很多情节上可以杜撰。但王冕却是历史上的真人，吴敬梓这么写，多少有所本，也许他是想把王冕写成一位至孝之人吧。但是对于王冕跟朱元璋的关系，吴敬梓又有着这样的细节描写：某天，王冕给母亲上坟之后，在回来的路上遇到了十几位骑马的人，其中为首的一位跟他说："我姓朱，先在江南起兵，号滁阳王，而今据有金陵，称为吴王的便是。因平方国珍到此，特来拜访先生。"

这位吴王就是后来的大明开国皇帝朱元璋，吴敬梓把王冕跟胡大海说的那段话，嫁接到了朱元璋的头上："王冕道：'大王是高明远见的，不消乡民多说。若以仁义服人，何人不服，岂但浙江？若以兵力服人，浙人虽弱，恐亦义不受辱，不见方国珍么？'吴王叹息，点头称善。两人促膝谈到日暮。"

吴敬梓也不全是胡编杜撰，这段说法其实也有所本，萧山魏骥在《书〈竹斋先生诗集〉后》中写道："迨谒太祖高皇帝于金华，与语颇合，获留饷午，具惟饭一盂、蔬一盘。先生且谈且食，尽饱乃已，拜。上喜曰：'先生能甘粗粝如是，可与共大事。'即授以谘议参军，未几，遘疾遽亡。"

魏骥明确地说，王冕曾经特意前往金华去见朱元璋，并且朱元璋还留他吃饭，两人谈得很投机，朱元璋很赞赏王冕能够吃得下粗茶淡饭，所以当场就封王冕为谘议参军，只是没过多久王冕就因病去世了。

魏骥乃是明永乐三年（1405）的举人，曾做过南京吏部尚书。如此说来，他的所记应该也有所本，故而清乾隆年间，四库馆臣在王冕《竹斋集》的提要中也认为王冕被封过官："明太祖下婺州，闻其名，物色得之，授谘议参军。未几卒。"

且不管王冕是否真的见过朱元璋，但他预测到天下大乱而后隐居到家乡却是实事。正是这个隐居，使得王冕把自己的精力转化在绘制梅花的技法创作上。宋濂《王冕传》中写道："冕既归越，复大言天下将乱。时海内无事，或斥冕为妄。冕曰：'妄人非我，谁当为妄哉！'

乃携妻孥隐于九里山,种豆三亩,粟倍之,树梅花千,桃杏居其半,芋一区,薤、韭各百本,引水为池,种鱼千余头,结茅庐三间,自题为'梅花屋'。尝仿《周礼》著书一卷,坐卧自随,秘不使人观。更深人寂,辄挑灯朗讽,既而抚卷曰:'吾未即死,持此以遇明主,伊、吕事业不难致也。'"

王冕返回家乡时,天下还属太平盛世,并没有发生乱象,故王冕的预言谁都不信,只有他坚定地相信自己的预测,带着家人隐居到了九里山,而后在那里开垦田地,种了上千棵的梅花,并且把自己的堂号起为"梅花屋"。可见,他对梅花的确是有着特别的偏爱。

有可能是垦荒种地难以养活家人,于是王冕开始出售自己所画的梅花。宋濂在《王冕传》中写道:"善画梅,不减扬补之,求者肩背相望,以缯幅短长为得米之差。人讥之,冕曰:'吾藉是以养口体,岂好为人家作画师哉!'"

宋濂强调王冕画梅的水平不在扬无咎之下,所以来向他买画的人很多。王冕所售之画是根据尺幅来开出不同的价码,到如今绘画作品仍然是按平尺计价,不知王冕算不算开此先河的人物,但至少在他的那个时代,人们不接受这样的计价方式,所以有人讽刺王冕太过爱财。王冕却回击说:"我就是靠画梅花来养家糊口,否则的话,我哪愿意给别人画画。"

王冕不但善于画梅花,还对如何画梅花有着总结性的经验。据说他曾写过一篇《梅谱》,但此文是否为王冕所作,业界有着争论,不过寿勤泽先生点校的《王冕集》中收录了此文。《梅谱》的总论称:

> 初学画时,以瓶置梅,以灯烛其影,脱其古怪,求其新意,庶可知其写之性也。叠花如品字,发枝若羽飞,蕊须分下上,花头见偏侧。副枝如丫,有其疏密,分其大小,一左在右,则成天理。

《南枝春早图》 故宫博物院藏

这个总论对初学画梅者很有价值，王冕教给初学者如何将立体的梅花变为平面，这种方法至少算是实用。但是为什么要努力地研究梅花的画法呢？《梅谱》中专有"述梅妙理"一节，该节全文如下：

> 写梅、作诗，其来一也，名之虽异，意趣实同。古人以"画为无声诗，诗乃有声画"。是以画之得意，犹诗之得句。有喜乐忧愁而得之者，有感慨愤怒而得之者，此皆出一时之兴耳。画有十三科，梅独不在其列。所以喜乐而得之者，则枝疏而槁，花惨而寒；感慨而得之者，枝曲而劲，花逸而迈；愤怒而得之者，枝古而怪，花狂而大。此岂与众画类耶？有"意懒山无色，心忙水不清"之句。凡欲作画，须寄心物外，意在笔先，正所谓有诸内必形于外矣！

在这里王冕认为画梅花跟作诗有着异曲同工之妙，因为画就是无声的诗，诗则是有声的画，所以画梅就是把个人的心情融汇其中。《梅谱》中还有"论枝""论花""论梅"等不同的内容，可谓是梅花画法的总论。

王冕不但喜欢画梅，还写过大量的咏梅诗，这些诗作五言、六言、七言都有，由此可见，王冕对梅花的喜爱是全方位的。比如他曾写过三首六言诗，其第一首为：

> 肯同凡卉争妍，自与高人索笑。
> 他年鼎鼐调和，不改山林节操。

这首诗表现出了王冕对梅花高洁之姿的欣赏，而对于红梅，王冕也很喜爱，他曾写过十九首名为《红梅》的诗，其中第二首为：

颜色虽殊心不异，漫随时俗混繁华。
清香吹散乾坤外，不是寻常桃杏花。

王冕明确地称，红梅虽然与墨梅颜色不同，但其高洁之性却没有区别。他认定梅花的清香可以飘散到乾坤之外，这也正是他做人的高洁之处。

相比较而言，王冕所绘墨梅最具名气，而他所写的墨梅诗也流传最广，尤其是《墨梅》的第三首：

吾家洗砚池头树，朵朵花开淡墨痕。
不要人夸好颜色，只留清气满乾坤。

由这首诗可以看出王冕的人生志向，他真正能够做到"人不知而不愠，不亦君子乎"。他拒绝出仕，原因之一乃是他预感到了事不可为，正如他在画作《梅花屋》跋语中的夫子自道："'饭牛翁'即'煮石道者'，'闲散大夫'，新除也；'山农'，近日号；'老村'，南园种菜时称；'元章'字，'冕'名，'王'姓。今年老，异于上年，须发皆白，脚病，行不得。不会奔趋，不能谄佞，不会诡诈，不能干禄仕，终日忍饥过。画梅作诗，读书写字，遣兴而已。自喝曰：'既无知己，何必多言！'呵呵！"

除了对梅花图的创造性发展之外，王冕对石章篆刻也很有贡献，明初刘绩在《霏雪录》中写道："初无人以花药石刻印者，自山农始也。山农用汉制刻图书印，甚古。江右熊巾笥所蓄颇多，然文皆陋俗，见山农印大叹服，且曰：天马一出，万马皆喑。于是，尽弃所有。"

王冕治印用的是诸暨当地的一种花药石，其刻治方式乃是仿造汉印。当年有位姓熊的人收藏有大量的印章，可当他看到王冕所刻印章

《幽谷先春图》 台北故宫博物院藏

时，立刻觉得原来所藏之印都不值得保留，于是全部都扔掉了。

虽然说以石刻印并非王冕首创，然而以花药石来刻印章却是他的发明。花药石在后世也称作花乳石，清厉鹗在《论印绝句》中写道：

> 一自山农铁画工，休和红沫寄方铜。
> 从兹伐尽灯明石，仅了生涯百岁中。

厉鹗的这首绝句后面还有一段小注："王元章始用花乳石刻私印，见刘绩《霏雪录》。处州灯明石可刻图书印，见郎瑛《七修类稿》。"

可见，前人都认为王冕对开发这种印材有贡献。而我在诸暨图书馆讲座时，收到了一位听众所赠三枚花乳石。这位听众告诉我，这种石头如今被称为"王冕石"。这种石头的颜色偏黑黄色，看上去并不漂亮，然而它却以王冕来命名，顿时就变得风雅起来。我不清楚当年王冕所用的花药石是否与我眼前所见相同，但如今的这种命名方式，至少说明当地人不忘王冕开发之功。

无论此石是否更适合刻治印章，王冕在印学上确实有着重要贡献。沙孟海在《印学形成的几个阶段》一文中这样评价王冕对印学的贡献："我们从他（指王冕）流传下来的画梅墨迹卷轴中看到他自用各印：'王冕之章''王元章'（大小两方）'元章''文王子孙''姬姓子孙''会稽外史''方外司马''会稽佳山水'皆白文，'竹斋图书'是朱文。各印拟汉铸凿，无一不佳。'会稽外史''方外司马''会稽佳山水'三印奏刀从容，意境更高，不仅仅参法汉人，并且有他自己的风格。印学到了王冕时代可说已经成熟了。"

2012年我曾来诸暨市枫桥镇寻找过王冕纪念馆和故居，五年多过去了，我又前来诸暨市图书馆办讲座。讲座完毕后，我与浙江图书馆馆长徐晓军和绍兴图书馆馆长王以俭共同乘坐方俞明先生的车，前往

枫桥文化礼堂

礼堂门前多了一些荷花

枫桥探访几处历史遗迹。在枫桥镇见到了方俞明的朋友阮建根,阮先生致力于研究绍兴地区的历史遗迹,而后的两天寻访,受到了他的大力帮助。今天也是在他的带领下,再一次来到了王冕纪念馆。

眼前所见的这排大房子乃是"枫桥文化礼堂",与我五年前的所见没有丝毫的变化,只是在礼堂的门前多了一些荷花,我不清楚这些荷花是上次我没有注意到,还是近几年新栽种的。也许这些荷花就是为了迎合吴敬梓在《儒林外史》中的所写,虽然那篇小说让王冕名扬天下,但我还是觉得,在这里多种一些梅花,应该更符合历史真实。

走入文化礼堂,里面有些老年人在打牌。礼堂的侧墙上挂着一幅王冕的《墨梅图》,虽然此图的风格不是王冕那典型的密梅,但挂在这里还是觉得与此房的历史有所呼应。上次前来之时,礼堂关着大门,而今能走到里面看个究竟,也算一种新收获。从此房的顶棚来看,这座建筑的历史似乎并不久,如何能将此房与王冕挂起钩呢?阮建根介

梅花原来在墙上

乡村记忆中心

农家书屋

绍说，此房实际就是建在王家祠堂之上，旁边的纪念馆内还有相应的介绍。

原来这个礼堂并不是王冕纪念馆，于是跟着阮先生走出礼堂转到了此房的侧旁，侧旁的白墙上写着"乡村记忆中心"。阮先生已经打了电话，一位本村的女干部给我们打开了"记忆中心"的门。我注意到，门的侧旁还有一个圆形的标牌，上面写着"枫桥大妈""妇女能顶半边天"，看来这里的大妈跟北京的朝阳大妈有一比。

在记忆中心首先看到的是几排书架，王以俭馆长笑着说，这就是他们馆办的乡镇书屋。虽然还有些措施不完善，但总体来说，还是能够增加一些乡镇的读书人口。然而这个记忆中心虽然在布展方面做得很专业，可是却跟王冕没有直接的关系。开门的女干部则称，王冕家族的祠堂在侧面，于是带着我们又走入了祠堂之内。

祠堂的形制与其他之处所见不同，虽然也是前方敞开，然而这个祠堂却是横长形。其举架十分高大，整个祠堂由几十根极长的石柱来支撑。我注意到每一根石柱都无接缝之处，古人能够找到这么长的石材，想来不是件容易的事情。

祠堂的后墙上还嵌着几通石碑，上面的字迹模糊不清，我又想起五年前所去的王冕故居。当时那个故居刚刚建好，没有一丝的古意。但女干部明确地告诉我，那里的确是在王冕故居的旧址之上建造而成的，于是又带领我等再一次前往王冕故居去参观。

故居没有在枫桥镇内，而是在一座小山之前，以我的猜测这里就是文献中所记载的九里山，也就是王冕返回家乡后隐居之处。从外观看，这里就是连在一起的三间小屋，不知为什么，五年过去了依然没有挂牌，同时这几间房也没有门牌号。隔着玻璃望进去，里面没有摆放任何物品。女干部称，这里准备马上布展，因为最近有很多人来探访王冕故居。

王冕家族祠堂

祠堂内景

碑石

前往王冕故居

旁边应当就是九里山

王冕故居外观

这个石臼应是古物

但是,如何能说清楚王冕故居所处的位置却成了不容易的事,我在故居的旁边四处寻找,距此故居最近的一家门牌号为"枫桥村桥亭537号"。看来这个小村名为桥亭。估计随着王冕的重新发现,这个小村的邻居们也可以做做相应的旅游服务生意了。

此家距王冕故居最近

站在 537 号门前回望

王绂（1362年—1416年）
孟端竹为国朝第一手

王绂的一生可谓传奇，《明史》本传中称："王绂，字孟端，无锡人。博学，工歌诗，能书，写山木竹石，妙绝一时。洪武中，坐累戍朔州。永乐初，用荐，以善书供事文渊阁。久之，除中书舍人。"这种极简主义的叙述，却高度概括了传主既能识文也能书画的多才，同时说他在明洪武年间因事戍边，到永乐初年因为擅长书法，被推荐到了北京的文渊阁，再后来被提拔为中书舍人。

其实在洪武九年，王绂十五岁时就考取了博士弟子员。两年后，朱元璋改南京为京师，当年秋征求博士弟子员入京，王绂遂应征入京。关于他后来的遭遇，萧仁宗在《墨竹名家王绂行谊略传》中称："其十九岁时，春正月丞相胡惟庸谋反伏诛。二十岁时朱元璋建国学于鸡鸣山下，曰'国子监'。多年后，王绂因志气高逸，不苟合人际，因事牵连，谪戍贬山西朔州（大同市）为军卒十九年，无沮馁之色，而意气自若。"

萧仁宗认为王绂被谪戍，乃是因为他清高气盛，而后因事受到牵连，所以到大同戍边十九年。王绂究竟因何事受到牵连，各种文献中未见记载。然而王绂在《代州道中》一诗中称："不知缘底事，沦落向天涯。"他在年轻时被戍边，当局肯定要给他安个罪名，王绂应该知道判他有罪的理由和真实原因，想来其中的事情他不便道出，也或许涉及重大的背景。俞剑华先生猜测说，王绂有可能被牵连进洪武十三年（1380）的胡惟庸谋逆案，此案累计牵连了上万人。而关于王绂戍边的时间，有的说十九年，有的说二十年，总之他在大同居住了近二十年的时间，直到明太祖去世，他的事情才得以缓解。

建文二年（1400），王绂已三十九岁，而萧仁宗文中称其三十八岁时带着两个儿子返回了无锡老家，其实他的问题并没有结案，明章昞如在《故中书舍人孟端王公行状》中称："无何，藉其养子以代之，既而归乡里……"看来王绂在大同收了个养子，他让养子替自己继续戍边，所以他才能返回江南。

近二十年的戍边生活，并未让王绂心灰意冷，《行状》中称他："公虽在戎旅间，布衣韦带，意气自若。内无摇夺之心，外无沮馁之色，不自知其为谪戍也。主守者知其贤，亦加优礼。"在大同时期，他写过不少的戍边诗，比如其所作《出塞述怀》：

> 欲叩天关杳不通，身投荒服远从戎。
> 王孙谁复哀韩信，行伍何繇拔吕蒙。
> 风折布棱边地冷，月明茄吹塞楼空。
> 丹心去去终期报，卑下那能得战功。

此诗的格调颇为苍凉，王绂在诗中表达了自己的苦闷。按照历史规律，越是经过挫折，越容易写出好的诗作，故王绂的诗作也同样受到后世夸赞。四库馆臣在给他的诗集《王舍人诗集》提要中评价说："虽结体稍弱，而清雅有余，盖其神思本清，故虽长篇短什，随意濡染，不尽计其工拙，而摆落尘氛，自然合度。"

关于王绂返回无锡后的情景，萧仁宗在文中称："到惠帝建文二年，王绂三十八岁，被释回南归，隐居于惠山（即九龙山），而自号

《隐居图轴》 故宫博物院藏

'九龙山人',以教书为生,诗画自娱,徜徉山林泉石,意气爽迈。"王绂隐居的九龙山,就是无锡的名胜惠山。王绂在惠山隐居期间,竟然因为一幅绘画作品引起了几百年的歌咏。

明代初年,释性海任惠山寺住持,性海喜欢品茶,惠山寺旁又有著名的天下第二泉,于是性海每天从泉中汲水来泡茶。明洪武二十八年(1395),王绂因为患有眼疾在家静养,某天,著名中医潘克诚带着王绂来到性海的听松庵品茶聊天,而此时一位湖州竹工提出要给性海制作一个雅致的茶炉。此后不久,茶炉制成,众人看到茶炉制作得极其精巧,外观是用湘竹编成,里面是石胆,胆炉和竹围之间用一种特制的泥土填满。

众人看到了这件精巧的茶炉大为兴奋,王绂也为之眼亮,于是当场绘制了一幅山水图,同时又作了首《题真上人竹茶炉》:

僧馆高闲事事幽,竹编茶具瀹清流。
气蒸阳羡三春雨,声带湘江两岸秋。
玉臼夜敲苍雪冷,翠瓯晴引碧云稠。
禅翁托此重开社,若个知心是赵州。

这件事令性海和尚也十分兴奋,于是邀请许多好友为竹茶炉题诗作文,而后又请人将这些诗文誊录在一起,与王绂所绘的山水画装裱成一个手卷,使得这幅画作成了著名的收藏品。后来性海前往虎丘寺做住持,临走时将竹茶炉赠送给好友潘克诚,此炉留在潘家长达六十余年,一直到成化年间潘克诚已去世多年后,他的后裔将竹茶炉赠给了杨孟贤。

明成化十二年(1476),无锡人秦夔从武昌知府任上返回家乡,在听松庵主人戒宏和尚那里看到了王绂所绘的手卷,感慨画与炉的分离,于是经过多方查找，终于从杨孟贤哥哥杨孟坚那里求得了此炉，然后把此炉还给了惠山寺听松庵。当时秦夔的父亲秦旭正在主持碧山吟社，秦旭命社中诸友共同写诗来歌咏此事，这些诗作也裱入了王绂所绘的手卷内。当时秦夔还为此作了篇《听松庵复竹茶炉记》，此文首先称："炉以竹为之，崇俭素也，于山房为宜。合炉之具，其数有六：为瓶之似弥明石鼎者一，为茗碗者四，皆陶器也，方而为茶格者一，截斑竹管为之，乃洪武间惠山听松庵真公旧物。"

秦夔认为除了炉还有四个茶碗，而对于炉的形状，其在《记》中形容道："炉之制，圆上而方下，织竹为郛，筑土为质。土甚坚密，爪之铿然作金石声，而其中欿然以虚，类谦有德者。熔铁为栅，横截上下，以节宣气候，制度绝巧，传以为真公手迹，余独疑此非良工师不能为。乡先达中书舍人王公尝有诗咏之。"

此段话中的王公指的就是王绂，秦夔说王绂曾作诗歌咏这个竹炉，此诗见前面的引用。对于此炉后来的情况以及失而复得的经过，秦夔在《记》中又写道："永乐中，真公示寂，炉亦沦落人间，独诸公翰墨粲然尚存，落落与松云萝月为伍。成化丙申冬，余归自鄂渚，暇宿庵中，真公嗣孙曰戒宏者出以示余，因诵王舍人所作……叹其佳绝，且惜其空言无征，图欲复之，乃因释氏教述疏语一通，畀戒宏使遍访焉。已而果得于城中右族，炉尚无恙，特茗碗失去不存……炉之亡，不知其的于何年，姑记其概。收炉者，故诗人杨孟贤，复而归之者；其仲孟敬云。是岁嘉平月望日，邑人秦夔识。"

再后来，有人说竹炉原物失传了，也有人说损坏了，无锡人盛冰壑命他的侄子盛虞按原样制作了两个竹茶炉。某天，苏州吴宽曾看到其中一个，甚为喜欢，为此连写了三首诗，后来还有许多诗人歌咏此炉。最后，王绂所画的那个手卷也不见了踪迹。

康熙二十三年（1684），著名词人顾贞观也住在了惠山，他的居室堂号为积书岩，据说他也复制了一个新的竹茶炉放在积书岩内。当时顾贞观很希望能够找到王绂的这个手卷与竹茶炉配在一起，可惜遍寻不得。当年秋天，顾贞观来到北京去拜访他的好友纳兰性德，性德告诉他，自己近期得到了一个手卷，并拿出向顾贞观展示，而此手卷正是王绂为性海所绘的山水画及其《竹炉新咏》的合卷。目睹这件久觅不得的佳物，顾贞观大为兴奋，纳兰性德只好忍痛割爱将其送给了顾贞观，同时性德也为此炉写了一首诗。顾贞观返回后，将性德的诗稿也裱贴在了一起。

康熙三十一年（1692），宋荦任江苏巡抚，在听松庵看到许多歌咏竹茶炉的诗作，于是找到顾贞观，请其拿出所藏的王绂手卷，而后宋荦将此裱贴为四个手卷。

乾隆六十年（1795），弘历南巡，巡到无锡时住在了惠山寺，而后用该寺仿制的竹茶炉来烹茶，为此弘历几次题诗。《御制诗集》卷四中称："自辛未至今甲辰，竹炉六次题句，适符皇祖南巡六度所为，适可而止，不复拟再巡矣。"可见，乾隆皇帝对这个竹茶炉极其喜爱，先后题写了六首诗。

弘历实在是喜欢这个竹茶炉，他在第一次南巡时就请人仿制了两个竹茶炉带回北京。但是茶炉可仿，天下第二泉却无法带回来。不过皇帝总是有办法，弘历在他所命名的天下第一泉——北京玉泉旁边也盖了个听松庵，只是把名字改为了竹炉山房，里面摆放的就是仿制的惠山竹茶炉。为此，乾隆皇帝还写了篇《玉泉山竹炉山房记》，他在此记中写道：

> 惠山之竹炉茶舍，可谓知茗饮之本焉。其地盖始于明，僧性海就惠泉制竹炉，以供煎瀹，茶舍之名，因以是传。前岁偶至其地，对功德注冰雪，高僧出尘之概，仿佛行云流水间也。归而品

> 玉泉，则较惠山为尤佳，因构精舍二间于泉之侧……而仿惠山之竹炉，适陈砥几，蟹眼鱼眼之间，亦泠泠飒飒，作声不止。无事习静之人，乐此经年，不出可也。而余岂其人哉！时而偶来，藉以涤虑澄神，亦不可少也。夫精舍、竹炉皆可仿，而惠泉则不可仿，今不必仿，而且有非惠泉之所能仿者焉。是不既握茗饮之本，而我竹炉山房之作庸可少乎？

乾隆皇帝对竹茶炉的喜爱真可谓无以复加，也正是因为这样的偏爱，使得他对王绂的那幅画作也很关心，而皇帝的关心当然会令无锡地方官员高度重视，王河在《惠山听松庵竹茶炉与〈竹炉图咏〉》一文中讲述道："乾隆四十四年，无锡县知县邱涟见其损坏，携至官署中，予以重新装裱，那知邻家失火，延燎县署，竹炉图咏全部灰飞烟灭，邱涟被劾，罚银二百两，济救听松庵。"

这真是弄巧成拙，无锡知县本来想把宋荦装裱的四个手卷进行修补，没想到却让王绂的画作及后人的题咏全部变成了纸灰。此事令皇帝听到后很不高兴，为此又写了首《竹炉山房》来记录此事："数典原称惠山寺，四图惜已付云烟。（惠山寺旧藏王绂等四图，昨春惜毁于火。因各补其卷，仍付寺僧藏弄。）虽云补作还旧观，那似本无精舍全。"

显然罚款也不能救回已毁的画作，于是皇帝命张宗昌补绘图画，董诰也奉皇帝之命补了一幅画，弘历本人还亲自动手补写了一部分原诗，而后将这些补绘之作重新装裱成手卷，又放回到了惠山寺听松庵。经过这么一场折腾，使得竹茶炉以及王绂的画作更是名扬天下。但可惜的是，这些补绘之作后来又流失了，高伯雨在《听雨楼丛谈》中称："咸丰十年，太平天国军队攻入无锡，竹炉、画卷全部散失。同治二年，秦缃业在上海买到清高宗所画的竹炉图卷，过了几年，秦恩延又

《山亭文会图》 台北故宫博物院藏

得王孟端的《溪山渔隐》卷于洞庭山人家，恰遇黄埠墩僧舍落成，因并付主持僧华翼纶收藏。"

这个传奇的故事使得惠山寺的竹茶炉成为了历史上著名的文化事件，而王绂的画名也为后世所了解。其实他在明代就已经是著名的画家，对于他的绘画才能，章旹如在《故中书舍人孟端王公行状》中写道："游览之顷，每遇长廊素壁，索酒引满数觞，纵横挥洒，若不经意，至则层峦迭嶂，烟云浩渺，不可测其端倪。或辄题其上至百千言，咸若所宿构者……所作古诗类韦、柳，律诗类晚唐，词语婉媚，驰骋于世。"

关于王绂的绘画题材及写生经过，明姜绍书在《无声诗史》中称："（孟端）尤工画山水竹石，每酒酣，对宾客着黄冠服，意气傲然，伸纸攘袂，挥笔洒洒，奇怪跌宕，不可名状。""游太行，出雁门，往来晋、代之间，周览形胜，辄感慨吊古，徘徊不能去。一时闻人慕其名，争延致之，及观其气貌瑰岸，议论踔厉，益加器重。"

王绂的游历使得他饱览了中国南方和北方不同的地理风貌，这些所见也成为了他的绘画题材。尽管他有着二十年的戍边经历，但其性格并没有变得圆滑，《明史》中称：

绂未仕时，与吴人韩奕为友，隐居九龙山，遂自号九龙山人。于书法，动以古人自期。画不苟作，游览之顷，酒酣握笔，长廊素壁，淋漓沾洒。有投金币购片楮者，辄拂袖起，或闭门不纳，虽豪贵人勿顾也。有谏之者，绂曰："丈夫宜审所处，轻者如此，重者将何以哉！"在京师，月下闻吹箫声，乘兴写《石竹图》，明旦访其人赠之，则估客也。客以红氍毹馈，请再写一枝为配。绂索前画裂之，还其馈。

对于意气相投的人，王绂可以赠送自己的画作，但他讨厌的人，即使拿重金来买，他也照样拒绝，有人劝他不要这样做，因为会得罪太多的人，但王绂不听人劝。某天，他在月下听到有人吹箫，这种意境令王绂画兴大发，立即创作了一幅《石竹图》，第二天一早找到昨晚吹箫的人，将画作赠送给对方。没想到的是，对方是一位商人，接到画作后回赠了他一块红地毯，同时要求王绂在《石竹图》上再做添加。看来商人认为多画几笔，画作会更有价值，商人的提议令王绂大倒胃口，立即索回赠画，当面把此画撕掉，把红地毯又还给了对方。

对于王绂的画作，文徵明也多有夸赞，他在跋王绂的画作《湖山书屋图》时称："联六纸而成，修三十尺，耕渔出没，村舍近远，云烟变灭，种种臻妙，非累月构思不可成，岂独今之所少哉！"王绂竟然创作过三十尺长的大画，而画作越大构思越难，可见王绂有着极强的掌控力，这让文徵明大为佩服。

明王世贞在《题王孟端竹》中说："孟端竹为国朝第一手。有石室居士、梅花道人遗意，而清标高格又似过之。"尹宣胜在《论王绂的墨竹画》一文中亦认为王世贞的评价有道理："南宋、元代也都出现过一些画竹名家。至明代画竹名家不胜枚举，其中王绂影响较大，其墨竹，称'国朝第一'，潇洒磊落，充分表现出竹子的青翠挺拔的特点。"看来，王绂所画墨竹图最受后世所关注，关于他墨竹图的所本，柯羽阳在《冉论王绂墨竹画》一文中称："王绂的墨竹画中或多或少地有着文同和柯九思墨竹的影子。"

有这样的影子，只能说王绂有可能临摹过文同和柯九思的墨竹，但王绂被后世视为明代绘墨竹第一人，那他必须有超越前人之处，对于这两人的超越，柯羽阳在文中写道："但王绂之于文同，又有别于文同，且发展了文同。在技法上，文同讲究渲染，不留痕迹，而王绂更注重笔墨的挥洒，追求画面的艺术效果，且时不时有书法的笔意融汇其中；在构图上，文同以折枝为主，而王绂更多的是采用全景式构图，并常与石、鹤、屋等结合画制，形成统一和谐的画幅。""柯九思的墨竹绘画与其书法艺术有着密切的关联，他所作的《墨竹图》曾自谓'写干用篆法，枝用草书法，写叶用八分或用鲁公撇笔法，木石用折钗股、屋漏痕之遗意'。这与王绂的'干篆、枝草、节隶、叶真'的说法，当是一脉相承的。两者都是以书入画，但风格迥异。"

以上只是说明王绂曾经临摹过文同和柯九思的墨竹，他的直接师承来源于夏昶，虽然他跟夏昶学习绘画的时间不到一年，但夏昶画竹的技巧却基本被王绂所掌握，再加上他个人的构思，终于形成了有着独特风格的墨竹图。

跟王绂有关的另一个画坛公案则是《书画传习录》的伪托问题，张媛在其硕士论文《中国画论典籍中的伪托现象研究——以王绂〈书画传习录〉为例》中予以了详细的分析，此论文没有简单地斥责编辑《书画传习录》的嵇承咸，而是客观地看待了嵇承咸不没前贤作品的美意。

嵇承咸出生于乾隆二十八年（1763），他也有绘画之好，在嘉庆十九年（1814）刊刻了《书画传习录》，此刊本有三篇后序，其一是他的兄长嵇承濬所写："余弟小阮承咸，弱不好弄，长而嗜古……独好书画，早究心于山水丹青，神追手摹，颇与古会。日者偶游肆上，瞥见是书，携归示余，盖九龙山人原本也……余弟循诵服膺，悉心雠校，补其蟫蚀屋漏之残缺者，订其别风淮雨之讹舛者，又念是书仅及元代而止……数易寒暑……续成全书。"

嵇承濬夸赞弟弟嵇承咸从小没有别的爱好，只对书画感兴趣，某天在街上偶然看到了一个残本，他将此书买下后拿给哥哥看，经过两人的研究，他们认定这本书的作者乃是王绂，但可惜此书太过残破，于是嵇承咸仔细校对逐渐增补，用了十八年的时间才将此书完成，而

《墨竹图》 台北故宫博物院藏

后刊刻出了这部名为《书画传习录》的书。而顾应泰在后序中也有相类似的说法："余与小阮交最久，知之最深。小阮少攻举子业，游于鲍若洲先生之门，先生为邑中名宿，兼工书画，暇辄临摹古人。小阮从旁观之，独有会心，性本恬淡，不慕荣名，遂弃帖括而肆力于画，几欲出蓝……一日出所得《书画传习录》一书，示余读之……乃前明九龙山人王孟端先生所著也……小阮顾得之坊间，为之校雠注释，积有岁年……小阮以二九载之苦心，采辑散亡，表章绝业。"

由此可见，嵇承咸并不是伪造了一部书，他只是想不没前贤的作品，所以才下很大功夫进行整理，只是他在整理的时候掺杂进了一些自己的所见。而嵇承咸并不回避这一点，他在该书的序言中写道："间有阑入近代，则皆咸所傅也。"正是因为这一点，使得后世怀疑《书画传习录》的真伪，谢巍在《中国画学著作考录》中称："夫校刊古人遗著，首在存真。即有缺略讹舛，亦应仍其旧文，留俟后人考补，岂容以己意擅为增订，致滋来世之疑？"

因此，有人怀疑这部书乃是嵇承咸的伪作，但张嫒在论文中则认为嵇承咸只是得到一个旧钞本，而后添加上了自己的话。但对于《书画传习录》本身，张嫒认为一定不是王绂的作品，其首先从文意上分析《书画传习录》的写法，发现该书在第一段的开题时都会用到八股文的文体格式，例如"知己门"起手一句："九九薄材，亦须韬晦；三三杂处，贵与知己。发妙理于毫端，写深情于缣素，此何等事，顾以自适己事为之耶？"

从王绂的生平看，他两度为官，第一次是十七岁时被征召入京，第二次是四十二岁被举荐入文渊阁。这两件事都没有走科举之路，故张嫒称："八股文是明清以来科举考试的产物，对并不热衷此道的王绂来说，必不会浸染过多的八股气习，且八股取士虽产生于明初期，但盛于明中晚期，故王绂行文必不似此。"

《书画传习录》的另一个破绽则是把赵孟頫、吴镇、黄公望、王蒙称为"元四家",但这个说法始自于明嘉靖年间,此时王绂早已离世。张媛又提到:"又如书中提到吴宽、杨循、黄云、文徵明、文伯仁等人,皆于王绂卒后几十年才诞生,经考证,此部分内容系抄袭自嘉靖、万历间人所撰之《画系》。"

看来这才是《书画传习录》的硬伤。但以我的愚见,即便如此也不能完全否定《书画传习录》是王绂的作品。如前所言,嵇承咸对该书的校刊用时十八年之久,并且他也明确地称,该书在出版时掺杂进了自己的观点。然而,嵇承咸所得到的原本,今已不知所踪,后世所见仅是他整理后的刻本,如今已难以分得清哪些是原文哪些是嵇承咸的添加。既然如此,那些文中的硬伤会不会是嵇承咸添加进去的呢?

可能正是因为画名,王绂在永乐十年(1412)三月又被召入朝中拜中书舍人,此时的王绂已经五十一岁,而后他两度随从明成祖朱棣前往北京,可惜他在五十五岁时便去世了,否则,他应能展现出更多的艺术才能。到如今,王绂的故居和墓均找不到痕迹,但当年发生竹炉故事的听松庵仍然在无锡的惠山公园内。

虽然我已几次前往惠山探访前贤遗迹,却未曾认真地欣赏过听松庵,故 2018 年 7 月 26 日,我再次来到了锡惠园林文物名胜区。此程乃是由梧桐带我开车前往,虽然当天时断时续地下着雨,但我们到达时雨却停了。步入古街,在售票处见到了无锡的文史爱好者王伟丰先生和顾群涛先生。此前我与两人仅是微信交往,当天方第一次见面,两人身上所特有的江南文人气给我留下深刻印象。

我们一同走入景区内,也许是下雨的原因,景区内游客很少,这跟我前几次所见形成了很大的反差。在没有人的状况下游览这样的景区,眼前所见果真比以往清晰了许多,因为人声嘈杂时,很难让自己静心留意视线所及的点点滴滴。

空街新雨后

沿着中轴线一路向前走,又看到了那棵巨大的银杏树,树后即是惠山寺的大雄宝殿,此殿的侧旁有一个独立的院落,这里就是竹炉山房。院中的一棵树下嵌着一块金属铭牌,上面介绍着乾隆皇帝为竹炉山房题诗的情况,看来皇帝的代言果然不同凡响。

进入竹炉山房内,迎面看到了墙上嵌着的三块刻石,中间一幅是乾隆御笔的《竹炉煮茶图》,旁边的两块则是王绂所绘的《晴雨竹》。三块刻石前有一张供桌,供桌的右角摆放着一个复制的竹炉,其体积之小跟我想象的有较大差距,因为乾隆皇帝复制的竹炉中有一个现藏于故宫,想来摆在这里的竹炉应当是根据故宫所藏复制的。但这么小的炉子,要想把壶中的茶水烧开,不知要费多长时间,想来喝茶的人没人在乎时间的浪费,也许水开得越慢越有意趣吧,而我的这个愚见没好意思跟三位带路朋友提及。

室内的墙壁上嵌着一些刻石,浏览一下上面的文字,应当就是对王绂所画手卷的题诗。这些年来我未曾看到整理出版的竹炉诗,否则

文保牌

巨大的银杏树

惠山寺大雄宝殿

正墙上嵌着的三块刻石

竹炉摆放的位置

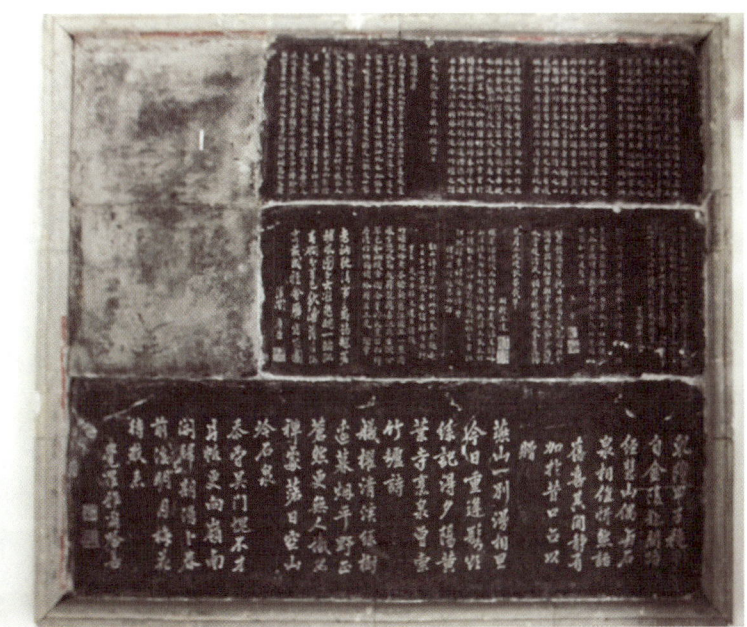

画跋制成了刻石

拉开抽屉,空无一物

正房的外观

的话,能从那些诗句中得到更多的信息。我在拍摄室内其他物品的过程中,依然对这个复制的竹炉充满了好奇,最后还是忍不住拉开了下方的小抽屉,向里面瞥了一眼,却是空无一物。

拍完室内来到院中,院门的正前方有一块御碑,正是乾隆皇帝的手笔,侧墙上还有几块乾隆的御书,当年他歌咏竹炉山房的诗作大多数被刻在石头上展示在这里。一个著名的皇帝,对这样一个小炉子如此钟情,真的令我不能理解,也许这就是人们所讲求的风雅吧。

走出正门,看到了竹炉山房的匾额,而正门的下方就是著名的天下第二泉。顺着台阶走到了泉眼旁,想象着当年王绂等人从此泉汲水烹茶的场景。继续向前参观,看到了另一个水池,水池的正前方有一个古老的龙头,王伟丰告诉我说,这样的龙头在惠山总计有九个,其中之一在他祖上王问的祠堂内。

王问祠堂原本就是我的寻访目标,而梧桐将王伟丰请来也是要让他帮助我去参观该祠堂,没想到那个祠堂内还有着这样的俊物,这更

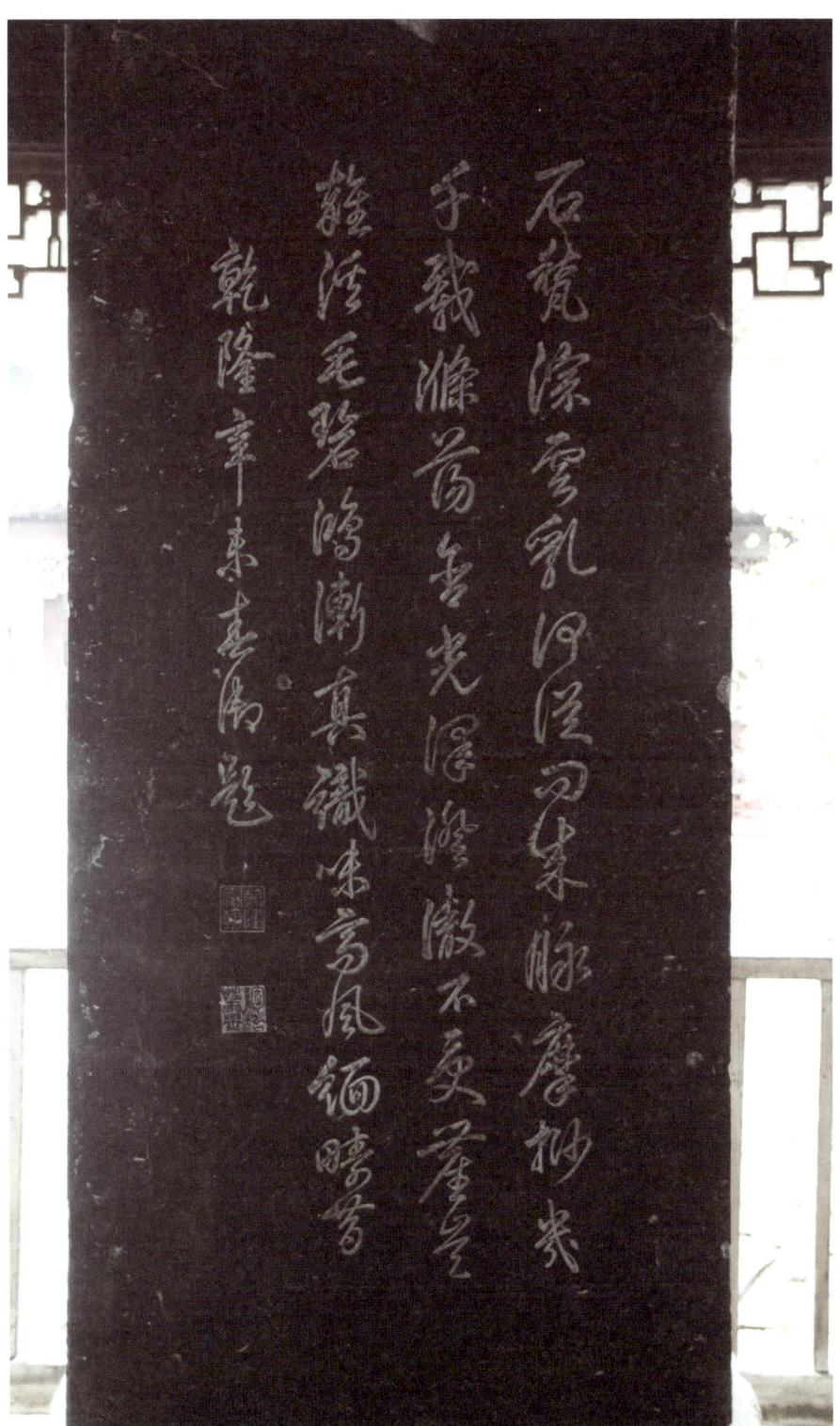

正门前的御碑

匾额在这里

院门正对着天下第二泉

古老的龙头，
它的正名可能叫趴蝮

加让我感慨无锡人文之盛。参观完天下第二泉后,三人带我去寻找阿炳墓,没想到竟然路过了碧山吟社,这又让我猛然想起秦夔的父亲秦旭曾主持此社,并且第一次于此举办了以竹茶炉为主题的雅集。梧桐告诉我,此吟社至今仍然在举办活动,她本人也是该吟社的会员,这让我更加感慨当地文脉之盛。

参观完毕后,梧桐拿出一册世楷堂本的《昭代丛书》零种,该零种竟然就是无锡邹炳泰所著《纪听松庵竹炉始末》,其称这个故事的梗概都写入书中,可拿去给我做参考。梧桐不但带我结识了朋友,看到了遗迹,如今又有资料相送,这让我何等之愉快。而顾群涛告诉我,无锡有不少的爱书人都喜欢搜集乡贤文献,近两年买得最多的人就是梧桐,这些爱书人常在一起聚会,共同交流各自所得。这样的书友关系真令人欣羡,如果各地都有这样的团体,将给我的寻访带来太多的便利,而我图省事的私心也由此而显现。

碧山吟社正门